ZHONGGUO XIAOSHUO
100 QIANG

中国小说100强（1978—2022）

认罪书

乔 叶 著

北京联合出版公司
Beijing United Publishing Co., Ltd.

图书在版编目（CIP）数据

认罪书 / 乔叶著. -- 北京 ：北京联合出版公司，2023.9
（中国小说100强）
ISBN 978-7-5596-7015-1

Ⅰ.①认… Ⅱ.①乔… Ⅲ.①长篇小说－中国－当代 Ⅳ.①I247.5

中国国家版本馆CIP数据核字(2023)第111290号

认罪书

作　　者：乔　叶
出 品 人：赵红仕
出版监制：张晓冬　范晓潮
责任编辑：孙志文
特约编辑：和庚方　郭　漫
封面设计：武　一

北京联合出版公司出版
（北京市西城区德外大街83号楼9层　100088）
北京兴星伟业印刷有限公司印刷　新华书店经销
字数287千字　650毫米×920毫米　1/16　32.5印张
2023年9月第1版　2023年9月第1次印刷
ISBN 978-7-5596-7015-1
定价：88.00元

版权所有，侵权必究
未经书面许可，不得以任何方式转载、复制、翻印本书部分或全部内容。
本书若有质量问题，请与本公司图书销售中心联系调换。
电话：010-65868687

中国小说100强（1978—2022）丛书

编委会

丛书总策划

  张　明　　著名出版人
  张　英　　资深媒体人

编委主任

  吴义勤　　中国作协副主席
  　　　　　中国小说学会会长

编　委

  吴义勤　　中国作协副主席、中国小说学会会长
  宗仁发　　《作家》杂志主编
  谢有顺　　中山大学教授、中国小说学会副会长
  顾建平　　《小说选刊》副主编
  张　英　　资深媒体人
  文　欢　　作家、出版人

总　序

"中国小说100强"（1978—2022）是资深出版人张明先生和腾讯读书知名记者张英先生共同策划发起的一套大型文学丛书。他们邀请我和宗仁发、谢有顺、顾建平、文欢一起组成编委会，并特邀徐晨亮参与，经过认真研讨和多轮投票最终评定了100人的入选小说家目录。由于编委们大多都是长期在中国文学现场与中国文学一路同行的一线编辑、出版家、评论家和文学记者，可以说都是最专业的文学读者，因此，本套书对专业性的追求是理所当然的，编委们的个人趣味、审美爱好虽有不同，但对作家和文学本身的尊重、对小说艺术的尊重、对文学史和阅读史的尊重，决定了丛书编选的原则、方向和基本逻辑。

从文学史的角度来说，1978年以后开启的新时期文学是中国当代文学的黄金时代，不仅涌现了一批至今享誉世界的优秀作家，而且创造了许多脍炙人口的文学经典，并某种程度上改写了20世纪中国文学史的版图。而在中国新时期文学的经典家族中，小说和小说家无疑是艺术成就最高、影响力最大的部分。"中国小说100强"(1978—2022)就是试图将这个时期的具有经典性的小说家和中国小说的经典之作完整、系统地筛选和呈现出来，并以此构成对新时期文学史的某种回顾与重读、观察与评判。呈现在读者面前的这套丛书是对1978—2022年间中国当代小说发展历程的一次全面、系统的整体性回顾与检阅，是中国当代文学经典化的重要成果，从特定的角度集中展示了中国新时期文学在小说创作方面的巨大成就。需要说明的是，与1978—2022年新时期文学繁荣兴盛的局面相比，100位作家和100本书还远远不能涵盖中国当代小说的全貌，很多堪称经典的小说也许因为各种原因并未能进入。莫言、苏童、余华等作家本来都在编委投票评定的名单里，但因为他们已与某些出版社签下了专有出版合同，不允许其他出版社另出小说集，因而只能因不可抗原因而割爱，遗珠之憾实难避免，而且文学的审美本身也是多元的，我们的判断、评价、选择也许与有些读者的认知和判断是冲突的，但我们绝无把自己的标准强加于别人的意思。我们呈现的只是我们观察中国这个时期当代小说的一个角度、一种标准，我们坚持文学性、学术性、专业性、民间性，注重作家个体的生活体验、叙事能力和艺术功力，我们突破代际局限，老、中、青小说家都平等对待，王蒙、冯骥才、梁晓声、铁凝、阿来等名家名作蔚为大观，徐则臣、阿乙、弋舟、鲁敏、林森等新人新作也是目不暇接，我们特别关注文学的新生力量，尤其是近10年作品多次获国家大奖、市场人气爆棚的新生代小说家，我们禀持包容、开放、多元的审美立场，无论是专注用现实题材传达个人迥异驳杂人生经验、用心用情书写和表现时代精神的现实主义作家，还是执着于艺术探索和个体风格的实验性作家，在丛书里都是一视同仁。我们坚信我们是忠实于自己的艺术理想、艺术原则和艺术良心的，但我们并不认为自己的角度和标准是唯一的，我们期待并尊重各种各样的观察角度和文学判断。

当然，编选和出版"中国小说100强"(1978—2022)这套大型丛书，除了上述对文学史、小说史成就的整体呈现这一追求之外，我们还有更深远、更宏大的学术目标，那就是全力推进中国当代文学"经典化"的历程和"全民阅读·书香中国"建设。

从1949年发端的中国当代文学已经有了70多年的发展历程，但对这70多年文学的评价一直存在巨大的分歧，"极端的否定"与"极端的肯定"常常让我们看不到当代文学的真相。有人认为中国当代文学达到了前所未有的高度和水平。王蒙先生在法兰克福书展上就说：中国当代文学现在是有史以来最繁荣的时期。余秋雨、刘再复甚至认为中国当代文学的成就远远超过了现代文学。也有人极端否定中国当代文学，认为中国当代文学都是垃圾。他们认为现代文学要远远超过当代文学，中国当代文学连与现代文学比较的资格都没有。比如说，相对于鲁（迅）、郭（沫若）、茅（盾）、巴（金）、老（舍）、曹（禺）这样大师级的人物，中国当代作家都是渺小的侏儒，根本不能相提并论，两者比较就是对大师的亵渎。应该说，与对中国当代文学的肯定之声相比，对当代文学的否定和轻视显然更成气候、更为普遍也更有市场。尽管否定者各自的角度和出发点不同，但中国当代作家、作品与中外文学大师、文学经典之间不可比拟的巨大距离却是唱衰中国当代文学者的主要论据。这种判断通常沿着两个逻辑展开：一是对中外文学大师精神价值、道德价值和人格价值的夸大与拔高，对文学大师的不证自明的宗教化、神性化的崇拜。二是对文学经典的神秘化、神圣化、绝对化、空洞化的理解与阐释。在此，我们看到了一个非常有趣的悖论：当谈论经典作家和文学大师时我们总是仰视而崇拜，他们的局限我们要么视而不见要么宽容原谅，但当我们谈论身边作家和身边作品时，我们总是专注于其弱点和局限，反而对其优点视而不见。问题还不在于这种姿态本身的厚此薄彼与伦理偏见，而是这种姿态背后所蕴含的"当代虚无主义"。这种"虚无主义"的最大后果就是对当代作家作品"经典化"的阻滞，对当代文学经典化历程的阻隔与拖延。一方面，我们视当下作家作品为"无物",拒绝对其进行"经典化"的工作,另一方面又以早就完全"经典化"了的大师和经典来作为贬低当下泥沙俱下的文学现实的依据。这种不在同一个层面上的比较,不仅毫无意义,而且只能使得文学评价上的不公正以及各种偏激的怪论愈演愈烈。

其实,说中国当代文学如何不堪或如何优秀都没有说服力。关键是要进行"经典化"的工作,只有"经典化"的工作完成了才有可能比较客观地对当代的作家作品形成文学史的判断。对当代的"经典化"不是对过往经典、大师的否定,也不是对当代文学唱赞歌,而是要建立一个既立足文学史又与时俱进并与当代文学发展同步的认识评价体系和筛选体系。当然,我们也要承认,"经典化"问题是一个非常复杂的问题,并不是凭热情和冲动一下子就能完成的,但我们至少应该完成认识论上的"转变"并真正启动这样一个"过程"。

现在媒体上流行一些对于中国当代文学经典化冷嘲热讽的稀奇古怪的言论,其核心一是否定中国当代文学有经典、有大师,其二是否定批评界、学术界有关"经典化"的主张,认为在一个无经典的时代,"经典"是怎么"化"也"化"不出来的,"经典化"是一个实实在在的"伪命题"。其实,对于文学,每个人有不同的判断、不同的理解这很正常,每一种观点也都值得尊重。但是,在"经典"和"经典化"这个问题上,我却不能不说,上述观点存在对"经典"和"经典化"的双重误解,因而具有严重的误导性和危害性。

首先,就"经典"而言,否定中国当代文学早就不是什么新鲜事,对当代文学的虚无主义态度在很多人那里早已根深蒂固。我不想争论这背后的是与非,也不想分析这种观点背后的社会基础与人性基础。我只想指出,这种观点单从学理层面上看就已陷入了三个巨大误区:

第一个误区,是对经典的神圣化和神秘化的误区。很多人把经典想象为一个绝对的、神圣的、遥远的文学存在,觉得文学经典就是一个绝对的、乌托邦化的、十全十美的、所有人都喜欢的东西。这其实是为了阻隔当代文学和"经典"这个词发生关系。因为经典既然是绝对的、神圣的、乌托邦的、十全十美的,那我们今天哪一部作品会有这样的特性呢?如果回顾一下人类文学史,有这样特性的作品好像也没有。事实上,没有一部作品可以十全十美,也没有一部作品能让所有人喜欢。在这个问题上,我们应该明确的是,"经典"不是十全十美、无可挑剔的代名词,在人类文学史上似乎并不存在毫无缺点并能被任何人所认同的"经典"。因此,对每一个时代来说,"经典"并不是指那些高不可攀的神圣的、神秘的存在,只不过是那些比较优秀、能被比较多的人喜爱的作品而已。从这个意义上说,当今中国文坛谈论"经典"时那种神圣化、莫测高深的乌托邦姿态,不过是遮蔽和否定当代文学的一种不自觉的方式,他们假定了一种遥远、神秘、绝对、完美的"经典形象",并以对此一本正经的信仰、崇拜和无限拔高,建立了一整套关于中国当代文学的伦理话语体系与道德话语体系,从而充满正义感地宣判着中国当代文学的死刑。

第二个误区,是经典会自动呈现的误区。很多人会说,是金子总是会发光的。但对文学来说,文学经典的产生有着特殊性,即,它不是一个"标签",它一定是在阅读的意义上才会产生意义和价值的,也只有在阅读的意义上才能够实现价值,没有被阅读的作品没有被发现的作品就没有价值,就不会发光。而且经典的价值本身也不是固定不变的。如果一个作品的价值一开始就是固定不变的,那这个作品的价值就一定是有限的。经典一定会在不同的时代面对不同的读者呈现出完全不同的价值。这也是所谓文学永恒性的来源。也就是说,文学的永恒性不是指它的某一个意义、某一个价值的永恒,而是指它具有意义、价值的永恒再生性,它可以不断地延伸价值,可以不断地被创造、不断地被发现,这才是经典价值的根本。所以说,经典不但不会自动呈现,而且一定要在读者的阅读或者阐释、评价中才会呈现其价值。

第三个误区，是经典命名权的误区。很多人把经典的命名视为一种特殊权力。这有两个层面的问题：一，是现代人还是后代人具有命名权；二，是权威还是普通人具有命名权。说一个时代的作品是经典，是当代人说了算还是后代人说了算？从理论上来说当然是后代人说了算。我们宁愿把一切交给时间。但是，时间本身是不可信的，它不是客观的，是意识形态化的。某种意义上，时间确会消除文学的很多污染包括意识形态的污染，时间会让我们更清楚地看清模糊的、被掩盖的真相，但是时间同时也会使文学的现场感和鲜活性受到磨损与侵蚀，甚至时间本身也难逃意识形态的污染。此外，如果把一切交给时间，还有一个前提，那就是对后代的读者要有足够的信任，要相信他们能够完成对我们这个时代文学的经典化使命。但我们对后代的读者，其实是没有信心的。我们今天已经陷入了严重的阅读危机，我们怎么能寄希望后代人有更大的阅读热情呢？幻想后代的人用考古的方式对我们这个时代的文学进行经典命名，这现实吗？我不相信后人对我们身处时代"考古"式的阐释会比我们亲历的"经验"更可靠，也不相信，后人对我们身处时代文学的理解会比我们亲历者更准确。我觉得，一部被后代命名为"经典"的作品，在它所处的时代也一定会是被认可为"经典"的作品，我不相信，在当代默默无闻的作品在后代会被"考古"挖掘为"经典"。也许有人会举张爱玲、钱钟书、沈从文的例子，但我要说的是，他们的文学价值早在他们生活的时代就已被认可了，只不过很长时间由于意识形态的原因我们的文学史不谈及他们罢了。此外，在经典命名的问题上，我们还要回答的是当代作家究竟为谁写作的问题。当代作家是为同代人写作还是为后代人写作？幻想同代人不阅读、不接受的作品后代人会接受，这本身就是非常乌托邦的。更何况，当代作家所表现的经验以及对世界的认识，是当代人更能理解还是后代人更能理解？当然是当代人更能理解当代作家所表达的生活和经验，更能够产生共鸣。因此，从这个角度来说，当代人对一个时代经典的命名显然比后代人更重要。第二个层面,就是普通人、普通读者和权威的关系。理论上,我们都相信文学权威对一个时代文学经典命名的重要性,权威当然更有价值。但我们又不能够迷信文学权威。如果把一个时代文学经典的命名权仅仅交给几个权威,那也是非常危险的。这个危险表现在什么地方呢?就是几个人的错误会放大为整个时代的错误,几个人的偏见会放大为整个时代的偏见。我们有很多这样的文学史教训。在这个问题上,我们既要相信权威又不能迷信权威,我们要追求文学经典评价的民主化、民主性。对一个时代文学的判断应该是全体阅读者共同参与的民主化的过程,各种文学声音都应该能够有效地发出。这个时代的文学阅读,最理想的状态应该是一种互补性的阅读。为什么叫"互补性的阅读"?因为一个批评家再敬业,再劳动模范,一个人也读不过来所有的作品。举个例子:现在我们一年有5000部以上的长篇小说,一个批评家如果很敬业,每天在家读二十四小时,他能读多少部?一天读一部,一年也只能读三百部。但他一个人读不完,不等于我们整个时代的读者都读不完。这就需要互补性阅读。所有的读者互补性地读完所有作品。在所有作品都被阅读过的情况下,所有的声音都能发出来的情况下,各种声音的碰撞、妥协、对话,就会形成对这个时代文学比较客观、科学的判断。因此,文学的经典不是由某一个"权威"命名的,而是由一个时代所有的阅读者共同命名的,可以说,每一个阅读者都是一个命名者,他都有对经典进行命名的使命、责任和"权力"。而作为一个文学研究者或一个文学出版者,参与当代文学的进程,参与当代文学经典的筛选、淘洗和确立过程,更是一种义不容辞的责任和使命。说到底,"经典"是主观的,"经典"的确立是一个持续不断的"过程","经典"的价值是逐步呈现的,对于一部经典作品来说,它的当代认可、当代评价是不可或缺的。尽管这种认可和评价也许有偏颇,但是没有这种认可和评价,它就无法从浩如烟海的文本世界中突围而出,它就会永久地被埋没。从这个意义上说,在当代任何一部能够被阅读、谈论的文本都是幸运的，这是它变成"经典"的必要洗礼和必然路径。

总之，我们所提倡的"经典化"不是要简单地呈现一种结果，不是要简单地对一个时代的文学作品排座次，不是要武断地指出某部作品是"经典"，某部作品不是"经典"，不是要颁发一个"谁是经典"的荣誉证书，而是要进入一个发现文学价值、感受文学价值、呈现文学价值的过程。所谓"经典化"的"化"实际上就是文学价值影响人的精神生活的过程，就是通过文学阅读发现和呈现文学价值的过程。可以说，文学的经典化过程，既是一个历史化的过程，更是一个当代化的过程。文学的经典化时时刻刻都在进行着，它需要当代人的积极参与和实践。因此，哪怕你是一个对当代文学的虚无主义者，你可以不承认当代文学有经典，但只要你还承认有文学，你还需要和相信文学，还承认当代文学对人的精神生活具有影响力，你就不应该否定当代文学经典化的重要性。没有这个"经典化"，当代文学就不会进入和影响当代人的生活，就失去了存在的意义。每一个人，哪怕你是权威，你也不能以自己的好恶剥夺他人阅读文学和享受文学的权利。

从这个意义上说，当代文学的经典化当然是一个真命题而不是一个伪命题。在一个资讯泛滥的时代，给读者以经典的指引是文学界、出版界共同的责任，而这也是我们编辑出版这套书的意义所在。

最后，感谢张明和张英先生为本套书付出的辛劳，感谢北京立丰天文化传播有限公司、北京金圣典文化有限公司的资金支持，感谢全体编委和北京联合出版公司各位编辑，感谢所有对本套丛书的出版给予大力支持的作家和他们的家人。

是为序。

吴义勤

2022年冬于北京

是时候了。
我要在这里
认知，认证，认定，认领，认罚
这些罪。

目 录
Contents

编者按____1

第 一 章____5

第 二 章____9

第 三 章____22

第 四 章____43

第 五 章____76

第 六 章____96

第 七 章____116

第 八 章____136

第 九 章____165

第 十 章____188

第十一章____208

第十二章____235

第十三章____267

第十四章____290

第十五章____320

第十六章____347

第十七章____365

第十八章____392

第十九章____421

第二十章____452

第二十一章____467

第二十二章____492

编者按

我是在两年前认识金金的。她的供职单位源城市旅游局当时要出一本关于源城旅游的宣传用书，书稿里的图片选用和文字斟酌等琐碎事宜一直由她负责和我接洽。第一次见面的时候，我清楚地记得她对我说的第一句话就是："我的名字很俗气，除了钱就没别的了。"这话有些幽默，可她的样子却是让人笑不起来的。她很瘦弱，气色不大好，虽然神情平静，可是看她的眼睛却能让我隐约感觉到，她是经历过一些什么事的人。随着接触次数的增多，我们除了谈稿子也会说点儿别的。有一次她忽然问我：如果她将来想出书，找我可以吗？我问她哪方面的？诗歌、小说还是散文？她说都不是。就是她自己的一些事。我说那应该是自传吧。普通人的自传我们社一般是不出的，出自传的一般都是有成就的人。她说自费可以么？花个三五万她能负担得起，只要能出就行。我说这个可以。不过这些话当时也就是那么说说，我没想到她还真写了这么一本书。

这本书稿我是在半年前接到的。快递公司的送件员给我打电话的时候，我正在银川参加第22届全国图书博览会。我让同事替我接收了快递。等会开完，我又在沙湖和沙坡头等这些地方玩了玩，回到郑州已经是一周之后。同事把快递转给我的时候，社里的财务也来告诉我，说收到了一笔五万元的汇款，汇款人也是金金。附言栏里的留言说我知道这笔钱的用途。我深感意外，连忙打开了快递。快递里有四样东西：一封信，一个软面抄，一袋灰白色粉状物，还有一台笔记本电脑。

我先读信。金金的信写得很简单。除了告知稿子在电脑里的什么位置之外，另一个意思就是请我替她处理有关她和书的一切未尽事宜，主要就是这么几样：一、书出版之后把软面抄、电脑和一本样书转交给钟未未。给梁远也转交一本样书；二、其余的书请我替她捐赠出去，随便给什么单位或者什么人都行，只要有人看，不立马打成纸浆就好。三是最难办也最让我难以拒绝的：请我到火葬场接收一下她的骨灰，并把她快递给我的这袋灰白色粉状物放在她的骨灰盒中——我后来才知道，这是梅梅的骨灰——然后埋在梁家坟里。她说她知道这件事情委托给我很过分，如果我不想做那就算了。"千万不要勉强。反正我也已经成了一把骨灰，不会埋怨你的。"她还在信中这么幽默了一下。"但是，如果你要做的话，请一定记住，要保持那个袋子的独立性，不要和我的混合在一起。"最后，她这么强调。她说她交给社里的五万块钱单单做书应该花不完，我在处理这些未尽事宜时，所需的花费都可以从这笔钱里支取。如果所有的事情都结束了钱还有剩余，也请都买成我认为的好书捐赠出去。

读完信，我愣了半天，才厘清了这么一个基本信息：此时的金金应该已经死了。我在德庄找到了金金最后栖身的那个出租屋，房主说民政部门早就收过了尸，我又找到德庄所属的北林路派出所，确认了这个事实。

书尚未出，作者已逝，这在我的工作经历中还是第一次。把稿子全部看完后，我面对的第一个问题就是应该把它看成散文还是应该把它看成小说。既然金金说写的是她自己的事，那似乎应该是散文。但根据它的故事性来看，也完全可以当成是小说。犹豫了两天，我和几个同事商量了之后，决定还是把它当成小说。于是半年之后，就有了这本《认罪书》。

另有几点需要说明：

1. 书名是我起的。金金没有定书名，但书总得需要一个名字来通领全篇。以我的感觉，《认罪书》无疑最为合适。

2. 原稿是笼统一体的。按照一般的读者习惯，我觉得还是应该划分一下章节。于是就简单划分了一下。至于注释，则是遵金金所嘱。"你一定觉得这些词语很陌生，那就请你注释一下。"金金在信中说，"一定有很多人和你一样，觉得它们很陌生。我也曾经觉得它们很陌生。也许有人会觉得它们不陌生，不过我知道，那也只是他们的自我感觉而已。他们的记忆没有多么精确，即便是亲历者也往往会记得颠三倒四。对于历史，尤其是让他们不快的历史，他们很容易糊涂。我也知道很多人读的时候一定会把这些注释跳过去，那也只好随他们去。那是他们的选择。我请你做的，是我的选择。"

金金说的没错，那些词对我而言果然很陌生。于是我就查找了一些资料，给它们做了注释。除此之外，还有一些生僻的专业词汇和地方方言我也一并做了注释。释文的方言部分取自于河南文艺出版社1988年出版的《豫北方言集萃》一书，其他均取自于"中华解词网"，在此特别说明且一并致谢。另外，原稿中有一些零散段落，虽然和主线相对游离，却也有点儿味道，弃之可惜，我便做了适当的保留，安插在文中，以"碎片"命名。

3. 刚刚得到的消息：出版社已经和省里的"心香工程·社区图书室计划"项目办公室达成协议，将向心香工程捐赠一部分图书。考虑到这本书的特殊情况，我向社里提出了申请，经社领导同意，这本书已经列入了捐赠书目，作者负责包销的所有图书都将捐赠出去，这本书印制结束后还没有花完的余款也将全部置换成书捐赠出去。我很安慰。想来她如果地下有知，应该也会觉得很安慰吧。

再谈几句我对这个作品的感受。虽然把它当成了小说来出版，但在读的时候，我是按照自传来读的。这里面所写的一切，我都不得不相信是真的。说实话，金金让我很无语。她出生在1980年，我出生在1986年，都是80后，可她经历的一切却让我觉得非常陌生和遥远。我能读懂却不好理解，难以接受却也并不厌恶，无法评价却也心怀戚戚。总而言之，这个作品超出了我的阅读常规。我只能说：如果这是个自传的话，那就是个很特别的自传。如果这是个小说的话，那就是个很特别的小说。

最后交代一下金金的骨灰。虽然她这个委托对我而言确实有些过分，但鉴于和她这种特殊的编作之谊，我便遵照她的嘱托，经过了一系列虽不复杂但也足够琐碎的程序，将她的骨灰从火葬场接收了出来，把梅梅的骨灰袋放在了她的骨灰盒里，埋在了源城市方庄镇梁家庄的梁家坟。她的坟墓，在梁知和梁新之间。

第一章

1

现在,是深夜一点。

我拉开窗帘。

雪正无声无息地下着。这是2011年郑州的第一场雪,11月25日。

我就要死了。

2

车祸,被杀,地震,洪水……让人生猝然终止的意外奖项有很多种,我中奖的项目叫肺癌。今年,我三十一岁。尽管已经开始被二十岁以下的人称为阿姨,尽管癌症已经普遍年轻化,但和得癌症这个事实相比,我似乎还是显得过于年轻了一些。人诞生的方式都是相似的,死亡的方式各有不同①——名言的显著特点之一就是可以让我们这些凡夫俗子拿来引用——虽然我早就知道这个真理,并且在很早以前就祈求过上苍请以癌症的名义让我死去,可当自己的死亡真的以癌症这种方式降临的时候,我还是有些微微的诧异和不适。

当然,很快就好了。

医生说我最多只有半年好活,如果不积极治疗的话。半年。6个月。180天。4320小时。259200分钟。15552000秒。算上大月的话还会多出若干天若干小时若干分钟若干秒,如果我把指缝抿得再严一些,遵医生所言积极治疗,可能还会再多出若干天若干小时若干分钟若干秒——从没有如此细致地换算过时间,时间,这属于我的时间,正如无孔不入的流水一样从我的指缝间漏下,一滴,一滴。

但是,我压根就没打算积极治疗。确切地说,我压根就没打算治疗。

……

疼痛袭来。

太疼了。

虽然知道会很疼,但还是没想到会这么疼。而且疼得越来越张狂越来越尽兴越来越赤裸裸。不过,身与心的方向却南辕北辙,身越疼我心里就越安慰,越踏实,越舒展。这不眠不休的疼痛还有一样好处:仿佛一个乞丐突然感觉自己成了百万富翁,我少得可怜的余时在这种疼痛中也开始变得漫长。这如此豪华如此奢侈的时间大礼,仅仅用来疼痛当然是太枯燥太单调太难熬也太浪费了。当然应该做点儿什么来

---

① 托尔斯泰原话:"幸福的家庭都是相似的,不幸的家庭各有各的不幸。"疑是作者笔误。——编者注

陪伴这疼痛，来招待这好不容易大驾光临的余时之宾。

于是，我开始写下自己的故事。——不，也绝不仅仅是自己的故事。

"你认识我妈妈？我妈妈是你姐姐？那你给我讲讲她的事情吧。"

"回头好好讲给你。"

"回头是什么时候？"

"等你再大一些。等我再老一些。"

在我的杨庄老家，如果某人死了，人们就会说那人"老"了。死是最老的老。现在，死亡在前面恭候，我老得不能再老，已经无路可走，正是回头时候。

3

原本，我以为我会活到头发白了的时候。在这个凡尘世界年年岁岁最普通的生活表象和生活内容中，日日夜夜最正常的生活秩序和生活流程里，我以为我会活到自然衰竭，如这北方冬天的树，叶片落尽，枝干萧条，我以为我会活到那个时候。到了那个时候，我对这个世界的认知可能会如这些枝干一样，瘦骨嶙峋，清晰坚定，我的笔力可能也多少会比现在长进一些，能使我言简意赅、洗练精准地说出所有想说的话……

我停下。看着这些刚刚敲出来的字。不知不觉，我已经敲出了这么多字。已经很久没有这么正儿八经地写字了，这一个个字看起来都有些怪异，都有些不像它们了。它们仿佛很不习惯被我排列使用，其实我也很不习惯排列使用它们。我和它们似乎是关系不怎么好的旧友在异乡相遇，且住在了同一个房间。情境所限，别无选择，我必须和它们相依相托，相亲相爱，直到把自己写尽才能一拍两散。

不，也许还散不了。还有未未，他会看到。如果运气好一些，如果这些文字能够顺利成书，那么除了未未之外，还会有别人会看到。到时候，这些文字就替我生活在了这个世界上，我就寄生在了这些文字里。它们就是我，我就是它们了。

那就别想那么多了，只管写吧。——现在，对于我这个名叫金金的人来说，既是一寸光阴一寸金，也是一寸汉字一寸金。只是这金不能以盎司论。这金，只是我自己。

第二章

1

就从洗屁股开始吧。

听母亲说,我还没学会洗脸的时候,就已经学会了洗屁股。是在三岁那年。每次拉完了屎,母亲要求我做的第一件事就是洗屁股。我有一个专门用来洗屁股的小陶土盆,灰褐色的。那一年,母亲去世的前夕,我回到杨庄,还在院墙的一个角落里看到了它,里面栽着指甲草,正开着粉红的花。和这个小陶土盆搭配在一起的洗屁股工具还有一样:一块方格子粗布。起初这粗布很糙,洗得肉疼。后来,这块粗布被慢慢地洗软了。软了之后的粗布再洗屁股,就比较舒服了。

最开始洗的时候,我很不情愿。如同每顿饭后洗碗每天早上起床后叠被一样,我讨厌这种重复性极强的事情。每天都得拉屎,每天都得洗屁股,多烦人啊。有时候吃了什么不合适的东西拉起肚子来,每拉一次都得洗一次,这简直让我恨起屁股来。人干吗长一个屁股呢?

"这就是懒。"母亲说,"每天三顿饭,没见你烦过。每天都睡觉,没见你烦过。每天都拉屎,也没见你烦过。到了洗碗、叠被和洗屁股的时候,咋就烦了?"

"吃喝拉撒那是没办法,要是不吃不睡不拉屎就能活,我巴不得呢。"我说,"可是,不洗屁股又不妨碍什么。"

"不洗不干净。"

"麻烦死了。"

"干净就是一件麻烦事。要想活得好,就得受这麻烦。"

"不想活得好,不想受这麻烦!"

母亲笑了:"那你快长大,离了我的眼皮儿,我就管不着了。"

报应似的,走出家门,就挨到别人尤其是那些小女伴们来问我了:"听说你每次拉完屎都洗屁股?"

"嗯。你们不洗么?"

"才不洗哩。"她们一起对我喊,"假干净!"

"真干净!"

"就是假干净!"她们说,"假干净!假干净!假,干,净!"

我回家把这事告诉母亲,母亲笑了:"你说得对。咱这就是真干净。"

蒙。我只是下意识地要和她们唱反调,还真不知道说得对不对。

"你洗要是为了让别人看,那就是假干净。这洗屁股呢,就是不洗也没人知道,没人整天跟在你屁股后头闻味儿,那这种洗呢,就不是为了让别人看,就只是为了自己干净。这就是真干净。"

我点头,似懂非懂。母亲的话有些绕,要想弄明白得费脑筋琢磨。我懒得琢磨,很快也就甩在了脑后。但是屁股还是坚持洗了下去。一是和小女伴们唱了反调,不洗就显得自己妥协了。二是母亲还经常监督和检查。不过很快她就对我的屁股免检了。因为我洗成了习惯。什么事情一成习惯就等于刻在了骨子里，想挖都挖不掉。

碎 片

直到现在。在能不动就不动的现在，每次大便之后，我仍然要洗。如果不洗屁股，我就觉得自己脏得不能忍受。对我来说，洗屁股的意义，丝毫不亚于洗澡。

2

"金金，你爹是哪一年死的？"
"不知道。"
"一九五六年。"
"哦。"
"跃生是哪一年生的？"跃生是我二哥的名字。我大哥叫社生。
"不知道。"
"一九五八年。"
"哦"。
"铁生是哪一年生的？"铁生是我三哥的名字。
"不知道。"
"一九六〇年。"
"哦。"
"文生是哪一年生的？"

"不知道。"

"一九六七年。"

"哦。"

"你是哪一年生的?"

"一九八〇年。"

哄堂大笑。

七岁之前,村子里经常会有人问我这种问题。上学之后,我渐渐明白了他们为什么会这么问,又为什么在问过之后会那么笑,于是我就再也不回答。如果他们拦着不让我走,我就会回敬他们:"你妈那个逼。"通常情况下他们只是哈哈一笑就过去了,但有时候我也会被人踢被人骂被人追打,那我一定会和他们撕斗到底,结果都以他们不好意思和一个小孩子打闹而狼狈逃窜。

"妈,我们几个的爹都不是一个人么?"那天,我问母亲。

"嗯。"母亲嘴唇哆嗦了一下,居然说。

"我爹都死了你还一个一个地生孩子?"

"死了的那个,不是你爹。"母亲的脸色平静极了。这平静让我憎恶得想吐。

"你怎么那么不要脸?"

"要脸不要脸,不是听谁说的。你还小,不懂。"

我没有再说话。我已经说出了我认为的世界上最狠毒的话,想不出别的了。

很快,我便知道了人们在背后对我这种孩子的统称:野种。

3

  昨天晚上，在一阵疼痛过后，我照着镜子，看着镜子中自己的脸。我已经不太认识这张脸了。皱纹渐深，头发渐白，双眼黯淡无光，面颊上都是星星点点的黄褐斑……这憔悴的中年妇女的脸。这脸已经垮塌了。

  在它还没有垮塌的时候，是什么样？忽然想起十八岁那年我为高中毕业证拍的一张标准照：小小的瓜子脸，细细的眉毛，长长的眼睛微微上扬，笑容像一朵雪嫩的茉莉花……是最典型的东方女孩子的脸。当时县城的照相馆还没有流行数码相机，也许是怕浪费胶卷，摄影师一直要我边笑边瞪着眼睛，我就使劲地瞪着，把长长的眼睛瞪得很圆，圆得有点儿惊讶，有点儿夸张，有点儿稚气，有点儿像卡通动漫里的人物。取照片的时候，我很不满意，埋怨摄影师怎么把我拍得这么傻，他仔细端详了一下，漫不经心地放到一边，道："没问题，很乖啊。"

  乖。他当时的语气我现在想起来还会微笑。这个字是我老家的方言常用语，有几层意思：一是听话。造句：那个小孩很乖。二是可爱。造句：这个发卡的造型乖极了。三是伶俐，聪敏，有眼色。造句：他为人处世乖着呢。有时候它连用起来还表示一种纯中性的惊讶和感叹，意思为"天哪"。我母亲的口头禅就是：咦，乖乖咪！听说某人在路上捡到了钱，她会说：咦，乖乖咪！听说某人喝农药死了，她也会说：咦，乖乖咪！有一次，我和她去赶集，她看见一个远房亲戚抱着一个漂亮的小男孩，便冲着那个孩子吐出了一串最为密集的"乖"字：咦，乖乖咪！小乖，你长得咋恁乖呀！

碎　片

　　忽然想，要是母亲还活着，知道我得了肺癌，将不久于人世，她会怎么说呢？她会不会哭着说："乖乖咪，我的乖，你的命咋恁不乖啊。"

　　事实上，在听话这个层面上，我从不知道乖为何物。既然是野种，反正是野种，那在野这件事情上，我干脆就先天足加后天补，能拼就拼，能抢就抢，能打就打，能占就占。举例：母亲在厨房烙油饼，我一定会守着厨房，因为刚烙出的油饼晚到一步就会没有。刚刚端上来的炒鸡蛋，我一定会连着夹三筷，因为等到第四筷菜碗就会清空。两个人分吃五个包子，前提是每只手最多只能拿一个，吃完再拿。怎样才能吃到三个？课本上文绉绉的答案是：第一次先吃一个，第二次再一手拿一个。不，我决不这么做。我的做法是：嘴巴和双手齐下……家里家外的无数实战经验让我从小就知道：这个世界上，除了母亲，没有谁有义务一定对你好。大侄子，大侄女，小哥哥，街坊邻居……处处都是战斗，人人都是对手。形势最恶劣的时候，我甚至把压岁钱偷偷藏在院墙某个隐蔽的砖缝里，事实证明，这确实比放在枕头套的夹层里要安全得多。

　　就这么着，渐渐的，我就给自己形成了一个良性或者说是恶性循环：越不怕就越胆大，越胆大就越不怕。到后来，简直比几个哥哥还威风凛凛气壮山河，都有些横行霸道了。可我不觉得这有什么不对。这世界就该是这样。不这样还怎样？母亲呢，随便我下河摸鱼，上房揭瓦，只要我回家的时候没病没灾，胳膊腿儿都齐全，又没有谁来告我的状，她是问都不会问一声儿的。偶尔触到了她的霉头，碰到她心情不好的时候，我也会稍微有些忌惮：她会寻个理由色厉内荏地呵斥我一顿，间或踢我两脚。而我最害怕的时刻，就是她根本不理我，只是闷着头哭。

因为和小伙伴们的战争此起彼伏，所以很多时候都没人跟我玩。这当然有些扫兴。不过也没关系。人非要和人一起玩么？一个人玩也很有乐趣呢。可玩的东西多着呢。我常常一个人玩——不，不是一个人，是和很多很多东西，蚂蚁，树叶，蛐蛐，油菜花，小狗，知了……数不胜数。我常常将鸟雀从窝里一个个地掏出来玩死，从容地将蛇的尾巴提起来，让它像一根会跳舞的绳子。将一棵好端端的植物连根拔起，看看它的根是什么样的。将青虫用砖头砸烂，看透明的黏液从它的身体里缓缓流出……在这种小小的施虐中，我总能得到一种莫名的快感。这是野孩子的特质么？

也许是我的过于肆无忌惮连老天都看不过眼，它便给了我一个小小的教训。九岁那年，春节前夕的某一天，母亲准备炸丸子。乡村炸丸子都是在院子里烧地锅，我负责烧火。在等油锅热的当口，母亲觉得柴火有些不够，就嘟哝着去院子外面抱柴火，只剩下我一个人在那里。深红色的面盆里那坨雪白的丸子面好诱人啊，我估摸了一下时间，来得及，便毫不犹豫地用小手团了一个丸子放进了油锅里。真奇妙！看似平静的油锅顿时围绕着那个雪白的丸子翻起了漂亮的油花，丸子瞬间镀上了一层浅浅的黄色。很快，黄色加深，眼看就要变成理想的金黄色时，大门声动，母亲回来了。我连忙将丸子捞起来，用手接住。真烫啊。母亲越走越近，绝不能把丸子留在手里，棉袄外面又没有穿罩衣，没有口袋可放。怎么办？怎么办？一瞬间，我扯开棉袄领子，把丸子丢了进去。棉袄里面有秋衣，我想把丸子丢在秋衣和棉袄的夹层中,但是不巧,丸子顺着我的脖子滚了下去,溜进了秋衣里。烫死了烫死了烫死了!我捂住胸口,疼得几乎要窒息。胸口处有滋滋声微微作响,混合着我的体味儿和肉皮味儿,一股复杂的香气从脖颈下面袅袅而出。

咋不系好领扣?母亲问。

火太旺,热。我平静地说。

那个丸子,把我的胸口烫出了一个小小的疤。长大后,为了能穿上漂亮的低胸衣,我因势利导,把那个疤文成了一朵玲珑的梅花。

碎 片

多年之后,我才明白:在身体上留下一个烙印,这在老天的所有惩罚级别中,属于最低档。

4

那时候,最让我觉得没办法的就是上学。到了年龄不上学肯定不是那么回事儿,可上了学就得守学校的规矩,这让我有了些小小的烦恼。不过我很快就把这个烦恼克服了:除了在老师面前虚伪地收敛一下,我的强悍没有任何实质性的改变。当然,我不胡来。作为女生中的男生,或者说男生一样的女生,我从不欺负男生,只欺负女生。——男生不好欺负,关键是打不过他们,自然不能去讨亏吃。女生里,那可得我说了算。欺负女生我从来都不含糊。谁瞪了我一眼,我敢拽掉她的裤子。要谁替我写作业，她一定就得写。听说肚脐眼儿大的女生爱哭，我强拉住很多女生，欣赏过她们的肚脐眼儿。结论是：无论肚脐眼儿大不大，都爱哭。

那时候，所有的女生都怕我。那时候，所有的男生都对我敬而远之。那时候，所有人都说我不是一个省油的灯。那时候，作为一盏不省油的灯，我最大的享受就是以鹤立鸡群的姿态用强光照得鸡群睁不开眼睛。——鸡群，这当然是鹤立的前提，如果没有这种集体背景映衬，只是孤单单一只鹤，那还有什么意思？

至于学习成绩，这对我来说根本不是问题。和所有的农民在女孩子学业上的心理一样，母亲对我的期望就是从来不抱什么期望。女孩子么，胡乱认得几个字，会算一百以内的加减法，不是个睁眼瞎，就成了。反正也就是一门亲戚。于是我也就乐得自在，于是上学的意义对我来说就是趁着上学找乐子。——一个孩子学习成绩优劣的最佳证明就是他所上的上一级学校的档次：小升初时我考的是全乡最差的初中，初升高时我考的是全县最差的高中。后来我发现自己居然也算是不错，因为随着我学历水平的提高，村里和我一起上学的同龄女孩子越来越少。小学有十之七八，初中就只有十之五六，到了高中就只有十之三四了。

这可不妙。

高三上半学期结束，我回家过寒假，大年初三，在走亲戚的路上遇到了一个初中同学，她和我一般大，却已是拖儿带女。看到我仍然一副不知好歹的模样，她在凛凛的寒风中痛心疾首地和我说了一句话："要是考不上个什么学，你就得回家嫁个农民，盖房子种地躲计划生育吃苦受累穷到底，和我一样。"

醍醐灌顶。剩下的几个月里我竭尽全力，但终归底子太差，就像一个手里没几块好布的裁缝，怎么能做出一件漂亮的衣服？盛夏时节，我的高考成绩如冰雪覆身，不可能被任何一所正规的大专院校融化。正当我卷起铺盖卷儿准备滚蛋的时候，县卫校成立了，几乎是无条件地招收所有的高考落榜生。作为一个落榜生，我和这个学校的关系可谓是"捡到篮里都是菜"，互为篮子也互为菜。这样的菜篮子自然也是宽进宽出，上下通透，也就是说，别指望它会在给你发毕业证的同时再给你保证一份工作。但自从踏进了县城的大门，我就没打算再回到杨庄去。尤其是在卫校的最后一年，母亲中风偏瘫后，我便更明确了要留到县城工作的目标。当然不是为了逃避伺候母亲，我只是不想再回到杨庄。因为一旦回去，很可能就再也逃离不了那个地方。我告诉自己一定要以最快的速度在县城站住脚，然后把母亲扛过来，一个人养。

目标明确之后，我开始行动。我很清楚以自己的境况想要实现这个目标必须得靠两条腿，一条腿是打铁还需自身硬。以前的荒唐也就算了，现在学的可都是以后要用的，不能含糊。于是我开始发奋努力。另一条腿就是嫁人。对一个长相并不难看甚至还可以算得上可爱——也就是那个摄影师所说的"乖"的女孩子来说，这种机会总还是有的。和我同届有好几个男孩子的父母在县公费医院、公安医院和人民医院当领导，我虽然统统对他们毫无感觉，但还是在理性的支配下勾引过几个。最接近成功的是中医院院长的儿子。我凭直觉判断，和那几个男孩子相比，满脸青春疙瘩痘的他好像更厚道一些。厚道的人，当然就更容易欺负一些。于是，在他对我示爱之后，我便开始以最自然的状态有条不紊地操控起和他之间的进度：牵手、吃饭、拥抱、亲吻……爱情？所谓的爱情对当时的我来说就是一个工具，就是一场戏。在这场戏里做女主角，我可不能白演。要知道，每被他亲一次，那些油腻腻的青春痘都要让我恶心半天。

一份理想的工作，这就是我开出的演出费。

当然，我也和他上了床。上床对搞定他很重要。我知道这个。但这在我看来并不是多么严重的事情。或许是母亲的态度给我打下了一个不错的底子，也或许是在卫校的见识让我对人的身体早就没了敬畏感：外科手术室简直就像屠宰场的流水线，整天开膛破肚，人们视若珍宝的零部件在医生们的手术刀下无异于猪牛羊的杂碎。处女膜是什么？阴茎是什么？阴道是什么？男人女人的物质属性而已。当然，我也听说过灵肉交融这回事。能碰到爱情之灵从而交付出爱情之体自然最好，可是有多少人会有这样的好运气？如果没有爱情呢？白留着肉不是也很可惜？因此不如这么打算：姑且相信有灵肉交融这回事，在这种信任的前提下，就让肉等着灵。但是，如果到了某个需要用肉的关键时刻，灵在此时也仍然没有出现，那就得让肉先行一步，恕不奉陪。青春的肉不能死等在自己的锅里发臭，我觉得自己有责任有权利更有义务适时适地地把它做成一道好吃的菜。

上床的时候，我让他准备了避孕套。当然要用这个。避孕套会让他和我隔上一层，让他的阴茎不会真正地接触到我的阴道。或许有点儿自欺欺人，但这个对我很重要。那一层薄薄的塑料膜，哪怕只有零点零几毫米，也可以让我在心理上把他冰封到千里之外。——类似于很多卖凉食的摊贩用的那些碗，所有的碗上都套着一个塑料袋。一个食客吃完，摊主把塑料袋一换，继续接待下一个食客。避孕套对于我的功用，就是这样。

在和他上床后的第三天，我工作的事情就彻底地定了下来——被分到了县人民医院。以他的初衷，其实是想要我去他父亲所在的中医院，被我断然拒绝。这怎么可能？！戏快要演完了，我都要卸妆了，怎么能把舞台当成家?!

5

对待人生的第一份工作,我很卖力。我明白得很:两腿走两腿都硬自然最好,但是当其中一条腿马上就要绵软无力的时候,另一条腿的承重功能就得加强。领到第二个月的薪水之后,我和青春痘逐渐拉开了距离。他看出苗头不对,提出结婚,我提出分手。他勃然大怒,青筋暴跳地说我利用他。我坦然承认。他痛哭流涕地说他爱我,我说那是他的事。

"你都和我睡了,那就是我的人了,"他居然红头涨脸地梗着脖子说,"你不怕以后对别人没法交代么?"

"那是我的事,跟你没关系。"我说,"我永远都不是你的人。我永远都是自己的人。"

他更加红头涨脸——不,紫头涨脸,这使得他脸上的青春痘像一颗颗成熟的桑葚。隐隐的愧疚和不安也让我试图说服自己隐忍一些,让他痛痛快快地发发火。但我无奈地发现:如果他不再说那些蠢话,只是默默地任我欺负,那我或许会有那么一点儿隐忍的可能性。但他就是要说。他这么一说,那一点儿可怜的可能性马上就碎尸万段。

"你怎么能以爱情的名义这么骗我?"

"我没骗你。"我说,"骗你的是你自己。你应该早就知道我不爱你。不然你以为靠你的自身条件,凭什么和我谈恋爱?"

"过河拆桥。无耻。"

"我才不过河拆桥呢。"我摇头,"过了河,离桥远远地就是了。再也不回头过就是了。拆桥?那多费力气啊。"

"别得意得太早,你这个婊子,"他已经黑头涨脸了:"我没那么好欺负,你也不会太称心。你会为自己的卑鄙付出代价!"

"是么?"

我不信他会怎么报复我。为了给我安排工作,他们家人已经费了一次劲儿了,把我的工作给鼓捣散还得再费一次劲儿,两次人情再加上让他们丢脸失面的沸沸扬扬的不良影响都耗费到我这个过河不拆桥的无耻之徒身上,简直就是打鼠伤玉嘛,太不值得嘛。我断定他家会吃下我赠送的哑巴亏。但是,我失算了。我很快被县人民医院找了个由头开除了出去。年轻的我这才明白:一条腿走路就是容易摔跤,这世上就是有不肯吃哑巴亏的人,就是有不蒸馒头争口气的人。而县人民医院的院长,那个永远绷着脸的胖老头儿,我的一进一出,让他既可以领受两次人情,收受两份厚礼,还又担当了主持正义的美名,何乐而不为呢?

我曾试着去其他医院求职,哪怕乡镇医院都可以。没想到青春痘一家甘愿让自家的好面子陪着我的坏名声一起殉葬。他父亲通过各种关系,缜密地给全县卫生系统的同行们打遍了电话,一直打到我毫无立锥之地。

我决定去郑州。我不信他还能把电话打到郑州。坐在开往郑州的长途客车上,我一边透过灰扑扑的窗玻璃看着雾蒙蒙的县城街景,一边在窗玻璃的水汽上胡写乱画。我写的是:此处不留爷,自有留爷处。处处不留爷,爷往天上住。

第三章

1

天色渐渐地暗了下来。突然间,华灯初上,室外的光线一下子鲜艳起来。我走到窗边,推开半扇窗户,探出身子,看着德庄街上的人流。

我喜欢看这样的人流。按说活到了三十多岁,看的人也算不少了,早就该看烦了,可我不。随着年龄的增长,我越来越喜欢看。尤其是现在,此刻,我形只影单,居高临下,似乎在看电影,身份是纯纯粹粹的观众。

男人,女人,俊人,丑人,婴儿,少年,青年,中年,老年,走路的,骑车的,聊天的,沉默的,匆忙的,悠闲的……这在德庄的街上都可以找到周全的样本。想想看,人,这个字还真是伟大。一撇一捺,最简单的两个笔画,却又是最精准的表达:左一下,右一下,男一下,女一下,阴一下,阳一下,好一下,坏一下,进一下,退一下……似乎所有结对子的反义词都可以用在其中。而在一撇和一捺之间,则是两个反义词衍生出来的广阔地带:左右之间,男女之间,阴阳之间,好坏之间,进退之间……关于人的词语,琢磨起来也很有意思。很具象的:人体。人梯。人中。人物。人像。人日。人瑞。人鱼。人妖。人居。人质。很抽象的:人文。人事。人民。人和。人意。人缘。很哲理的:人寰。人海。人间。人世。人生。人格。人性。很世俗的:人家。人样。人烟。人品。人道。人工。人情。人脉。人精。人祸。人渣……反正只要有人在,关于人的新词还会无休无止地造下去,造下去。

下班的高峰期来临,人声喧嚣,市声鼎沸。这些我也喜欢听。离死的日子越来越近,这喧嚣和鼎沸似乎也越来越悦耳。

"钱,钱,你就知道钱!"女孩子娇滴滴的嗔怪。

"这个字人人都离不开哪。仔细听听,谁说哪句话不带个钱?"男孩子温柔而又坚韧的应答。是两个情侣在吵架么?

留神去听,还真是。

"烩面多少钱?"

"三块。"

这是烩面摊儿上的。

"老板,多搁点儿醋!"

"不是我心疼醋钱,再搁就不是那个味儿了……"

这是酸辣粉摊儿上的。

"老板,来,帮我们照张相!"

"中啊。挤挤,再挤挤,好咧,说:茄——子——"

这是麻辣串摊儿上的。还好,这几位可没说钱。可也不过是间隔了几秒钟,一个女孩子就叫了起来:"再来一张。别说什么茄子啦,早就OUT了!现在流行说的是:抢钱!我们一起来说:抢——钱——"

我笑得胸口都痛起来。

2

碎 片

2002年,距今已经十年。现在,我又住在了德庄。十年前这里是什么样,谁还记得呢?——我还记得。陈眼镜手翻烧饼,陈家饺子摊,南京酱香饼,高老太冰糖梨水,美姐烤甘蔗……这些我都记得。而我之所以还记得,是因为这里的一切和我的私事息息相关:初春,神舟三号上天,我来到郑州。盛夏,我陷入了热恋。11月8日,十六大开幕,我正在蜜月新婚。

我来到郑州的那天,阳光很好,空气中隐隐飘来树叶初萌时极淡极淡的清香。我漫无目的地在郑州的大街上搭了七八趟公交,拐了四五条小巷,黄昏时分,终于走进了这个名叫德庄的城中村,找了一个便宜的旅馆。在那家旅馆连住了三天之后,我干脆在德庄租了个房子,住下了。这三天里,我已经明白了德庄的好处:价廉物美。

廉的是住。德庄每户人家都靠吃房租过日子。看见他们盖得密密麻麻的蜂窝一样的楼房,很难想象他们当农民种地时的情形:每家一个四合院,宽大的院子里养鸡养鸭,堂屋檐下挂着金黄色的玉米辫,厢房檐下挂着大红的辣椒串,大门过道下放着沾着泥巴的锄头……城市的大车碾来了,把他们由农民碾成了市民,也把他们的四合院冲着天空碾成了一栋栋高高的楼房。——要盖就盖个彻底,他们便把能盖的地方都盖成了房子,于是,这城中村就比城市还像城市——除了楼就是街,没有院子,没有绿地,没有楼间距。鉴于房子的密集度之高和住户的享受度之低,房租也只有如此之廉:一个一居室月租才一百五十块,算下来才五块钱一天。那些拖家带口做生意的小老板租住的两居室,月租也才两百五。廉不廉?

美的是吃,尤其是夜市。德庄白天看来是这城市的一块癞头疤,到了夜晚却是一朵非常奇丽的玫瑰花:每栋楼都闪烁着色彩斑斓的霓虹灯,路面上同样也是彩光闪耀:饭馆和旅馆的灯自不必说,仅是那些夜市小摊的灯就汇成了一条光的河。这些小摊还自觉地凑成了一个河南地方小吃大全:周口的粉浆面条,开封的炒凉粉,南阳的砂锅,许昌逍遥镇的胡辣汤……还有以姓氏命名的各家美食:曹记冰豆,李记炒酸奶,香嫂凉面,王记烤面筋……各家招牌的大字下还都有小注释:第十九代,独此一家,已经九年,中原一绝,郑州冠军……真是百家争鸣,百花齐放。我是刀削面摊子的常客。老板兼任厨师和伙计。每每看见老板一手把面扛在肩上,一手拿着刀,将面一片片地削飞进了锅里,我就会暗暗在心里给他配音:噌噌噌,噌噌噌,噌噌噌啊噌噌噌。面快要煮好的时候再往锅里放青菜,青菜在锅里打个旋儿,叶子软了,颜色却因水色而更加鲜碧,这时候漏勺下锅,将面和菜一起捞进暗红色的海碗里,有需要过水的便再过一下水,过水用的水须是放温了的开水,这样面才会在筋道的同时避免了生硬。然后就是浇卤,卤又分素卤和荤卤。荤卤无非是猪肉或牛肉,素卤无非是鸡蛋和香菇。无论荤素,卤的颜色都比较重,类似于酱油色。于是,当面端到眼前的时候,便是这么一幅情形:暗红色的大碗,雪白的面缠绕着绿生生的菜,白面绿菜上又浇着一团圆圆的暗红色的卤。碗的暗红和卤的暗红一大一小，仿佛是一种有趣的呼应。看到这样的面，我总是要多停那么一两秒才动筷子——不太忍心去破了这幅图呢。

好吃的还有一家酸辣粉，名头是"天下第一粉"，碗是白底红花的瓷碗，怎么看怎么喜兴。粉的种类有三种，一是红薯粉，二是土豆粉，三是红薯粉和土豆粉各半的两掺粉。粉煮好了再添酸辣汤，外加海带丝，豆腐丝，炒黄豆，花生米，小磨油，香菜末……真是香啊。

碎　片

那时候，我不知道，卤肉里有亚硝酸盐，面条里有硼砂，羊肉汤里有罂粟壳，辣椒里有苏丹红……这所有的香里，几乎都有毒。

——忽然想起关于德庄的一个传说。据说德庄原名得庄，宋朝某年某月，有户人家在这里买下一个老宅，准备翻新重盖，在挖地基时却突然挖出了一罐金元宝。这家人正喜不自胜，老宅子的旧主却找上门来，说金元宝是他家的，卖宅子时忘了。新主便反驳说这么贵重的东西，怎么会忘？定是知财起意，前来诓人。正争论不休，恰逢包拯路过，两家便请他断案。包拯便将两家人训斥了一通，说了些万不可贪小得而失大德之类的话，两家人深感惭愧，又开始谦让起来，最后达成共识，把这罐金元宝均分给了全村人，于是皆大欢喜，传为美谈。得庄也因此改名为德庄。

——也许，德庄还是该叫得庄更适合，虽然德庄更好。然而好不一定适合。可总不能为了适合而不想着那好……打住，别想得太远，以免把自己绕晕。

3

在德庄住下后，以德庄为圆心，我开始找工作。第一份工作是烩面馆。吃了一星期的烩面，吃得实在恶心，就辞了职。第二份工作是在复印社。打字，复印，印刷，也就这几样活计。老板在教我打字的时候老是拿我的手当键盘，我就只好又跳了槽。然后呢，是到小诊所干老本行，打针，输液。诊所虽然小，打的招牌却都很大，都是能包治百病的那种阵势，偶尔还需要我去装一下主治医生，有模有样地给人家听一听诊，看一看扁桃体，开一些要不了命也治不了病的消炎药。要说工资是挺不错，可没过多久我还是选择了离开。不是因为它的欺诈性，而是不喜欢那个环境。太小，太脏，太猥琐，骗个人都透着不爽利。辞了诊所的工作，我就奔进了咖啡馆，还做过宾馆的前台接待，这些地方的环境都挺好，可就是清静得近乎无聊，工资也太低，除去我的必需，连每个月给母亲寄两百块钱医药费都不能保证，我很快就一一放弃。不过我也不慌。我这么年轻，东山日头一大垛，怕什么？慢慢来吧。母亲常说："沉住气，不少打粮食。"这话对我的心思。

我就这么悠悠地在郑州的大街上逛着。德庄是莲叶，我是鱼。鱼戏莲叶东，鱼戏莲叶西，鱼戏莲叶南，鱼戏莲叶北。到了深夜，游了一整天的鱼便回到莲叶下，睡大头觉。今天新朋，明日旧友。钱多吃肉，钱少喝粥。我在家常便饭中找着工作，也视换工作为家常便饭。频频的跳槽让我的见识越来越多，也越来越无所谓。几年前有一部韩剧叫《我的名字叫金三顺》，里面有一句台词，说的就是我那时的心情："人生不就是那样么？就靠着胆识过吧。"

很拮据的时候，或是闲极无聊的时候，我也交往过几个男人。有烩面馆的食客，复印社的顾客，还有小诊所的病客……五行六作，乱七八糟，总之都是一些过客。心情好的时候，看谁顺眼的时候，我也和他们上过几次床。当然，每次我都要求他们带套。不过和他们上床我都没有得到过什么乐趣。我怀疑自己之所以和他们上床，也许只是为了抱住一个温暖的身体，或者是为了看他们在我身上呼呼大动时的丑态，这让我觉得滑稽且好玩。

碎　片

忽然想起一件狗血的事来。我在诊所工作的时候，诊所旁边一个网吧的网管追我追得很热乎。他租的房子也在德庄，离我住的不远。可能是为了表达和我交往的诚意，他给了我一把钥匙。那天，忘了是为了躲避一个什么检查，诊所早早关了门，我想去他那里看碟片——他刚买了一台影碟机——就来到了他的住处。那是我第一次去他那里。一打门我就赫然看见他正和一个女人在床上翻滚着，影碟机里正放着哼哼唧唧的淫声浪语。

看见我进门，两个人都傻了。那个女人第一时间反应过来，抓起脚边的被子盖住了身体。网管先生也顺势抓住了被子的一角，努力地盖着自己。因为两个人都在抢夺被子，被子就横了过来，他们成功地盖住了肩膀以下，膝盖以上。我本来想走，可他们的样子让我觉得有趣极了。于是我在床前站了一会儿。两个人都惊恐地看着我。网管先生居然扎煞着双手，道："你不要乱来啊。"

乱来？谁在乱来？他可以乱来，我可不会。一个牵过几次手吃过几次饭的男人能让我乱来么？这话也是乱来。我真想笑。但想到这种场合的严肃性，我还是控制住了笑容，恶作剧的兴致却更浓。我慢慢地走到床边，去拽他们的被子。他们俩齐心协力地和我抢夺着被子。我使劲儿拽，他们使劲儿夺。我甚至能感觉到女人的双手在瑟瑟发抖。

我松开了手。

"她，"我朝女人努努下巴，问网管，"功夫不错吧？"

"对，对，"网管先生有些磕巴，"对不起。"

在他说话的一瞬间，我蓦然一使劲儿，把被子扯了下来。随着两声惊叫，两具光溜溜的人体暴露在我的面前。然后，我扬长而去。

后来我也很有些惶惑，为什么一定要拽下那个被子呢？就是为了看看那一对裸体么？当然没什么好看的，不过都是男人和女人的样子。我想了又想，想了又想，直到现在我才明白：其实我就是想把遮盖他们的被子拽下。我在意的，也许就是拽下被子本身。

4

晃荡了一个多月，四月初，我在梅梅酒家落下了脚。梅梅酒家位于经三路和东风路交叉口，紧邻着东风河，景致很不错。因附近又驻扎着省委党校和黄河学院，生意也便相当好，给员工的薪酬自然也就比较理想：月工资六百块，酒水提成另算。本来老板是考虑让我在门口当迎宾员，说迎宾比走菜风光，舒服，挣的钱也多。可我当了一天就当够了。气儿不顺。一站一整天，见个苍蝇飞进来也得微笑着说声"欢迎光临"，来吃饭的人川流不息，没见有谁正正经经地回候一下，太让人没处搁。于是我就要求当服务员。

我伺候的几张桌子都在大门两边的走廊上。走廊很宽，在这样的黄金地段，这么宽的廊决不能白空着，封上落地玻璃，左右两边各摆上一排桌子，再搁两个服务员一站，就把这走廊做成了一道含金量很高的风景。在这里站了没几天，我就知道了这里的好处：活不多，钱不少。既不像大堂那样闹，又不像包间那样闷。还能比大堂和包间多看些花花绿绿的街景。

那天下午阳光很好。下午这个时辰，饭店往往都骨松肉软。中午的高潮刚刚过去，晚上的高潮还没有来临，在两个高潮之间，是不想言语的疲乏和困倦。一切都像厨房刚刚挂上的炒锅，在疲乏和困倦中寥落起来。油香稠稠地弥漫着，和初春的阳光搅在一起，空气便成了一盆勾了芡的温汤，让人沉醉。我眼看着把着右廊的服务员站着站着就睡了。阳光透过竹帘子，打在她的脸上，把她的脸制成了一张横细格的作业本。慢慢地，格子一行行地斜了下去，她的头歪了下来，一个点，一个点，连成了一条涩弧线……不知不觉间，我也睡着了。当我醒来的时候，发现一个男人正默默地看着我。

这是个四十岁左右的男人，穿着一件白衬衣，坐在离我最近的一张桌子旁，椅子背上搭放着浅灰色的西服。我瞄了他一眼，漫不经心地把目光投向别处。只一眼，我已经看清楚了他：小麦色的皮肤，不白，但很干净。头发微微地有些卷，肩膀很厚，眉眼之间有些木讷，一看就是那种省事的男人。当然，也是那种很一般的男人。他的面目平凡得没有任何特色，可以说和大街上走过的任何一个中年男人没有任何区别。但是，此刻，他对我来说却是最特别不过——他的眼神呆呆地、怪异地落在我的身上，嘴角含着一丝极浅极浅的微笑。

我拿过菜单，请他点菜。他点了凉拌牛肉，清炒苦瓜，尖椒鸭杂，一瓶啤酒，一碗米。慢慢吃完，他抽了支烟，结账。他没要发票，我便知道他是吃自己的，就把零头给他抹了，整整五十。接过钱的时候，我不自觉地迎着光照了照。

"真的。"他笑道。

我没说话。真不真不看怎么知道？这话本身恐怕就是一张伪钞呢。

"请再添点儿茶。"男人又说。我拿起茶壶去添茶。茶壶里的水又热又满，砰砰地扑了出来，霎时间洇湿了我的衣服。衣服是店里统一发的工装，改良过的中式对襟盘扣上衣，蓝地白花，袖口领口都掐着红边，还有一块同色的三角头巾。可能是为了让服务员看着诱人一些，领口低得不能再低，连我胸口的梅花都不时会露出来。那块洇湿的地方就在胸口下方，已经洇成了一个大圆，像深蓝色的月亮。还有一串小圆，像月亮的泪珠。

男人直直地看着我的胸口，我掩了掩，心里暗骂：看瞎你的狗眼。

"烫着了么？"男人问。

"没有。谢谢。"我说。

"快去换换衣服。"

"没关系。料子薄，一会儿就干。"

"你在这里干了多长时间了？"沉默了一小会儿，他又问。

"没几天。"

"我说呢。"他轻轻道。

以后的日子里，他几乎天天都会在这个时辰过来吃饭，就坐在廊下固定的位子上。因他来得早，我和他总有一段时间会单独相处。他往往不急着点菜，先和我聊会儿天。都是一些最闲不过的闲话：老家是什么地方？叫什么名字？什么学校毕业的？现在住在哪里？……直到另一拨客人进来，他才会慢慢地点菜，吃饭，结账，离开。因他来得如此规律和频繁，右廊下的服务员和那些迎宾员都开始拿我开玩笑了，说他看上了我。

我当然知道这个。虽然对这个男人没有感觉，但我还是免不了有隐隐的得意：有人看上总比没人看上要好吧。我也打探了他的情况，知道他来自源城，在省委党校学习，学习期是半年。他没说他的职务身份，我也没问，可心里已经有了估算：在省委党校学习，那肯定是个领导。正值壮年的领导，乍然离家半年，一般来说这是不好熬的。当然他也可以去嫖，但嫖到底不干净，而且风险也大。最好的方式莫过于勾搭个露水夫妻。——很可能，他就是想把我当个野食打。若他的饵真的送过来，我吃还是不吃呢？至于爱情，也许对我来说，世界上并没有这么一种东西，那不妨就去做最实际的生计打算。在我最底的底线处，便是这样一个念头：如果能有一个合适的男人，那做他的外室也无妨。男人都是那么回事，生个孩子再有个房子才是千秋基业。当然，前提必须是他能养得起我我也看得过眼。至于他比我大这么多，对我来说一点儿关系也没有。我一向就喜欢年龄大些的男人。我从小没爹，让他给孩子当爹的同时也顺便给我当当爹……嗯，这么想来，眼前这个男人似乎还算是个人选。

5

　　村里人都说，哑巴就是我爹。
　　在知道这个说法之前，我还是有些喜欢哑巴的。哑巴是村里唯一的哑巴。据说他是在小时候被一场高烧烧成了哑巴，据说他曾娶过一个老婆，也是一个哑巴。据说哑巴老婆还给他生了个儿子，倒不是哑巴，可是儿子两岁的时候得了急病死了，哑巴老婆很快就跟着儿子去了，就只剩下了哑巴一个人。哑巴从此便再没有成家。
　　哑巴的地和我家的地挨着，他干活儿很有样子，尤其是耕地和扬场的时候。"耕地两手鞭，扬场两手锨。"在豫北平原，这是对一个农人业务水平的最高赞美。两手鞭就是会两手执鞭赶牲口，能做到这个份儿上的人一定会把犁沟翻成一条直线。两手锨就是会两手用木锨，能做到这个份儿上的人才能在扬场的时候把麦子扬得又快又净。哑巴既是两手鞭也是两手锨，是个众口一词的好把式。他的两手鞭我没见过，他的两手锨我倒是经常目睹。麦收时节，他忙完自己家的活儿就会四处帮忙，想不目睹也不行。这时候，所有的人都会停下来看他表演。但见他在大风中，不宽不窄地叉开腿，将腰低弯，以一个低短的弧度将木锨里的麦粒送向风的侧逆，左手，右手，右手，左手，一锨一锨又一锨，哗，哗，哗，魔术一般，麦粒和麦糠就分了家，一会儿就堆成了一座金黄色的小山。忽然，风变小了。微风脉脉中，哑巴就变换了腰身，他舒展起了腰背，两腿的距离靠近了一些，站得更踏实了一些，然后将木锨高高送出，扬出一道长远的弧线，可以清清楚楚地看见，每一道弧线都是扇子面儿的，等这把扇子消失，另一把扇子也随之在麦场的空中绽放，左手，右手，右手，左手，一扇一扇又一扇，哗，哗，哗，画画一般，麦子就落成一弯金黄色的月牙。哑巴英雄一样站在月牙中间，像个太阳。

但是除却了这个时候，哑巴就只是哑巴。是默默无语、灰头土脸、臊眉搭眼的哑巴，是任人捉弄、任人笑话、任人欺负的哑巴。谁家有事忙不过来，都会叫他帮忙。他是全村人的孙子。既然全村人都能使唤，我自然也不会客气。我放学去地里玩，只要碰上他，就会骑在他的背上让他装马，他跪在地上，绕了一圈又一圈，浑身上下都是土。村里人看见了这幅情形，就会笑嘻嘻地说："这爷儿俩。"

"爷儿俩"，这当然是个定位明确的词。不是父子或者父女，或者是血缘关系很近的两辈人，就不适用。可我当时不明白，不明白也就不在意。于是我就那么懵懵懂懂地混在人群之中，在捉弄、笑话、欺负着哑巴的同时毫无顾忌地享用着他主动提供给我的所有服务：纤秀的细草编的蝈蝈笼，青翠的高粱秆儿编的小房子，那种有些酸甜的叫马葡萄的野果，最不济他也会从远处的井里给我打一碗甜凉的水。直到有一天，我和一个小伙伴骂架，我正骂得大占上风，她突然诡秘地一笑，说："你爹是哑巴，一个字也憋不出来，他把说话的劲儿都给了你，你的嘴才这么刁！"

这个突兀的重大信息把我砸得顿时哑巴，好久我才想起回敬她："你爹才是哑巴！你爹才是哑巴！"

那天，回到家里，我直蹿到厨房，问母亲："哑巴是我爹？"

母亲吃惊地看着我，还没来得及开口，我就说："不是！"

母亲仍然沉默着。我不喜欢这沉默。于是我又说："反正不是！"

母亲停下正在和面的手，木木地站在那里，嘴巴微微张开，似乎想要说些什么。她的神情让我的心一下子绝望到底。我一瞬间明白：很可能，不，几乎可以确定，哑巴就是我爹，这是真的。

我死死地看着母亲，看了好一会儿，然后恶恶地说："他要是，我就死。"

我爹是哑巴？居然是哑巴？实在不能想象，他怎么会是我爹？他怎么配当我爹？这个村里最软弱的人，最没出息的人，比任何人的鞋底儿都还要低的人，怎么能当我爹？我不能接受这个无比接近事实的可能。绝对不能。甚至脑子里稍微一碰触这个念头就让我觉得耻辱，无比耻辱。——难道不耻辱么？残疾是耻辱，不幸是耻辱，被人捉弄、笑话、欺负……这些统统都是污泥一般的耻辱。我不能接受他带来的这层层耻辱。我甚至觉得：村里任何一个男人当我爹都比哑巴要好，都比哑巴要强，为此我曾无数次地暗暗怨恨母亲：为什么要和哑巴？与其让哑巴这样的人当我爹，我宁可当一个真正的野种。为什么不让我当个真正的野种？

当然，我更怨恨哑巴。因为不能痛痛快快怨恨母亲的缘故，我便更怨恨他。为了撇清和他的关系，为了让包括母亲在内的别人看清楚这种撇清，我比任何人都表现得更鄙视他，更欺负他。在各种场合，以各种由头，我都力所能及地表达着和他的不共戴天：别人叫他哑巴，我叫他"傻哑巴"、"臭哑巴"。和他走个对面时，我一定会朝他翻白眼。等到擦肩而过，我一定会捡块碎砖头或者是土坷垃朝他掷一下。远远地看见他有点儿驼的背影，我一定会大口地吐几声唾沫……至于他或明或暗送到我跟前的蝈蝈笼之类的玩意儿，我根本看都不看，一脚踩扁。

不，这些还都不够。我想要他死。

那天，我来到田里找母亲，母亲不在，哑巴却在。看见我，他就走向远处的井台去给我打水。明知道我不会喝，他也还是要去打。——就是这样，无论我对他表现出多么强烈的敌意，他都丝毫没有收敛对我的疼爱、友好或者说是巴结。这似乎更证明了他是我爹，也更让我无比憎恨。

看着他向井台走去的背影，四下无人，我心生歹念。我悄悄地跟着他，走到井边。在他弯腰打水的时候，我使出全身的力气把他朝井里推去。可是井口太小，哑巴在倒下的那一刻，居然本能地手脚着地，像个蜘蛛似的趴在了井口的正上方。

我跑到他的手边，两脚踩在他的两手上，狠狠地踩着。一边踩一边用脚尖在他的手指上拧圈儿。这样一定会很疼，很疼。但是哑巴没有缩回他的手。眼看他的手在我的脚下已经变得红通通了，似乎就要破了，他也没有松手。我想可能是我的体重太轻力道太小，不足以让他太疼，就用两只脚合力踩他的一只手。我踩啊，踩啊，拧啊，拧啊，他到底也没有松手。他就那么执着地趴在那里，一边趴着，一边仰起脸来看着我，满脸泪水。

不知道过了多长时间，也许是没了力气，也许是受不了他的满脸泪水，也许是他的满脸泪水让我没了力气，总之，我跑开了。

后来哑巴见了我，就不敢再有任何表示。他的眼睛里，有了怯生生的恐惧。

我喜欢这恐惧。

没有不透风的墙。这天的事，村里到底还是有人看见了，并给出两种评价。一种是说我有骨气，另一种说我恶毒。这两种说法都让我有微微的得意。

碎 片

　　信笔至此,我对那时的自己也充满了讶异:那是我么?那个小小的恶人,真的是我么?但是,无法否认,那就是我。那就是我做过的事。

6

　　那天,白衬衣照常过来,我们照常聊天。
　　"你是个儿子还是女儿?"我问。他成家是肯定的了。
　　"女儿。"他说,顿了顿:"你有男朋友么?"
　　"没有。"我说。有点儿想笑:都够直接。
　　"你……"他犹豫了一下,"为什么要文身呢?"
　　我一怔。他说的是我胸口上的梅花。
　　"好玩呗。"挑逗地看他一眼——无论他将来跟我有没有关系,且先拿他练练媚眼,"不好看?"
　　"好看。"许久,他说,"你喜欢梅花?"
　　"嗯。墙角树枝梅,凌寒独自开。遥知不是雪,为有暗香来。梅花的这种意思好。"——把脑子里库存的唯一一首关于梅花的诗都使了出来。
　　他点点头,正待要说什么,一拨客人咋咋呼呼地进来了。一共是四个男人,一看就是老资历的酒徒。他们好像是很久没有见面的老友,每个毛孔里都散发着兴奋。我赶过去手脚不停地招呼着，同时也请他点过了菜。他默默地坐在那里，吃着饭，喝着啤酒。此起彼伏的喧嚣中，他的那个角落总是静谧得如一个深凹。

那四个男人很能喝，开始时喝白的，后来喝啤的，再后来又喝白的，从六点钟一直喝到九点半还没有停止的意思。这倒也不稀奇。夜晚的酒局本来就容易被拉长。我一直觉得中午的酒局是三角裤，只能包裹最必要的部分，很勉强，很紧张，仅供遮羞。而夜晚的酒局则是一条裙子。裙子么，可以由超短裙接成齐膝的中裙，再由齐膝的中裙接成过膝的半长裙，直至接成摇曳生姿的拖地长裙。

那天，那四个男人就把酒局喝成了半长裙，眼看就要成拖地长裙，才嘻嘻哈哈地喊我结账。我报了账，做东的酒鬼把钱掏了出来，却不给我，眯着眼睛用方言问："还没点主食哩。有馍没有？"我说："有"。酒鬼就摸了摸我的手。我那只手像被火钳子夹了一下，猛地缩了回去，说："你干什么？"那酒鬼说："你说的有摸啊。"

一群男人大笑起来。

我默默地站着，木木地看着男人手里的钞票，等着他把调戏我的兴致熬过去。总是免不了要碰到这样的事情，又能怎么办呢？发酒疯是他们的事，结账是我的事。账是要结的，必须结。跑了单老板是要扣工资的。

等笑够了，那酒鬼又得意扬扬地用方言问："有水饺么？"

水饺就是睡觉。我马上明白了他的意图，问："请问你想要什么馅的？"

"你只说有没有。"

我沉默。

"问你话呢。没听见么？"酒鬼拍着桌子道。

"她问你想要什么馅的,你没听见么?"身后有一种隐隐的风动,是那个白衬衣,他来了。他说得很慢,每说一个字就像吃了一个饺子。

那个酒鬼迟疑了片刻:"你少管闲事!"

"她是我妹妹,还真不是闲事。"白衬衣说。

酒鬼骂骂咧咧,一幅想要发威的样子,白衬衣只一动不动地站在那里,把我护在身后。他宽厚的背影,像一堵墙一样。

终于,大堂经理和另一个不太醉的酒鬼都上来救场,这桌子人买单滚蛋。

"想换个工作么?"在我收桌的时候,白衬衣问。

"什么工作?"心里一动。这是个什么信息?

"不管什么,肯定要比这个好。"

我沉默。

"等你哪天休班,我们见个面吧。好好聊聊。"他的口气不容拒绝,"我姓梁,栋梁的梁。名知,知识的知。"

那天晚上下班之后,在回往德庄的路上,我忽然发现平日里看惯的经三路有了一种特别的美感:安静的大街如一匹巨大的蓝布。偶然有汽车飞快地驶过,像一只梭子。我觉得,自己仿佛是这布上一朵小小的、散步的花。

碎 片

随着年岁的增长,我越来越明白男人为什么那么爱喝酒了,也越来越发现:酒,这真是一件奇妙的事物。喝酒,这真是一件有意思的事情。——较之于啤酒,白酒显然更好,尤其是酱香型的白酒。这种白酒是一团纯净的火焰,喝下去的一瞬间,那一种不靠谱的热度,像一条透明的走廊,会引着我们走向一处处平日里不可能去到的奇特之地。它让我们变得似乎比平时要高一些，大一些。让我们的脑子变得比平时要简单一些，粗暴一些，明亮一些，激动一些，失控一些，或者不止一些，而是多些，甚或者更多些。

嗯，酒这么好，还真是让我有些馋了。今天就到这里吧，收工，喝一杯先。

7

离梅梅酒家几十米远的迪欧咖啡厅，是我和梁知第一次正式见面的地方。那天下午六点半，我一到迪欧就在窗户旁边的秋千座上看到了他。他仍是浅灰色的西服，里面穿着一件白衬衣。看着我，他目光温和。他说他为我找的工作是到黄河学院的图书馆当管理员，很清闲很舒服，更重要的是工资待遇好：一个月八百块钱。这个数额让我一阵喜悦。要知道，在梅梅酒家辛苦一个月最多也不过是这个数。这八百块钱足以保证我的生活，并且可以让我多寄给母亲一百。——我已然明白，以自己的能力绝不可能把母亲接来郑州养，以自己的德性也绝不可能回去当乖乖女服侍在母亲床前。两难之中，最适合我的尽孝方式也许就是这样：多多寄钱，以钱表心。

"为什么？"咖啡上来，我一边品着它的苦香，一边悠悠地问。他的饵已经送到了我的嘴边，我总得知道他给我下钓的缘由。虽然，那缘由几乎是现成的。

"不为什么。"他很快回答。

我的心一抖,凛凛然乍起了羽毛。很显然,这件事情好玩得有些过分。

"为什么?"我又问。

"不为什么。"他又回答,"如果非得要个说法的话,因为你是你。"

这个毫无意义的狡黠说法,我不要。我微笑着看着他。他紧抿的嘴唇仿佛是一座坚固的碉堡。

"如果你不说清楚的话,我没办法接受你的任何好意。"

"我看起来像个坏人么?"

"我只是不相信天上会掉馅饼。"

他轻轻地搅拌着杯里的咖啡,沉默了一会儿,道:"其实,天上有时候也是会掉馅饼的。"

"没错。"我使出了一贯的伶牙俐齿,"我听说,1975年,驻马店有个水库溃堤,发了很大的洪水,交通中断,解放军叔叔的车过不去,就开直升飞机给灾区人民空投食物,这时候,或许天上会掉馅饼……"

他笑起来:"那你就把我当成是解放军叔叔吧。"

"这么便宜就捡个叔叔当了?"他的笑让我放松,也让我肆意起来,"最多也就是个哥哥。"

"那就当哥哥吧。"他说,神情顿时郑重起来,"哥哥还是当得起的。"

"为什么?"我又兜了回来。这个顽固的碉堡让我有耐心不厌其烦,"我想,你不是天天都这么给人当哥哥吧?"

这次,他没有回答"不为什么",他只是沉默。久久地沉默。咖啡杯里已经没有一丝热气了,他忽然道:"以后,你会知道,也会相信，我对你，绝无恶意。"

他的眼神坦白坚定，似乎很是光明磊落。好吧，那就这样吧。——当然，我当然更信自己的判断：他脸皮薄儿，一时还不好意思承认对我的邪念，又或者，他想更有情趣些，不想像谈生意一样和我一手交钱一手交货。无论他怎么想都没关系。反正从一开始我就断定他对我肯定是有目的的，反正我也是不怕他这目的的。赤条条来去无牵挂，我有什么可怕的呢？

第四章

1

梁知，他真的如哥哥一样。不，不能拿他和我的那几个哥哥比。他们都算不上哥哥，最一般最普通的哥哥都算不上。除了洗澡和上厕所这两回事儿，他们压根儿就没把我当妹妹看过。泼皮顽劣的我在他们的眼里简直就是一个"二不豆子"①。相安无事，这就是我和哥哥们尽最大努力维持出来的最好状态。每次我回老家，在大哥的小卖部买东西，和他从来都是毫厘不爽，钱货两清。我不赖他一分，他也别想欠我一毛。

而梁知，我心目中最理想的哥哥的样子，似乎就是他这样：他让我搬出了德庄，在德庄附近的一个小区给我租了一套正儿八经的一居室，置办了一些简单实用的生活用品；他去书店给我买了一些图书

---

① 二不豆子：豫北俗语，相当于二百五，意为不着调，不上路，或者是不靠谱。——编者注

管理方面的书，让我对自己的新工作做了一个最初步的了解；他陪着我以步行和坐公交两种方式从住处去到黄河学院，计算着需要多长时间……很快，我的工作和生活在他根本性的修改下变得焕然一新。

较之于嘈杂喧嚣的饭店，图书馆的工作自然要单纯得多。刚上班时看到来这里的人莫不屏息敛声，文质彬彬，似乎浑身上下每个毛孔都透着书卷气，我不免觉得太闷，还以为像我这么胡打海摔惯了的人可能在这种地方待不了多久，没想到我居然很快也就适应了这里的生活，在新的工作岗位上如鱼得水。而鱼之所以能在水里游得欢快，自然是因为水很活泼，不是死水。虽然书都沉默着，可读书的人来来往往，自有一番热闹。那些学生大小和我差不了几岁，打过几次交道就能熟络起来，牵三扯四地很快交上了朋友，过上一段日子时不时地还会有些男生青青涩涩地追追我，被我轻轻快快地拒绝后也都能顺顺利利地转化成上不错的哥儿们，甚至还能升级成为他们的爱情高参，为他们再追别的女生出谋划策。居然也成功过几回。经典的一例是：我让一个男生为心仪的女生悄悄占座，用玫瑰花。花枝上刻着那个女生的名字，她的名字又被一颗心包住，每天一枝……三天之内绝不露面，只让那女生美滋滋地疑惑着，猜想着，甜蜜着。第四天，玫瑰花消失，女生陷入失落、思念和纠结。第七天，玫瑰花再次出现，相逢一笑，爱情上轿。如此一波三折，不过一周时间，且又浪漫又传奇又新鲜，更重要的是不费任何经济成本。玫瑰花校园里就有，掐时只需要小心些就成。

不过我也闹过不少笑话，对于书。有太多书我都没有听说过，免不了望名生义。《钢铁是怎样炼成的》我以为是科技书，《时间简史》我以为是历史书，《玉米》我以为是说农作物，《绿化树》我以为是在说植物，《小王子》我以为讲的是宫廷，《了不起的盖茨比》我以为是在夸比尔·盖茨……好在我还年轻，脑子也好使，可以快补恶补。在很短的日子里，出于虚荣、好奇和无聊，是我生吞活剥了很多书。那天，我正翻看着《金瓶梅》，津津有味地研究着李瓶儿的陪嫁，一个温和的声音响起："有一本专门研究《金瓶梅》的书刚刚出版，很不错。你可以配套读一下。"

我抬头朝他笑笑。他是申明，历史系的一个副教授，图书馆里的常客，几乎每天都来，坐在他固定的座位上，看书，记笔记，一坐就是半天。那天是我们第一次好好说话。熟识之后，偶尔我会给他的杯里续续热水，他会给我写下几个书名。"要精读细读，"他反复强调，"你是有慧根的，应该好好读点儿书。守着书不读，你知道像什么么？乞丐捧着金碗，饿鬼守着厨房……"

"裸体守着衣店，光棍守着后宫。"我接话。

他笑。

过一段时间，他还会询问一下我的阅读感受，再和我探讨一番，仿佛我是他的一个编外学生。实在是不好意思辜负他的教诲，也或许是我真如他所言有些慧根，我读书居然读得也越来越有兴味，越来越有趣致。常常的，看着满架子的书，我就会不由自主地微笑起来，书里的世界真是有意思啊。

"申老师，谢谢您一直这么指导我。可是，您究竟为什么要对我这么好？"看着他的眼神，我连忙否认，"我知道您对我没有不好的心思，所以才更好奇。"

"这个世界上，空气不要钱，阳光也不要钱，所以，"他的脸上洋溢着明亮的微笑，宛若少年，"有些好意就是没有什么目的，只是好意而已。"

碎 片

昨天,我去了一趟黄河学院,看过未未之后,在图书馆门口又坐了一会儿。风声瑟瑟,寒意袭人,却仍有穿着单薄的孩子进进出出于图书馆的大门,带着满身热气和满身青春。

"我找鲁迅。"

"我找苏东坡。"

"我找托尔斯泰。"

"我找陈寅恪。"

"我找茅盾。"

……

那时,我耳边天天响起这样的声音。我常常暗自嘀咕,还大学生呢,说话真不讲究。找书就找书呗,硬说成找人,这些人都死了多少年了,还找他们,好像他们一个个都在图书馆里坐着,诈尸似的。

这么多年过去,想起那些声音,我却觉得那么温暖和亲切。是的,叫响这些人的名字,是找他们的书,又何尝不是在找他们的人?这些人,就在他们的书中活着,他们的书就是他们的家。你打开书的扉页,就像推开了他们的家门。他们就在各自的家中坐着,站着,躺着,笑着,哭着,疼着,活泼泼的,活生生的。正如,将来有一天,如果有人打开了我的书,或许会看到一个活泼泼的,活生生的,我。

呵,图书馆,托你的福,我这个饿鬼乞丐加裸体光棍如今才略微可以腹内有饭,身上有衫,不至于流落蛮荒,无地葬心。——如果没有那一段图书馆岁月,我就写不出这些文字来。这简直是一定的。

2

梁知常来住处看我。每次来之前都不打电话，来后也都是稍坐一会儿就走，偶尔也会吃顿饭。我只会做最简单的，也就是熬个粥。通常熬的都是大米小米黑米豇豆绿豆混在一起的五谷杂粮粥。清爽去火，四季皆宜。再配上我从学校食堂打来的馒头和小菜，我能给他吃的就是这种最没特色的家常饭。

渐渐的，对他的帮助，我接受得越来越自然，也越来越发现，他的帮助不同于以往任何男人。以往任何男人的帮助都让我觉得有企图，而事情的发展也往往证明他们确实有企图——没有能掐会算的本事，我只是眼尖而已。相由心生，这话一点儿错都没有。人的什么都是写在脸上的。但是，我在他脸上没有看到任何属于男人的那种欲望。常常的，小小的屋子里，电视开着。我和他就那么淡淡地吃着饭，有一搭没一搭地聊着天。饭后他喝上一杯茶，便会告辞。一次又一次，我给他递饭碗和茶杯时，与他指尖相触——这是我们唯一接触的身体部位，我都没有感受到他的一丝欲望。——男女之间就是这样。如果有欲望的话，不用开口，眼神甚至呼吸就可以表明一切。只要不是弱智的男女，在这方面都是无师自通。而我从他那里不仅没有感受到任何暴露、膨胀、扩张和侵犯的欲望，反而隐隐感觉到了一种盔甲般的防御：他很少看我，也从不说多余的话。就像最正常最敬业的哥哥那样，非礼勿视，非礼勿听，非礼勿言，非礼勿动。似乎多一分少一分都是冒天下之大不韪，不能想象也不能饶恕。

这引起了我越来越深的兴味。——我当然不相信他对我没有任何企图。我始终相信那句话：天上不会掉馅饼。面对他貌似无缘无故的好，我的疑惑也只能越来越深：他，到底，究竟，为什么，要这么对我？在没有更可信服的答案之前，我的推测只能是：很可能，他的居心也和其他的男人一样，只是比我所见过的任何男人的城府都要深，或者说他演技太好，好到我看不出任何破绽。如此而已。

但是，演技再好的演员，也一定会有破绽。如同，再平静的湖水里，也一定会有鱼。

我相信有鱼。我想捉到他的鱼。

渐渐的，随着熟悉程度地加深，他开始暴露出一些嗜好，也把这些嗜好影响到我的生活中：他建议我多穿粉色的衣服，说女孩子穿粉色显得娇嫩；他虽然抽烟却从不抽"黄金叶"，所以我偶尔给他买烟的时候，从不买这个牌子；有些东西比如肥肠，他自己不吃，也不让我吃。

"好吃。"

"好吃不健康。"他义正词严，"不要贪图一时的口舌之快。"

可是我很喜欢吃肥肠。偶尔和他下馆子的时候，我总试图为自己的嘴巴争取一些可能性："饭店里的肥肠还是挺干净的，一点儿味都没有。英雄不问出处，这些菜也是。你有心理洁癖吧？要是吃饭的时候总想着它们的来处，那干脆饿死得了。什么菜都免不了用大粪浇呢。"

"别的不管，"他笑了笑，但很快就收起了自己的笑，"就是肥肠不行。"

他还不允许我穿低领衣服，我知道他是不喜欢我露出那个梅花文身，于是只好把那些衣服留在家里穿。有一次，我试探着问他是否该去把这个文身洗掉，他眼睛盯着电视，道："不用。别露到外面就行。"

有时候，他吃过了晚饭也会过来，那多半是喝了酒。除了党校同学们之间的应酬，也常会有源城的同僚或者是下属来郑州看他，这看自然不是光拿一双眼睛来白看，总要给他带点儿什么礼物，外加一餐饕餮。通常他会把酒意和那些礼物一起带来。有时是一块名表，有时是一支金笔，有时是一个什么小摆设，有时是购物券。他一进门就会倒在沙发上，我把茶给他沏好，然后就坐在一边默默地看着电视。这时候，他的话更少了。只是喝茶，一杯接一杯。有时候，喝着喝着，他就睡着了。我轻轻地给他盖上被子，任他睡。等我在自己的床上醒来，被子已经回盖在了我的身上。

"以后，别这么喝酒了。"有一次，我说。听不见他的回答，我便回头看他，正好迎上了他的目光。那是一种什么样的目光啊。不是情欲，不是欣赏，当然更不是亵玩。那种目光，不能命名。如果一定要命名的话，也许只有一个字最合适。

——疼。

对，就是疼。只有疼，才能诞生出这么柔软的目光。丝绸，棉花，湖水，白云……所有柔软的事物都不能比喻那种柔软。因为它不仅只有柔软，还有无边无际的深，还有漫山遍野的阔，还有浩浩荡荡的苍茫。它的柔软如同伤口邂逅了阳光。阳光落脚之处，伤口也如影随形般诞生出了浸入骨髓的疼。

那一瞬间，我的心，也疼了起来。

"你……"我吐出了一个字。

"我走了。"他马上站起来穿上了外套，默默离去。终究，我只吐出了一个字。他没有追问我想说什么。而其实，连我自己都不知道自己想说的是什么。

渐渐的,我在他面前既越来越放松,也越来越紧张。放松的是语态、神态和心态,紧张的是衣着、相貌和妆容。我开始一点点地加强修饰和打扮。——突兀盛装肯定是有些不好意思,只能慢慢来。内在的放松和外在的着意会构成一种特别的诱惑,近似于勾引——为什么不呢?用这样的方式来捻成一条细细的引线,在适当的时机再把火点燃,不是最水到渠成的事么?

但是,我失望了。无论我怎样尽量自然地展示或者流露自己的风情,他依然没有在我面前露出一点儿破绽。一点儿也没有。我虽然不是倾国倾城,但最起码也有所谓的清纯之美,而且还这么年轻,他的无动于衷让我不免有些懊丧,有些好奇,还有些恼羞成怒:难道我真的就引不起他的一丁点儿兴趣?难道他对我就有这么强的免疫力?难道他对我真就是哥哥对妹妹的那种最纯粹的好?

不,我不能相信。

3

"有出气没进气。乡医院的医生都说了,就这两天。她一直念叨你呢。我正说这两天就给你打电话呢。"那天,我往大哥的小卖部打电话,大哥这么说母亲。

我只冷笑。这两年母亲的病情时好时坏,这次重一些是很有可能,但多半不会这么危险,不然的话他早就打电话了。当然把话说得重一点也没错,既显得他孝顺又可以给我压力,让我不仅回去还得带着多多的钱回去。带回去的钱就像进了仓的粮食，还有得跑么？这样的戏码已经演过了好几次，我早就看熟了。

请过假，匆匆回去给梁知留了个条子，我便奔到长途汽车站。刚刚买票坐定，就听见有人叫我的名字。

当然只梁知。只能是梁知。

他把我叫下车，塞给我一个信封。不用看就知道是钱。

"我带有。"我说。

"多带点儿，正是用钱的时候。"

"回头还你。"

他拍了一下我的脑袋："路上警醒着点儿，别睡着了让人掏包。"

"嗯。"我答应着，忽然很想冲进他的怀里。

当然，我没有。

但是，我真想。

是因为钱。也是因为他。

钱亲，送钱的他更亲。

我们在车下默默地站了一会儿。他满头都是细微的汗珠，在阳光下晶莹闪烁。我把手紧紧地插在口袋里，压抑着想要替他擦拭的欲望。在路上，我把手伸进包里，眼睛看着窗外，默默地数着那叠钱。是一千块。十张。我数着，数着。一遍又一遍，仿佛那是一叠永远也数不完的钱。——亏得人民币都是好纸，不然的话，那些钱肯定都变成了粉末。

这次，出乎我的预料，大哥说得没错，母亲确实是病得很重。但是还好，虽然格外虚弱些，架子也还能撑上些日子。我把她的被褥统统拆洗了一遍，又从乡卫生院请来我的同学给她仔细看了看，开足了一个疗程的药，又和村医疗点的医生商量每天几时给她量血压打点滴，又到镇上给她买了各色吃食……因为知道自己的亏欠,每次回家,我尽起孝来总是格外奋力。

"妞,找对象了没有?"我回家的第三天,母亲似乎精神了很多。

"找了。"我犹豫了一下,说。

"啥样人?"

"见了你就知道了。"

"真怕见不着。"

"能见着。"我说。

我也不知道自己为什么要那么说。明知道自己和梁知不可能。明知道他已经成了家,而且听起来这个家似乎还很不错。——他没有给我细讲过,我是听他的电话听出来的。在一起的时候,他常常会当着我的面接电话。通过他接电话的口气我判断着对方的角色:领导,下属,朋友,母亲,弟弟,孩子,老婆……他和弟弟的感情似乎尤其好,他接打的所有电话里,弟弟的电话最多,每次接打的时间也最长,聊的事情也最细致,什么吃喝拉撒鸡毛蒜皮都说,对他是一百个牵挂一千个惦记一万个不放心……他说他弟弟是他看着长大的,像他的孩子一样。

可我就是想那么说。那么说的时候,我就是舒服。这是我和自己玩的游戏。但是,这世上有纯粹游戏的游戏么?谁在玩游戏的时候能彻彻底底地把自己撇干净呢?谁不在游戏里耗费上哪怕是一丁儿点的真料呢?——是,我承认,我喜欢他。而且,我相信,他也喜欢我。尽管他表现得那么中规中矩,无懈可击,但这中规中矩无懈可击本身就是他喜欢我的最大证据。要是心里没鬼,用得着把自己捆绑得那么严实么?——那么,他到底是在怕什么?是怕我纠缠他让他后院起火?还是怕情事不密影响前程?不,这些都不能成立,否则他压根儿就不招惹我岂不是更省事？对了，那句话是谁说的？"男人不坏，不过是三种原因，一是有贼心没贼胆，二是有贼胆没贼心，三是既有贼胆又有贼心，就是没了贼。"他是贼心还不强贼胆还不壮？那我还真是有兴趣看看他的贼心和贼胆的成长之路。这路上我免不了要和他交交手，反正我的手早就痒痒了。反正我也是不会输的。我怎么可能输呢？以他的年龄和来头，他赢了也是胜之不武，我输了也是虽败犹荣。因此，他赢了是输，输了还是输。

——可是，如果他是没了"贼"的那种呢？有可能，极有可能。只有这样，他的所作所为才可以解释得更顺当：只有没了"贼"，他才会只当哥哥不当别的。只有没了"贼"，他才会不越雷池一步。只有没了"贼"，他才会只养花不采花……

浑身一冷。难过奔涌。无论如何，对于一个男人来说，"贼"是重要的。他使得男人成为女人的男人，女人成为男人的女人。一个男人要是没了这个"贼"，还能叫男人么？

……

"有人就好。"母亲的神情很欣慰，"是该到有人的时候了。要不然，孤得慌。"

"嗯。"

"我也到时候了。"母亲的话音轻得像是从口中飘出来，"该蹬腿咽气了。"

"别胡说。"我拉着母亲的手，按摩着她的指关节。

"他也瘫了有半年了。"

"谁？"一瞬间，我就想到了那个他是谁。可想到了也还是得问一句。

"哑巴。他本家一个侄子帮着照应，听说是图他那三间房子。"

我沉默。

"要是能下床,我真想去看看他。"

沉默。任母亲用话铺路,反正我不会顺着走。我早已经打定主意。

"他是个有情义的。对你也是有情义的……"母亲像小姑娘一样捏着被角。

沉默。

"相交了几个人,他最有情义。"

沉默。

"他也就你这一桩心事。"母亲的语气里满是恳求,"妞,去看看他吧。"

"我不。"

"他是你爹。"母亲终于说了出来。

"不是!"我小声反驳。

"我说是就是!"母亲突然蛮横起来。

我沉默。没错。在认证父亲的问题上,母亲无疑最有发言权。

但我不会去。

"去吧。只当你替我去看他。啥东西都不用拿,只看他一眼就中……"母亲要哭出来了。

我放下母亲的手,出了门。我当然不会去看哑巴。母亲快要死了,哑巴也已经瘫了,那我就该听一个要死的人的话,去看一个要瘫的人,从而和哑巴造就一种父女相认的事实?我知道将死的人常常会有某种特权,要活着的人应其心意去做某种事情。但是我不想纵容这种特权,即使那人是我的母亲。

4

只是过了一天,母亲的状态便往下跌了几大跌。她常常昏睡着,昏睡着,偶尔醒来,只是喝些水,握握我的手。很明显,她是在以加速度向死亡报到。摸着她的手,我第一次摸到了死亡这个词。阳光透过窗户洒在床前的地面上,一派思无邪。这太阳活了多少年?科学家说很久,很久。在还没有人的时候就有了它。但它始终没有老去。它没有皱纹。这个没有皱纹的事物,人们都说它已经千年万载,还将千年万载,可在我眼里,它没有那么长的命。它的命,就是跟着人一起活的。比如母亲。母亲就要死了。母亲的太阳就要跟着她一起死了。

"水。"母亲又睁开了眼睛,道。

我给她喂水。看着她哆哆嗦嗦的嘴唇,我忽然想,要是梁知能来就好了。能把梁知给她看一眼,只怕她会去得安心些吧。

"妈……"握着母亲的手,我喊。

"嗯。"她答应。

我许久没说话。我只是想喊喊妈。我知道,她死了,就再也不会这么答应我。

"去,叫他们来。"母亲忽然清晰地说。

很快,四个哥哥便都来了。这样的时刻在我们家是很少的,甚至可以说几乎从来都没过。我和大哥相差二十四岁,和二哥相差二十二岁,和三哥相差二十岁,和四哥相差十三岁。他们都早已成了家。每个人都在成家后的第一时间分家另过，在母亲康健的时候，除了让母亲替他们照顾孩子的那些时刻，他们基本不再踏进这个家门。这一点我们几个倒是很像兄妹：都羞于和这个家打交道。

"跪下。"母亲说。

我们五个都跪下。仿佛是母亲已经死了，仿佛葬礼已经开始预演。房间里突然已是永别的氛围。大哥哭了出来。

"甭哭。"母亲说，"听我说。"

屋子里静下来。

"家产的事，就只一句话。我没有钱，只有这个破房子。你们几个都成了家，只有妞还没有。这个破房子，就给妞。"

几个哥哥一起看我。我也很意外。天知道，我根本没想要这个房子。不过我也没说话，我知道现在不是说话的时候。

"人死如灯灭。灭了就再也点不明，"母亲说，"趁还能见着光，我把该说的亮亮堂堂地跟你们说说。叫你们知道。"

沉默。

"我知道嚼说我的人不少。说千道万，我这里才是真信儿。"

沉默。

"你们，都不是一个爹。"

片刻之后，大哥先站起来了："你病糊涂了。"他说。他出了门。

"真糊涂了。"二哥说。他也出了门。

"你们好好看着咱妈，我到外头一趟。"三哥也说。

"我也有事。"四哥也紧跟着走了出去。

屋子里只剩下了我和母亲。

"我在，"我捏着妈的手，"你说。"

"55年过的门，56年有了老大。上头兴办合作社，叫社生。他爹是个好人，有把子力气，整日里扑下身子干活儿，对我也好。舍得花钱给我扯布做衣裳，知道我好吃糖，去供销社总会给我带把糖……就是命短。说死就死了。寡妇日子难过。57年冬天，上头兴水利，我把孩儿丢给他奶奶，去挖河。来了月经，肚子疼，晕过去两回。公社上的那个干部，姓鲁，怪看顾我的。后来就好了，怀上了。58年赶上大跃进生下了，叫跃生。他知道，不敢认。后来就走了。再也没回来过。有了跃生，跟你奶奶那一门也就断了。"

我沉默。我奶奶？我哪一门子的奶奶呢？

"后来就是那三年鬼年景，没啥吃的，快饿死了，俩孩儿都快翻白眼儿了，就是想叫他们啃我，身上都没肉。我去找司务长讨粮食，讨一回给他一回。他好叫我跪那儿，我就跪那儿，脸前老是有一堆大铁锅……就叫铁生。文生，是'文革'里，我是破鞋，我这样的人咋会不是破鞋？破鞋要斗，要挨打，有人拦着，叫我少受罪，我就给他了。是你的本家伯，死了三年了。……你，就是哑巴的。"

我沉默。

"多少年了，哑巴对我好。自己有一斤面，能给我八两。两家地挨着，他没少给我干活儿。那年打场，就好了。打好的麦子金子似的，就叫你金金了。"顿一顿，"可巧，他又姓金。"

我沉默。

"人人都说我不要脸。我就不要脸。我早就不要脸了。要脸了，你们几个就都成不了。我早就知道，这脸上，眼得要，鼻得要，嘴得要，反正个个部件都得要，可这些部件凑成的这张脸，是最没用的东西。"

我看着她的脸。这即将离世的脸。这个女人，是我的母亲，是我们的母亲。是丈夫死后一直还在生育的母亲，为了养活第一个孩子有了第二个，为了养活前两个孩子有了第三个……直至有了五个孩子。她是这五个孩子共同的母亲，这五个孩子以及养育他们的历史，就是母亲的一生。

"我死了。你们几个要好好的。各人能顾着各人，也就算了。反正不是一个爹。要是有谁过不下了，想着好歹是一个妈，都是我的奶上吊大的，就怜惜些……"母亲拽着我的手，"我的话，你替我带到。"

我点头。

"妞，"她的语气里是我最不想听到的恳求，"去看看哑巴，啊？"

我沉默。

"他们几个都没法子见爹了，见不见的，反正也都没享过爹的情义。可哑巴，是有情义的，又在跟前，就几步路。我就这么一个念想，他也就这么一个念想……"

我沉默。

"哑巴，他仁义，也可怜。受了一辈子罪，也受了一辈子欺负。自打开始有运动以来，地富反坏右，哪个赖名头都没逃过，哪场批斗会都少不了他，从第一场，到末一场，场场都离不了他……这个你不知道……都欺负他啊，欺负他老实，欺负他不会说话……我就是看不惯人家都欺负他……"

"妈，渴么？"

"妞，我就是要死的人了……你，去看看他。去看看他。"

我还能说什么呢？

"好。"

母亲微微笑了一笑。

"再给我点儿水。"母亲叹道，"真渴啊。"

母亲喝了半碗水。

那是她最后的水。

那天,太阳落山的时候,她咽了气。

我没有去看哑巴。我对母亲的遗体默默地说:既然您逼着我撒谎给你听,那我就只好撒这个谎。您也知道我不会去的,一定知道。

握着母亲逐渐冷下去的手,哀痛的同时我心头也涌起一种强烈的踏实感:如果已经活不下去了,那么,死了也好。她活着就是耻辱的证明,她死了,耻辱就死了。从此以后,我和那所谓的四个哥哥再也不用因为母亲的存在而别别扭扭地纠扯在一起,再也不用被迫想起各自的父亲,尤其是我,更是再也不用被催逼着去看那个仍然苟延残喘的倒霉哑巴。

也许,母亲早就该死了。

5

喜事贵在笑,丧事贵在闹。闹是热闹。多少年的旧例:哪家没了长辈,第一就是在大门口挂起两条麻钱串麻钱的白纸招魂幡儿,第二就是遣出孩子们去给东邻西舍磕头,借桌椅板凳连带借人。亲族里找几个老道的男人坐礼桌,记账簿,吩咐厨师买菜做饭,安排杂役洗碗打墓。再找几个老道的女人待宾客,送茶水,收礼品,扯孝布。一个头磕下去,受跪的人就是手头有再紧凑的事,只要不是人命关天,就得撂搁下来,奔到这家。街坊邻居亲朋好友有人来吊孝,孝子们要陪哭,旁边还会有劝哭的人……人声高高低低,哭声起起落落,顿时这家变车马喧喧，热气腾腾。似乎只有这样才显得有气氛，也才显得有人缘。

但母亲的丧事不同。母亲没有婆家相认，我们便没有亲族。母亲和街坊邻居关系一直都很淡，便也没有人过来哭送。最多只是来看一眼吊个孝，便转身就走。除了哥哥们几个过来帮忙的伙计，家里没有外人，冷冷清清的，一点儿都不闹。

不闹也好。正好容我安安静静地守着母亲。

那几天，我就那么默默地坐在母亲的灵床边，一夜一夜地守着她。守累了就打个盹儿，醒了就继续守。有时候是自然醒，有时候是哥哥们把我叫醒，给我喝一碗热汤或者是一碗热水，还会提醒我穿厚点儿。他们从没有对我这么客气过。还真让我不太习惯。是因为母亲的死让他们豁然开悟了兄妹之情？还是因为别的？我想了想，终于确定，还是因为别的：一是因为房子。母亲的老宅，他们不想给我这个没出嫁的闺女。可在从我手里夺走之前，总要不好意思一下。二是因为母亲临终的那番话。那个对他们来说无比羞耻实际上却无人不知的秘密。母亲要我把秘密告知他们，让秘密不再成为秘密。可他们怕的就是秘密不再成为秘密，而成为铁定的事实。所以他们对我才会这么客气。他们在用如此委婉的方式要我对房子手下留情，对秘密口下留情。

那就留情吧。既然这让大家都舒服。至于房子，这对我来说没有任何意义。反正我不会再回来了，反正母亲已经死了——是的，她已经死了。我看着母亲默默躺着的样子，一遍遍地确认着：她是真的已经死了。这是我和她的身体最后的亲近时光。一点一点的，我抚摸着她。——有什么人在叫着我，让我不要摸，说不吉利，我置若罔闻。母亲不吉利？笑话。她是我最大的吉利。是的，虽然她是我耻辱的证明，但她也是我最大的吉利。这两者一点儿也不矛盾。我抚摸着她的手。这手给我洗过很多次脸。我抚摸着她的胸，这乳房里的乳汁我香甜地吃过。我摸着她的肚子，这里面的子宫是我最初的家。怀胎十月，母亲就用她的子宫那么包裹着我，走到东，走到西，干活，吃饭……多么神奇。没有比这更神奇的事了。那时候，这子宫就是我的家。所以我出生之后，母亲就是我的家。

但是，现在，母亲死了。我没有家了。——没错，母亲在的时候，有家没家对我而言从不是个什么事。有也几乎等于没有。我这个不孝之女，从没有把母亲当成家。母亲在我的意识深处，似乎只是一个关系最好的亲戚。如此而已。我只把自己当成家。一人吃饱，全家不饿。我在哪儿，哪儿就是家。但是，现在，母亲死了，我才真正意识到，母亲就是家。然而，在意识到的同时我就已经没有了家。母亲意义上的家。

以后，我可往哪里去呢？哥哥们？他们从来就是陌路。如果说母亲活着的时候是一根坚韧的老藤，执拗地把我们牵扯在了一起，那么，现在，老藤成泥，藤上原本疏远的瓜便更离离。

我第一次明白：家必须得依靠着别人的尤其是母亲的存在，才能成为家。

我想有个家。我得有个家。我该成个家。我要成个家。我摸着自己的肚子，这里面也有一个子宫，这个子宫也可以成为一个孩子的家。——对，必须得有一个孩子，成为一个孩子的母亲，像母亲成为我的母亲一样，像母亲的母亲成为母亲的母亲一样。只有到了这个程度，家的意义才会被正式确立。

我要有自己的孩子。我要让自己成为母亲。我要让自己有归处，也要让自己成为那个小小的孩子——的归处。在这个世界上，我将和我的孩子相依为命，相依为家……那一刻，这种畅想如同喷涌而出的地下温泉，一股股暖流激荡着我的全身。——没错，在母亲的遗体入棺前的最后一个夜晚，我的母性却崭新诞生，仿佛这是母亲留给我的一个无形遗物。

让我有家的那个人，就我目前能及的领域里，除了梁知，还会有谁呢？

第二天，母亲的遗体成殓入棺，移至大门口的灵棚里。黄昏时分，素戏开场。在豫北的乡村，这是丧事最重要的环节之一。锣鼓一响，戏台下就聚满了人——戏班子拉人拉乐器的两辆机动三轮车斗并排为一体，上面横铺上木板子，顶上再撑起彩色雨布，大灯一亮，也就是戏台了。在这乡村，专有不少人喜欢看这台不收钱的戏。夏天摇把蒲扇看，冬天把手袖在棉袄里看，不凉不热的春秋季，嗑着瓜子聊着天看。这样的戏，我小时候不知道看了多少场，从来都是男角少，女角多。"一窝旦，吃饱饭。花脸多，要砸锅。"河南梆子里，旦角戏一向最得宠。看戏看的就是旦角。

有喜庆戏，也有悲情戏。唱一出这个，唱一出那个。"武状元把我娶啊，文状元把我送哪"，这是《抬花轿》里的周凤莲，"老身家住南阳地，离城十里姜家集"，这是《对花枪》里的姜桂枝，"辕门外三声炮如同雷震，天波府里走出来我报国臣"，这是《穆桂英挂帅》里的穆桂英。"清凌凌的水来蓝盈盈的天，小芹我洗衣到河边"，这是《小二黑结婚》里的小芹。"在宫院我领了万岁旨意，上前去劝一劝我的驸马儿"，这是《打金枝》里的皇后。"太康的地啊太康的天，太康的黎民要饿死完"，这是《卖苗郎》里的柳迎春。"婆母娘且息怒啊站在路口，听儿媳把曲情事细说根由"，这是《大祭桩》里的黄桂英。"秦雪梅见夫灵悲声大放，哭一声商公子我那短命的夫郎"，这是《秦雪梅》里的秦雪梅……现在，正在唱的是《小二姐做梦》，上面的女演员拿腔作势地唱："小二姐哎哎哎家住汴京城里，汴京城里古迹多。铁塔不远是相国寺，琉璃殿紧对着藏呀藏经阁，在城里有一个禹王台，龙亭高立在那城里西北角。小二姐我深居在绣房里，像这样的好景致，光听人家说，我可都没有见过……"

　　这个女演员的嗓子还真是不错，音域不高，有些哑似的，仔细品却温厚清醇。略带些鼻音，面面儿的，甜甜儿的，简直就是沙瓤脆西瓜。又仿佛是磨砂过的灯，是不耀人的，然而也是媚的，有一种特别发酵出来的微湿的媚。仔细想想，似乎有点儿像一个名角的嗓子。——有天晚上，梁知在我那里吃过饭，多待了一会儿，和我一起看了会儿电视。看的就是那个名角的纪录片，说她解放前就成了名，解放后一直勤勤恳恳为人民服务，"文革"中虽然遭受了迫害，但是隐忍不屈，终于从柳暗等到了花明，于是怀着无比的感恩继续发挥余热，直到现在依然活跃在舞台上——纪录片的最后放了一段她最近的演出录像，我看了一眼就换了频道。那种箍出来的身形和努力出来的唱腔简直就是对眼睛实施的践踏。

　　还有，开封——梁知曾经带我去过开封。那个下午，他从同学那里借了辆车，载着我，沿着中州大道上了郑汴路，一路给我讲着路边的村名：黑寨，刘营，官渡……他说光听这些名字就知道这些地方肯定都曾经是古战场，说逐鹿中原这个词有多么惨烈，说河南这片土地既养人也招祸，说老百姓就像韭菜一样被一茬茬地割杀……半个小时车程就到了开封。那次，他带我吃了黄家包子，说黄家包子比第一楼的包子要好，还带我看了相国寺和龙亭，之后又带我去吃了鼓楼的夜市……我不由得微笑。

　　忽然，棺木左边有了什么动静。——男左女右，哥哥们都在左边守着。

"不中。"是大哥的声音。

"叫他去跟金金说。"是二哥的声音。

我走过去,看见一个男人正背对着我站着,他闻声转身,我却不认得,只凭直觉知道是村里的人。

"怎么了?"

"哑巴是俺叔,"他嗫嚅着,"想来送送婶。"

所有的人都看着我。我沉默。婶?切,他对母亲的这个称呼倒是够好。

"只是来送送。"他又说。这话说得也真够笨的。可不只是来送送么?难不成还能结个婚?但就这我也不能允许。绝不能。——众目睽睽之下,此时的送,比唱戏还像唱戏。就相当于结婚。

"不行。"我说。

素戏唱到凌晨一点才散去。烧过夜纸,所有守灵的人都在灵棚里昏昏睡去,只我没睡。我要好好地守着母亲。这暗沉沉的夜,我要陪着她度过这最后一晚。

忽然,我听到了呜咽声。仿佛是幻觉。我起身,看看灵棚里,没有人哭,都在睡。但是再听,还是有,只是声音很远。我往灵棚外看去——是哑巴。在离灵棚四五十米远的地方,灯光所及的最边缘处,他坐在一辆架子车上,正在痛哭。一定是他的侄子把他拉来的,但看不到他。我能看到的,只有哑巴。痛哭的哑巴。他的嘴巴张得很大,脸上涕泪交流,要多怪异就多怪异,要难看就多难看。

他到底还是来了。但我什么都没做。如果有人在一旁看着,我一定会做些什么。野蛮的做法是把他赶走,虚伪的做法是向他磕头还礼。然而,现在,周围只有我和他。于是我什么都没做,只是静静地流着泪,听着他晦暗沙哑的哭声。一直到架子车拉着那哭声远去,一直到天色渐渐地亮起来。

送殡的时候，出了点儿事。把母亲送到墓地，我们才发现已经打好的墓坑被填了，一群杨家的人正守在被填好的墓坑前。哥哥们不让我们这些女人上前，在一团混乱中能听到有人在骂母亲，说她不能埋在杨家坟，说她不是杨家的媳妇，说她在丈夫死后还接二连三地找野汉子生野种，要是这样的女人进了杨家坟，会羞死杨家的先人。

"杨家的先人早就死了，还用羞么？"我冷笑。

好大一会儿之后，喧嚣退却，葬礼举行。四个哥哥每人都带有伤。大哥的额头，二哥的胳膊，三哥的左手，四哥的右脸，不同的部位都流着红色的血，血迹斑斑驳驳地染在白色的孝衣上，有一种奇异的鲜美和艳丽。他们都带着血，他们都穿着孝衣，他们都呜呜地跪哭着，在起身的时候他们还都互相搀扶着……看着他们，我第一次觉得：他们不太像陌生人了。

6

那一天，等到母亲的丧事全部料理完毕，已经是半下午。我转车到县城搭上了最后一班去郑州的长途汽车，到达郑州已经是晚八点。回到住处，洗漱完毕，我打电话向梁知报了平安。他说他回源城办事，得三四天时间，让我好好休息。我答应着。电话里他的声音听起来既熟悉又陌生。这不是他第一次回源城，可这次却让我尤其难以忍受。已经十天没见了，还有三四天才能见到。自从认识他以来，我和他从没有过这么长时间别离。

"对了,还有钱么?钱够用么?"他突然又问。

"有。"

"还有别的事么?"

"没有。"

"那,就这吧。"

"好。"

放下电话的瞬间,我哭了出来。守灵的几天,我没怎么哭。我从来就不习惯当着人去哭。但是,现在,刚刚听到梁知的声音,我就哭了。我哭啊,哭啊,一直哭到敲门声响,我打开门,一股酒气扑面而来。是梁知。回头看一眼茶几上的闹表,已经是深夜十二点。

"你怎么来了?"

"电话里好像听见你哭了,不放心。"

我看着他宽厚的臂膀——真想扑过去抱住他,真想好好地在这个臂膀上靠一靠,可是他已经从我身边走了过去,直接进到了厨房。——即使他对我是这么好,我也无比清楚:他这个人,绝不是我想抱就能抱的。气氛不对,时机不对,我就是不能去抱。

我到卫生间洗了一把脸,泪水消遁。然后和他在客厅的餐桌前相对坐下。他已经把拎来的一堆吃食一一装盘,又给我做了一碗鸡蛋面汤。

"我也想喝酒。"我说。不容他犹豫,我拿出两只杯子,打开一瓶白酒。

"别喝了。"他明显有些不安,"晚上有个应酬,我已经喝得不少了。"

"陪我喝一杯吧。"我说。端起自己的酒,一饮而尽。然后向他亮了亮杯底。他笑了笑,也一饮而尽。我再次将两个酒杯斟满,再次先一饮而尽，他也再次一饮而尽。当我第三次去斟酒的时候，他按住了我的手。

"够了。"他说。

"不够。"我说。

我要喝，就是要喝。母亲，哑巴，第一次上床的青春痘，后来又上床的那些男人……心里的一丛丛茅草，我就是想让酒把他们烧得干干净净！他的心里一定也有一堆茅草，那么也让这酒把他的茅草烧得干干净净吧！——没错，意识深处，我当然知道自己的不怀好意：我就是想趁着酒劲让自己在他面前放得更开。我就是想等着茅草烧净之后，赤裸无缕地和他身心相见。反正，我要先干为敬，看他如何！

他一把把我的酒杯夺了过去，抓住我的手，拉着我在沙发上坐下："说会儿话吧，我有话对你说。"

"我也有话对你说。你先说吧。"我说。

"金金。"

"嗯。"

"我是你的哥哥。"

"我知道。"

"我是你的哥哥，你要相信这一点。"

"我相信。"

"你一定要相信。"

"我相信。"

我一边答应一边在心里说：好吧我相信。你想让我多相信，我就会表现得多相信。可这种强调恰恰意味着你自己多么不相信。

"我，明早还要回源城去。"他说，"省里有重要领导要去检查食品安全工作，我要接待。"

"嗯。"

"明天，我要向领导们汇报工作。"

"嗯。"

"我……我先把工作向你汇报一遍吧。"

我瞪大眼睛转脸看他，发现他说话时仍然闭着眼睛。我想要起身。这个可笑的男人，闭着眼睛坐在我的身边，嘴里还说着他的领导，我坐在这里还有意思么？

但他将我拽住，把我按坐在沙发里，继续侃侃而谈："非常感谢领导的肯定、关心和信任，我一定会按照领导的指示做到以下几点，"他仍然闭着眼睛，比划出相应的手势："一、高度重视食品安全工作，切实强化食品安全保障措施。二、不断加强完善食品安全监管体系和机制。一定严把质量关，做到监管到位。三、积极探索创新监管工作方法，努力提高监管效率。四、一定会把安全措施落实到各项工作中，把责任落实到每一道工序……"

"别说了。我不是领导，这里也不是会场。"我说。

"五、一定会加强各个部门之间的协作……"

"别说了！"

"六、一定会加强督导，严格考核。确定工作节点，制定考核办法……"

他说着，说着，滔滔不绝。我默默地看着闭着眼睛的他。——如果不是这样，我简直怀疑他正在读打印好的讲话稿，不然怎么可能说得这么流畅自如？他闭着眼睛就倒背如流的这些话，让我看稿子读恐怕都是一大关。这不能不算是一种本领，或者也可称之为功夫。可是，干吗要秀给我看呢？我又不是什么组织部长、市委书记，对他的仕途有着关键的决定权。秀给我看有什么用呢？——或者，他就是要用这种秀来让自己冷静，以抵抗自己在我面前的动摇？

还真是用心良苦。

那就说吧。我放弃了抗议，任他说。这个男人，酒后还要对着我背他的官场台词。荒唐，滑稽，却也让我在嘲弄中心生怜惜：你个小官僚，小领导，小局长，只要不怕把自己说得口干舌燥牙龈肿痛喉咙生烟，那就使劲儿说吧。我听着就是。

终于，他停止了发言。

"你说完了？"

"嗯。"

"那该我说了。"

"你说。"

我深吸了一口气。

"我爱你。"

他眼睛睁开，看着我。我也看着他。绝不犹豫，绝不退缩。

"别胡说了。"他说。

"你也爱我，为什么不敢承认？"

他把目光移开，站起身朝门外走去："最近很忙，我不会来了。"

他走得很快，快得让我来不及抓住，只能感受到他脚步生出的风。风很小，很轻，却很凉，很硬。在他的脚步声中，我把门慢慢合上，倦意涌来。刚才的表白让我很踏实。不管怎样，我的行动已经开始了，尽管开始得很蹩脚。——我就是要爱他，我必须去爱他，无论他有没有"贼"。有"贼"就合二为一地爱，没"贼"就清清爽爽地爱，反正我要爱，也要让他爱。——这个世界上，既不利己又不利人的人太过恶毒，毫不利人专门利己的人太过自私，毫不利己专门利人的人太过崇高，最好的境界就是既能利己也能利人。在我和他之间让爱情发生,我认为这件事就是典型的利人利己。

7

　　整整一周时间,他没有再来,也没有再和我联系。这在我的预料之中。我不着急。第八天,我给他打个电话,请他过来,说有要事相商——对我而言确实算得上是要事,因为有媒人光临。媒人是一个副馆长,在开口之前,一个仿佛做了一桩大功德般的骄傲感已经溢满了这个大姐慈眉善目的脸。托她提媒的是图书馆的一位同事。是有编制的正式人员。相较于临时工而言,正式人员就等于进了保险箱。保险箱里有着涓涓不停的吃穿用度,可供没有野心的人细水长流地享用终生。如果当年我和县中医院院长的青春痘儿子结婚的话,肯定也会拥有这么一个保险箱。在很多人心里,找对象的时候,保险箱算得上是一个很有分量的砝码。和有保险箱的正式人员相形见绌的,就是诸如我类的保险箱外的工资低、无保障的非正式人员。"铁打的营盘流水的兵",用这句老话来诠释二者的区别是再精准不过了:正式的就是铁营盘,临时的就是流水兵。

　　那个铁营盘,我跟他说过的话总共连十句都不到,真不知道他看上了我哪一点儿。不过他给我的印象也还不错,无论长相还是性情。仅从直觉就可以判断,他是个好人。最普通最平凡最一般的那种好人。三言两语说完主题之后,副馆长马上就向我表达了热烈的祝贺,似乎对于这件事我没有任何拒绝的可能,因此她方才的提媒只是个再表面不过的形式,实质的内容就是通知。我很理解:她当然有资格代表男方具备这种优越感。在她眼里，相比于我这只算不上是顶呱呱的金凤凰，那个铁营盘绝对就是一棵上佳的梧桐树。

"你好好想想，"看我迟迟没有表态，功德大姐的热情显然有些回落，语重心长地劝慰，"他的亲叔叔在教育厅的人事处，可是人事处啊，是专门管人的，等亲事一成，你要是转正还不容易？"语毕，大姐欣然起身，翩然而去。她稳健的步态告诉我：她对自己最后的轰炸很有信心。在她的经验里，这种轰炸无疑能毁灭我全部的犹疑，或者说是矜持。

没错。转正，对我来说，这个词应该极具诱惑性。它像一枚长长的钉子，可以把我牢牢靠靠地钉在郑州的土地上，安安稳稳地固定出丰衣足食的美好生活……是这样吧？但是这样的判断却让我一点儿也兴奋不起来，仿佛转正意味的这一切都和我没有任何关系。这似乎有些奇怪。不过，再一想，也没什么好奇怪的。这件事的本质就是交换，对于交换这种事，我又不是没做过，并不陌生。

——那么，你还要再去交换么？你要把自己交换进那个保险箱么？我问自己：保险箱就这么重要么？你这一辈子图的就是这么一个保险箱么？为了让这个保险箱成为你的最终归宿，你就要和一个毫无感觉的男人柴米油盐拖儿带女婆婆妈妈地生活几十年……你就这么点儿出息么？突然间，我对这样的将来厌恶极了，一种窒息将死的感觉在瞬间袭击了我。似乎这个保险箱转眼间已经变成了一口棺材，一口我名下专属的棺材，正阴森森地放在我的脚下，就等着我躺进去。

当然，我也很清楚，不能轻易开口去拒绝。这样的机会对我来说并不是很多，甚至可以说很少。很可能过了这个村就没有那个店。现在的我青春如玉，这可能是我唯一一次鲤鱼跳龙门的机会。退一步说，即使我不稀罕这个机会，我也得假装给自己一点儿时间好好想一下。

这种看起来很慎重的拖延从世俗角度上讲也是对铁营盘和功德大姐的起码礼貌。——更重要的是，这件敏感的事是个很不错的器具，宛如一根锋利的针，既可以连缀起我和梁知再见面的由头，还可以试探一下他对我的真正心意。可以让我好好地扎一扎他的碉堡，看看是否能把他扎漏气。

那天晚上下着雨。他来了。

"伞呢？"

"小雨，用不着打伞。"

他顶着一头湿淋淋的雨珠走了进来，带着一股清新生猛的雨水气息。刹那间，我想拥抱住这个身体。当然，我没有。我只是给他拿来了一条干毛巾，让他擦雨。然后，在雨声中，我们吃过了饭，我给他倒了杯茶，简单聊了聊母亲的事。再然后，我对他讲了今天这件事。我讲得很平静，不带任何立场。我知道，我的态度越平静，就越会清晰地映照出他的态度。

他沉默了许久。

"你觉得呢？"我逼他表态。估计他会多半会赞成。

"你对他……"

我摇头。

"什么意思？"他看着我。眼神里飘过一丝紧张。这丝紧张让我惊喜。他的声音似乎也有些颤抖。或许，并没有什么颤抖，只是窗外的风吹乱了话音？

"不喜欢。没感觉。不过，找他也行。"我以近乎无耻的坦率看着他，"反正你也不要我。"

"别那样。"他轻声的，断然地说。然后他猛地站了起来，看着我，依然很轻的，几乎是一字一句地说，"不要用自己的身体去交换什么。

不要。"

"你……"我迎着他,站了起来。

"别同意。"他说,他的神情坚若磐石,"我不准你同意。"

"你是我什么人?我是你什么人?"

他沉默。

从他顶着一头湿淋淋的雨珠跨进这个门的时候我就已经下定了决心,他的话给我的决心又镀上了一层明亮的光芒。再没有比这更可心的话了。我逼近他的脸,看着他发红的眼睛,他被嫉妒和愤怒之火点燃的眼睛,那里面绽放着不能掩饰的爱情——我相信我不会看错。

一时间,我不知道该说些什么。其实,什么都不用说。我上前去,紧紧地抱住了他。电视里是一片热火朝天的声音,窗户外面还滴答着雨,走廊上不知道是谁家的小孩在叫着自己的爸爸妈妈,撒娇地哭泣着……到处都是声音。我紧紧地抱着他。他僵直在那里,任我抱着。默默的,都没有话。嘴巴此时应该使用沉默权,肢体说出的话更有意味。胜利迫在眉睫,我必须把他拿下。我紧紧地抱着他,感受着他腰背上坚硬的肌肉和肌肉下坚硬的骨骼。没有喝酒,但他的气息里带着微微的酒意,微醺着我的脸,我朝他仰起的脸。我看着他。这个我主动投怀送抱的男人,我爱他。我要爱他。这个瞬间,我清晰地感觉到了自己皮肤上的所有纹络都在伸向着他,如春天树木正在抽出的伸向天空的崭新枝条一样,我全身的纹络都在伸向着他。尤其是我的脸,我裸露在空气中的脸:额头、面颊、耳朵、鼻子……呵,我的下巴,我幼稚的下巴,傻瓜一样的下巴,被撑得那么紧张,那么羞涩,又那么渴望,如一张等待了千年的从未拉开的现在终于被拉开的,弓。而我的唇就是一枝花瓣做成的箭,射向他,射向他。

他眼睛里的火焰已经烟消云散,只剩下了那个字:疼。随着我们距离的切近，他的疼里又浸满了酽酽的暖。在我越来越有限的视线里，他的疼和暖慢慢地弥漫和涣散开来——他的嘴唇压到了我的脸上，寻找着我的唇。来了，他的唇，像一块干布。是的，像一块干布，一块被晾置了很久的干布，想要在我这里寻找到水分。他似乎是渴极了，如同一个在沙漠里行走了太久太久的旅人，而我的身体就是一口甘甜的水井。

我任他喝着，同时把手伸进他的裤子里，握住他的下面。这是男人的命根子，我要握住他的命根子，握住这个，我才踏实。一旦握住，他就插翅难飞。

他停下，眼睛里闪过短暂的惊惶。

"给我。"我说。

他的眼睛里又闪过短暂的畏怯。

"我要。"

他的眼睛里还残存着短暂的犹豫。

"别怕。"我说。

他闭上了眼睛。我明白：他从了。怀着狂喜，我开始撕扯他的衣裤，很快他也开始撕扯我的。相比于他脱我，我脱他的更快。男人的衣服本来就更好脱。在我们都赤裸裸的一瞬间，我一跃而上，压住了他。也许是被我吓了一跳，他有些痴呆地看着我。我骑到他的身上，把他的小他塞进我湿漉漉的身体里，活像个饥渴直至的女色鬼。那一刻，我只有一个念头：不许他临阵脱逃，决不。

"嘿。"短平快的战斗结束后，他轻轻地笑了一声。

"笑什么？"

"你可真行。"

"是吧？"

"我也很行。"他说,"现在该我了。"

突然间,他翻身而起,像一个凶猛的刽子手,开始主宰我的身体。他分开我的双腿,粗暴地进入,在进入后,他稍稍一顿,做了一个长长的深呼吸,然后他剧烈地动作起来。我身体里源源不绝的波浪随着他的动作欢呼雀跃,飘摇激荡。——以前我一直以为是树需要水,此时此刻,被他的树开始搅拌之后我才明白:原来水也需要树。在他粗重的呼吸间隙,我甚至能鲜明地感觉到自己的水沿着他的小树汩汩而出,生生不息,润泽地攀援着他,直到小树的根须深处。仿佛那里有一种巨大的吸引力,令我不由得溯流而上。我必须得去。我无法不去。我必须用我的水沿着这宿命的道路与他的树身和树根彻底交融,浑然一体。此时此刻,我们的存在,就是为了彼此的完整。

——我陷入到甜美的黑暗中。

碎 片

"别怕。"

现在,回想起这两个字,我还是会控制不住微微的得意。这两个字,我怎么说得那么恰当呢?那么巧妙呢?这是多么刁钻的两个字啊。是直白的激将也是尖刻的嘲讽:你怕我?一个大男人怕一个小女子?是婉转的理解也是虚伪的承诺:别怕,是我勾引的你,我很安全,不会要你负什么责任,你就放心吧……

呵,我真是坏。从心坏到身,从里坏到外,从打小坏到现在——无论如何坏都有一样好处:这个世界上爱听故事的人是那么多,没有坏就没有故事,不是么?

第五章

1

今天，外出。这么多天来，我一个人待在房间里，除了写，除了吃喝拉撒，除了疼痛，除了在疼痛中睡觉和在睡觉中疼痛，外出时刻很少。当觉得自己疲乏得将要死去的时候，我才会外出。或者去超市买点儿东西，或者坐一坐公共汽车，或者去东风河的滨河公园散一会儿步，或者去奥斯卡影院看一部刚上映的电影……和许多人待在一起，我需要这个。一个人在房间里待得太久，会清晰地感觉到生命正在一点一点流逝，会感觉到有谁把一根无形的吸管插进了我的血管里，在慢慢地啜饮我的血。会感觉到只抹了一层薄涂料的天花板，滋滋作响的日光灯管，甚至这一米五宽两米长的硬板床，它们都在上上下下左左右右地吸纳我原本就越来越枯竭的热量，让我越来越空，越来越空。

我还没有做完想做的事。我要抵抗这空。

已经将近圣诞节了，满大街都是圣诞的气氛：假模假式的圣诞树，尖顶白边儿的大红圣诞帽，花花绿绿的圣诞餐广告，还有五颜六色的平安果——也就是被玻璃纸包装出来的苹果。无非是苹果，包装得好一些，五块钱一个，包装得差一些，两块三块。我在一个小摊前停下，一个男孩子同时也停下，正在整理零钱的小贩连忙把钱塞进腰包，招呼着我们："正宗的烟台苹果，正宗的拉芙儿玻璃纸，拉——芙——儿，爱，怎么样帅哥，给美女买一个吧？平平安安，恩恩爱爱！"

男孩转脸，诧异地看了我一眼，面露不悦。我倒是想笑了。这个粗心的小贩，看不出我和他多么不搭么？我这个一脸病气的女人，一定让他心生嫌恶。虽然这个帅哥一点儿也不帅，气质类型也不是我喜欢的款。

知趣地离开，继续走。这才发现情侣真多。他们勾肩搭背，相拥相偎，嘻嘻笑笑，打打闹闹。走着走着，男孩会突然把女孩抱个满怀，或者腻在一个稍微安静的地方就亲吻起来……倒是有一对儿满脸严肃地说着话，像是在辩驳着什么。我静立在他们身边窃听，原来是在谈刚刚修订过的新《婚姻法》。新法怎么新，我并不清楚，只看报上说这新版《婚姻法》一锃亮登场就让无数尘埃尚未落定的情侣和相当多尘埃落定的夫妻都在脑子里赶起了大集，尤其是女人们的心思，更是翻江倒海般地跳跃浮动……身边这个女孩子和男孩子争论的，就是要男孩子在新房的房产证上写上自己的名字。

"写不写不都是咱们的房子么？"

"那可不一样。要是离了婚，这房子可就不跟我'咱们'了。"

"还没结婚呢就想着离婚，你这人怎么这样？"

"我不想逃避最坏的可能性。"

"你这样把好日子都给想坏了。"

"好日子不是想好的，坏日子也不是想坏的，一码是一码。"

我笑。这真是个较真的女孩子。这么较真，还会爱么？或者，就像我当年一样，一边较真一边爱，一边爱一边较真？

2

女，女人。子，男人。女和子在一起，就是好。和梁知真正好了之后，我才开始明白：好这个字，有多么好。一个男人，一个女人，紧紧地，密密地，珠联璧合地，天衣无缝地融在了一起。从此之后，他们不再是两个世界。他们共同组成了一个新世界。如一部电影的名字一样，是《美丽新世界》。

这真是太好太好了。这个字，只能是好。好，也只能是这个字。

好了之后，很俗气的，我经常会抄录一些情话给他：唯喜门前双柳树，枝枝叶叶不相离。把你的名字写在水杯里，每喝一口水，都亲你一次。每想你一下，天上就会落一粒沙，这世界上才会有撒哈拉。……

借用别人的词句去笨拙表达，这只是我的方式。他从来不用这个。他的表达方式就是来看我，来和我做爱。一次又一次，一次又一次。

碎 片

忽然想起来，那时候，我也写过一首诗——这是我这一辈子唯一一首诗——如果算是诗的话：

睡不着的时候，想你一会儿
我就猪一样地睡着了

快睡着的时候，再想你一会儿
我就会像清水一样，又醒了
想起你，
亲爱的人啊
要我怎么说才好呢？
我这能想起你的身体
它活着，
这真好。

3

因为拒绝了副馆长的提媒，我在图书馆的处境变得有些尴尬。铁营盘自不必说，看见我就扭头，像是见了仇人。副馆长见了我也不像以前那么和颜悦色，总是淡淡的，冷冷的，脸上敷了一层浅霜。图书馆本没有几个人，人际交往的温度十分敏感，一下子得罪了两个人，其他人和我的交往便也不如以前自然，和我说句话都要左看右看，做贼一般。当然，他们是对的。和那两个人比起来，我算是什么呢？若为我而得罪了那两个，实在是划不来。

想了想，我觉得自己也不必待在这里碍他们的眼，这么大一个学校，需要流水兵的地方多着呢。留心了两天，我便给自己找个不错的去处：就在图书馆的顶楼，学术报告厅。这里也属于馆长管辖。我和馆长申请了一下，便来到这里做后勤服务。报告厅刚刚整修过，设备很好，是学校的一个繁华地界，各种会议和报告轮番上演，常常是上午迎新，中午送旧，下午再迎新，晚饭前再送旧。有时候甚至要一天三次迎新送旧。因此和图书馆比起来，在报告厅服务不是个轻松的活儿：端茶倒水，打扫卫生，布置主席台，摆放花草，递送话筒，帮着悬挂横幅和会标……虽然都不重，服务的人却很难闲着，总是得手脚勤快才赶趁得上。这个我不怕。和手脚清闲比起来，我更看重的是心里自在。

很快我便适应了这里的工作。适应了，也便喜欢了。看看这些眼花缭乱的日程吧：2002届校园主持人大赛，"喜迎十六大，青春献给党"演讲比赛，"爱情是从哪里来的"主题辩论会，《谁动了谁的面包》作者见面会，中国房地产发展路径专题讲座……各种领域，各种话题，各种辩论，各种慷慨激昂，各种长缨在手，各种道理打架。作为一个没有好好学习过的差等生，我硬生生地在这里又补了许多课。

相比而言，让我印象最深的是两场讲座。一场的讲主是盛春风。2002年，他是全国最出风头的收藏家，因在央视"大家讲坛"上做了系列瓷器讲座而爆得大名。瓷器我不懂，但他的瓷器讲座我很喜欢看。他不仅仅是就瓷器而瓷器，而是由自己的收藏故事铺展开来，说历史，说文化，说内涵，洋洋洒洒，纵横捭阖，娓娓道来，谈古论今。在央视的平台上大红大紫之后，他借势出了一本书，叫《我的瓷话》，上市之后便在各地做宣传，这也是他来黄河学院做讲座的由头。那天上午，学生们没吃早饭就过来占座，连报告厅的过道里都站满了人。作为端茶倒水的主要服务员，我和他有了最近距离的接触。当然也不敢多看，只凭直觉觉得他口腔里喷出了一股一股的浊气，是中年男子常有的那种浊气。还有，他鬓角的头发根儿是白的。

他满头的黑发，原来是染的。

盛春风那天讲座的题目是《如坐春风》。有相当一部分时间讲述的是他收藏的"文革"瓷，关键词是"虔诚"和"纯粹"。他说"文革"瓷之所以尤其珍贵，是因为那时烧瓷的人们非常虔诚，一心只想把瓷烧好，所以不考虑什么时间和金钱成本，只在创作上集思广益，精益求精。"以这么纯粹的心态来做事，怎么可能会做不好呢？"他说。他还几次站起来演绎了毛泽东的几个经典造型。我只对第一个印象深刻：挺胸昂首，单手叉腰。盛春风说，这个造型是风华正茂时的毛泽东，主题叫："问苍茫大地，谁主沉浮。"

另一场是一个月之后，讲主就是申明。他时常来报告厅做讲座。黄河学院做过讲座的所有老师里，我和他算是最熟的。他从不迟到，每次都会早到一会儿，和我聊上几句天，问学校餐厅的饭怎么样，工资多少，能不能按时拿到手，爱去哪儿逛街，他的讲座好懂不好懂，又看了什么书，还常常给我开张书单，告诉我这本怎么怎么好，那本怎么怎么好……让我吃惊的是，一向温和可亲的他做讲座的时候却仿佛换了一个人，虽然从不以痛心疾首状进行声嘶力竭地呼吁和呐喊，却总是神情冷峻地批评这个，抨击那个，冰中含火，绵里藏针，如同一只支棱着刺的刺猬。

他那次讲座就是因盛春风而起。自盛春风在黄河学院的讲座后没几天，有一个号称盛春风老同学的人在《光明文化报》上发表了一篇文章声讨盛春风，说"文革"期间盛春风是一个非常积极的造反派，有一次他和盛春风去一个单位参加造反活动，两人一起上厕所的时候，看到一个黑帮分子正在厕所劳动，上完了厕所，盛春风便提议说教训一下这个黑帮分子，让他以后更老实点儿，再也不敢跟人民群众作对，怎么教训呢？就是让这个黑帮分子跳到粪池里。——那时候，很多单位的厕所还是旱厕。黑帮分子执意不肯，都跪下去求他们了，盛春风却不肯通融，逼着同学一起动手，把黑帮分子推进了粪池。那个人说，黑帮分子瞬间便被粪便淹没，他还听见了粪池里的扑腾声，但他和盛春风头也不回地走了。其实他是想回去看看的，可是他又害怕盛春风批评他的阶级立场有问题，就压抑住了回去的念头。文章最后的发问很是简洁有力："这件事我很内疚，一直后悔着。我觉得自己丧尽了人性。盛春风，这件事，你还记得吗？"

盛春风很快做出了回应，说在他的印象里，这个旧相识很爱写点儿小说什么的，现在恐怕又是在写小说了吧？又以后悔的口气说自己要是不在央视做讲座就好了，不做讲座就不会这么红，自己的书就不会这么受欢迎，就不会引起旧相识的嫉妒：爱写作的人没有出过一本书，他这样无心插柳柳成荫的居然出了一本畅销书，能不让人嫉妒么？至于把人推进粪坑的事，在自己的记忆里，根本没有，没有还怎么记得呢？旧相识既然承认说自己把人推进了粪坑，那确实是丧尽了人性，那就好好忏悔去吧，对此他只能表示遗憾。如此一个回合，事情却只是刚刚开始，在随后的一个月里，又有两个人在《豫声报》和《新文化导报》上发表文章，说"文革"的时候看到盛春风怎么去抄别人的家，怎么去给一个女校长剃阴阳头……盛春风回应的语气开始回软，说自己当时也是糊涂，唯恐不革命，跟风做过一些微末之事。不过又很委屈地说自己只是浪花里的一滴水，跟着潮流走也是不得已。如果做了错事，那也该是时代负主要责任。

申明这次的讲座也便是应这些话题而生。标题是"等闲识得春风面"。来听的学生虽然没有盛春风的多，但也算是济济一堂。他在学术报告厅做过多次讲座，我没见过他有这么高的人气，这高人气使得最容易沉闷的提问环节也活跃起来：

"老师，据我所知，那时候很多人都做过这样的事。其实是可以理解的呀。您为什么要单单揪住盛春风呢？是不是因为他太有名了，您想和他一起有名？"

哄堂大笑。

"先回答你的第一个问题。没错，我承认，在那个时代，这是很多人都做过的事。设身处地地想一想，假如我生活在那个时代，假如我是盛春风，很可能我也会做出同样的事。所以，他当时的所作所为，多多少少我是可以理解的，"申明的语气很轻松，"下面回答你的最后一个问题：他是很有名，但我一点儿也不羡慕。如果这么批评他一下就能和他一样有名的话，那他太太和他生活了一辈子，岂不是也该有名了？你知道他太太是谁么？"

学生们又笑。

"最后我谈谈我为什么要揪住盛春风。最根本的原因只有一个：他对历史的态度，让我不能容忍。那段历史，要么你可以根本不谈，但是只要去谈，你就不应该那么去谈。你们看过《我的瓷话》么？你们注意到了他怎么谈那段历史么？"

沉默。

"如果没有读过的话，我建议你们好好去读读。读过之后，你们的提问会更有质量一些。"申明微笑，很快又收起了微笑，严肃起来，"他说，他在'文革'的那段日子，心里充满了单纯的革命热情。他一直觉得自己就是在为民族为国家而奋斗。他说自己是一个纯粹的理想主义者，理想主义者总是美好的，哪怕是盲目的理想主义者。在'文革'结束后，他又是这么振振有词，他说我为自己委屈，为自己不平，我是一个地地道道的受害者。我的青春本该是多么光鲜啊，是'文革'给它罩上了一层阴影……他这些话让我恶心。在那段昏天暗地的历史中，他就这么纯粹无辜吗？他就这么绝对干净吗？我不相信。

坚决不相信。"

台下一片安静。

"他到底做了什么事儿?"有学生提问。

"我将发表一系列文章,文章里会有详细的阐明,请大家持续关注。"申明说,"其实,他那时候到底做了什么事,我丝毫兴趣都没有。我在意的还是那一点:他对历史的态度。我觉得这比他做了什么事情更本质更重要。我认为,作为一个有影响的收藏家,作为一个文化名人,他的态度尤其具有样本性的批判价值。所以,我就是要揪住盛春风。"

"您这么穷追不舍,不怕人家说你不厚道么?"

"如果怕这个的话,我压根儿就不会开始。"申明淡淡一笑,"厚道这样的美德,我不热爱。就是因为有太多人厚道了太长时间,所以我们的国家才会有了那么多敷衍,那么多和稀泥,那么多打哈哈,所以也才会有那么多匪夷所思的事情一次次地发生……厚德载物么?也载污垢。很厚的污垢。——有太多的厚道,不是厚道,只是乡愿①。李大钊说过,中国一部历史,是乡愿与大盗结合的记录。我很认同。"

此后不久,申明在《黄河晚报》发表了一篇文章,叫《致盛春风先生》,正式开始在媒体上讨伐盛春风,沉默了几天之后,盛春风做出了回应。两人你来我往了几个回合,便引起了越来越多的媒体关注,很快,申明的名字也和盛春风一起,成为各大报纸的宠儿,此后一波未平一波又起,参与讨论的人越来越多,很多媒体都连篇累牍地发表

---

① 乡愿:出自《论语·阳货》。原句为:子曰:乡愿,德之贼也。指外貌忠厚老实,讨人喜欢,实际上却不能明辨是非的人。申明引用的李大钊观点出自其文《乡愿与大盗》,原文为:"……中国一部历史,是乡愿与大盗结合的记录。大盗不结合乡愿,作不成皇帝;乡愿不结合大盗,作不成圣人。所以我说皇帝是大盗的代表,圣人是乡愿的代表。"首发于1919年1月26日《每周评论》第6号。——编者注

文章为各自的阵营呐喊助威，简直可以说是星火燎原，轰轰烈烈。盛春风的这些陈年旧账居然盖过了他的收藏和新书，成了一个越来越热的话题，到最后，忏悔居然成为2002年度郑州媒体推举的十大关键词之一。①

---

① 查证当年度的《郑州晚报》，忏悔排名第十。其他九个按次序是：十六大，世界杯，短信，降息，三个代表，反恐，姚明，车市，CDMA。当年度的忏悔大讨论系列文章里具有代表性的有《绝对必要的忏悔》《谁能忏悔，谁敢忏悔》(《黄河晚报》7月18日)《忏悔艰难》(《新文化导报》7月22日)《忏悔的对象和内容》《绝不忏悔》《盛春风，你为什么不忏悔》(《书房》2002年第9期)《无悔可忏》《忏悔的真谛》(《豫声报》10月26日) 等篇什。为使读者对作者所言的语境有更真切的了解，特将申明的《致盛春风先生》中的短诗附录如下：

盛春风先生，你好吗？
我知道，你肯定觉得自己挺好
可我还是想问一句：
你真的很好吗？

每个夜晚来临的时候，
每个黎明来临的时候，
你是否都扪心自问过：
你真的很好吗？

每当对着那些瓷器说话的时候
你不觉得你的那些话
如同瓷器一样
轻轻一碰，就碎了吗？

——编者注

4

和梁知好了之后,他开始对我有称呼了。那个称呼就是"妹妹"。尽管认识以来他就不断说哥哥妹妹之类的话,但我和他从不曾认真地叫过。自那个晚上之后,哥哥和妹妹,这两个称呼才开始蘸着糖,拌着蜜,在我们之间肆意汪洋。

妹妹,咱们去吃王三米皮吧?

妹妹,这个围巾好看不好看?

妹妹,你该穿一双咖啡色的靴子。

……

当然,频率最高的还是那两个全世界通用的句式:

妹妹,我想你。

哥哥,我也想你。

妹妹,我爱你。

哥哥,我也爱你。

……

他说什么,我就回应什么。常常就是这样,我顺着他的惯性。是因为懒得想新词,也是觉得这么跟着他的语言节奏很舒服,就像和他做爱一样舒服。

妹妹,我想你的小妹妹。

这话让我没办法跟了。我不懂。想我就够了,怎么还想我的小妹妹呢?我只有几个哥哥,哪有小妹妹啊?

我没有小妹妹，你想也白想。

你有。

我没有。

我知道你有一个小妹妹。我见过她很多次呢。

我真的没有！

他不再和我争执，亲了我一下，道：妹妹晚安。

当然，我很快就明白了小妹妹的意思。那天，在公交车上，我听见一个胖男人和一个瘦男人在聊天，说到他们在酒吧碰到的一个女人，胖男人说：一看见她我的小弟弟就难受。他的淫秽神情让我明白无误地知道了小弟弟的所指。然后我忽然就想到了小妹妹。我的脸红了。公交车上没有人认识我，但我还是觉得害羞极了。那天回去，亲热过后，我就骂他：坏蛋！

怎么了？

小妹妹，这种词，你从哪儿学的？

不用学。他紧紧地抱着我：只要有妹妹在，就是最自然而然的事。

可是，对于真正的妹妹，谁还会这么煞有介事地叫呢？太煞有介事了就是不正常。而我和他之间就是因为不正常，所以这么叫妹妹就很正常。是以毒攻毒负负得正的正常。他是那么喜欢妹妹这个称呼，叫到后来就把妹妹叫成了如常，甚至有时候，不为个什么事，他就会那么叫我：妹妹。妹妹。妹妹。妹妹。妹妹。妹妹……似乎叫着这个称呼本身对他而言就是一种奇异的享受。

你有病啊？偶尔，我会抢白他。

妹妹是医生。他笑。

真有病！我捶他。

妹妹就是药。说着说着他就吻下来。

他吻我的时候是狂热的，专注的。他的狂热和专注常常会让我忍不住顽劣起来。如果我嘴里正有什么东西，比如一块爽口糖或者一片茶叶，他来吻我，我就会递到他口里，他若递过来，我便再递回去。如果嘴里没什么东西，我就会冲他的嘴巴里大大地吹上一口气……对于这些小小的恶作剧，他有时候会停止亲吻，严肃地注视着我，也不说什么，似乎是无声地责备我怎么可以这么开玩笑。但我一点儿也不害怕他的严肃。他的严肃里有着一团狂热的火。那火里，满是爱情。

有时候，我会在欢好之际逗他做一些游戏。对于这些游戏的萌生，我曾经疑惑过，不知道是因为爱情的缘故，还是因为我本性轻浮。后来我终于明白：只是因为爱情，只能因为爱情，也只有因为爱情，这才激发了我的灵感和兴致。其实也没什么特别的，不过就是一些欲擒故纵的技巧：在开始之前，我会假装拒绝，在开始之后，会骂他"坏蛋，大坏蛋"，在结束之后，才会夸他："你真棒"……

他喜欢这个游戏。尤其是我骂他"大坏蛋"之后，他就会特别兴奋，他一边对我剧烈着一边说：我就是大坏蛋，我就是大坏蛋！

你是不是一直很渴望做一个大坏蛋？一次，安静下来之后，我问。

他笑笑。

是不是？听说男人都有做坏人的欲望。

反正，对于你，我是。他说。

你好像很喜欢这种承认。我讽刺。

是。他道：这种承认让我踏实。我就是个大坏蛋。

之后，他沉默了很久。他从没有沉默得那么久。他的沉默让我微微恐慌。

哥哥，说话。我撒娇。

我不应该玷污你。他终于说。

我喜欢被你玷污。我笑。

他沉默着。

反正我又不是天使。只要你有力气,就尽管来玷污吧。我逗他。

你就是天使。他叹口气:天使是不能被玷污的。

好吧,我是天使。我扑扇着想象中的翅膀:天使爱的肯定也是天使,所以我们是天使在互爱,不存在玷污问题。

可我觉得自己就是玷污。

好吧,就算是玷污。可你已经玷污了,下面怎么办?我看着他。他此时的状态真是有趣极了。

你说呢?

要我说的话,那就将玷污继续进行下去吧。

嗯?他疑虑地看着我。

什么应该不应该的话,在玷污之前说,好像还有点儿意义,在玷污之后还这么说,那就是矫情。我说:我觉得你最该做的,就是把我继续玷污下去,直到……

什么?

把我玷污干净。我忍不住笑起来。

他没有笑。他默默地把笑着的我紧紧抱住,让我的头深深地埋在他的怀里。许久,他吐出了三个字:对不起。

有关系。我说。

是的,有关系。而且,绝不止身体和情感的关系。没错,我就是想和梁知有着更多更深的关系——随着和他越来越多的交往,我发现自己的胃口也越来越大。我想要完全拥有这个男人。我想把这个男人整个儿地据为己有。我本能地感觉到,自己不会再有什么好运气能再碰得上这样的男人可以再次身心交付。

没错，说到底，也许，他不该对我这么好。我从没有想到会有人对我这么好，也从没有想到自己会对人这么好。就是他，就是因为他对我的好，才把我对他的好勾了出来。我很清楚，对于我这样寡恩薄义的人来说，很可能我就这么点儿好了。我的好也只能对他了。所以，我不能离开他，也不能让他离开我。我要和他在一起，哪怕赖着他。而赖着他的最佳方式，无非就是生个孩子，让孩子名正言顺地以他为父，叫他爸爸。而我，自然也要趁机会母借子势，坚决上位，成为堂堂正正的梁知太太。退一步讲，即使成不了梁知太太，只要他能长长久久地认下我和孩子，也就达到了我的底线。我很自信：在底线的问题上，他不会让我失望。

可他不想要孩子。除却第一次是情之所至地来不及，之后的欢爱他都会把避孕套准备得很妥当，如此多次，直到在我的强烈要求下，他才同意由我来吃避孕药。在最亲密的时候两个人还隔着一层东西，我实在不能忍受这个。——当然，在不久之后，我就不再吃了。那个浅绿色的瓶子里装的不过是颜色形状和避孕药都非常接近的维生素。——他越不想要孩子就越证明他越在乎孩子，我就越应当生这个孩子，从而加重我在他心中的砝码。我当然明白这个。

世上无难事，只怕有心人。这事不难。而且，我有心。

5

或许就是从那次开始，他有了一些微妙的变化。微妙到我当时根本就无从觉察，直到很久很久之后才会将那些细节在记忆的放大镜中近乎夸张地重放出来，一点一点地研磨和领悟。比如每次做爱停止之后，他不再像往常一样赤裸着身体久久地拥抱着我，而是很快抽身出来。匆忙擦拭过后，他就穿上了衣服，不仅穿上了内衣，还会穿上外裤和衬衣，然后才会躺到床上，抱着我和我说话。我呢，什么都不穿，仍旧光溜溜地躺着，裹着被子，钻在他的怀里。这样多舒服啊。

对于他的这种改变，起初我没说什么，后来我忍不住了，问他："干吗要那么快穿上衣服？"

"不好意思。"他说。

"我就没有不好意思。你是不是觉得我的脸皮特厚？"

"胡说。"

"你那么着急穿衣服，我就觉得自己的脸皮特厚。"

"再这么说可就不乖了啊。"

有一次，欢爱结束，我使劲儿地抱住了他，不让他出来。——我多么想让他在我的身体里停留！

"等会儿。"我说。

他轻轻地吻了我一下，果然没有动。我们静静地拥抱着。过了一会儿，应该是最小单位的那种一会儿，他抽身出来，穿上了衣服。

那样的一会儿后来再也没有过。

再比如，他做爱的状态越来越激烈，越来越疯狂，越来越急不可耐，仿佛是潮涌堤岸，再不放闸就会溃堤。做爱的时候，他会亲吻我身体的每一处，拼命地揉搓着我，仿佛不知道该拿我怎么办才好。而每当做完了爱，他就静静地躺在那里，木着脸，不说话，久久地沉默着。即使偶尔说了一句，也往往只是一个字："你……"，或者是："我……"然后就再也没有了下文。

我总是努力调节着气氛，试图要他高兴。

"童年过得快乐么?"童年一般都是快乐的。

他笑了笑。

"不快乐么?"我追问。他越不回答我的兴趣就越大,就越容易上劲儿。

"一般。"

"小孩儿,你不快乐,"我端起他的脸:"是么?"

他点点头,又笑了笑:"别闹。"

"跟我也不能说说么?"

"跟谁都不想说。对不起。"他说。漫长的沉默里,沮丧从他的每一丝呼吸中透露出来。

这么说,我这个在他的生活中属于例外的人其实在他的心里也并不是他的什么例外。这也让我沮丧。我的耳朵还在等着,我的胳膊还在他的胸膛上,我整个儿人还依偎在他的怀里……可是,他的沮丧就这么默默地传染给了我。没错,就是沮丧。不是甜蜜地沉默,不是舒畅地休憩,就是黏沉的,涩重的,沮丧。

——我没有那么笨,不会想不到他沮丧的根源之一是他对自己的道德谴责。而这谴责一旦蔓延下去,最直接的结果就是和我恩断爱绝。不,我不允许。于是,不止一次的,我安慰着他,说:"没关系,没关系。"我心疼着他,说:"我愿意,我愿意。"可是,他的沮丧似乎历久弥新。后来,我不再说什么,也不再安慰他,任他沉默。从他的沮丧里,我似乎嗅到了一缕淡淡的厌弃,不,不是厌弃我,而是厌弃他自己。但这也不行。因为如此厌弃下去,毫无疑问,接下去就一定是厌弃我。因为我的存在就是他不道德的诱因和铁证……这么推论着,我也渐渐觉出了委屈:为什么要这样?这不是自己跟自己过不去么?人生短暂,及时行乐就是了,何况又是你情我愿的事。如果对我没感觉了就明说——不过这又讲不通,如果没感觉了,那干吗还要一次次地来找我呢?而且,我也有相当的自信:以当下的情态,我根本不可能让他没感觉。

当然,在更多的时候,他都是很好的。很好,很好。好到完全可以让我忽略那些让我不安的不好。——但是,种子已经埋下,开始扎根,且在顽固生长。我无法将它根除。最最浓甜的时候,最最要好的时候,种子的成长似乎也更有劲道,简直马上就要破土而出,不,是破口而出。

是罂粟种。

"如果有来生,如果我们还有缘的话,父女、母子、夫妻、兄妹,这几种关系,你选择哪一个?"那天,做完爱之后,静了一会儿,他问。

我沉默。这个选择题的背景让我本能地反感:只有今生的格局已经难以更改,才会说到来生吧。

"说呀。"他催。

"我宁可在今生当你弟弟。"

"为什么?"他笑。

"因为你弟弟和你在一起的日子比我多,你对你弟弟的惦记也比我多。"我也笑。我确实暗暗比过,也确实是这么觉得的。有一天晚上,已经十一点多了,他的手机骤响,是他弟弟打来的。他们聊了很长时间,似乎是发生了什么事,他一直安慰着弟弟。挂断之后,他告诉我,弟弟刚把一个走失的老太太送回了家,做完了好事还为老太太难受着呢。还有一次也是半夜,弟弟把一只有病的流浪狗送到了动物医院,也给他打了很长时间的电话。"看起来是个男子大汉,可是他心肠太软。看来得让我挂心一辈子。"那天,梁知说着,满脸疼惜。当时我就想:我能让他挂心一辈子么?不过话说回来,比是比,我倒也没有吃什么醋。一个是他的真弟弟,一个是他的假妹妹,比得着么?吃得着么?

"还是说说来生吧。"他又把话题绕回来,"不想和我有来生么?"

"这辈子还说不准呢,谁知道来生是什么?"真是找不痛快。种子蠢蠢欲动。

轮到他沉默了。他的沉默让我恼怒起来。

"咱们以后怎么办,你想过么?"种子终于萌芽破土。

他继续沉默。

"说话。不想和我有以后么?"我逼问。种子开始抽叶。

"妹妹。"他喊了我一声,又是沉默。

"不准抛下我。"我说。

"如果有一天我抛下你的话……"罂粟花开始盛开。静默了片刻,他说,"那一定是迫不得已。"

"我不管。反正你不准抛下我。如果有一天你胆敢抛下我,我一定要……"

"要怎么样?"

我想了半天,脑海里还是一片茫然,不由得笑了。对夏虫不可语冰。原来对此时尚属幸福的我来说,悲哀也是一种难以企及的想象。

"反正饶不了你。"我说,"反正我会做出很可怕很可怕的事。"

"嗯,很让人期待。"他笑道。

"当然,我也可能什么都做不了。"我说,"因为在报复你之前,我很可能要先把自己毁掉。"

他闭着眼睛,久久无语。时间一分一秒地过去,我以为他已经睡着了,却突然听到了他的声音。

"妹妹。"他说。

"嗯?"

"万一——我是说万一,万一将来我离开了你,你千万不要毁掉自己。你一定要好好生活,好好爱自己。"

"这样你就会少一些愧疚之心?"我笑。

他抱住我,长长地叹了一口气,道:"是。"

"那我偏不!我就要伤害自己!我就要让你有愧疚之心!"

他看着我,默默地看着,既无奈又悲凉。我连忙笑道:"逗你呢。我逗你呢。"

后来,在很多时刻,为了压抑住这颗不祥的罂粟种子,当我们的呼吸渐渐平静下来之后,都会有一种渴望在我心底强烈升起——我渴望自己能有一种能力,让时间停止。我当然知道这种渴望的心理背景有多么胆怯:也许,对于我和他来说,这已经是最好最好的时刻。不会有什么时刻会比这个时刻更好。

但是,再胆怯,再恐惧,该来临的事情,还是会毫不留情地来临:那颗不祥的罂粟种子不仅没有死,反而越长越高,越长越大。简直长成了一棵参天大树。当它绿荫如盖的时候,我的世界末日也足音迫近:他的进修很快就要结束,马上就要离开郑州。

我们就要分开了。

第六章

1

后来我才意识到,和我淡下去的过程,梁知安排得有多么严谨。严谨到让我感觉不到他的严谨,严谨到最后时刻的来临显得是那么自然。比如电话。开始是每天都有。后来是两天一次,三天一次,四天一次……直至再也不主动给我打。而当我给他打的时候,他也不会积极回应。只有确定了我很生气时,他才会回归到以前的温柔中,等我情绪稳定之后就将我再次冷淡下去……他来看我的时间距也在随着电话频率的降低而慢慢拉开:两天一见,三天一见,四天一见……他的理由总结起来就是一个字:忙。一个又一个必须得开的会,一件又一件必须得办的事,一帮又一帮必须得见的人……家里的事倒还不多,总是工作,工作,工作。

最开始,我相信这些理由。因为每当我质问他的时候,他总是先不说话,只是默默地微笑地看着我,很快就把我的心看软了。然后,他从口袋里掏出一个黑色的记事本,打开,翻到某一页,开始给我讲,何时何地何人何事……无懈可击。

"以前是因为忙所以不能回家。后来是因为不想回家所以忙。"那天下班的路上，与两个西装革履的男人擦肩而过时，我听到其中一个这么说。在他们会意的笑声中，我忽然打了一个冷颤：他会不会也是这样呢？仿佛冷水泼身，我在一瞬间清醒过来：去他妈的忙！谁知道他是真忙还是假忙！以前好的时候，再忙也会忙里偷闲。现在想溜了，再闲也会谎称是忙！

于是，怀疑开始。也许早就开始了，只是我不敢注视这种开始，想方设法不让自己去知道这种开始。也许我在冥冥之中就已知道，怀疑是一条不归路，一旦踏上这条路，就不能再回头。这路上的每一个坐标，指向的都只是怀疑，很怀疑，更怀疑——很迅速的，他忙碌的所有理由在我的眼中都虚浮不已，一推即倒。脆弱无比，一撕即裂。

"很多女人都是男人的填空，不过有的空大，有的空小而已。"是谁说的这句混账话？不自觉的，我就开始按这个理论来套自己的现实。我开始确信：在他真真假假的忙之间，我，只是他的填空。是他进修之余的填空，工作之余的填空，开会之余的填空，当然更是他家庭之余的填空……如果说刚刚开始欢好的时候，我还算是一个高分值的大填空，那么，现在，我已经成了一个低分值的小填空。而且，这个小填空的低分值还将不可控制地越来越低，越来越低，直到低至零，甚至负数。于是，在即将离开之际，他就企图用这样的方式一波一波地来给我降温，将我的心洗刷得越来越凉。如此，到进修结束时，他就可以对这段艳遇最顺理成章地挥手道别，也可以让我更容易适应缺失了他的生活。那句诗怎么说来着？"我挥一挥衣袖，不带走一片云彩。"

是这样么？

是的。

这种推断让我愤怒。有计划有步骤地把我由一块香毛巾逐渐变成一块旧抹布，至于这样腻腻歪歪老谋深算么？更可笑的是，这样有用么？我有那么糊涂么？我的眼睛还没瞎，我的心更没瞎。

倒数第十天，我给他打了一个电话，让他晚上过来喝粥。在此之前，我们已经又三天没见面了。三天里他没有给我打过一个电话，我也没有给他打过。他的调教已经初现成效：我有了一定的忍耐术。最常用的忍耐术就是去逛街，能逛多久就逛多久，一直逛到自己身困体乏，回到家里倒头就睡。虽然不好睡着，虽然睡着了半夜也一定会醒，但是这样去睡确实比坐在家里待看电视要好睡得多。

"什么粥？"他犹豫了片刻，问。

"百合粥。"

"好吧。"他说。

放下电话，我按了按胸口。其实是绿豆百合粥，但我有意省略了绿豆，只说百合。他听出来这个意思了么？

把绿豆一遍遍洗净，用清水浸泡好。把百合一遍遍洗净，掰成大小适宜的瓣。把大米一遍遍挑砂，一遍遍洗净，锅里放水，坐火。先放绿豆，武火烧开后再放百合和大米，然后转成文火，把冰糖用擀面杖擀得碎碎的，放进去。然后，慢慢地熬啊，熬啊，熬。我以前所未有的精心和耐心，熬出了一锅清香四溢的绿豆百合粥。

以前熬粥的时候，我也是精心的，耐心的，但从没有如此精心和耐心。这让我觉得隐隐的羞耻和屈辱：我似乎是在用这种方式向他示好，向他谄媚，以期能够软化他——对于我，他显然已经越来越坚硬——和他继续好下去。最起码，不要让他的冷淡以让我失控的速度前进，接近我最不想接近的那个断崖。——是的，只是接近，不是掉落。接近我已经不允许，掉落在我看来更是绝无可能。

晚上八点多他才进门,带着一股酒气。已然是吃过了饭。他递给我一个塑料袋,是一个热乎乎的菜。我到厨房打开,装盘,是尖椒烧肥肠。他不是一直不让我吃肥肠么?为什么还特意带来?是在委婉地向我妥协或是道歉么?我一阵窃喜,但没说话,只是默默地把粥盛上,把菜端上,把筷摆上。他在餐桌边坐下来,我们开始对坐吃饭。一句话也没有。

"吃这个。有个应酬,我特意多叫了一份。"终于,他给我夹了一筷子肥肠。

心中甜蜜。我几乎想笑。

"以后,你爱吃,就吃吧。"他艰难地说。

我停下筷子。

"你爱做什么,就做什么吧。"他勉强笑着。

我的心急速地下坠,下坠,下坠——他要撒手了。

"那,我要想和你结婚呢?"

"我指的是仅限于你自己一个人能完成的事。你知道的。"他沉默片刻,道。

"可是,我不想和你分开。"我直视着他,"我想和你在一起。只想和你。"

"金金,就到此为止吧。"又是沉默片刻,他不看我,只看着桌子,轻轻道,"我不能再耽误你。"

"要是怕耽误我,那你多虑了。我还年轻,不怕耽误。"我在一瞬间接上了话,"而且,我愿意让你耽误。"

"你不知道你在说什么,也不知道你在做什么。"

"我当然知道。我在说我爱你,我在做我爱你。"我说。

沉默。

"你还爱我么？"

沉默。

"还爱么？"

仍是沉默。

无边的沉默。

我走到他的身边，从背后抱住他，把下巴放在他的颈窝，用嘴唇轻轻地亲吻着他的耳根。他皮肤的暖气蒸腾着我的眼睛，一个个小小的黄黄的凸起在我眼前绽放，从颈后到颈前，又到胸上……忽然，我的嘴唇空掉。他站起了身，迅速地穿上外套，朝门走去。

来不及想什么，我几乎是下意识地以更快的速度走到他面前，"忽"地一声打开门，说："走了，就再也不要来。"

他默默地看着我。我也默默地看着他。眼神对接，然后错移。慢慢地，他走到门边，右手扶住门框，左脚跨到了门的外面——是我眼睛看花了么？或者只是我的心理作用？他跨脚的动作是那么缓慢，那么笨拙，仿佛电影里的慢镜头。

突然，他迅疾地把跨出去的脚缩了回来。"砰"的一声，他大力摔上了门，似乎要把门摔破一样。然后，他一把抱住我，把我扔在了沙发上。

粗暴的他，他的粗暴。让我惊诧，且欢喜。我没有再说话。我知道此刻选择沉默最好。几乎是在同时，他就压到了我的身上。他撩起我的裙子，不由分说地褪下内裤，进入到我的身体里。虽然突然，但是他进去得却很顺畅。因为我的身体并不干涩。——我的身体，见了他之后，就会湿润。我控制不住自己的湿润。我控制不住身体里的水。那水，汩汩地流向他。我控制不住。自上而下的水，怎么能控制呢？这一点儿让我羞愧得难以启齿。幸好，也不必向谁启齿。

进去之后，他长长地出了一口气，将裙子从我的头上剥下，胸罩一并掠掉。再然后，他才开始亲吻我。他吻得很细，很深。他吻着，吻着，我的渴望就奔涌而来，我抱着他——我根本抱不住他，我只是攀着他，任他为所欲为。是的，任他为所欲为。因为他的欲，此刻就是我的欲。我的欲和他同步，同步，同步。

碎　片

　　离开电脑，拿起镜子，我试图温习当年的那个眼神。那是个什么样的眼神呢？平静，呆滞，茫然，肯定都有吧？除了这些，肯定也有着无可比拟的鲜嫩，即使眼神里蛰着一个字：死，那也是假死，是以假乱真的死。——没错，那时的我就是在用死一般的眼神威胁他。当然只是威胁。我怎么会死呢？尤其是正和他厮缠不休的时候。那时候，我眼神里的死与其说是死，不如说是决绝。他被我决绝的力量震慑，接受了我的威胁。

　　可是面前镜子里的眼神，却是什么都没有，空空洞洞，只如盲人。看来我是真的要死了，所以眼神也枯萎得像瞎了一样。但是，我知道，这双眼睛其实从没有像现在这般彻底地雪亮过。而多年前的那双眼睛，那双闪耀着钻石光芒的眼睛，那才真是瞎的。瞎得深谋远虑，斗志昂扬。

2

　　风暴之后，天地澄明。他侧着身体，久久地看着我。

我笑:"没见过我这样好看的女人吧?"

他仍是默默地看着我。忽然,他在我两只乳房间的梅花上亲了一下。

"说呀。"我不依不饶:"是不是没见过?你不说话就是见过。是不是?"

他沉默。

"你真见过?!"我有些生气了。

"应该说是见过。"他说:"我的初恋女友,和你长得有些一样。"

"不准说她和我长得一样!"

"给我倒杯水。"他语态很清凉,转移了话题。

我一时无语。他的初恋女友,怎么说也应该是十几年前的事了。我这么去喝一壶老醋,确实有些说不过去。

"她……怎么跟我一样?"收敛片刻,我的好奇心又涌动上来。

他笑了:"不想上历史课。"

"可我想听。你不说就是还惦记着她,还珍藏着她,还把我跟她对比着!"

他点燃了一根烟。这是他生气的习惯表现,也是他平定自己生气的习惯方式。他曾说过:在某些时刻,如果一定要让什么东西冒火的话,那就选择烟吧。

我乖巧地不再追问,等他抽烟。一支,两支。终于,他开口了。

"那个女孩子,我曾经非常非常对不起她。"他缓缓地,郑重地说,"提起她,我就很难过。以后不要再说她了,好么?"

"好。"我知道自己只能这么回答。

"妹妹。"他抱住我。

"嗯?"

"我有个不情之请。"

"嗯。"

"在一起的时候,我会尽我所能对你最好。分手的时候,请你不要恨我。"

"嗯。"

"你要相信,我跟你分手是不得不分。如果分手让你痛苦,我的痛苦只会比你更深。"

"嗯。"

"不要答应得这么痛快。分手的时候,要记着我的这些话。"

"嗯。"

他无奈地笑。

"哥哥。"

"嗯?"

"我也有个不情之请。"

他默默地看着我:"你说。"

"先回答那个问题:还爱我么?"

他摸了摸我的头:"傻瓜。"

"说。"

"当然。"

"那么,你就只管好好地爱我,别的什么都不要想。"

他抚摸我的手停顿,沉默。

"说话。"

依然沉默。

"说话!"这种情态让我很忐忑,也很容易焦躁。

"你太年轻,不会懂得,很多时候,不是爱或者不爱的事。"他又开始抚摸我的头,"我离不了婚,不能给你完整的生活。"

"这个,我不介意。"我说。当然,我当然介意。但是此刻,我当然要让自己这么说。

"也许现在不介意,但你将来会介意。"

"你不是我,怎么会知道我将来介意?"

"只要真的爱,就不会不介意。"他不再打嘴官司,"你应当有你完整的人生。"

"我的人生,没有你就不完整。"

他看着我,眼神深奥:"相信我,我是为你好。"

"要是真的为我好,那就好好爱我,好好爱就成了。即使你进修结束,我们也还可以经常在一起。"我支起身子,看着他,"我没指望你离婚。我,愿意,当你的,小老婆。"

当然,我当然知道这话有多么不要脸。但是,此刻,在他面前,我要脸干什么呢?我要他放心,我要他爱我。我要他放心地爱我。

他怔怔地看着我,仿佛在看一个梦。

"我不会去源城捣乱,不会向你要生活费,不会给你带来任何麻烦。你不要有任何压力。"

他深深地叹了一口气。

"可以么?"我追问。

"妹妹,"他抱住我,"很多事,不是你想象得那样。"

"左不过就是这些个样,还能有什么样?除非,"我加重口气,"你不想要我了,不再爱我了。那你现在就说,让我死心。你说,你说,你说吧。"我说。另有一个声音在心里响起:他当然不会这么说。当然不会。

他闭着眼睛,沉默。那天,直至他离开,他都沉默着。在我的穷追猛打中，他始终沉默。他一出门我就发现他的包落在了沙发上。我想要喊住他，可是转念一想，他肯定会来拿的。哪怕是因为这个包，我们也肯定会再见面。这不是很好么？——越发觉出了自己的可怜。我居然要靠他遗失的东西来牵绊他了么？我对自己吸引力的确认，还不如一只包么？这对我真是一种羞辱。不过，羞辱就羞辱吧。如今是能骄傲的时候么？

那天晚上，辗转难眠。百无聊赖之际，我打开了他的包。除了一个IBM电脑，无非就是记事本、银行卡和一些现金。还有两张汇款单据，金额都是五百元，一张是七月十五日，一张是八月十五日。收款人都是钟潮，收款地址都是沁水市政协。钟潮，虽然从没有听他说过这个名字，可听起来也不过是个男人，不足以让我介意。整个儿包里，最让我有感觉的就是一个厚厚的黑皮本。这个本子很特别，漆黑的棉布封面，像一个扁平的小棺材。封面上烫着一个银色的"本"字，是"本"牌的本么？把这个"本"一页页翻开，全都是梁知的字。每个页首都有日期，这似乎是日记的体例，但是看字的内容，显然不是日记：页页的字虽然不同，但每一页内的字却都是一个。也就是说，他都是把某个字一写一整页。

第一页是4月4日，他写的是一整页的仓。第二页是4月5日，他写的是一整页的乙。一页页看下去，4月10日，合。4月12日，令。4月18日，寸……最近的就是昨天，9月10日，秋。是因为马上到秋天了么？可总体来看，这些字显然不是遵循什么天气的逻辑，更没有什么笔画笔顺间架结构之类的讲究。琢磨了一会儿，我没有看出什么所以然来，便只能确定，这是他在开会或者听课时打发光阴的娱乐，不，这样的事，叫娱乐似乎太轻浮，可换个别的名目似乎又太过沉重。叫什么合适呢？嗯，就叫功课吧。

这么想来，他还真像一个做功课的学生呢。字虽然都是随便选的，都很简单，但每个字都写得一板一眼，端端正正，透着一种刻意的沉着，似乎是用练字来静心。——图书馆里有一个同事也经常练字，他说他练字就是为了静心。

那天晚上，"本"里的这些字被我翻看了好几遍。虽然没什么可供解读的意义，但这毕竟都是他的字啊。字如其人，见字如面，不是有这些说法么？

那天晚上，我把"本"放在枕边，与它共眠，睡得很好。

碎 片

刚刚在网上逛了一下，发现"字如其人"源头很多。汉朝杨雄："书，心画也。"宋朝苏轼："书必有神、气、骨、肉、血，五者阙一，不为成书也。"到了清朝，刘熙载则说："书，如也。""如"什么呢？"如其学，如其才，如其志，总之曰如其人而已。"

真是有意思。不过现在人们都用电脑和手机写字，字里还能传达出这么多东西么？如果流失和损耗了很多，那流失和损耗的又是什么呢？

3

第二天，他没有消息。第三天，也没有。我的心还算安定，因为那只包。等得实在难受的时候,我还把"本"里的那些字一五一十地抄录了下来,试图让自己也能够静静心。第四天,第五天……一连七天,他都音信全无。"本"里的字已经被我抄过两遍。包的安定力也越来越弱,直至散尽。第七个夜晚,我抱着他的包无边无际地狂想:他怎么了?是不是出了什么事?怎么一点儿消息都没有?做爱的时候,他分明是爱我的……莫非只是欲望的促使?一旦得到满足就不想再理我了?那天我的穷追猛打是否让他对我更为厌倦?厌倦到连他的包都可以舍弃?他不知道我在想他么?在发疯一样想他么?或者他什么都知道,就是在故意折磨我?……狂想的结论只有一个:他故态重萌,又在对我冷却。还有三天他就要离开郑州,他就想在这样的冷却中和我分手么?——这不是一般的冷却,而是极端的冷却。他不知道极端热烈之后的极端冷却是会把人冻死的么?

真让我愤怒。

百爪挠心。我打开了那个笔记本电脑,对几个硬盘一一搜检,很干净,几乎没有任何他的个人信息,全都是工作资料。在我意兴阑珊准备关机的时候,在"我的文档"里看到了一个文件,名字就叫:重要文件。

有多重要?我兴趣陡增。打开,原来是一些断断续续的文字片段,后面的几条都干脆简化成了一个个词。我一口气读完,顿时明了。

1. 天上掉下个小妹妹。

2. 粉。

你是粉的。

皮肤是粉的,

衣服是粉的,

笑容也是粉的。

你让我的心也成了粉的。

热烈的红加上纯洁的白,

就是娇嫩的粉。

粉是春天的颜色,

也是爱情的颜色。

3. 敲鼓。

你在敲鼓,

在我心里敲鼓。

咚咚咚,咚咚咚。

4. 想笑。

想起你,我就想笑。

你的什么都让我想笑。

不是笑话,不是嘲笑,

是觉得好,才想笑。

5. 疯狂。

我很疯狂,我知道我的念头很疯狂。所以我表面上就尽量装得很正常。

心里越疯狂,表面就装得越正常。

6. 路。

因为你,那条路,也变得好看了起来。路两边的柳条都好看了起来。连那些灰蒙蒙急匆匆的行人,还有路边那些静静站立的电线杆子,也都好看了起来。

7. 眼神。你有一双天使的眼睛。我想象中天使的眼睛,就该是这样的眼睛,这么清亮,这么纯净,像湖水——不,不对,湖水太静了,应该说,像泉水一样的眼睛。既清亮纯净,又鲜灵灵的,活泼泼的,可不就像是泉水一样的眼睛么？看着你的眼睛，我就觉得自己的眼睛像是在喝泉水一样。

8. 母亲。

9. 死。

10. 妹妹，晚安。

11. 纯爱。

12. 再见。

——我有很多粉色的衣服。他对我一见钟情，所以心里打鼓。在心里对我疯狂，又压抑自己的疯狂。曾说过我是天使，所以我的眼睛就是天使的眼睛。因为爱我而赞美我上下班的路。母亲的死让他更心疼我，于是和我亲吻，做爱，可是他不能和我结婚，所以才是纯爱，不过他也意识到了我的难缠，所以要说再见……

这是我和他的简约情史。

果然，他已决定和我再见。

这再见与其说是再见，不如说是不再见。

我决定明天去找他。

次日，我只上了半天班，吃过午饭，我拿着那只包来到党校，敲开了他宿舍的门。他比一周前明显地消瘦了，眼睛里有隐隐的血丝。

"病了？"一关上房门我就问，问完就想打自己的耳光。真他妈的没出息！

"没有。"他伸开双臂，轻轻地抱住我："对不起，真没时间。"

说话的瞬间，他口气里散发出一股浓烈的酒气。这酒气让我平和了许多：学习即将结束，同学们之间一定会有很多场告别宴，他一定是真的没有时间。

"再有三天你就要走了。"我哭起来。真他妈的没出息啊！

"对不起。对不起。"他轻轻地拍着我的脸,"对不起。"

他的怀抱真是温暖啊。我仰起脸,吻他。深深地,吻他,吻他,吻他。最初的时候,他似乎想要抵抗一下。但他很快放弃了抵抗,任我亲吻。我吻他的眼睛,让这眼睛继续无限地凝视我吧。我吻他的嘴唇,让这嘴唇继续无限地对我说我爱你吧。我吻他的舌头,让这舌头继续无限地舔舐我吧。我亲吻他的牙齿,让这牙齿继续无限地对我绽放出雪白的笑靥吧。我吻他的粗硬胡茬,让这植根在他皮肤里的胡茬继续无限地刺扎在我的皮肤上吧。我吻他的下巴,让这下巴继续无限地抵在我的怀里吧。我吻他的喉结,让这喉结继续无限地因为在我面前吃饭而上下滑动吧。我吻他的耳朵,让这耳朵继续无限地因为我的声音而聆听吧。我吻他的锁骨,让这锁骨继续无限地对我呈现出迷人的轮廓吧。我吻他的肩膀,让这肩膀继续无限地支撑在我的身体之上或者之下吧。我吻他的胸膛,让这胸膛继续无限地和我的乳房挤压在一起吧。我吻他的腰胯,让这腰胯继续无限地为我冲撞吧。当然,还有他的臀,他的大腿,他的阴茎,他的阴囊……他男性的一切,作为梁知的一切,作为我爱的人的一切,我要吻,深深地吻。

——我从来没有这样吻过他。这样的吻,梁知怎么能拒绝呢?他怎么会有力量拒绝这样的吻呢?这坚定的,热烈的,执著的,卑微的吻。那个时刻,我的吻,既是爱恋,也是怨恨。既是命令,也是乞求。既是自负,也是惶恐。既是渴望,也是绝望。在很久很久以后,我才感觉出来,我在吻他的时候,完全是一个女巫的心态。我试图在每一个吻中都施以咒语,这咒语就是:我爱你。我也试图在每一个吻中都施以魔法,这魔法就是:你爱我。

在无声的吻中做完无声的爱,我们两个全身都湿漉漉的,如同洗了一个大澡。

"妹妹。"他喊。

"嗯。"

"乖乖先回家去,这两天我一定去一趟。"

"好。"

第一天,我没见到他。第二天,也没有。两天之后,我下班回到家,在茶几上见到了他留下的东西:这个房子的钥匙,一封短信,以及一万块钱。

信是这么写的:

妹妹,这是我最后一次这么叫你了。我不能再爱你了。我不会给你带来幸福,所以我必须在你的生活中彻底消失。一定会有一个男人比我有资格拥有你。一定的。房子我替你续租了五年。你安心住。这一万块钱你将来结婚用,算是哥哥的一点儿心意。保重。

我坐在那里,不知坐了多久。

没有,我没有再去党校找他。他肯定已经离开,不会等我再去堵他的门。我也没有去打他的手机。我不知道该说什么。

4

那些天,我像死去了一样,木然地上班,下班,吃饭,睡觉。残存的最后一丝理智告诉我:必须得去做这些。不然的话,我很可能就会从一具行尸走肉变成一具僵尸臭肉。我会从心死进化到身死。心死和身死，原本就是住得很近的街坊，邻居，甚至是同一个屋檐下的家人。

可我还不想死。因为这个世界上还有他。我和他，还没完。——我当然知道，事情到了这个地步，我和梁知之间，已经算完了。平心而论，我和他之间原本就是两厢情愿的事。再平心而论，他也不亏欠我什么。细细算起来，恐怕我亏欠他的还要多些。总而言之，无论如何，就常理来看，我已经没有任何资格再去找他。但是，冥冥之中，我就是这么决定的：我和他，还没完。当然，我也有我的理由。我的理由很简单：完是梁知的选择，不是我的。我不让它完。看看他这句话吧："我不能再爱你了。"这叫什么话？什么叫做"不能再爱"？我都把话说到那个地步了，都愿意无条件地给他当小老婆了，他还想让我怎么样？——不把事情拎个清清爽爽明明白白，我怎么能让它完呢？

不过，至于怎么做才能让它不完，一时间我还不知道。

那就煎熬着吧。

那一天，下午下班的时分，下了小雨。我没有打伞，任雨点落在脸上。街上也有很多人没有打伞，其中更多的是男人。每当身边走过一个没有打伞的男人，我都会定定地看他们几眼，像个花痴一样。是的，我想起了他。——不，这话不准确。我一直在想起他。如果用琼瑶的小说语言风格来表达，那就是：我的每个细胞每分每秒每时每刻都在想起他。相比于以往所有的想，如果说此时的想有什么不同的话，那就是：这场雨，这些没有打伞的冒雨前行的男人，这些男人们头上湿淋淋的晶莹雨珠，让我格外浓烈地思念着他。在我们第一次欢爱的那个晚上，他就是这样顶着一头湿淋淋的雨珠走了进来，带着一股清新生猛的雨水气息。也就是那个晚上，我们第一次在彼此的怀抱里都下了一场透雨。

雨，绵绵地下着。我站在思念中，无法前行。如同门窗紧闭煤气阀门大开的房间，思念的浓度在我的胸腔里越积越高，让我越来越透不过气。我觉得自己就要爆炸了。马上，立刻，瞬间，下一秒。

突然，前面出现了一个杂货店，"公用电话"四个黑字在黄牌子上夺目地闪烁着。我不管不顾地冲过去，拿起话筒，拨出了一串号码。正哼唱着什么的男店主刹住嗓子，透过厚厚的镜片吃惊地看着我。

通了。一声，两声，三声……

"喂。"他的声音。

我沉默。

"喂，你好。"

我沉默。电话那边也有了片刻小小的沉默。

"喂，请问你找谁？"

我继续沉默。

再片刻的沉默之后，他挂断了电话。我的泪水夺眶而出。

"通了你咋不说话？"老板看着我，饶有兴致地问。

我无语，拿出钱包。

"打错了？"

我放下钱，转身离去。仿佛泄了洪的河道，淤积的泪水在我脸上肆意滂沱。还好，雨也下得越发大了，人们的步履也更加匆忙。我的泪水在雨水的混淆中，也更有了安全怒放的屏障。我就那么哭啊，哭啊。哭了一路。仿佛我被这个世界所有的一切都彻底抛弃了，仿佛我是这个世界上最最可怜的人。

那天回去之后，我发了烧。昏昏沉沉的高热中，我做了许多梦。每个梦里都有他，片片段段的他：他在笑，他在吃饭，他在走路，他

113

吻我，进入了我的身体……有一个梦，我反复做了三次。主要的情节虽然大致相同——都是在酣畅淋漓地做爱——但结尾却有着本质的区别。细细回味，还有着深层的递进关系：第一次，做爱之后，我把玩着他的小弟弟，说："我的，我的。"他宠溺地摸着我的头，说："你的，你的。"第二次，做爱之后，我正把玩着他的小弟弟，他突然拉住我的手，试探地看着我，半开玩笑道："我的，我的。"我使劲儿挣开他的手，撒娇道："我的，我的！"第三次，做爱之后，他很快穿戴整齐，默默地和衣而卧。而我却赤身裸体，一丝不挂。看着他笔直的裤线和紧束的皮带，我犹豫了片刻，口中默念着"我的，我的"，正要伸过手去，他却冷冰冰地说了一句话。

他说："别闹了。"

我的手顿在那里，深度尴尬，重度难堪，但是，很快，我坐起来，朝他俯下脸，看着他的眼睛，倔强地说："我的，我的！"

我的。我的。每次梦中醒来，我都念叨着这两个字，像精神病人一样。

在床上躺了三天，我的烧才退下。退烧之后的我，意识格外清醒，理智大规模回归，帮我的思念作战。"我不能再爱你了。"像抓住救命稻草一样，我反复揣摩着这句话，梳理着其中的逻辑：不能再爱我，只意味着他有他的难处，并不意味着不爱我，很有可能是还爱着我，不，从最后两次做爱的情形来看，我可以确认：他一定还是爱我的。既然还爱着我，那我就不能放弃。至于他不能再爱我的难处是什么，管他呢。到时候再说吧。反正我是有理由和他见面了。反正我是要和他见面了。

——说到底，我就是不甘心。这样的结果，我不能甘心。在我的情感答卷上，他已经成了一道最重要的大题。我需要他来写下满当当的答案。如果他的答案空缺，那我的答卷一辈子都无法再及格。还有，被他这样计划周密步步为营地甩掉，实在也让我无法甘心。我知道自己的不甘心很愚蠢，但我就是不甘心。愚蠢的事情往往都是最顽固的事情，要不怎么配得上称为愚蠢？

当然，虽是这么想着，我还是迟迟没有行动。我知道自己的理由和不甘心有多么勉强、脆弱和虚薄。我鼓不起足够的勇气。我踌躇着，犹豫着，渴望着再有什么理由从天而降来推我一把。

那个理由很快来了。但不是从天而降，而是从内而生。

我怀孕了。

这个时候，我居然终于怀孕了。

拿着那张可爱的"早早孕"试纸，想起他短信里的最后一句话，我忍不住在药店的卫生间里放声大笑。——"保重。"这真是一句吉言。我当然要好好地保重，保我身体内这珍贵的重。

第二天，我就来到了源城。

第七章

1

疼痛袭来。

睁开眼睛,看着窗外,天还黑着。街道很静。德庄的街道能静到这种程度,肯定是两点之后五点之前的时辰。我摸索到枕边那本厚厚硬硬的书,打开,扭亮台灯,读。

《源城地方志》,这是我唯一的枕边物。开篇是源城简介:源城,河南省18个省辖市之一,为中原历史文化名城,因源河发源地而得名。从最新考古发现证明,早在旧石器时代末期和新石器时代早期,即距今10000年前,人类就已在此繁衍、生息。隋开皇十六年(公元596年)设县,1986年撤县建市,实行省直管体制,2003年,被列为河南省中原城市群9个城市之一……

放下书,我打开电脑,链接到源城的政府门户网站。网站名字叫"源城之窗",页面的右上方是一个长条形的宣传栏,里面有源城的LOGO,这个设计取自源河在源城地域流经的大致轮廓:一个粗略的倒三角，下端圆圆的，上端开裂着，像一颗无法合拢的心脏。

"我市召开防汛工作会议""我市公安机关召开'平安10号'集中清查活动""全市农家书屋图书管理员培训班开班""源城人大常委会人事任免决定"……除了这些新闻，网站上还有很多子栏目，什么科普宣教，三农服务，市民热点，文化教育，劳动就业……方方面面，什么都有。真好。

比这更好的是谷歌的"地球在线"。在地标搜索栏里先打出"河南省源城市"，源城市的鸟瞰图就豁然展现在眼前。画面中心点显示出源城的经度和纬度：113.25013875961304，35.25703528948722。这两列漫长的数字我早已经烂熟于心。右上角的三个按钮用来切换地图显示模式。从左至右分别代表"街道电子地图"、"纯卫星地图"和"有标注卫星地图"。"街道电子地图"是平面的，没什么看头。我经常看的就是后两种。点击滑动杆，某一处便可应声放大或者缩小。用来点击某处的鼠标图形不是那种小箭头，而是一个小巴掌。小巴掌所到之处，无不历历在目：白色的红色的蓝色的灰色的长方形或正方形，是居民小区。横着的竖着的斜着的粗壮线条，是主要道路。一团团墨绿色的不规则斑点，是树木。大块大块的墨绿色多边形，是郊区的田野……房屋道路，山川河流，全在这个小巴掌的抚摸下。真真应了那个词：触手可及。

我热爱这个小巴掌。有典故说手掌中镶嵌着人的心，所以才会有那个词：掌心。这个虚拟的小巴掌，这个在虚拟的地图上纵横驰骋的小巴掌，它娇小玲珑的身形中，就镶嵌着我的心。无数个日日夜夜，它就是那样轻盈地携带着我的心，飞奔在电脑屏幕里的源城上空。据说，人在刚刚死去的时候，脱离了肉体凡胎的灵魂是往上飞升的，如同挣开了羁绊的氢气球。那么，如果，我死了——我常常这么想——

在灵魂上升的那一瞬间,我能看到的源城市图景,也不过是如此吧。不过,后来我又听说,能够往上飞升的都是好人的灵魂。换言之,都是天使的。只有往天堂去的天使灵魂,才能俯瞰到人间图景。那些魔鬼的呢?只有下地狱。下地狱能看到什么?什么也看不到,只是一片黑暗。即使能看到什么,也不过是那些最腐烂最腥臭最污浊的如下水道般的丑陋根梢。也就是说,像我这样的魔鬼,死后反而无法俯瞰源城。

那就趁现在多看几眼吧。在没有下地狱之前。我这么对自己说。

——我生命中最重要的他们:两个男人和一个孩子,他们都在源城,现在也还都在源城,静静地睡在源城市方庄镇梁家庄梁家坟。在死后,我这个魔鬼的灵魂即使只能待在源城的下水道里,那我也一定要待在他们睡眠地的下方。

2

对于源城,我可谓是一见钟情。它是典型的小城模样:平和,安静,朴素,清新,还有相宜的活泼和艳丽。一走进它,我郁积的愤懑和怨恨就几乎荡然无存。当然,最重要的还是因为梁知。这是他居住的小城。这里的每条小路他都走过。当他经过这一排排的树下,柳树婀娜下垂的枝条和悬铃木旁逸斜出的枝干或许都如朋友一般拂过他的肩膀。这个小小的凉皮店,或许他偶尔也会进去吃上一碗。"凉皮其实我也喜欢吃,只是有些不好意思。好像只有女人才会喜欢吃凉皮。"我清晰地记得他这么说过。绿竹咖啡店,他一定进去喝过咖啡。对了,还有超市，他会在哪家超市定期为母亲买干果？"妈妈每天都要吃仨核桃俩枣"，想起他说这话的口气，我的心就润润的……路过一面橱窗时，我朝玻璃上看了一眼，顿时慌乱起来。我离开大街，快步来到一个背一点儿的小巷里，从包里掏出镜子，惶恐地端详着自己的脸：晦暗，破败，颓废，卑微，一看就是一个弃妇的神情。我看着自己的眼睛，太阳下，我的眼珠呈现出一种奇异的棕褐色，仿佛不是一个女孩子的眼睛，而是一双动物的眼睛。

不由得恨起了自己的大意。我怎么没有收拾一下就上街了呢？万一要是碰到他呢？这可是他的城市啊。如果和他不期而遇，我这个样子看得过去么？

我先进了一家洗浴中心，洗了一个彻底的澡。洗完之后又推了牛奶和蜂蜜。之后又找了一家理发店给头发焗了焗油，让理发师用夹板把头发做得更直顺了一些。镜子里的长发看起来浓密飘逸，非常漂亮。

"可以做洗发水广告了。"理发师不失时机地恭维。

"也是你的技术好。"我回敬。

"不敢贪功。你的头发，随便哪家店都能做出这个效果来。"年轻的理发师马上腻起来，"你不是本地人吧？我从没有见过你。方便留个电话么？"

我灿烂地对他笑笑。对于他的赞美，这样的笑容是我最大方的回礼了。他不知道此时的我是多么需要这种赞美。电话么，当然不方便留给他。

笑过之后，心却一动：本地人？如果我和梁知有将来的话，如果我能在这个小城住下的话，可不就成了本地人了么？

随后，我又耗了整整一个下午，逛了许多小店，才买到一件粉红色的长袖连衣裙。是水嫩嫩的粉红色。"热烈的红加上纯洁的白，就是娇嫩的粉。粉是春天的颜色，也是爱情的颜色。"这是梁知描述的粉，果然是春天的颜色，爱情的颜色。——我试衣的时候，整个小店都亮了起来。

"真好看！这衣服多少人试了都不趁，就在这儿等你呢。"女老板由衷赞叹。

我笑笑："多少钱？"

她没回答，只是上下打量着我，道："不是本地人吧？"

"嗯。"

"来走亲戚？"

亲戚？心里微漾。梁知算是我的什么亲戚？不过，要是从孩子父亲的角度来看，也能算做是一门亲戚，还不是一般的亲戚呢。

"嗯。"我含糊应答。

"什么亲戚？"

"你查户口么？"

女老板笑了："你长得很像我的一个熟人。"

"是么？"我掏出钱包。以此来短暂地拉近和顾客的心理距离，这是生意人常用的伎俩吧。

"真的很像。"她说。犹豫了片刻，道："进价九十，你就给九十吧。"

这真是太便宜了，意想不到的便宜。我没有再砍价。

"要是住的日子长，就抽空来我这儿玩吧。"女老板殷勤地把我送到门口，我冲她回眸一笑，走到街上。浑身上下都妥当了，这才发现自己有些饿。前面就是一家超市，"万家"，看起来挺大的。我拐进去，挑了一包饼干，两袋酸奶。正寻思着要不要买一支手霜——我的手霜恰好用完了——忽然，前面出现一个穿着浅蓝色T恤的背影。非常熟悉的一个背影。一瞬间，心似乎要跳出来。我深吸一口气，慢慢地将着胸口,仔细再看,那个人的背,比梁知稍微窄了那么一点点。

不由得笑起自己来。这么想他,看谁都像他,到了这个份儿上,真是走火入魔。超市里一个邂逅的男人,怎么可能像梁知?我的梁知,他和谁都不一样。谁都不可能和他一样。

那个男人拿起了一瓶洗发水,转过身,面向了我。一瞬间,我几乎窒息:他和梁知几乎是一模一样的眉,一模一样的眼,一模一样的皮肤,只是他要年轻得多,肩也要窄一些,个子也要高一些。另外比起梁知的严肃和沉郁,他显得很是明亮开朗。如果把他的个子再压下一些,把他的脸再晒黑一些,气质上再酝酿得成熟稳重一些,容颜再老上那么一些,那简直就是另一个梁知。

他和梁知相似的程度,宛如兄弟。——难道,他就是他的弟弟?

男人似乎也感觉到了什么,把目光朝我投过来,看见我的一瞬间,他显然也是有些吃惊,微微怔了一怔,有些磕巴地重复道:"你,你是谁?"

我微微一笑。我是谁?天知道!

"你,"他指了指我手中的酸奶,脸红了,"退回去吧。我刚刚看过,这批货离保质期太近了,不新鲜。"

我道谢,转身回去换酸奶。他跟过来:"我叫梁新,在国土资源局工作。你呢?"

果然,他是梁知的弟弟,是比梁知小十三岁比我大三岁的弟弟,是梁知看着长大的弟弟,是梁知血脉相连的弟弟,是梁知孩子一样的弟弟——这一瞬间,我到了崩溃的边缘。我随便找了一支手霜便去结账。梁新没有再跟过来。收银员给我的东西扫完码,却没有收我的钱。她径直刷了一张卡,指了指出口处的梁新:"他说他买单。"

这算怎么回事?我看着梁新,梁新憨憨地笑着,有些讨好的意味。

收银员把卡刷过，东西递给我。我拿起小票看了看数额，从钱包里数出钱给梁新塞过去，走出了超市。

"你住哪儿？"

……

"是本地人么？"

……

"交个朋友不行么？"

……

在我的缄默中，他的声音终于消失。一路走过，不用抬眼就知道：看我的人很多。偶尔也有男孩子搭讪，我只含笑不理。经历过梁知之后，这些男孩子都显得太嫩了，一眼都能看出水来，不是我的菜。当然，这并不妨碍他们给我带来好心情。这时再在街边的橱窗玻璃里瞟见自己的影子，我的心便渐渐温柔绵软得如同身上的粉色：说到底，也许，在这个实在不大的小城，像我这样的女子还是不多见的吧？在粉色的深处，还沁出一丝丝隐隐的自得：连年轻的男孩子们都这么喜欢我，梁知怎么狠得下心？何况我还怀着他的孩子……

"嘿！跪下！"突然，一只脏兮兮的手伸到了我的面前，仿佛从地下凭空生出。我下意识地后退了一步，打了个寒噤。忍着扑鼻而来的恶臭，好一会儿我才看清楚，是一个全身黑乎乎的脏女人。挂。也许用这么一个字来形容她才最合适：她的头发挂在她的脑袋上，她的上衣挂在她的肩膀上，她的裤子挂在她的腰胯上，她的鞋挂在她的脚趾头上。最让我瞠目的是，现在不过是九月，她穿的居然是一身黑乎乎的棉衣。

"嘿！跪下！"眼睛里闪烁着格外狰狞的亮色，"挂"又往前逼了我一步。我转身就跑。"挂"在后面追了几步，站在那里哈哈大笑。

周围有几个围观的人,也非常得趣似的哈哈大笑。看来他们对这种情形早已经非常熟悉了。

走了很久,直到确认自己足够安全,我才稳下神来。——疯子出现的时候我正在瞟着橱窗玻璃孤芳自赏,一瞬间,我为自己方才的行为羞愧得无地自容:真是无可救药的变态啊。在被梁知抛弃如抹布的背景下,在怀了孕才有勇气约他见一面的前提下,只因为洗了个澡做了个头发穿了一件合适的新衣被几个男人或沉默或聒噪地注目过,我居然就如此飘飘然,如此不知所以,甚至因为这个城市有他,因为他每天呼吸和生活在这个城市,我居然还衍生了一丝要成为本地人的狂想……我使劲儿捶了捶自己的脑袋。我必须得让自己明白:这种状态下的我,比刚才那个疯子,还要像个疯子。

在一个小卖店的公用电话旁站住,我默默地背着他的手机号码,背了六遍。六六顺,这一刻,我愿意迷信这个数字。然后,我拨通了他的电话。

3

是我。

哦。他仿佛做梦被惊醒了一般,突兀地提高了声音:谁?

我。

哦。

我来了。

沉默片刻:在哪儿?

他是要去看我么？这么说，很快就能和他见面了？对了，那个宾馆叫什么名字？如归还是如家？房间号是什么？212还是221？脑子里浑浑噩噩地转着圈，我觉得自己的身体似乎正在慢慢地散架。心里厚厚的冰碴，似乎正在一点一点地变小，变薄，变脆。——也许，那道厚厚的冰碴，原本就是糖做的吧？看着冷，看着硬，但伸出舌头去细细舔舐，就会品尝到一种特别的甜蜜……

然而，还没有等到我的回答，他的声音便又响起：回去吧。

顿时，所有的甜蜜都偃旗息鼓，灰飞烟灭，遁地无形，逃之夭夭。秋风萧瑟时，野火突发下，羞辱夹杂仇恨，如疯长的干草，气势汹汹地燃烧着，灼痛由表及里。但，我的口气是平静的：我怀孕了。

——他会怎么对待这四个字？这四个字里，有三个人：他，我，和孩子。不，或许还是四个人。我想起许多电视剧和小说里的经典场景。女：我怀孕了。男：你怎么肯定是我的？

如果他也这样呢？心随着这样的疑问向下坠去。很快又腾升上来。不会的，他不会。无论如何，他不会。

又是许久之后，他才道：知道了。你先回郑州，我一有时间就去找你。

我沉默。这么主动上门来他还不见，怎么还能让我相信他会来找我？他以为我彻底失去智商了么？

我：不。

他沉默。

你要是不见我，我就去见别人。我继续平静地说。

别人？他重复。

对，别人。我也重复。

他沉默。沉默中有铁一般的询问：别人是谁？我也沉默。沉默中有铁一般的应答：你想去吧。反正在这个城市，到处都是你认识也认识你的人。所有那些人，都是我的别人。我会把我和你之间的事对任何一个别人去讲，让你身败名裂……

你，住在哪里？又沉默了许久之后，他终于道。

本来想再矜持一下，但和他见面的渴望让我的矜持还没出兵就不战自败，几乎是迫不及待地回复道：如家宾馆212房间。

我半个小时后到。他说。

放下电话，我长长地松了一口气。恍惚了片刻，我买了一包香烟。我的事情肯定让他焦躁，万一他需要抽支烟安安神呢？

走出小卖店。忽然，我觉出额头一片冰凉。抬头，点点滴滴的冰凉面积变大，整个脸都湿了。

又下雨了。我把香烟紧紧地护在手中。

4

他进来的时候，我几乎认不出他来。那么干，那么瘦，眼窝深陷，形销骨立。他举着一把黑雨伞，穿的仍是白衬衣，站在我面前好一会儿了，他还举着那把雨伞，湿漉漉的伞面闪着润钝钝的水光。他站在那里，直直的，眼睛朝下，不看我。

但我看他。我看着他。片刻之后，我扑上去抱住了他。是的，我承认我无法矜持，我承认我不由自主。我承认我贱。——爱，或许会让强势者变得高贵，但对于我这样的弱势者，只能变得卑贱。

我抱住他，就哭起来。

他没有动。他没有摸我的头,也没有抱我的肩。他只是不动。这酷似我们第一次拥抱时的情形。

我抱着他,哭着,哭着。像抱着一个木桩子一样。我哭得浑身颤抖。我颤抖得无法控制住自己的颤抖,颤抖得感觉到他似乎也被我牵动得浑身颤抖——但我知道,这只是幻觉。面对着我,他一动不动,冷若冰霜。他怎么会颤抖呢?哭泣和颤抖都只是我导演和主演的独幕剧,他只是独幕剧里最重要的道具和唯一的观众,如此而已。

不知道哭了多久,直至哭到无泪,无趣,和无力,我才筋疲力尽地松开了他。——这样熬肝熬肺地终于和他见上了一面,仿佛就是为了这么哭上一场。

他放下伞,默默站了一会儿,窸窸窣窣地从口袋里掏着什么,终于,他把一个信封递给了我。是信么?什么话不好当面说只能写信?我犹疑着接过了信封。信封很饱,很沉。他写了多少页?

"回去吧。"他终于说。

又是这三个字。我抬头看着他。他不看我,只是以他进门时的那个姿态定着地面,寡寡地说:"回去。"

我用沉默来表达自己的不屑。如果"回去吧"三个字还有祈求的意思,那么"回去"少了"吧"就成了单纯的命令。这个人,我面前的这个人,他有什么资格命令我?

我打开那个信封。既然他没有更多的话好说,那我就要当着他的面看看他会给我写点儿什么。

——信封里是钱,两叠。银行的封条还没有拆。两万。

我真傻。我居然还以为会是信。我居然没想到里面是钱。我真是傻透了。稍微有一点儿脑子的人都会知道,此时此刻,此人此事,他拿来的当然是钱,只能是钱,必须是钱。

我默默地看着这两叠钱。呵，钱，是钱，又是钱，还是钱。这两万块钱，这不会说一字一句却又包含着无穷无尽的语言的两万块钱……他以为我就是来要钱的么？他以为我是来卖自己的么？他居然用两万块钱来打发我？居然用两万块钱就想打发我？

我拿起钱，扔到了地上。两叠钱"扑"地一声和地面亲吻了一下，落在我的脚下。我突然有些后悔没有把这些钱拆开。如果像电视里常演的那样把这些钱撒个满屋飘飞，或者像舞台上的那些魔术师一样，转眼间便能将这些质地精良的钞票捻得匀匀的，如铺花一样铺在他的脚下，那一定会很有形式感，就像送葬的人满山遍野地挥洒着冥钞。——我和他之间，已然到了这个地步，还不该挥洒一下冥钞么？为曾经的爱情送葬。

他蹲下身，将两叠钱捡起来，又放到了桌上。

"对不起，"他说，"我只能这样。"

"那我呢？"我喊。——我是想喊，可是失去了力气，所谓的喊就像自己的处境一样可怜巴巴，嘶哑干瘪。眼泪又不争气地流出来。该怎么办呢？怀揣着爱情和孩子，我卑躬屈膝地来找他，我洗澡，化妆，穿戴一新，像个妓女一样等待他光临宠爱，像被撵出门的丧家犬一样摇尾乞怜，渴望再得他的欢心。但，没用。所有的努力除了给自己带来更大的羞辱之外，没有一点儿用。我必须得面对这样的事实：我真的被他抛弃了，真的被他像抛弃一堆垃圾一堆破烂儿一样抛弃了。

我看着他的脸。我爱他。是的，我爱他，我爱他……我饱胀的愤怒突然软弱了下去——总是这样，他妈的总是这样，一看见他，他一出现在我的面前，一看见他的脸，我的爱情就会膨胀，我的委屈就会萎缩。但是，没办法，我真的爱他。而且，无论他怎么对待我，我也还是冥顽地相信：他也爱我。因为往昔那么多的日子里，我们曾经是那么那么相爱……

"我可以走。但是，我一定会生下我们的孩子。"我说，"孩子我会自己养活，不会成为你的负担，一定不会。但是，我不能让孩子没有父亲。我的身世你知道，我不能让孩子重复我，去过没有父亲的生活，所以，你要去看我。偶尔去看看就成，一年一两次就成……我会守口如瓶，也会管好自己……"我语无伦次地说着，每说一个字都感觉自己在矮下去，矮下去，一直矮到地上，接着再矮到地下。

他的眼睛先是盯着地面，盯了很久。然后，慢慢地越过我的肩膀，看向我身后的墙。

"我做不到。"他缓缓地说，"我们之间，只能到此为止。你，去做手术吧。"

"不！"

"别去小诊所。"他说。

话音未落，他转身朝门外走去。我踉踉跄跄地跑到他的面前，在门前堵住了他。他垂着眼睛，仍然不看我。

"我爱你。"我说。

他看了我一眼，那一眼，很亮。无法形容的亮。然后他又垂下了眼睛。他的身体微微地抖动着。这一切都让我微微放下心来。我可以确认：他爱我，他离不开我。他不是那么轻易就能离开我。

"有的爱，不是幸福，而是灭顶之灾，会把我们都毁掉。所以，金金，我不会再爱了。"他一字一句地说，"我也恳请你不要再爱我了。我宁可你恨我。我恳请你恨我。"

我看着这个男人，这个我曾经爱现在仍然爱的男人。"我不会再爱了……我宁可你恨我。我恳请你恨我。"……此刻，他就站在我的面前，眼神冰冷恶毒，神情固执绝望，那件白色的衬衣上仿佛闪着钢铁一样的光，坚硬得让我想要呕吐。这样一个人，这样一个我深交身交并神交的男人，一个墙一样的男人，此时，他就是一个杀手。他根本就是想通过杀爱情和孩子来杀我……被他这么杀着，真是羞耻。这一刻，目睹着自己遭受着如此羞耻，我恨不得立刻剜掉双目，变成盲人。

我的爱情，已成灰烬。不，甚至还不如灰烬，灰烬还能沤成肥料，化作春泥，让麦苗长上一寸两寸——哦，从这个意义上讲，我爱情的灰烬也是肥料，上到了我仇恨的罂粟花上，以最快的速度让我酿出了丰沛的毒汁。

我要雪耻。

我摸着自己的肚子。可怜的孩子，这是爱情的结晶么？不，它只是我雪耻的动力和战斗的资本。——我不再奢望胜利，也不敢再去梦想和局。我承认我已经失败。所谓的战斗，就是雪耻。

终于，我开始说话。也是一字一句地说话。所有的话，都是雪耻宣言："好吧，我恨你。我以前有多爱你，现在就有多恨你。以前我是这个世界上最爱你的人，现在我是这个世界上最恨你的人。从今天起，我对你只有恨，没有爱。"

——是的，我知道我做不到。爱和恨不是两个国家，竖起了界碑就可以秋毫无犯。爱与恨更像是财产不明的生死冤家或者交易密切的商业伙伴，你在我其中，我在你里面，频繁往来，抽刀难断。

但是，此刻，我就要这样说。我也只能这样说。

他看着我。我逼近他的眼睛——他好不容易才敢面对我的他的眼睛。那里面如同黑洞。刹那间，仿佛要被这双眼睛吸进去一样，我一阵晕眩。闭了闭眼睛，定了定神，竭力压抑着自己怦怦作响的心跳，我又说道:"从今天起,你就是想回头,我也不会给你机会。"

桌子上的两万块钱棱角分明地躺在那里,默默地看着我。我也默默地看着它们。默默地。就在这默默中,我的理性喷薄盛开,将我包裹得风雨不透。

我知道:理性盛开如同感性盛开一样,都是疯狂。

我疯了。

疯有很多种样态。有的人是内外都疯,有的人是外疯内不疯,有的人是内疯外不疯。

我的疯是第三种。

"这钱,我收下。"我说,"这算是你的买春钱吧?真是不少。"我的嘴角微微含笑,"要说,我卖得真不错,你嫖得也很值。我们真应该互相恭喜恭喜。"

他伸出手。一瞬间,我心里升起了一丝幻想,幻想他可能被我的宣言吓住,或者是我的宣言态度让他心疼,以至于情不自禁地想要拥抱我,我幻想他会把我抱在怀里,对我说:我错了,我不该对你这样,原谅我妹妹,妹妹请你原谅我……

——我是多么幼稚得要死的女人啊。

他伸出手,默默地把我从门前拨开,打开门,走了出去。我站在那里,听着他的脚步声在空旷的走廊里渐渐远去,然后是他下楼的声音,一下,一下……终于,什么都听不到了。

静静的房间里,死一般寂寥的房间里,隔着粉色连衣裙的裙腰,我轻轻地摸着自己的肚子。亲爱的孩子,未知性别的孩子,和我一起战斗吧。此时,你是我最弱小又最强大最无知又最有力最懵懂又最合作的,唯一战友。

碎 片

　　写到这里，忽然起意想要查查字典里对"粉"的解释。一、细末儿，粉末。组词：粉尘，面粉。二、特指化妆品的粉末。组词：香粉，粉黛，扑粉。三、用涂料抹刷。组词：粉刷，粉饰。四、使之破碎，成为粉末。组词：粉碎。粉身碎骨。……我不由得微笑。粉，这真是一个意味深长的字啊。嗯，让我来造几个句子吧：她很粉。他很粉。你很粉。我很粉。我们都很粉。

5

　　我决定从他的单位下手。
　　和所有政府职能单位的门口一样，卫生局的门口也装着一个长长的不锈钢伸缩门，伸缩门外，是一小片水泥空地，摆放着一些普通的花草。卫生局的牌子挂在大门右侧，白底，黑字，宋体，庄严郑重。牌子右边的墙上贴着一张小小的招聘启事，是办公室招聘保洁工的启示。两个保安闲闲地坐在传达室里，无所事事地看着我。嗯，应聘，这是一个不错的由头。我可以对保安说我是来应聘保洁工的，再装模作样地填张表，畅通无阻地进入办公大楼……
　　我摸摸包。包里装的都是信。昨晚我在旅馆一笔一画写了这封匿名信，今天早上复印了二十份。信的内容是：

> 我非梁知之妻，但孕有梁知之子。痛苦非常，无法可想。请组织出面做工作，给我一个满意的交代。
>
> 一女子

我来到这里的目的，就是打算把这些信散发到他单位所有的办公室里。我当然知道找纪检委，让他前程断送；找他老婆，让他后院起火，这些方法都比在他单位放一封匿名信更有效，更致命，可正因为如此，我才不想先用那些。之所以从这最弱的方法做起，我就是想先恶心恶心他，在恶心他的同时也想要让他知道：我不会放过他，却也给他留着后路。——他应该有能力处理好本单位范围内发生的这些事。如此，既是给他留一条后路，也是给我自己留一条后路。总之事情最后会发展到什么程度，完全要看他的自省程度和悔过程度。

但是，在门口站了许久，我都没有进去。我问自己：你确定要这么做么？如果做了，就再也没有回头的余地。万一事情不像你想象的那样呢？万一他局里正有人对他心存恶意正在找寻他的把柄呢？情人，二奶，这些本属于私人道德的事情在中国官场从来都是立竿见影的毒药，这几十个字的匿名信，其实不是信，而是一根导火索。导火索在你这里，炸药包却不在。你预想的他能捂住的小炸药包，其实也很可能是一个中炸药包甚至是一个大炸药包，他很可能从此将失意，败落，被双开，及至身陷囹圄……你确定要这么做么？如果真到了他被炸得满地开花的时候，你又该怎么在他凋零的花瓣上寄生？如果你和他没有一个人因此举而受益，那你这么做不就是授敌于利刃，让敌杀我么？——没错，"让敌杀我"的这个我里，有他，也有我。此刻，我和他，是一体的。

还是再想想吧。

那个上午,以卫生局的大门为零点,我在正负三百米的坐标距离上走了不知道多少个来回,走到后来,我的脚都痛了,脚步越来越迟滞,可是我不敢停下来。这么走着好歹算是一个象征,象征着我在犹豫,我在权衡,否则我怕自己会昏着脑袋立马冲进那个大门,被它一口吞噬。

突然,一个男声在我背后温和地响起:"喂,你好。"

是梁新。

"又见面了。"他微笑。我没有笑。有什么好笑的?

"很高兴认识你。"他仍然中规中矩地说着外交辞令。我看着他的脸,这酷肖梁知的脸,突然很想上去摸一下。他让我觉得亲爱。是啊,我就是这么没出息,即使到了这一步,因为梁知的关系,他的弟弟也还是让我觉得亲爱。没错,这就是传说中的爱屋及乌。可是,梁新,他是乌么?乌鸦的乌?我也很想拉住梁新的衣袖,把我和梁知的一切都告诉他,告诉他,统统告诉他!我太需要倾诉了,太想找个合适的人倾诉了,我快要爆炸了,我就要爆炸了……然而,在他诚挚的目光里,我倾诉的欲望却如长江后浪推前浪,一浪一浪,一浪一浪,最后,都封死在了我紧闭的双唇上。

"你脸色不太好。有什么事么?我看你在这条街上待了有一会儿了。"在我的沉默中,他越来越尴尬:"是不是不太舒服?要不要喝些……"他的"水"字还没出口,我已经吐了出来——早孕的反应在我身上特别厉害。他顿时慌乱起来,一迭声道:"怎么了?你怎么了?要不要去医院?"我举手示意他不要再说话,他明白过来,替我拎着包,径直把我搀到一个墙角。我又是一通狂吐,如果不是因为喉咙太小的话,我相信我的五脏六腑肯定已经被吐得一丝不剩。

吐得再也没有什么可吐之后,我才直起了腰。

"你到底怎么了？是不是吃了什么不合适的东西？"他道。

是的，我是吃了不合适的东西——爱情。有毒的爱情。我真想这样回答他。

"我带你去医院看看吧。"他说。

"不用。"

"走吧。"他拉着我，不由分说。我们来到大街上，他招了一辆出租车。我想我肯定是有些蒙了，连反抗他的力气都没有。——不，或许是因为他是他的弟弟，我在潜意识里根本就不想反抗——不管怎样，我几乎是很温顺地被他拉到了一家医院门口，在他扶着我往里走时才醒过神来，奋力甩开了他的手。

"我好了。"我说。

"还是看看吧，我不放心。"

"不用你管。"

这时，他的手机响了。他掏出来看了一眼，道："我哥。"

我可以趁着这个机会走的，但是我没动。是梁知打来的电话。我想知道他对弟弟说了些什么。是，他跟他弟弟说什么和我没有一点儿关系，可我就是想听听。我就是贱，贱，贱。

"……哥，没什么事，就是顺路想去你那里坐坐……不去了，我正好碰到了一个朋友，和朋友在外面呢……回头再说。你忙吧……"挂断电话，梁知对我笑道："可以这么说吧？我们算是朋友吧？"

我沉默。朋友？我怎么可能跟他做朋友？

"你肯定是有什么事，我能帮得上忙么？"他看着我，既忧心忡忡又小心翼翼，似乎是怕我拒绝，同时，脸也红了，"要不，先吃饭吧。我请你吃饭吧？"

我突然明白过来：他对我有好感。和他的哥哥一样，他对我也是一见钟情。真不愧是亲兄弟,连对女人的口味都这么相近。——帮忙?他能帮得上什么忙呢?他不过是梁知的弟弟而已。但是,且慢,他怎么就不能帮上忙呢?既然他是梁知的弟弟。

"我想找份工作。"我脱口而出。想到自己那张卫校文凭,我便随口打上补丁,说卫校毕业后想找个对口的工作,跑了好几个地方去投亲靠友都找不到,没办法只好自己瞎碰,路过源城的时候,看到卫生局的牌子,就想来撞撞运气。不管怎么着,先应聘个保洁工还是可以的吧?

"保洁工?"他讶异地扬扬眉,笑了,"这个肯定不是你该考虑的工作。别急,我们慢慢来。"

"好。"我说。这个"好"字几乎没有过大脑——不,不能说没有过大脑,只能说过大脑的速度太快,如同一道闪电。但就是这一秒钟闪电,就照亮了我的全部困境:我找到了向梁知雪耻的最佳方式。这种方式可以预见的杰出成效让我的脸上露出了明媚的微笑。

被梁知这块石头狠狠地绊倒在了地上,我是一个倒霉的女人。但我也不算是一个太倒霉的女人,命运马上就给了我一个翻身的机会:我将扶着另一块石头再站起来。不,这还不够。我还要在站起来之后,用那块扶起我的石头,狠狠地去击打绊倒我的这块石头。

第二天,我往黄河学院图书馆打了个电话,请病假。馆长问:"什么病?要紧不要紧?"我说:"病不大,却很麻烦,需要跑远路找个偏方。"

第八章

1

那天,我正在床上躺着,听见楼道里有个男人在声嘶力竭地唱着杨坤的《无所谓》。

> 无所谓,谁会爱上谁
> 无所谓,谁让谁憔悴
> 有过的幸福,是短暂的美
> 幸福过后,再回来受罪
> 错与对,再不说得那么绝对
> 是与非,再不说我不后悔
> ……

这是2002的年度流行金曲,一直流行到现在,大浪淘沙里留下来,不容易。歌词也有味道,我基本都喜欢。只有一句让我特别难以苟同：

> 无所谓，无所谓
> 原谅这世间所有的不对

——不，我不原谅。哪怕作为这世间很不对甚至最不对的一个人，我也不原谅这世间所有的不对。

我不原谅。

2

从2002年的九月底到十月中旬，和梁新由相识到恋爱，那段时间对我来说已经足够，甚至可以说是绰绰有余。至于那些天里梁新的细节，我都不记得了。无非就是送礼物，请我吃饭，和我逛街，一起看电影之类的寻常手段。我的脑细胞很势利，尽管梁新在当时对我有着很重要的功用，但因为我的不爱，它们就看菜下碟，没有下力气为他打上什么烙印。它们保存的主要内容就是我。我和梁新的初见就决定了他的被动，就决定了我和他之间的主宰者是我。对我来说决定事情的走向毫无问题，梁新的心不是很软么？那么我只需装可怜就好了，这是我的长项，何况我又是真的这么可怜：母亲生了大哥后就成了寡妇，为了养活孩子，她一嫁再嫁，以至于孩子越多嫁得越多，嫁得越多孩子越多，使得孩子们都是同母异父，形同陌路。作为最小的孩子，我自小失父，备受欺负，在泪水中泡大，又新近失母，成了一个彻底的孤儿……

我要注意的问题就是得让自己的主宰权使用得自然贴切,秋波无痕。于是我欲擒故纵,欲亲故疏,一边让他发疯地爱着,一边还让他没有把握,仿佛我随时都会离开,到后来,他比我更急着确定关系,相识一周之后便连哄带骗地把我的行李从旅店搬到了他合欢家园的房子里,他说这房子是家里早就为他准备好的婚房,一直闲置着,从没有女孩子进来过,谁先进门谁就是他的媳妇……似乎他成了一个诱拐者,整天想着怎么让我掉进他的陷阱。这正是我想让他有的感觉。当然在让事情顺利进展的同时我也要求他向家里严格保密,还坚决控制着他亲密的尺度——我狡猾的程度连自己都觉得意外。也许,只有不在爱情之中的人才能如此用理智来操作狡猾。

于是,终于到了那一天,在他的百般动员下,我勉强同意去见他的第一个家人:梁知。

那天,我和梁新穿的是情侣衫:上身是浅蓝色套头运动衫,下身是白色运动裤,清爽,洁净,看起来和我们很相称。我和梁新之间看起来更相称:年龄相称,面貌相称,就是神情也很相称。他是发自心底的甜蜜和幸福,我呢?看起来也是。很奇怪吗?后来我才明白:一点儿都不奇怪。那时的我,无论藏着多深的怨毒,也毕竟还是年轻,有着无法抑制的明亮和可爱。这是岁月给我镀的光,这光让我怀着再暗的暗色也有着一种美感,甚至会因为那暗色而酿出更特别的美感。

不过,此时,这个戏在我心中还只是一场彩排,我还不能确定是否要去正式演出——一切都要看梁知的表现能否让我满意。我满意的标准是什么呢?让他痛哭流涕地哀求我放过他弟弟?让他发誓从此再也不对我绝情无义?让他捶胸顿足地表态离婚给我一个归宿?……我不知道。但无论是哪种情形,想象起来都让我快慰。

我们去的是梁知的单位。还是那个大门，还是那些花草，还是那两个保安……我突然替那两个保安有些遗憾：如果他们的心思足够细密，能够把前些时在他们眼皮子底下犹豫徘徊的那个女人和这个跟他们局长弟弟手挽手的俨然是他们局长准弟媳的女人联系在一起，不是一件很有意思的事情么？

　　进到卫生局的办公大楼里，随着梁新简约热诚的讲解，我的脚步慢下来。这是梁知的领地，每一寸地板他都踩过，每一间办公室他都进过。很可能下一秒钟，他就会从哪个房间里走出来，和我撞个面对面，然后他一脸惊惶，脚步踉跄……一楼大厅的墙上都是政绩图片展示，梁知的出镜率当然是最高的，每一张几乎都有他。和班子成员们的合影里，他是众星捧月的中心；各种会议的特写里，他在麦克风前神清气定。和上级领导们在一起的工作照里他则是最重要最鲜明的配角：他两脚泥土陪同领导在田间地头参观；他手执小棒在一张地图前为领导们指指点点，他一脸欣赏状为正在挥毫题词的领导们抻着宣纸……和他合影的最高级别领导，是一位国务院副总理。

　　盯着副总理和他握手时他受宠若惊的面容，我忽然想起很久以前读过的一篇文章，大意是一个农村出身的孩子成功之后和朋友在茶馆里谈自己的成功之路，文章题目好像就叫《通向这杯红茶的十六年》。那个作者走向一杯红茶走了十六年，那么梁知呢？他到底经历了怎样的历程，才握住了那双手？一定有我难以想象的曲折辛苦吧——简直是一定的。

　　心，不争气地疼了一下，又一下。为了不放纵这种疼，我狠狠地掐了自己一把，默默地问自己：你的心疼除了证明你贱之外，有任何意义么？

　　上到三楼，我们一间间地路过那些办公室，我记忆着门牌上的那些职务：一个副局长室，一个书记室，又一个副局长室，还有一个纪检组长室……看来班子成员都在三楼。

局长室。我们终于站到了这个门口。当触到门把手的那一刻，我努力控制了一下自己的眼泪。这个门把手接触他的机会恐怕都会比我多得多吧？

梁新敲门。

"请进。"梁知的声音。

我深吸一口气，随着梁新进门。梁知正在看文件，闻声抬头。

看着梁知，我满面微笑。梁知脸上的表情瞬间凝固。

"哥，这就是小杨，名叫金金。"梁新说。又朝我介绍："金金，这是咱哥。"

"哦，你好。"僵持了片刻，他迅疾捡起最起码的礼貌，"请坐。"

我笑靥如花："哥哥好。"

他重若泰山又轻若鸿毛地起身，走到书柜旁边那个小冰箱前："喝什么茶？"

我看见他拉着小冰箱的门，一下，一下。

"我只喝白水。"我说。

"她的胃不太好。"梁新说。

终于，小冰箱的门被他拉开了。里面都是茶叶盒茶叶袋茶叶罐。

"门有毛病了。"他说，"喝什么茶？"

"她只喝白水。"梁新重复道，"我什么茶都行。"

茶水端在手中，隔着袅袅的水汽，我看着他。他不看我，只是看着梁新。因为点了一支烟，他的面容有些模糊。

"你们，认识多久了？"他问。

"很久。"梁新对我眨眨眼。

我只是微笑。

"哦。"他似乎镇定了许多，把目光转向我，"你是哪里人？"

哪里人？叫什么？多大了？什么学历？父母做什么的？兄妹几个？在哪里上班？……我们要像所有初识的人那样再来一遍这个过程么？

当然。此刻，我逼迫他和我一起成为梁新面前的演员。

走出梁知单位的大门，我问梁新："你真的对我们的事有把握么？"

"傻瓜，"他说，"有我在，你担心什么呢？"

我沉默。

"是不是觉得哥哥看你的脸色不太好？"

"嗯。怎么回事？"原来梁新并不是那么迟钝，我倒想听听他的解释。

"反正是有原因的。"他揽住我的肩，"以后，你会知道的。"

"现在就告诉我吧。我想知道。"我说。

"不，以后。"他刮了一下我的鼻子，"等你嫁给我以后。"

时至黄昏，我和梁新找了一家小店吃晚饭，要了几个菜和一瓶小二锅头。正吃着，梁新的手机响了。他出去接电话，好一会儿才回来，脸上一层淡淡的灰气。

"怎么了？"我猜是梁知的。梁知对他说了什么？

"没什么。"

我没有再问。饭后梁新把我送回合欢家园。那一晚，我和他上了床。梁新的表现非常温存，体贴，柔情，兴奋。而我只有微微的刺激和些许的复仇之欢，却没有高潮和快感。

那一夜，做了两次。第一次和第二次不过一个小时的间隔。这年轻的身体可真是年轻啊，这充满力量的身体，连汗毛里的灰尘都是新鲜的，喜气盈盈的。他鼓动着我，带动着我，想要让我和他同呼吸，共欢喜。我在他的身下，抱着他，有那么一瞬间，我有些恍惚，仿佛抱着的是年轻时的梁知。年轻时的梁知应该就是这样吧？还没有岁月的沉滞，只有青春的力量，明澈的眼睛里喷发出熊熊火焰，强劲的肢体吐纳着生生不息的活力……

然而，终归，他不是梁知。

我的身体随着他在动，可我的心却越来越静：冷静，安静，沉静。静得自己都有些过意不去了。——身在曹营心在汉，我的身体在波浪起伏中喧嚣，我的心却像徐庶的嘴巴，只有沉默。

做过之后，我迅速地擦洗过，穿上了衣服。他却一丝不挂地紧紧地抱着我。一个穿着衣服，一个一丝不挂，这情形如此熟悉：曾几何时，我和梁知之间，可不就是这样么？

"不好意思么？"梁新问。他以为我是在拘谨？在害羞？

我沉默。

"我会对你好的。"

我依然沉默。

"相信我，我一定会对你好的。"

"可是，"我说："你为什么要对我这么好？"

"因为，你好。"他说，"你值得我对你好。"

"我不值得。"我说，对着空气，"我不是处女，你不在意么？"

"没关系。"沉默了一会儿，他说。

"我不想欠你的。"

"女人不是处女就欠男人了么？谁来检查男人是不是处男呢？"梁新的声音郑重而温柔，"你不欠我。是我喜欢你，是我欠你。"

"你怎么会欠我？"我笑。其实，是我欠你的。我默默地说，心里涌起一阵阵难过。欠，我不喜欢这个字。我不喜欢欠别人，也不喜欢别人欠我。但不喜欢归不喜欢，终究还是别人欠了我，我也欠了别人。——欢，此时这个字也变得分外可疑，拆开了可不是"又欠"么？一旦遇上了这个字，就如同遇上了一笔债务。

"我说欠你的，你就当我欠你的吧。"他说。

"哪有这样的人，死乞白赖说自己欠了别人的。"我笑。心也慢慢地硬了起来。如果一定要往一起扯，我们三个的债务关系还是能够圆下来的吧？梁知是他的哥哥，他是梁知的弟弟，俗话说长兄如父，俗话又说父债子还，那么，他哥哥的债由他来还也还是能说通的吧？——这可怨不得我。就像我倒霉碰上了梁知一样，谁让他倒霉和梁知做了兄弟呢？

"你哥，他不同意吧？"

"嗯。"

"什么理由？"

"说你是外地人，不知根底……还说你没个固定工作。"

黑暗中，我沉默。梁知当然只能这么说。这么说才最合理。

"那，还是算了吧。"

"不能算，"梁新抱紧我，箍得我的骨头都微微发疼，"算不了。"

第二天，他带我去见了他的母亲。

碎　片

对于和梁新上床，这么多年过去，我早已经想不起自己当时是怎么想的了。按我当时的性情分析，也许动机太过庞杂：或者是我不忍心再折磨梁新，他太正了。正统，正常，正经，正确。和我的交往应该是他有生以来所做的最冲动也最荒唐的事情。我和他绝无可能，就是玩弄他也该有个了结。把身体给他一次，就当是做个补偿性的告别。或者是我根本不曾为梁新着想，只是自己闹够了。闹够了总得找个台阶下，他肯定不能容忍我不是个处女，那我就正好和他顺理成章地分手。或者最纯情的是：我只是太想梁知，太想太想，因此我想要缠绵一下和梁知血缘关系最近的这个男性的身体。又或者最恶毒的是，我是想用身体的媚术来让梁新更加沉迷。我太知道自己身体的力量。我要让他在和我做过爱之后，任凭梁知对他说什么，他都爬不出我的温柔乡……哪个方向都有可能，哪个逻辑都能成立。我是一个圆心，任何一条半径都能从我出发，都能划出一个圆满的圆。

做爱，这是一个被用滥的词。什么是做爱？男女之间的这件事，只有用爱情来做时，才是做爱。用性来做的，是做性。用钱来做的，是做钱。用利来做的，是做利。用恩来做的，是做恩。我是用计来做的，是做计。

3

老太太住在政府家属院，这种家属院一看就很有年头了。楼是很平常的灰楼，规规矩矩的窗户，古古板板的阳台。可是仔细再看，这种平常、规矩和古板却有底气的。这底气的证据就是年头，这年头的证据就是格局。虽然是单元楼，但每栋楼都只有三层。楼间距很宽，从朝阳到夕阳皆可享受。院子里的绿化也自有一种陈旧的庄严，用青砖砌出的花坛既敦厚又精致，悬铃木、银杏和柳树都很粗壮健硕，安详沉稳。我想起梁新给我约略说过：父亲生前曾任的最高职务是市人大副主任，母亲是从市教委副主任位置上退休的。

二楼东户，门虚掩着。推门进去，客厅的影碟机里正放着一部老戏，一个老旦正咿咿呀呀地唱着。看到我们，老太太从沙发上缓缓起身，微笑道："来啦？"

老太太清爽端谨，皮肤白皙，微微有些发福。乍看是大街上最常见的那种老太太，细看似乎又和一般老太太有哪儿不一样。稍一寻思，我明白了：在梅梅酒家做服务员时，常有这样的老太太来吃饭。和一般的老太太相比，她们身上都有这种特殊的气质。不仅仅是矜持，不仅仅是优越感，而且是多年的干部身份积累出来的一种说不清道不明的气质。走到一群老太太中间，这种气质总是能把她们和别的非干部老太太区别开来。如果一定要把这种气质给确定一下的话，那么只能说，这种气质最突出的特点就是：很把自己当回事儿。

我微微颔首，也微笑道："阿姨好。"

"嗯。好。"她淡淡地说。

然后，她让我坐下，她也坐下。她看了我一眼，愣了愣。随即，她又看了我一眼，又愣了愣。然后，她问道："你叫什么？"等我回答过后，她朝着厨房喊了声小翠，一个小姑娘出来给我倒茶。老太太亲手把茶递给我，之后又开始看我，一眼一眼地看。是的，是一眼一眼。不是那么直勾勾地看，而是看我一眼，再看一眼别处，看我一眼，再看一眼别处……仿佛我是一道强光，让她忍不住要看，可是看的时候又受不了这光的明和亮。

这初次谋面时给与我的独特眼神我已经不是第一次领受。一瞬间，我想起了梁知第一次看见我时的眼神，梁新第一次看见我时的眼神，服装店女老板第一次看见我时的眼神——后来我和梁新逛街又见过她多次,每次她都会和梁新打招呼,梁新也客气地称呼她"红姐",而她一边和梁新应答,一边就会用那种眼神盯着我看,寒暄着让我抽空来玩……这些眼神里似乎都隐藏着某种秘密——和梁知的初恋女友有关么?

总的来说,老太太的神情是温厚的,甚至是慈祥的,始终带着最适度的微微笑意。可不知怎么的,她脸上总有一种东西让我觉得很硬。——大约是她脸部轮廓的缘故。虽然有白净的皮肤和略显丰厚的脸颊覆盖着,却仍然隐隐可见她的脸部轮廓十分方正。

闲话了好一会儿之后,老太太道:"中午一起吃饭吧。"接着转脸对梁新道:"去买条鱼,鲈鱼。"

我站起来,道:"我也去吧。"

"你坐着,叫他去。"她说。

梁新悄悄朝我做了个鬼脸,出了门。

小翠在厨房忙碌着,炖牛肉的香气从厨房的门缝里一缕一缕地飘过来,在豫剧哼哼嗨嗨的唱腔中——老太太说这戏叫《杨八姐游春》——她和我相对而坐,闲话的同时仍是一眼一眼地看着我。那是什么样的眼神儿啊,石头一样生硬,刀锋一样锐利,又薄雾一样漂浮。这多种组合的奇异眼神如涨潮的海水,一波一波地朝我涌来。可我不是广袤的沙滩,只是一个小小的池塘。小小的池塘禁不住这声势浩大的潮水,很容易抵达溢满的边缘。我一次次地想要站起,想要夺门而出。好在每当池塘即将溢满的时候,潮水就会暂时退却,池塘的水位线便会一点一点回落,直到下一次冲击波再度重来。

正这么反复着,梁知推门而入。我闻声从沙发上站起,对他点点头。他微微一僵,也点点头。谁都还没来得及说话,梁新拎着鱼也走进来。鱼已经杀好了,新鲜的鱼肉在塑料袋里娇嫩地卧着。这刚刚死去的鱼。这再也不会游泳的鱼。

菜活色生香,饭却吃得很平静。因吃饭的四个人里,有三个是平静的。梁知,老太太,还有我。梁新的眼神和嘴巴都最辛苦。他煞费心机地找着话题,同时自认为很含蓄很巧妙很有技术含量地给我递着眼风。后来想想,我们四个人,其实没有一个是平静的。三个人是外静内动,一个人是内外兼动。内外兼动的人较之外静内动的人,功夫自然是要差一些。

饭后,我一个人在客厅喝茶,他们母子三人进到一间卧室说话。门关得很严,他们的声音也很低,根本听不清他们说了些什么。时间不是很长,梁新先出来。他径直走到了阳台上,我跟着他走了过去。他蹲在阳光下,看着吊兰的叶子。忽然间,他哭了起来。阳光下,他就那样哭了起来。他捂住脸,低下头,仿佛羞愧万分似的,泪水汹涌地奔流着,泪水从指缝流到胳膊上,又顺着肘弯滴落下来,似乎是汗,大滴大滴。泪水落在地板砖上,阳光吸走了泪水,很快干涸。可是他的泪水前仆后继,终于湿了一小片地面。我从不知道泪水可以流得这么迅猛,这么快疾。我甚至有些担心他清澈如水的眼睛。

在他低低的呜咽声中,我听见梁知也从卧室走了出来。好像是在客厅里站了片刻。我以为他会走过来和我们说些什么,但是,没有。他走到沙发边,又站了片刻,然后,他朝门外走去。再然后,他打开门,他又关上了门。

他离开了。

不久,我就在阳台上俯视到了他的背影。他的背挺得很直。他直直地向前走着,一步一步地走着,直到拐弯,直到我再也看不见他。

梁新还在哭泣。我看着梁新。我跟他已经认识了差不多一个月,见过几十次面，做过两次爱，吃过很多次饭，可是这个男人对我来说仍然很陌生。除了身体和容貌，我几乎对他一无所知。我以为他的泪水根本就打动不了我，尽管他是为我而流。但，此时，和他并肩蹲在明媚的阳光下，我还是感到了微微的难过。难过的同时我又感到了一种微微的舒畅——我并不像自己想象的那么铁石心肠，这让我感到稍许宽慰。我眯着眼睛，在梁新的呜咽声中颇有些心安理得地感受着这初秋清香的阳光。是的，是清香的阳光——我甚至有些不合时宜的好奇：清香，是谁发明出了这么好的形容词呢？当然，我很快意识到自己此时的走神对梁新来说有多么残酷。于是我强迫自己去看他哭泣的模样，我强迫自己向他递去洁白的手帕纸。另一个念头也悄悄爬进了心里：要不，就这么放弃了吧？

这时，老太太走了出来。她站在我们面前。梁新很快感觉到了母亲的到来，他用手掌抹了一把泪，朝着母亲抬起了头。我也抬起头看着老太太。老太太低着头迎着我们的眼睛。让我吃惊的是，她的眼睛里也全是泪水。那眼睛里的泪水很深，因为眼窝很深。她深陷的眼窝如一道坚固的堤坝，将泪水紧紧地包裹着。

除了泪水，那双眼睛里，什么也看不到。

"好吧。"许久，我听见她说。

4

梁新告诉我，老太太点头，事情便是大定。他需要再着力攻克的就是梁知。

"这两天我要和哥好好磨一磨，会少陪你一些，别怪我啊。"

"哪有那么小气。"我笑。

第二天下午，我来到了那家服装店，女老板看见我便笑盈盈地站了起来，道："来啦？"

"哦，随便逛逛。"我看着衣服，以漫不经心的神情瞄了瞄墙上的营业执照，"秦，红，怪不得梁新叫你红姐……对了，那次你说我像你的一个熟人，谁呀？"

"哦，"她顿一顿，"我混说的。"

"我可没有混听。"且诈一诈她，"其实，你不说我也知道。"

一些口风紧的人通常会有这么一种心理：既然她什么都不知道，那我就更不能说。缺口不能从我这里打开。如果这么诈一诈他们，他们就会放松戒备：反正她已经知道了，我不是第一个让她知道的，不用负什么责任。洞悉他们的这种心理之后，我对于想知道的东西总是屡试不爽。

"梁新对你说的？"她平静的口气里微微有些质疑。

"除了他还有谁？"这话栽到梁新头上最合适。

"哦。也是。"她释然而笑，"梁新跟他姐姐那么亲，怎么会看不出来呢？只是没想到他会说……"

这么说，我像梁新的姐姐？梁新还有一个姐姐？比梁知大还是小？按照常理推算，梁知和梁新差那么多，那个女孩子多半应在梁知和梁新之间，那应该是梁知的妹妹，可怎么从没有听他提过？梁新也从没有提过，而且这个身份似乎和梁知的初恋女友搭不上号，还有，为什么秦红会说"没想到他会说"，难道这有什么不可说的么？……我的脑子乱了。

"听梁新说，你跟姐姐挺好的。"缺口已然打开，当然要顺流而下。

"好么，倒也是挺好的，我们俩一般大，小学中学都是一起上的，怎么能不好呢？"秦红看了我一眼，神情温柔，"要是她在，看见梁新跟你，指不定多高兴呢。何况你跟她长得还那么像。"

这么说，这个姐姐是不在了？是不在此地，还是不在人世？如果是不在人世，那梁家兄弟不提或许只是因为伤心。如果只是不在此地，那为什么都对她讳莫如深？千万个疑问潮涌而来，可我知道已经不能莽撞再问。不知情的话题，处处都是雷区，需要谨慎，谨慎，再谨慎。

"跟姐姐长得像是我的福气，说明我跟梁家有缘……"

"那可不是。梅梅没了那么多年，你能接上她这个缘，还真是有意思。"她着意地看我一眼，"是个巧缘呢。"

梅梅？——没了那么多年？——早就死了？——几岁？

"真是个巧缘，所以也跟你算是有缘呢。"我紧紧地抠住这个缘字，"你看，你跟梅梅姐有缘，我跟梅梅姐也有缘，咱们俩可不是有缘么？"

很多时候，聊天的状况都像是顺杆儿爬。若是杆儿爬得好，爬得巧，爬得妙，那就能够从此杆儿跳到彼杆儿，让话题随着笑容和心情抽枝散叶，纷纷纭纭，甚或开花结果，表里皆丰，这就算是会聊。若是只就着一根杆儿爬上去，没爬多高便又哧溜一声滑下来，肯定就是不会聊。那天，以缘为杆儿，我小心翼翼又貌似自如地围绕着梅梅这个名字爬着，引逗着秦红说出了一些既息息相关又支离破碎的细节。她说在源城，梅梅跟她曾是最好的朋友。她说她有个红字，梅梅有个梅字，那时候，同学们都叫她们俩红梅组合。她们上学时如何在路口等齐，放学时如何一起玩耍，春天流行梳什么发式，如何为一条红绸带的打结技巧而殚精竭虑。她说她第一次看见梅梅，就疑惑一个乡下妞怎么这么好看？后来知道梅梅是没妈的孩子，就又想着要是有妈整天打扮着照顾着,梅梅肯定会出落得更好看……

没妈的孩子?这意思似乎是说,梅梅的妈不是梁新的妈?

"你见过她妈么?"

"梅姨死得早,她在的时候我还在乡下,怎么见得着?"她马上验证了我的推测,"见过她的老辈人都说她漂亮。我听我奶奶说过,她说:梅校长那个闺女啊,长得跟仙女似的,怪道在凡间留不长。"

"梅校长?"

"就是梅梅的姥爷嘛。这些梁新都没对你讲?"她又迅速地警惕了起来,"我也都是听别人说的,你也就当闲话听听吧……这毛衫不错,不试试?"

"都是陈年老事,不当闲话听听还能怎的?"我笑道。她的这份警惕让我知道,今天我能从她这里掏到的就到此为止。

试完毛衫,我随即告辞。回去的路上,我走得很慢,脑子里却快速地梳理和整合着所有的信息:梁知跟梁新是同母,这个显然能够确定。可梁新跟梅梅却不同母,那么梁知跟梅梅也就不同母……很快,梁家的人物图谱清晰起来:梅梅的母亲梅姨——秦红对她的称呼很合用——是原配,梁知和梁新的母亲是续弦。梅姨死后,梁知的母亲带着梁知来到梁家,又生下了梁新。于是,梁知和梁新是同母异父,梁新和梅梅是同父异母,梁知和梅梅则是异父异母。也就是说,就血缘而言,梁知和梅梅毫无关系。于是,梁知曾经说过的那句话便如一串鞭炮,劈头盖脸地在我的记忆中炸响:"我的初恋女友,和你长得有些一样。"——这是不是就意味着一种可能:梅梅,这个对梁知而言没有任何血缘关系的妹妹,其实就是他的初恋女友。所以他才看上了相貌和梅梅颇为相像的我,所以他才天天去梅梅酒家吃饭,所以他注意到了我胸口上的梅花文身,所以他那么喜欢叫我妹妹……

这事,有意思。这意思,还很深。

少顷,厚厚的羞辱感肆虐而来。——原来如此。我一直以为自己和梁知之间灵肉相依的爱情,原来很可能只是件可怜的替代品。不,不仅在梁知那里我是替代品,在梁新和老太太那里,很可能我也只是替代品,所以梁新才会说欠我之类的话,所以老太太才会用那样的眼神看我,所以梁新和老太太才会相对落泪……原来,他们给我的爱,很可能都只是给梅梅的,和我没有任何关系。但是,我得到的羞辱和伤害却只是我的,和梅梅没有任何关系。

碎 片

是的,那时候,所有这些真相在最初显现的时候,我只是对自己说:很可能。因为这还只是猜想,并没有实证。而且,更重要的是,我也不甘心用确凿的语气把这种很可能判定为事实,尽管我知道这些很可能都无比靠近事实。我的不甘心似乎也有我的道理,尽管那道理很微弱:我和梅梅长得再一样,也还是不一样的吧?梁知对我的感情,还是有一些我自己的魅力因素在吧?

那时候,我不知道,越是想要说服的事情,本质就越是虚弱。

对梁新的愧疚也一并轻减。好奇心和报复欲在心头混合交集,如狂潮涌动。梁知和梁新曾经说过的一些话,也如被潮声拍响了的声控灯,一盏一盏在脑子里次第亮起:"那个女孩子,我曾经非常非常对不起她。""提起她,我就很难过。"——这是梁知。他一定对梅梅做了什么事,不然不会这么说。"我说欠你的,你就当我欠你的吧。"——这是梁新。无缘无故,萍水相逢,他欠我什么呢?他欠的,也许就是梅梅。姐弟之间，有什么欠能让他这么念念不忘耿耿于怀呢？还有他们的母亲，梅梅的继母，继母和养女之间总会上演着长盛不衰的敌战剧情……

　　以此推测，梅梅，这个已经死去的女人，一定凝结了诸多秘密。这些秘密，说不得嘴，见不得人，被他们以遗忘的姿态深深铭记，如同一个结痂的伤疤，痂虽然貌似结好，疤下面的伤口却还是鲜血淋漓。

　　——如果说梁新太太这个位置是一把椅子，怀着梁知的孩子原本只能让我说服自己有资格在这把椅子上稍微坐一坐的话，那么，作为梅梅影子的存在则让我很可以在这把椅子上坐得更舒服自在一些，更心安理得一些。为什么不呢？既然已经以梅梅为依托顺利地抵达了梁家门口，我就不能辜负了这份天赐。我应该好好地探究一下，梁知和梅梅是怎么回事，他对我又是怎么回事。而且，如果运气不错的话，我还有可以以梅梅为利器，钻入梁家深处，更深处，知道得多一些，再多一些。我将掌管他们那些黑暗的秘密，探测出他们肌理最深处的毒素，然后，在我认为必要的时候，打梁知的软肋，揭梁知的伤疤，让他的软肋疼痛，让他的伤疤流血，从而把我蒙受的羞辱和伤害阔绰奉还。

　　嗯，就这么做。

碎　片

　　2012上半年度——我也只能活到上半年度，我看到的最好的电视剧是《甄嬛传》。其中有一个情节：甄嬛入宫后因长相酷肖皇帝最爱的已逝的纯元皇后而被皇帝宠爱，当她得知这一真相时毅然决然地自请出宫修行。很多网友评论说这个情节过于牵强。他们质问：至于么？纯元已经死了，甄嬛至于这么较真么？我微笑。

我知道发问的他们无法明白：对于我或者说甄嬛这样的女人而言，这确实至于，很至于。但我不会像甄嬛那样一走了之。走算什么？无非是逃避。我当时的选择就是留下来，把想知道的知道，把该了断的了断。

5

两天之后的一个黄昏，我和梁新在老太太那里吃过了晚饭，在回合欢家园的路上，梁新接了一个电话后就把钥匙给了我，让我先回去，说梁知让他去办一件事。我顿时就有了一种预感：梁知是在调虎离山。他就要来找我了。——可是，梁新是虎么？对于梁新而言，我和梁知才是虎。梁新，他更像是一只虎口的小羊。

回到合欢家园，我一面匆匆梳洗着一面想起无数经典的见面场景：祝英台的父亲去见梁山伯，阿尔芒的父亲去见茶花女玛格丽特，罗密欧去见朱丽叶……现在，是我的前情人想要拆散我和他的亲弟弟。真是痛快啊。他也有这一天！

敲门声响。我打开门。果然是梁知。

他走进来，站住。我迎着他站住。

他把目光投向别处。我牢牢地盯着他。

你走吧。

这仍然是他的第一句话。曾经如利刃般的一句话，但是，再也不能像第一次那样有效地伤害我。

该走的是你。不然大伯子私自来和准弟媳见面,说不清楚的。

停止吧。

为什么?我正玩得来劲儿呢。

你不是这样的人。

我是什么样的人?

一个善良的人。一个不该伤及无辜的人。

我曾经以为你也是一个善良的人,一个不该伤及无辜的人。——这么说的时候,我心里面有一点点打鼓:我无辜么?很快,鼓声停息。管他呢,就这么说。

对不起。

我沉默。

孩子,怎么样?

心里微微一暖。他还关心着孩子?很快,我便明白了这句询问的潜台词:他只是想问孩子做了没有,只是那么问太难听,于是就选择了相对婉约的句式。

你没有资格问,我也没有义务回答。

还是做了吧……无论如何,做了对你好。

闭嘴。

相顾沉默。良久。——也许很短暂,只是沉默使得短暂变得良久。

放过梁新好么?

不。我微笑。放过?与其说让我放过梁新,不如说是让我放过他自己。从他的反应来看,我选择梁新真是太对了。用梁新这块送上门的新石来回击梁知这块绊倒我的旧石,这简直是太完美了。我已经隐隐看到:在我的精心培育之下,这完美之花已然开始绽放娇艳的蓓蕾,并散发出一阵阵妖异的芬芳。

他沉默。喉结滚动。甚至能听见他轻咽唾沫的声音。

你这样对他很残酷。

和你当初对我的残酷差不多。

所以你就把这残酷转移到他身上?

谁叫他是你亲爱的弟弟?谁叫他喜欢我爱我呢?我笑起来——我居然笑得出来?——但我就是要让自己笑得出来,此时不笑,更待何时?我决定就这么笑着对他说话,我知道自己说话的口气很像一个流氓,但此时,我就要像一个流氓。

他久久沉默,沉默。

碎 片

我的讲述中有多少沉默啊,那些难以言喻的沉默,大山一样的沉默,大海一样的沉默,驳杂的,广阔的,幽深的,静谧的,悄无声息的那些沉默,我笨拙的讲述难以开掘和抵达的那些沉默……有时候我甚至想:沉默的那些也许才是我最想讲述也最该讲述的那些。可是,恰恰也是我最无力讲述的那些。所以,无能的我就只好讲述这些沉默的余渣。

我错了。我知道。原谅我,好么?沉默了不知多久,他终于道。

我看着他,继续笑。他目前的这副神情,他黯淡的萎顿的脸,这些都是我梦寐以求的战利品。多好啊,这个瞬间!我要好好地享用!原谅?当然不能。到了这一步,还怎么原谅?我非常清楚:再也不能相信和听从他的任何话,不能。

突然间,他跪下了。

我看着这个在我面前双膝着地的男人。这个男人,他跪了下来。

他在怀着自己孩子的情人面前，跪了下来。不是为了孩子，不是为了爱情，我的爱情——是的，不是我们的爱情，只是我的爱情——这个跪与我的爱情我的孩子没有一点关系，爱情和孩子在他这里都不过是钱可以打发的玩意儿。而他的弟弟却能使他抛弃所有的尊严，在我面前做出这最屈辱的降服。

我看着他。他的头顶已经有些谢了。这个即将四十岁的中年男人，此时，跪着的动作让他显得低矮了很多，看起来有一种从未有过的可怜。他的双膝一定很痛。但是，但是，但是但是，他的膝痛和我的心痛不能相比。而且，他越是这样就越证明他在意的只是他的弟弟而不是我，所以，我也就越不退出，越不怜悯，越不原谅。我就是要让他付出代价，我就是要和他最亲爱的弟弟在一起……我就是要这么做！从此之后，我将把自己分成两半：在梁新面前，我将是天使。在梁知面前，我将是魔鬼。在梁新面前，我就是幸福。在梁知面前，我就是痛苦。从此之后，梁新将从我这里得到天使的幸福，梁知将从我这里得到魔鬼的痛苦。——多么巧妙啊，梁新得到的天使幸福，恰恰就是梁知的魔鬼痛苦，这是多么精密的能量守恒啊，一点一滴也不会浪费……突然间，好奇心喷涌：在天使和魔鬼之间摇晃的我，在幸福和痛苦之间跳舞的我，将会是怎样一种面目？

你说过的那些，我都可以做。从他的膝盖上方和头颅下方，他的声音闷闷地传出：行么？

这是我早已期盼的一句话。如果早一个月说，如果他能在那个时候说，我一定会怀着喜悦，怀着被弃者再次被接受后那种受宠若惊的最卑微的喜悦，和重新得到令我心力交瘁的爱情的最甜蜜的喜悦，如沐甘霖似的承领这四个字。但是，现在，我不。

有些事，不是你想回头就可以回头的。我说：你已经失去了回头的资格。

他抬起头，久久地看着我。

别逼我。他说。几乎是在恳求。

说到底，逼你的不是我，是你自己。

他沉默。

其实，有一个方法最简便。你直接去告诉梁新，说我是你用过的女人，让他放弃，这不就好了？我语音轻快，语气轻佻，但内心安稳。——他当然不会也不敢这么做，他丢不起那个脸，尤其是在他最亲爱的弟弟面前。

果然，回应我的，是料想的沉默。

我也沉默。自从他进门之后，我和他的对话，句句疼痛，也句句畅快。句句畅快，也句句疼痛。在医学课上，老师曾说过，人的疼痛神经和快乐神经是住得最近的邻居。现在，我这两路神经都忙得很吧？

那，我死好了。他说：我死可以么？

我笑得越发开心。死？他拿这个字来吓唬谁？咬人的狗不叫，不叫的狗咬人，要死早死了，只要说出来就不会去死。这么会保全自己的人怎么会舍得死？若是为了讲给我听，那就是浪费。我难道会怕这个？

那是你的事。我说：不过，你死后，我也就没什么好玩的了。我会把真相告诉梁新，告诉所有人，来欣赏这个烂摊子的人一定不少，那肯定也会很有意思吧。

他的眼神绝望得令我有了刹那的窒息：我死，都不可以么？

我说了，那是你的事。不过说实话，在孩子的立场上，我还真不希望你死。毕竟有亲爹疼着，总会更好些。我说：对了，你看多巧，我记得你是A型血吧？梁新也是A型的呢。这孩子的血型将来不会招人疑的，放心啦。

——是的,我想要他活,要他痛苦地活,活着接受我亲自施予的酷刑——每天每天,都由我手持刀柄,一下一下挫磨着他的心。

他再也不说话,只是在那里默默地跪着。我实在不能再看下去,走进卧室,反锁上门。锁声一落,我的泪水就掉了下来。

是的,我的心很坚硬。但是远没有我想象的坚硬。我的心很恶毒,但是也远没有我想象得恶毒。只能说,我的脸在舞台上收放自如地表演,而我的心却在幕后漏洞百出,战栗颤抖。那一刻,放弃的念头又一次爬进了我的心里。但是很快过去。——不能放弃。我知道。事已至此,我只能往前走。推动我向前走的自然有我对梁知的仇恨——他的示弱和哀求远远不能让我的仇恨斩草除根。推动我向前走的还有肚子里亲爱的孩子,我起码得熬到孩子出世——让这个梁家的血脉诞生在梁家,对于我来说,是一个天时地利人和的最必然的选择。推动我向前走的还有那个神秘的梅梅,某种意义上,我和她仿佛是演双簧的两个人。死去的她在椅子后面,活着的我在椅子前面。我已经越来越迫切地想知道,我和她搭档还能上演一些什么样的戏码,哪些戏码才能让我有机会把底幕拉开,看到秘密的本源,看到伤疤下那还不及长好的一切真相。——恨,孩子,或者是梅梅,这其中的任何一项,都使得我不能收手。更何况是这几项的综合之力?

当然,那一天我也很想问他关于梅梅的事,但是我忍住了。来日方长,还怕没有问的时候?我有充足的时间,慢慢来玩这个游戏。

碎 片

多年之后的现在,我才明白,那时候,推动我向前走的最最重要的力量,其实还是我对梁知的爱情——仇恨是一池毒液,连我自己都不知道,我是那么愿意把自己和他浸泡在同一池的毒液里。痛苦也是甜蜜，折磨也是依偎，啃咬也是亲吻，厮打也是拥抱。

6

在梁新跑前跑后忙着装修房子的时候，我以看婚纱为名，独自在郑州住了两天，退掉出租屋，处理掉杂物，同时去黄河学院正式辞职。此时的黄河学院里，悬铃木树叶斑斓，月季竞相盛开，菊花含苞待放，丹桂余韵袅然。走在校园里，想到才不过一个多月时间，自己就要结婚了，我不由得觉出一种强烈的不真实感。往日何在，今夕何夕，彼时此时，仿佛是天上人间。——在这儿工作时是在天上？回源城结婚是在人间？

迎面一张熟悉的面孔。是申明。他抱着一大摞书，书码得不是很整齐，摇摇欲坠，眼看就要掉下来，我忙赶上去，分过来一些。他笑了，有些诧异："这么长时间不见，去哪儿了？"

"家里有点儿事。"我说。我没提结婚的事。辞职的时候也没对馆长说。是没兴致提，也是有些不好意思。

碎　片

现在想来，我不提的深层心理原因，应该是羞于提。之所以羞于提，是因为不爱。不爱而婚，是耻辱之事。

两人走着说着，我把书给他送到办公室。放下书，他去上卫生间，我在那里闲站着。我知道自己该告辞的，可是不知道为什么——或许是不想那么快离开黄河学院——我很想和他再说会儿话。在等他的工夫，我看见他的办公桌上放着一张纸，上面龙飞凤舞地写着什么，便拿起来。是《黄河文化报》的一份征稿启事，主要内容是说报社副刊要开辟一个专栏，名叫"我们"，特面向社会征集亲历故事，以"文革"年代为主，不论对的，错的，好的，坏的，荒谬的，诙谐的，只要是真实的故事，都在征稿范围之列，篇幅要求在3000字以内。字迹是申明的，看来征稿启事是他拟定的。他怎么会替报社做这种事？正寻思着，申明回来了。我忙放下那张纸，他看见倒笑了，道："这种故事，你可写不了。"

"不过我觉得挺有意思的，可是，您怎么会给报社写这个？"

"副刊主任是我朋友，我一动议，他就采纳了，所以这活儿我就顺便做了。"他说，"我在做一个'文革'课题，这也算是在给课题收集资料。"

"您是因为盛春风才想做'文革'课题的么？"

"准确地说，是因为一直在做'文革'课题才会扯上盛春风，"他笑，"很多人都说不能理解我为什么要针对盛春风干仗，你也不能理解吧？"

"您说过，您对他做过什么事一点儿兴趣也没有，您在意的是他对过去的态度。您好像还说过，说他的态度具有样本性的批判价值……"我绞尽脑汁地搜寻着记忆里他的片言只语，生怕说错了贻笑大方，他却听得双目灼灼："对，我就是这么说的。你如果了解历史就会知道，'文革'是一场极其复杂的政治运动，这一场大运动里，又有无数的小运动。那些广大的运动员里——笑什么，整天参加运动的人,可不就是运动员么?——既然有那么多被整的人,相应地来说,肯定也有那么多整人的人,或者说,有很多人是既在整人又兼职被整,但是,运动结束后,人人都愿意把自己说成是被整的,也几乎是人人都有理由把自己说成是被整的。这又是为什么呢?"

"这运动不是毛泽东发动、四人帮主谋的么?当然下面就都是被整的了。"

"没错,毛泽东,四人帮,他们都应该负责,负大责。可是他们几个才有多大的力量?他们是神仙么?吹口气儿就能翻江倒海?或者施展了什么魔力,钻进了那些人的心里,去耳提面命地操控他们的身体,让他们去揭发老师,批判亲人,毒打同事,去给人戴上高帽子,剃阴阳头,挂黑牌游街,去砸寺庙,毁教堂,烧图书馆?"申明语重心长,"这段历史,中央都已经定性了,说是个错误,可是这些人却没人去说。你想,一段几乎人人都参与过的错误历史里,如果说绝大多数都没有错误,或者是不觉得自己有错误,再或者是不去面对自己的错误,这不是很奇怪的事么?那些人,难道把责任朝上面一推就完事了么?他们不应该负起属于自己的责任么?"他习惯性地拧着眉头,"那些人绝大部分还都活着。我想探究一下他们的心里到底是怎么想的。我觉得这里面肯定意味深长。"

我沉默。沉默中,我忽然想起了梅梅。毫无疑问,对于梁家人来说,梅梅的秘密也是一个错误——秘密常常意味着错误。因为错误,秘密才成为秘密。——作为这个错误的高仿品,梁家没有一个人对我吐露梅梅的任何细节,这是不是也意味深长?

"申老师,您是哪一年出生的?"

"1966年。"

"这么说,'文革'的时候,其实您还很小。甚至可以说,您都不算经历过。您觉得您有资格去谈论和评说么？"

申明笑起来，边笑边摇头："你的问题真可爱。你是哪一年出生的？"

"1980年。"

"要按你的逻辑，1980年之前的历史，你都没有资格去谈论和评说。那你从小到大学历史的时候，唐宋元明清和近代史，你都是默默无语去学的吧？一言不发，一声不响，一字不出？"

我笑。

"当然，我只是开个玩笑。我知道你的本意并非如此。"申明也笑，"你只是在质疑我是否会陷入粗暴和简单。这一点我会尽力让自己避免的，谢谢你的提醒。其实，以我看来，亲身经历固然是认识历史的优势，但是优势可能也是劣势。因为，克服自身局限所需要的努力，也并不容易付出。"

"申老师，追问过去，到底有着什么样的意义？"

"你说，一个人，一个民族，一个国家，靠什么证明他活过、活着并且还将活下去？"申明目光炯炯，"除了历史，没有别的了。"他顿了顿，显然是有些迟疑——现在回想起来，他的迟疑是多么必然，对于我这么一个无知的前服务员，他怎么能不迟疑呢？和我说那些话，很可能就是白费口舌，但是他还是说了下去，"多了解一些历史，你就会知道，历史虽然是历史，但是历史其实也是当下和未来。历史虽然死了，但是也一直活着，而且活得比什么都长久。"

历史既然是历史，怎么还会是当下和未来？既然死了，怎么还一直活着，还活得比什么都长久？这些话我实在不能明白。但是我也知道，不能再问下去了。再问下去既是为难申明，也是尴尬自己。

"每个国家，每个民族，每个人，都不是从石头缝里蹦出来的，都是由一段一段的历史累积成现在这个样子的。比如你，你是突然就成为现在的你么？不，你是由婴儿，童年，少年，一步步走到今天的。你走过的每一步，都是你的历史。缺了历史的哪个环节，都不会成为今天的你。你仔细想想，是不是这个理儿？"似乎知道我的疑问，申明盯着我的眼睛，认认真真地说着，"你如果对我们的国家、民族与社会的现状和未来感兴趣，或者对某个人的现状和未来感兴趣，想知道他们为什么是这样而不是那样，将来又会成为哪样，那你只有一条途径，就是去了解他们的历史。"

　　国家，民族，社会，呵，这些大词，我不感兴趣，我感兴趣的不过是自己的这些乱七八糟，犄角旮旯——我甚至对自己为什么成为现在的自己都不感兴趣，我感兴趣的只是不远的未来，我嫁到梁家后，怎么在梁家度过每一天，怎么面对梁知和梁新，我还感兴趣梁知在我之前的爱情到底是什么情形，以此判断他对我到底是什么样的一颗心，当然，还有那个梅梅……好吧，那我就去了解这些小小的历史吧，如果通过这些小小的历史，我能够知道自己在梁知的世界里到底是怎么回事儿，也算没有白白认真这一次。不是么？

第九章

1

尽管十分不情愿,但形势所限,我还是在结婚前夕回了一趟杨庄。起初,为了避免回去,我万分诚恳地对梁新解释,说我所谓的哥哥们真的对我没有任何实质意义,都是形同虚设。要是让他们来参加我的婚礼,与其说是助兴,不如说是扫兴。与其说是添喜,不如说是添堵。所以,如果他真正尊重我的意见的话,那我不要任何娘家人。我没有娘家人。

"非正常家庭的孩子,都很可怜。"梁新居然被我说出了泪,晶莹剔透地汪在眼眶里,"但是,无论你多么不想面对,事实是,你总还是有娘家的,你必须得承认这个。对不对?"

我沉默。是的,我总还是有娘家的,无论我多么不想面对。可是与其让我承认有这么一个娘家,有这么多杂牌军混合旅一样的哥哥,我宁可让别人认为我是一个没有娘家的人。在我的想象中,那起码有一种干净利落、凄绝诗意的美。

"而且,像结婚这样的大事,如果你娘家没有来人,梁家这边也会很掉面子的。对不对?我一个伙计在福建打过工,去年娶了个那边的新娘过来,这么千里迢迢的,娘家人还一大帮呢。"

我看着天花板上刚刚装好的石膏线,依然沉默。合欢家园的房子是个两居室,以前简装过,这次又进行了精装修。虽然是日夜连工,也耗费了十来天。还有拍婚纱照,买敬酒服,配相应的皮鞋和包,定美容店,做皮肤护理……

"乖,"梁新伸出胳膊,将我环在胸前,"我知道你和他们没什么感情,可是你好好想想,也不过就这一次。要是你实在不想和他们来往,以后不再理他们就是了。不用在这个时候任性,对不对?"

我闻着他身上的气息,眼前一片迷茫:我真的要结婚了么?

"还有,你总得带我到爹妈的坟上拜一拜,叫他们认认我,所以回去一趟是免不了的事。既然要回去,告知他们一声也就是顺便的事,免不了的事捎带上顺便的事,根本不用费另外的功夫,那干吗不做呢,对不对?"

我终于点头。好吧,回去。我很想对梁新说:其实你根本不用问什么对不对,没有什么不对的。都对,都对。对死了的对。

因为之前我特地打过电话进行了严厉的叮嘱,所以哥哥嫂子侄子侄女们显然都做了一些准备,在梁新面前表现得都还算不错:周周全全地问候,客客气气地让饭,有礼有节地聊天,在进行所有程序时又有着适度的亲热和亲切……简直就是乡村兄妹关系最理想的呈现。不知道为什么——也许是他们表现得太好了,让我也入了戏——有那么一刻,在看到大哥斑白的头发和额头上那块因母亲的墓地和杨家人打仗而落下的伤疤时,我竟然差点儿掉泪。

嫁妆无需准备。需要商定的最重要的婚礼细节就是如何迎娶。杨庄离源城 250 公里，这么远的距离，婚礼当天来往显然不现实。经过一番磋商，梁新又几番打电话向梁知请示，最后定下的方案是：婚礼前一天，由梁家派车，将这几家亲戚全部接过去，安排在宾馆。我呢，杨庄和源城都有规矩，娘家再远的新娘子，结婚当天也必须得选择从一户人家出门。——他们最后决定让我从梁知家出门。也就是说，梁知家就是我虚拟的娘家。我要在那里度过婚礼前的最后一晚。

我不由嘴角含笑。这真是绝妙的讽刺。

商定好这一切之后，我便和梁新去上坟。

2

金秋，这是人们最常用的形容秋天的词。这样一言以蔽之的形容总是让我非常排斥。秋天是金色的么？当然，秋天是有很多金灿灿的事物：银杏树叶，白桦树叶，白杨树叶，还有最经典的菊花……可相比于这些亮闪闪的欢腾着的金色，秋天更多的面貌其实是一种混杂的安详，是一种为冬天预备着的丰饶的沉静。如同杨庄村外的田野，这已经被犁铧耕种过的田野，这深埋着麦种的田野，这土黄色的平展展的田野。

在杨家坟的一大片坟头中，母亲的坟很好辨认：她坟上的土很新。

摆好祭品，我在母亲坟前跪下。梁新也跟着跪下。

我说："妈，这是梁新。"

梁新说："妈，我是梁新。"

我说："他是我女婿。"

梁新说:"我是她女婿。"

我说:"我就要跟他结婚了。"

梁新说:"还有三天。"

我说:"所以回来告诉您一声。"

梁新说:"叫您认认我。"

我看看梁新,梁新看看我。虽然是在坟前跪着,可是我们都笑了。

"跟说相声似的。"我说。

"嗯,好搭档。"梁新说。

离开母亲的坟,快走到路边时,梁新忽然站住了:"忘了对咱爹说。"

"不用了。"我说着,径直朝停车的地方走去。方才在母亲坟前跪的时候,我当然想到了这个问题。这个问题就在那里站着,想忘都忘不了。可是,我爹在这儿么?那个我根本没有见过面的他死后二十多年我才出生的男人是我爹么?

车前站着两个男人。一个是大哥,另一个是哑巴的本家侄子。等我近前,大哥把我往远处拉了拉,是要回避梁新的意思。梁新很知趣地往更远处走了走。

"什么事?"我看着大哥。大哥没说话,那个男人开口了:"我叔,瘫了。你知道吧?这一段又重了,送了好几回医院。他一直念叨你,知道你回来了……"

我沉默。望着秋色苍茫的远处。每次回杨庄,我最想听到的就是哑巴的事。确切地说,是他的死讯。作为耻辱的一个证明,母亲已经死了。他要是也死了,就好了。可我最怕的也是听到哑巴的事。每当听到别人关于他的告知,我就表现出不屑一听。我一定要让自己和别人相信:我和哑巴毫无关系。我和这个耻辱的证明毫无关系。

"他想见你一面……你去见见他吧……"

我转身就走,招呼梁新开车,留下那两个人木在那里。

"那人是谁?"开出了好一段路,梁新才看着我的脸色问。

"一个本家。"

"怎么了?这么不高兴。"

"八丈远的本家都想去参加婚礼,还不是图着去吃席面拿红包!"

"我当是什么事儿呢,来就来呗,你怎么那么小气?"梁新笑了,"席面红包咱有的是,一辈子就这一次,咱不抠搜,啊?"

那个哑巴,他怎么还不死呢?

3

婚礼前的那天晚上,梁新把我送到梁知家,这是我第一次来到他家。小区名叫太极公馆。我们到的时候,梁知不在,家里只有那个我必须称之为嫂子的女人,还有他们的女儿梁远,小名妞妞。幸亏有这个孩子在,不然的话让我和那个女人单独面对,这样的情形还真是难熬。

她叫庄雅。听梁新说过几句她的家世,说她的父亲曾当过源城的常务副市长,后来是从市人大主任的位置上退下来的,和梁文道曾是同僚,可谓门当户对。不过结亲的时候,梁文道已经去世,庄雅的父亲还在位——原来攀的是这样一棵大树,肯定欠了岳丈家很多人情,根本不可能离婚,所以才那么怕我来搅散他的家。我在心里暗暗断定。

这是第三次见到她。这一个多月里,去老太太那里吃过几次饭,和她碰到过两次。第一次她很冷淡,这种冷淡是生疏,也是轻视。是一个有根基的女人对一个和她的小叔子没见过几次面就决定结婚的野草浮萍般的女人所具有的正常态度。这是她的教养——虽然是让我不屑一顾的教养,但对此我给予充分的理解。

庄雅,乍一见她本人,还真觉得这好听的名字和她有些合二为一。长得虽不惊天动地,却也颇有一些姿色。因为衣饰昂贵,所以还有一些庄重清雅的气质。但第二次见面时我就知道,那些衣饰也就只是个皮儿,庄雅这两个字和她的内里实在是没什么关系。那次见面是我和梁新的大事已定,她也便是一幅认命的样子,和我亲热了许多。很快我便发现,她挂在嘴边的关键词只有三个:老公,孩子,还有"最好"。除了最好的老公和孩子,她进的美容店,买的衣服,自身的气质和修养……都是最好。和她叙谈的时候,自然是她说得多,我听得多。我有什么可说的呢?而她说到梁知的时候,我就更是哑口无言。这个女人也是和梁知睡过觉的女人——我的脑子里常常会蹦出这个念头。我曾试图从她这里把梁知抢走,或者说,是她占据了本该属于我的梁知。而现在,她正和我促膝并肩,絮絮而语:

"咱家也没别人。他们呢,就兄弟俩。咱们呢,就妯娌俩。说是妯娌,其实也就是姊妹。嫂子我快人快语的,好打交道。对了,你还没叫我过嫂子呢。"

我笑笑。嫂子?从梁知的角度,按照旧式的说法,她是妻,我是妾,我该叫她姐姐的吧?只不过到了如今,她是明妻,我是暗妾。而且,这暗妾还得叫她嫂子——妾,这个字好玩。立着的女人。为什么要立着呢?是便于做低伏小随时照顾坐着的那些人么?我这个曾经的暗妾可提供不出这么优秀的服务。

"不好意思呢吧?那就等过完门再叫。反正也没两天了。做新娘子就该这么不好意思,别太大方了。"庄雅很是宽宏大量地说,"要说你们也真够快的。真是风气不一样。我和你哥那会儿，光谈就谈了一年多，这就算快的了。那时候我见人就觉得不好意思。结婚前那段就更不好意思。那一回，我去梁家拿东西，碰上装修队在装修新房，工头见了我就开玩笑，说新媳妇这就等不及啦，这就过来啦。把我给羞的，大哭了一场，三天没和你哥说话。"

"关他什么事？"

"他们和我开玩笑，他在一边咋不拦着？这么过分的玩笑，他该拦着的呀。他们不尊重我，不怪他怪谁？"她似乎很喜欢我提问，我提问过后，她往往说得更加兴致盎然：哪个领导买了辆什么私家车，不敢说自己家的就说借亲戚的；哪个局长的老婆新置了不少首饰，在她面前炫耀；一个大企业老总的儿子拜到哪个副市长门下认了干爹，干爹不给干儿子红包反倒收了干儿子的红包……当然免不了会插到梁知，说到他当初如何追她，如何常常到她家去给她父亲献殷勤："我最听不得人家说梁知是想攀着我爸往上爬。我爸那时候已经差不多退了，已经到人大去了，没权没势的。他要是看权势，比我爸强的人多了去了。……他当然还是相中了我。可他知道不能不过我爸这关，所以就得主攻我爸。我爸喜欢听豫剧，梁知不知道买了多少CD，所有名角儿的所有戏，我爸那里都有。哪个角儿来源城演出，我爸都是最好的座位。也亏得咱婆和剧院的人都熟，要不然凭着梁知，他那时候也不过是个小科长，能有什么本事？……对了，你知道么，当年源城还是县级的时候，咱婆她可是县豫剧团的当家花旦呢。"

我微笑沉默。只在心里说话：比你爸强的人是多了去了，可不是他能攀上的对他来说就没意义。你爸那点儿残存的人脉能把他扶上副处正好够，当然顺便能把你这个没脑子的女人打进网里也不错……至于当家花旦，把这个旖旎的词和婆婆现在的姿容合二为一，需要我的脑细胞跑很长一段路，还是省省吧。

"时间长了你就知道了，你那个哥，就是一个老实人。老实得都死心眼儿了，不敢这个，不敢那个，要说清廉，我敢说，没有谁比他更清廉。要说正经，我也敢说，没有谁比他更正经。"压低声音，凑到我耳边，"他就是几个月不跟我那个，我也知道他不会有外心。"

得靠着强劲的忍耐力我才没有让自己冷笑出来：他在郑州进修时我亲眼看着他收了那么多购物卡和礼品，有多清廉？跟我好的那几个月，更是有多正经？

之前，在想象和她聊家常的情形时，我以为自己会嫉妒。但是，没有。甚至连羡慕都没有。她有什么可让我嫉妒羡慕呢？她的老公曾为我神魂颠倒，我的肚子里怀的是她老公的孩子，这个女人最宝贵的一切，我都拥有过。而且，只要我愿意，我随时都可以让她的幸福粉身碎骨……当然，我只沉默。在她说的时候暗暗地嘲讽嘲讽她，对我而言已是足够。这个愚蠢的女人，不值得我跟她对阵。某种意义上，她不过是我的玩具。听她说话，此时不过是我的消遣。

碎 片

很久之后，我才明白：听庄雅说话不仅仅是我的消遣。消遣的方式有很多种，我为什么要听她说话呢？——我是想从她这里听到梁知的信息，想从这个对梁知的内心所知甚少但整天和他同床共枕的女人这里得到哪怕是最表面的一些信息。就是这样。

有限的接触中我已经判定，这个不美不丑不高不低不黑不白不胖不瘦的平俗女人，确乎只是个最平俗不过的女人。衣饰再昂贵再时尚都改变不了这一点。她的目光看人的时候，都是在表面，眼睛里简直可以说是空无一物，让人心安的家常俗淡中显示出深层里的没心没肺。这种衣食无忧的家庭里出来的女人，有着自己的最简单的逻辑：事情顺她的意，就是应该的，正常的。不顺她的意，就是不应该的，不正常的，她便有理由惊诧和生气，这又让她有一种乏味的单纯和天真。她们的心里没有火。不会突然点亮什么，也不会尽情尽兴地燃烧，更不会烫伤人。

碎　片

　　曾无数次地想，我是一个有火的人。不仅仅有火，火还很大，很烈，很凶，很乱。爱的火，恨的火，热的火，冷的火，实的火，虚的火……只要我活着，我的火就活着。我的火，什么时候能灭呢？

　　现在，正在写下自己故事的现在，我的火即将熄灭——不，它没有熄灭，只是在转移。以这些文字为器，它将由火的形式转移为炭。每一个字都是一粒炭，这一粒粒炭，在我死后，它们会被烧红吗？会被什么样的心烧红呢？

4

　　那天晚上，和庄雅小坐了一会儿，我简单洗漱了一番，便在客房躺下。客房其实是书房，一张折叠沙发，打开来就是床。书很多，都一尘不染，被分类得清清楚楚，看来也经常被翻动和整理，不只是装装样子。桌子上还摆着几本,有卢梭的《忏悔录》,巴金的《随想录》,托尔斯泰的《复活》等等。我随手翻了翻,只觉得了无意趣。正要关灯,有人敲门。我心骤停:是梁知么?

是妞妞。来送水果。

我松了口气。当然不会是梁知。怎么可能是梁知呢?

"妈妈说,让你睡个好觉。"

"谢谢。"我摸了摸她的小脑袋。

"这个房间可容易睡好觉了。我爸爸说想睡个好觉的时候,就来这个房间。"

原来是这样。

逗着妞妞说了一会儿话,她出去之后我就反锁上了门。——很意外地,门后面还装着很老式的纯铜T型插销,这使得房里面的人可以有效地拒外,任什么钥匙也打不开。看来这确实是梁知的贴心之所,是他最自由最放松的地方,不然不会对自己的妻子女儿都这么戒备。

我插好插销,开始轻手轻脚地搜索这个房间。先翻了翻书架,很快就放弃了。左不过还是那些书,没有什么好看的。书架下面是柜子,双开门严丝合缝地关着。我打开,看到了一排排的本子。我快速地翻检了一遍:很简陋的黄草纸,好一些的稿纸,塑料皮封面的日记本,时尚些的软面抄,再然后是硬皮本……无论本子的材质如何,功能却只有一个:练字。

原来梁知一直在练字。从很久以前就开始了。每个本子的每页纸上都有日期,日期并不连贯,隔三岔五的,每页纸也都只练着一个字,把这个字从头练到尾,偶尔也会把某个字多练上一些,写上个两三页。最早的是1977年,只练了这么几个字:上,下,攸,敢,敏,俞。然后是1978：肖，闵，弟……1979年：太，正，兑，台，荒……本子上的字体越来越成熟，越来越好看，字也慢慢多了起来。1985年：音，彗，相，董，喜……1986年，县，尤，京，具，旱，敞，奴，满，昔，非，星……1987年：刃，分，对，士，文，原，若，羊，咸……1988年：术，付，次，田，亦，青……1990年：或，串，屯，午，中，因，支……1991年：不，今，亡……1992年：复，亚，真，曾，艮……再然后是禺，气，千，卒，卓，息……再然后，应该是近两年的本子了，我一页一页地翻过去，很快接上了我曾在郑州读过的那些：仓，乙，合，令，寸，生，秋……

肯定不是照着什么字帖练的，对字的选择也非常随意，毫无什么易难简繁或者诗词歌赋的规律，简直是拎起哪个写哪个。翻看了一会儿，我放下了。这有什么好看的呢？可片刻之后，我又不甘心地拿起来，就着桌上的纸，抄了一些，不过终于还是意兴阑珊：做这些有什么用呢？

躺在柔软的沙发床上，一遍遍地，我告诉自己该睡了。可是这样一个夜晚，注定是难以睡着的。只要有人去卫生间，我就会警醒。我还不止一次地幻觉般地听见有轻微的脚步声在书房门前稍顿，然后离去。翻来覆去了很久，我只好重拾那个催眠的办法：看梁知的练字薄。一页一页地看，一字一字地看。突然，我在最早的那个本子里，发现了一张老照片。

这是一张俗称全家福的标准合影。照片上是一对青年夫妇和一个婴孩。那个青年男人一望而知是我所能看到的最年轻的公公，他穿着看不出颜色的中山装，脖子下面的扣子紧紧地系着，里面的衬衣露出一道整齐的白线，虽然努力绷着，但嘴角还是泄密一般露出了欣悦的微笑。那个年轻女人一定就是梅姨了，她穿着小花朵衬衣，不大不小地翻着领子，扎着两根短短的小辫子，细眉细眼地笑着，有些像老上海滩的月份牌女郎，有一种单纯的风情。那个小婴孩自然就是梅梅了。我仔细端详着梁梅的脸。这个小小的孩子的脸。我小时候没有留下什么照片，既然都说我和她长得像，那莫非我小时候就是这般模样？——她瞪着黑宝石一样的眼睛，似乎眼前有着什么好吃好玩的东西正诱惑着她吸引着她。三个人里，唯有她不笑，但却是更惹人笑的那种神情。仿佛父母的笑是盛放的花，她就是花蕊酿成的蜜，自有着晶莹剔透的甜美。

不，这不是我的童年影像。我很快断定：这是她的，只是她的。即使成年之后的我和她再像，最客观的事实也不容改变：她有她的父亲母亲，我有我的父亲母亲。她是她，我是我。我和她之所以能在今天部分重合，不过是因为她的相貌从她的世界出发，我的相貌从我的世界出发，如两个圆，经过二十多年的生长和蔓延，阴错阳差地发生了大面积的交集。而现在，此刻，她只是一个武器，一个工具，我借此去探究和针对梁知。如此而已。

照片背面写着一个大大的"梅"字。字很刚硬，应当是一个男人写的。是梁知的爸爸写给梅姨的，还是梁知写给梅梅的？脑子里翻腾着刚刚看过的练字簿，我立刻断定：是梁知的。

梅。想象着他写这个字时的心态，是什么样的呢？一定很柔软吧？一定比曾经对我的柔软还要柔软，而我即使曾经得到过他那般柔软，也不过是因为充当了梅梅的影子。嗯，很好。这很好。那么，当然，他曾经对我越柔软，我现在就应该对他越冷酷，对自己在梁家所做的一切就应该越理直气壮。我当然应该把梅梅这把锋利的匕首打磨得再锋利一些，更锋利一些，然后，在最合适的时机，精准地扎进梁知的死穴。

如果，是死穴的话。

——当然，我当然要这样想。

5

第二天一早，庄雅陪我去化妆。此时的庄雅也兼职伴娘。化好妆，又回到梁知家，已经十点半。哥哥们带着老婆孩子们已经来到了梁知家，满当当地坐了一客厅。哥哥们木讷地抽着烟喝着茶，嫂子们围上来对我的妆容说三道四，几个孩子也跟着叽叽喳喳……颇有几分办喜事的样子了。有那么短暂的一刻，我刚从卫生间出来的间隙，身边没有什么人的时候，大哥凑到了我的身边，塞给我一个东西。我打开，是一卷钱。

"什么意思？"杨庄的风俗我知道，妹妹出嫁，哥哥是什么都不给的，尽可以一毛不拔地白吃白喝白拿红包。娘家人嘛。

"是，那个，啊？嗯？"大哥暗示着，简直都有些挤眉弄眼了，我忽然明白了他没有说出口的那个词：哑巴。

是哑巴给我的钱。

婚纱在身，实在不好发火。我把那卷钱塞进包里，忽然间，几乎怆然泪下。

十一点钟，梁新坐着礼车过来接我，随行的有婚礼主持、梁新的朋友们和摄像师。喧闹声中，梁新将我抱下楼。不过十分钟，婚车抵达锦绣酒店。在锦绣酒店最大的1号宴会厅，花团锦簇地坐了二三十桌嘉宾。12点整，婚礼开始，《婚礼进行曲》响起，我由大哥带到舞台上，梁新正在那里笑意盈盈地等着我。证婚人是梁新的领导，他发言过后，按照婚礼主持的指派，我和梁新交换戒指……一切仪式结束，众人开吃，我和梁新跟着梁知夫妇，开始敬酒。我如一个浓妆艳抹的木偶，被提着走到东，走到西，走到南，走到北。能感觉到有一层层的眼珠子落在我的背上。当然因为我是新娘，可肯定也不仅仅因为这个。

"新媳妇挺好看。"

"小两口怪般配。"

"就是命苦，听说没爹没娘。"

"这命够硬。"

"那可不是。"

……

一团团的脂光艳影中，我盯着地毯上的污渍。这地毯不知踩过多少人的脚印，不知吞饮过多少人的残酒和呕吐物……晦暗的隐约的污迹在完美的图案中牢牢镌刻。还有餐椅，一张张铺着金黄缎子坐垫的高靠背餐椅，仔细看去，有很多缎面上都留有烟头的灼洞。有多少人的屁股坐过这些椅子？大面积的靓丽光鲜中，有多少不堪的腌臜回忆？锦绣酒店，呵，我要在锦绣酒店开始我的锦绣生活么？

"累么？"梁新挽着我，温柔询问。我专注精神，继续前行。在这种场合，无论做什么，梁知都表现出了恰如其分的端庄郑重和谈笑风生。也许对他来说，无论是官员身份还是兄长身份，太鲜明的严肃和喜悦都是不合适的。所以他不温不火，应酬得炉火纯青。庄雅亦步亦趋地跟在他身边，笑得尤其灿烂和满足。

"真像……"

"咦，还真的挺像……"

像？什么像？我么？又在说我像梅梅么？我循声回望，那片声音顿时遁匿。

"怎么了？"梁新察觉到了我的异样。

"好像有人在议论我像什么人。"

"傻瓜，肯定是说你像我呗。"梁新笑道，"你不觉得咱俩有夫妻相么？"

给所有的宾客都敬过酒后，我和梁新正要入席吃饭，主持人叫住了我们。

"新郎新娘，给你们哥嫂也敬个酒吧，你们这个家，全靠他们领着呢。"

我持瓶，把梁知和庄雅的杯中斟满。然后和梁新迎着他们，举起酒杯。

"对了，金金还没叫我过嫂子呢。"庄雅道。

"快叫吧，你嫂子支棱着耳朵等着呢。"主持人说。

一片欢笑。

"嫂子。"我喊。

"哎！"

又一片欢笑。

梁知的眼睛我从脸上一点而过，转向梁新。四只酒杯轻吻。透明的酒杯，冰一样的小盏。透明的酒，它的辛辣舞蹈在胃里和舌尖。

嘴角微吊。无论梁知看不看我，我都给他一个最简约也最合礼仪的微笑。

6

新婚之夜，和梁新做过爱后，他就那么四仰八叉地躺在床上，什么东西都不盖，坦坦荡荡地露着最隐秘的地方。我给他盖上被子，他一把揪去："热。"我想穿上衣服，他也一把揪去："不准。"

"给我。"我说。

"不给。"

我沉默。在我阴郁的沉默中，他把衣服递了过来："还是不好意思？"

"嗯。"

"我会让你慢慢好意思的。"他说。

我穿好衣服，他把我揽在他的臂弯处。我嗅着他腋窝下带着汗味儿的热气，他头发上带着油味儿的热气，他胸前带着肉味儿的热气……呵，他是多么热啊。眼前又闪现出我和梁知欢爱结束后他马上穿戴齐整时的情形，当时他说是不好意思，现在我才明白仅是这个细节就已经注定了我的可怜：他从没打算把他的一切都无遮无拦地展示给我。正如我从没打算把我的一切都无遮无拦地展示给梁新。

默默地躺了一会儿，他起身去上卫生间。我看着他标准的倒三角形的身体一步一步地走动着，看着他臀部的肌肉一鼓一鼓地运行着。出来的时候，他的胯间垂吊着那个奇妙的男性物件，一晃一晃，如一个调皮的小怪兽……迎着我的目光，他一丝不挂地扑到我的身上。我下意识地披了披被角。

"都是我的人了,真的不用害羞了。"

"快穿上衣服吧。"

"我不。我就是要把我的一切都给你看。我的一切都是你的。你随便看。"他撒着娇,"你呢?"

我默默地抱住他。他在要我的回应,仿佛小孩子在交换礼物。

"说呀!"他催促。我的沉默让他不甘心。

"偏不说。"

他把手伸到我的腋下轻挠,我奇痒发作,连忙挣扎……我们闹了起来。闹起来好。闹起来他就顾不上追究我的沉默。

——此时,如果有人看到我嬉笑中的眼睛,一定会看到一种彻骨的冰凉。

和兄弟两个先后有染,怀着哥哥的孩子和弟弟结婚,我知道在众人的想象中这情形有多么淫荡和污秽,我精心预谋的不伦之婚有多么肮脏和罪恶。婚床上的我躺在弟弟的怀抱里有多么的令人不齿……不,不是那样的,不是。事实上,婚后不久,以怀孕为借口,一直到孩子出生之前,我和梁新都鲜有床笫之欢。

"我会小心。"很多次,他温存相求。

"不,我怕。"很多次,我断然拒绝。

碎 片

那时候,一个又一个漆黑如墨的夜晚,我睁大眼睛,自己和自己待着。——不,和孩子待着。我想和孩子说说话,可是却不知道该说什么。于是我只好沉默。没办法,尽管孩子已经深藏在我的血肉之躯,但第一次做母亲的我对他或者她还只是一种虚妄的意识和概念。这是一个孩子,我知道这是一个孩子。可没有看到孩子出生之前，我也还是一个孩子。

直到现在我才明白：只有自己成为了父母，才会摆脱孩子的身份。这世上所有的人都是如此。——不，到现在，就是此刻下笔的现在，我才又突然明白：实际上，即使做了父母，有很多人也还都只是孩子。而且永远都只是孩子。

7

梁家的家庭聚会通常每周一次，一般是在周日中午到婆婆处会齐。梁新买菜，庄雅主厨，做一些家常饭菜。六个人，一张长方形的餐桌，正合适。这种场合，我和梁知之间当然得说话。其实也不是说话，只是最寻常最节约的招呼和问候。

来了？

嗯。

走啊？

嗯。

偶尔也混在其他人里聊上两句天，是最家常最普通的那种聊天。聊天的时候，他不看我，我也不看他。偶尔有单独在一起的某些时刻，我们也绝不互看对方一眼。于是，常常的，偌大的客厅里，他坐在这头，我坐在那头。他看报纸，我看电视。或者我看报纸，他看电视。就都那么沉默着。沉默一会儿之后，总会有一个人起身逃离……不过，无论从哪个角度看起来，我和他之间都是再正常不过的一种尺度分寸：

大伯哥和兄弟媳妇之间，不都是这样么？不应该就是这样么？

蜜月的最后一天，照例家庭聚餐，梁新在饭桌上宣布：我怀孕了。梁新说这句话的时候，梁知正在夹一筷土豆丝。一瞬间，他的土豆丝掉到了饭碗里。他这个动作很轻微，只有我看见了。

"真的？"庄雅和妞妞同时说。妞妞是惊喜，庄雅只是吃惊。

"这还有假？要不是因为怀孕，我们就去旅游了。"梁新说。

我相信我的脸上洋溢的是准妈妈最典型最标准的可爱的、羞怯的、骄傲的笑容——当我打算告诉梁新我怀孕的那一刻起，我就开始培养自己的这种笑容。现在，我要让梁知看见。我一定要让他看见。

"哥。"我叫。

"嗯？"梁知终于抬眼看我。那是一种什么样的眼神啊。

"到时候，你给孩子起个名字吧。"

"对，得早早想好起个什么名字，"庄雅说，"别学我们那时候，拖啊拖啊，一直拖到孩子生出来还没起，这个叫妞妞，那个叫妞妞，最后生生就叫成了妞妞。就是梁远这个大名都没谁知道。妞妞，叫着多没个性啊。是不是，妞妞？"

"谁说没个性？我们老师说，现在偏偏没人叫这种名字了，反而很个性呢。"

我们都笑。

"这可是个蜜月宝宝。要说，蜜月宝宝的质量可是最高的。"庄雅兴致勃勃地把脸转向我，"回头我给你找些胎教方面的书，你要好好地准备准备，不能让孩子输在起跑线上。胎教就是起跑线！"

"是男孩是女孩？"妞妞问。

"你说呢？"梁新冲我使了个眼色。昨晚他还对我说，孩子嘴里有真经。他想让妞妞给预言一下。

"男孩吧。"姐姐说。

"为啥是男孩?"

"男孩不会抢我的花裙子和芭比娃娃。"她说。

我们又一起笑起来。

"我也巴望你们是个男孩。"庄雅叹了口气,"儿女双全是最好了。要不是你哥这位置怕人告,我们早就偷生了……有看相的说过,我只要再生,肯定是儿子。"

梁知轻轻咳嗽了一下。庄雅埋头吃饭。

"生啥都一样。只要孩子健康。"婆婆说。她话不多,但句句都能切中要义。

8

怀孕的那些天里,只要有时间,梁新就会陪我散步。经常会有人盯着我的肚子看,有多嘴的人还会顺便猜测一下男女。一个怀了孕的女人,如同怀着一个众所周知的秘密。没有比这更光明正大更无可厚非的秘密了。——除了梁知,还有谁知道呢,在我这个光明正大无可厚非的秘密背后,还藏着一个黑暗阴沉风雨如晦的秘密?

更多的时候,我只是一个人慢慢的,默默地走着。走累了,我就会到饮品店里要上一杯果汁,在靠着窗户的座位上,对着大街,一坐就是半天。其实就是看人。大街上,除了人,还有什么好看的呢?这满大街的人啊,仔细看看还真有意思呢。从头发的类别看,黑头发的,白头发的,花白头发的。从男人的类别看,瘸了腿的男人,大腹便便的男人，瘦得跟鬼似的男人，傲慢如君王的男人。从女人的类别看，老得几乎看不出性别的女人，臃肿得如一只梨一样的女人，美貌得仪态万方的女人，平凡得让你转瞬即忘的女人。还有孩子，土豆一样的孩子，树枝一样的孩子，花朵一样的孩子……肤色不同，长相不同，年龄不同，个头不同，衣裳不同，如此多的不同，可那又怎样？正如千百年过去，骏马变成了飞机，手写书信变成了电子邮件，刀光剑影变成了导弹航母，那又怎样？爱恨情仇的人心，酸甜苦辣的人心，千百年来到底有什么不同？

看着满大街的人，我常常会涌起一个念头：我是我这个人，我怀着这样的秘密。梁知是那样一个人，他怀着那样一个秘密。大街上还有多少人像我们一样，在怀着自己的秘密默默生活？这世界上还有着多少没有被言说的秘密？这些秘密被人们在心里喂养着，咬噬着，开开谢谢，明明灭灭，一直陪到人们死去。他们到底都是一些怎样的花朵？

没有人告诉我。秘密如内脏，没有人会轻易把内脏翻出来给谁看。不过，没关系，这世界上从来不缺少吐露秘密的人，也从来不缺少盛放秘密的容器：电视，网络还有人们的嘴巴，每天都在讲述和传播着各种各样的所谓秘密——还有报纸。为了不让自己在饮品店的呆坐显得傻相，我经常会买一份《黄河文化报》。申明主持的"我们"专栏已经开始发表文章，我几乎一篇不拉地看着。我原本以为，既然是写自己的亲历故事，那某种程度上都应该是自己的秘密，可看着看着我才发现，几乎每个讲述者都是在讲述别人。

"我们班有位女同学，天生长了一头卷发，平时没人注意，'文革'开始后，却惹出了麻烦。那天，学校组织召开揭发批判资产阶级思想的'灭资兴无'大会，突然，从主席台上跳下了一个红卫兵女小将，指着那个卷发女同学说这是追求资产阶级生活方式的典型表现，应该深挖自己丑恶的思想根源。女同学吓得哭了起来，说自己这卷发是天生的，不是故意的。'真不是故意的。不信你们问我妈。'那女同学边哭边说。又有红卫兵小将说，要让革命群众相信她说的是真话，就去把头发剃掉，看看再长出来的是不是天生的卷。还有小将说，还是因为她不革命，要是革命的话，卷发也会自然变直！那女同学哭着回去了，再也没来上学……"

"我们工厂第一个自杀的人姓武，是个矮胖子，大家都开玩笑叫他武大郎。那天，他在车间办公室写大字报，有一个人在旁边帮忙裁纸倒墨。正写着呢，有只蚊子叮在了武大郎的脚上，他低头去打蚊子，口袋里装着的红宝书（即《毛主席语录》）掉了出来，不偏不倚地掉在了刚刚写好的正铺在地上等着晾干的大字报上，那个字还是'黑'字，红宝书马上就沾上了一大块'黑'的黑。旁边那人看到后马上就指着他问：你对毛主席是什么居心？然后就冲着外面喊：快来呀，抓现行反革命！武大郎连忙把红宝书捡了起来，用手使劲儿擦，可是他的手也不干净啊，就越擦越黑。他急昏了头，就朝着红宝书吐了一口唾沫……后来他真就成了现行反革命，进了监狱。再后来老婆也跟他离了婚，孩子也跟他划清了界限，他就自杀了。就这么着，一只蚊子害死了他。有人问过那个举报武大郎的人，说你就装看不见不行么？你要是不那么着，武大郎可能也不至于死。那人说，这是阶级立场问题，他没法装看不见。武大郎的死只能怪武大郎自己，怪不着他……"

——这还能叫"我们"么？干脆叫"他们"得了。

也有讲自己的，不过却是这种："现在的河南烩面，真是没有大串联时在郑州吃的正宗。那时候，五毛钱一大碗，筋道的面，清香的羊肉汤，透明的红薯粉条，青翠的香菜，酸甜可口的糖蒜，真叫人吃一口，想两口，吃一碗，想两碗，那才叫好吃哪。那次串联，我还到了上海，上海的阳春面也好吃，五分钱一两，我每次吃半斤，两毛五分钱，细细的，白白的，长长的，虽然素淡，可是素淡有素淡的味道。我还在上海吃到了半两一个的小炸糕，才知道还有半两的粮票。现在想想，上海人真是精明。上海能够成为国际化大都市，真不是偶然的……"

不疼不痒，不甜不咸，不酸不辣，实在算不得什么故事，更谈不上是什么秘密。不过，即便如此，我也喜欢看。不管怎么说，这些旧事自有它的趣味，虽然我也说不出来是什么趣味。

碎　片

现在想来，在别人的眼睛里，那时的我，应该是一个沉静的，少言寡语的，有些奇怪的年轻孕妇，她经常那样默默地坐着，神情安详，神色清凉，没有人知道，她有着一颗多么深不见底的心。

年岁渐长，我越来越明白，在这个世界上，几乎每个人都是一座冰山。可所有的冰山都只能露出很小的一角。冰山的绝大部分，只能深藏在海面下。只能这样，只有这样。这就是人生在世的一个游戏规则。而在海面下，一个人的冰山与另一个人的冰山往往手挽手，紧相连，难分彼此，构成了坚实的大陆架——又正如——好奇怪自己怎么会想出这么多的比喻来——我们每个人都是一口井，井口与井口看似各不相连，但如果把井打深到一定程度，你就会发现有一条地下河正阡陌纵横，将所有的井底都相连贯通。

第十章

1

　　这是德庄的黄昏。黄昏时分的德庄真是热闹。人多，车也多。车多让人显得更多，而人多又更容易造成堵车。但因为这条街是连接经三路和花园路这两条主干道的最短路径，就总有车想来讨这个巧。其实都知道这巧是巧的时候，就已经不是巧了。可是来讨巧的人谁不是怀着侥幸呢？于是巧和巧碰到了一起，巧心思就拧成了麻花，车就越发挤成了一堆，如果不是跟在最后的车，就连回旋的余地都没有。德庄的道路，就成了一个停车场。车只管停，人和自行车、电动车却在车的罅隙间自如地穿梭。

　　听着他们的声音从地面传来，很奇怪的，倒有一种静。这静让我有一种能力，想听见谁说话，就能听到。而且听得非常清晰。那天，也是堵车，我眼看一个二十岁左右的女孩子背着背包，拿着手机正在说话，刚说完话把手机放进口袋，一个骑电动车的男人就从她身后跟上来，道："美女，你的手机能不能让我用用？我给儿子打个电话，手机停机了。"女孩子看了他一眼，继续行路。"哎，你让我用用呗。打个电话嘛。我给你钱行不行？"女孩子站定，指了指不远处公用电话的牌子："有钱去那儿打，少废话。"男人倒笑了，说："你这个人真不善良。"女孩子道："你善良，你去当菩萨。"西边那个小十字口，一个背着鼓鼓囊囊背包的男孩满面愁苦，手里的纸牌子上写着自己学费被窃流落至此不得不乞讨的经历——电视上说这是眼下最新款的骗局。一对老夫妇驻足观望。女人说："怪可怜的。"男人嗤之以鼻："你可怜人家，谁可怜你呀？"女人说："好歹给他俩钱，叫他买个烧饼吃。"男人道："烧饼人家恐怕看不上，等装完了可怜，人家还不一定下什么好馆子呢。"而东边那个小十字口，一个卖十三香的人正在悠悠地唱着太平歌词："小小的纸啊四四方方，东汉蔡伦造纸张。南京用它包绸缎，北京用它包文章。这纸落在我的手，张张包的都是十三香，夏天热，冬天凉，冬夏离不了那十三香……"

他唱得真好听。

2

那天，我和梁新躺在床上看着电视，他抱着我。我沉默着。电视里正演着"幸福大本营"，是一个很热闹的综艺节目。梁新不时地笑着，笑得很开心。我也想跟着笑，但因为总是会忍不住心不在焉地跑神，就常常会忘了笑。

有心事？他问。

没有。沉默片刻，我说。

你有。他说：我看出来了。

我笑：你怎么看出来的？

你知道么？你的眼睛经常看得很远，很远。都不知道远到什么地方去了。

我沉默，转身，抚摸着他的脸。他明朗又忧郁的脸。这张原本明朗的脸是因为我才增添了这么多忧郁吧？他说得对。我的眼睛跑得很远，我的心跑得和眼睛一样远——不，比眼睛还远。岂止是他，连我自己都不知道远到了什么地方。

但是，我必须得暂时回来，回他这里。

说得真对。真不愧是我的老公。我说：我确实有心事。

他得意地一笑，道：说吧。对我还有什么不能说的？

我很自卑。觉得老让你养着很没出息。我说，努力让自己的口气成为一个凄凄惨惨戚戚的小怨妇：举家看看，连妈都有退休金，只有我和妞妞是吃闲饭的。可我和妞妞还不一样，人家妞妞还上学呢，我算什么？一想到这个就抬不起头来。

我的小傻瓜！他呵呵笑着，紧紧地抱住了我的肩膀：可真是傻呀。怎么会这么想呢？你没听俗话说：嫁汉嫁汉，穿衣吃饭？你嫁了我，就该我养活你的。

我还听俗话说，谁有都不如自己有，夫妻有还得隔层手呢。

知道你是新时代的女性，自尊自强自立。他好脾气地笑着：好老公的标准是，老婆想不到的要想到，老婆想得到的更要想到。——早就在给你谋划着呢。

我惊奇地看着他——是真的有些惊奇了：什么门路？让我去哪儿？

当然是哥哥找的门路。他笑：去旅游局。

为什么不是卫生局？不是更简便么？

——是的,我更愿意去卫生局。当然不是因为我有县卫校的那张狗屁文凭,而是因为我想多一些看到梁知。也许是猛兽看到猎物的那种看,也许是看到战士看到敌人的那种看,也许是今时看到往昔的那种看,反正,就是想看。

　　要避嫌呀傻瓜。在这种事上,越好走的道儿还越不能走。梁新亲了亲我:放心,去旅游局也一样的,没人会欺负你。刚刚批下了编制。昨儿才得了准信儿,下个月就能上班。眼下不会给你派什么正经活儿,只当找个地方散散心。等你生完孩子再好好上班。在没有十足的把握之前不想告诉你,所以也没有征求你的意见。怎么样?还行么?

　　当然,谢谢。我说。怎么这么快?

　　你以为老大白混的么?梁新笑:哥操了好大的心呢。你不知道现在一个编制有多难搞。回头好好谢谢他吧。

　　我只谢你。我说。我无比清楚:我目前所拥有的和谐美满的家庭生活的表象全得益于梁新,不然的话我就只是一个垃圾人,一个被梁知始乱终弃的垃圾人。——当然,梁知给我安排工作,从他的角度也是最合情合理不过:明着对梁新尽兄弟之情,暗着对我还旧情人之义,一箭双雕,一举两得。

　　不过,我是那么好打发的人么?

　　然而,不可避免,渐渐的,看起来,我和梁知越来越像一家人了。我们一起去逛商场买东西,一起去吃火锅,一起去看望某个亲戚,到了周末或者节假日的时候,我们一起开车去钓鱼,或去周边城市短途旅行。一辆车刚好满当当地坐下六个人:梁知和梁新一个驾驶,一个副驾驶,后面是三个大人一个孩子。有时候婆婆不去,五个人就更合适……因为孕妇的身份,我也享受着家里所有人无微不至地照顾。梁新给我买各种各样的吃食自不必说。一向很有些矜持的婆婆,对我也很快矜持不再。没有多长时日，她就清楚了我的口味，经常指导着小翠给我做最可口的饭菜。她看我的眼神也很像真正的妈妈，不，比真正的妈妈还要像妈妈。梁知对我从来不闻不问，但买的东西却从来都是没错的。——没有人比他更知道我的喜好。当然，他从不出面，都是让庄雅送上门。庄雅说是她买的，我自然也就领情应承。那些东西里储存的密码，也只能是我们两个人知道。

——某种意义上讲，在这场不伦的大戏中，所有的人都是演员，只有我和梁知是真正的导演。更确切地说，我是导演，梁知是副导演。他也得听我的支配。可是，我这个导演又知道什么呢？戏已经演到了第几折？还得演多长时间？还会有哪些演员上场？还会有什么不期然的剧情？我统统没有能力预料。我知道的只是：目前为止，友爱，和睦，温馨……这些都是大戏的主调，总之再正常不过。

有一次，周末聚餐，梁知夫妇上门，庄雅手里拎的是一兜有点儿偏酸的黄苹果，妞妞咬了一口，咋舌道："太酸了，爸非让买这个。婶婶不嫌酸？"我随口道："我喜欢吃。"梁新也马上接口道："看大哥多关心你，都知道你喜欢吃啥呢。"

听起来不过是一句玩笑话，但一瞬间，我和梁知都震惊地沉默着，无话可应。我们都知道这沉默不对，但越到后来越无法更改，这沉默就变成了一个小小的死结。梁新似乎也感觉到了这沉默的不对，但他显然也不知道该怎么应付这种不对，于是他也只有沉默着，在我和梁知的沉默中沉默着。回到合欢家园的家里，梁新对我说："你别介意。"

"介意什么？"我故作诧异。

"今天我开你跟大哥的玩笑不合适。"他说，"以后我会注意的。"

他归结为自己开玩笑开得过分了，我的心放了下来。看着他的背影，我想，这个惯常叫我傻瓜的人，才真是一个傻瓜啊。

不由得，心里就又摇晃起来：为了他的无辜，我是不是就到此为止呢？以后，我是不是该安安生生踏踏实实地和他一起过日子呢？——这种摇晃已经不止一次了。不止一次的，我对自己说：这么生活着也很好吧？过去了就过去了，干吗还要记着那些注定要让自己不痛快的事呢？至于么？不都是一家人了么？

但这种摇晃的幅度总是很微小。很多细节都会蹦出来去抵抗这种摇晃：我和梁知在客厅里相对默坐的时候，在厨房里面无表情擦肩而过的时候，在餐桌上从来不同时朝同一个盘子伸出筷子的时候……这些细节都会提醒我：我和他，是这个家里距离最远的两个人，或者说根本就是两个陌生人。这些小小的尖锐的陌生感刺痛着我，让我为曾经的摇晃而羞愧。我问自己：难道你进到这个家里就是为了验证你和梁知到底有多陌生么？就是为了验证自己在这种陌生中也能生活得很好么？难道你忘了梁知曾经对你是何等无情么？如果不是捞住梁新这样一个傻男人，你现在死无葬身之地又跟他有什么关系？！你不能向那些短暂的假象妥协，你不能像一只被温水慢慢麻痹最后被活活煮死的青蛙……你不能。

——我要牢记自己之所以进到这个家，究竟是为了什么。当然，我得承认，如果能够做到的话，或许我也想忘掉我和梁知之间所有的那些：那些鱼水之欢的虚妄，那些绝望相对的场景，包括最亲爱和最仇怨的那些话语和细节。记着有什么好呢？只能让自己难受，只能让自己的幸福度大打折扣……可是，我忘不了，我忘不掉。于是我只好认命：我就是这么一个人，就是这么一个会记仇的人。而且运气似乎还不错，有多少记仇的人没有报仇的机会啊。但是，我有。因此，对于复仇，我绝不能放弃。对于梅梅这个沉默的名字，我也绝不能放弃。梅梅，这个死去的女孩子，这个不祥且不详的女孩子，这个在梁家人人三缄其口的女孩子，可以说，我走到这一步，就是拜她所赐。她就是我来到梁家的隐形指挥官。现在的我，是替她或者至少是一部分的她在这里生活。因此，我必须彻底了解她这个来龙，才能决定自己的去脉。

当然，最有意思的，还是用她来让梁知痛苦。必须的。——忍不住想，和梁知已经和平共处了这么久，他恐怕早以为我已经被他招安了吧。这时候我一旦出手重击，他一定会猝不及防，一定会很痛吧。

那情形一定很精彩。

碎 片

> 多年之后，我才明白：那时候，我和梁知固然是这个家里距离最远的两个人，但也是距离最近的两个人。固然是两个最陌生的人，但也是两个最不陌生的人。

3

一个月后，我进了旅游局，被分在旅游促进科工作。这个科的主要职责是针对全市的旅游资源组织开展重点旅游区域的宣传推广工作，并负责组织对新兴的或者是有开发价值的旅游资源进行勘探、考察和调研。相比其他科室而言，这是最具有开拓性的一个部门，也是最有机会去外面开眼界的一个部门。第一天，报过到之后，科长率同事们请我到一家烩面馆吃入伙饭。正吃着，隔壁包间有一个人过来敬酒,是个四十岁左右的男人,科长介绍说他是粮食局的副局长。那人挨个儿敬过来,敬到我的时候,同事们介绍了我,他当即眼睛一亮,道:"原来你是梁知的弟妹啊?"

弟妹。这个词如此刺耳。我想起梁知曾经无数次在耳边叫着:妹妹,妹妹。

但是,这个人,他称呼的是对的。

"这杯酒,麻烦你给你哥带一杯,就说我敬他的。"他把我的酒杯斟满,满脸诚恳,"一定请你带到,因为我对不住你哥。"

"哦?你怎么对不住他了?"

他让服务员添了一把椅子,喷着满嘴的酒气,开始对我细讲:"他小时候啊,我们没少欺负他,为啥欺负?现在想起来都是小孩子的由头,就说他爸是个割痔疮的,对了,我说的是他亲爸,他跟你家梁新不一个爸,你知道吧?我们就笑话他,说他家就是个带那个什么味儿的臭家,他就是个货真价实的臭小子。我们还给他起了个外号,叫老臭。"

我的手指变得冰凉。这些事,我是第一次知道。以前那么多在一起的日子,我从没有听梁知讲过。想起梁知不让我吃红烧肥肠的情形,心中忽然疼痛。

"……我们经常逗他的一句话就是:你家今天吃的什么?是辣炒臭肥肠还是红烧臭肥肠?是酸菜臭肥肠还是香爆臭肥肠?"那个人谈兴正浓,"反正就是离不开那个臭字,我们还在字典里找齐了关于臭的字,臭虫,臭椿,臭美,臭棋,臭氧,臭不可闻,臭气熏天……凡是跟臭有关的就都跟他说。"

"你们可真够花哨的。"我说。

"道歉道歉。"他笑道,"不过,小孩子嘛,总是有些淘气的。真要较真儿了说，也算不上欺负人。没什么大恶意嘛。这梁知也是，我们这么一说，他要那么一听，大家哈哈一笑，也就算了。可他就是太在意，太当真，他越在意越当真，我们就越觉着有趣儿，就越会想着法子逗他。有一回，课间上厕所，不知道谁说了什么话——反正在厕所里也说不出什么好话，把他逗急了，你猜他怎么着？"

我看着他。我知道他会说下去。

"第二天，他拿了个大木勺，从厕所里舀了一勺大粪，来到课堂里，直浇了那个同学一身！那个劲儿啊，真吓人！"

"恶心！别说了。"有女同事捂住嘴撒娇。

"你可没见过梁知那个狠劲儿啊。他红着两个眼，死咬着牙对那个同学说：我看你才是臭呢。我就让你臭个够！那个同学给吓傻了，也不敢动，只是披着一身大粪呜呜呜地哭。从那以后，就没人敢当着梁知的面再说臭的事了。弟妹，你说说，你哥是不是做得也太过了？当着光头，还不让人说灯泡了？"

"一点儿不过。"我说，"我要是个光头的话，肯定就不爱听人说灯泡，尤其是当着我的面说，那我肯定就觉得他是在冲我，那我肯定就得炸。"

"呵呵，弟妹这话说的，可真是的……"尴尬片刻，他又记起了杯中的酒，"来来来，喝一个。既然那么为你哥打抱不平，就替他喝了这杯酒吧。"

"对不起，这酒我不能喝。"

"看不起我？"

"我看得起你，"我笑，"可我更看重肚子里的下一代。"

"哦，恭喜恭喜！"他举杯自饮，忽然发现了什么似的，惶惑地看着我，"你的相貌有点儿像一个人……"

"我知道,像梅梅姐。"我说。

看着他惊诧的神情,我微微得意。也想给我卖关子么?还是自己留着吧。

那天,在下班的路上,我看到了一个卖小菜的摊子。里面有一方盘菜,是红烧肥肠。我走上前。

"来点儿什么?"女摊主说。

我摇摇头,只是看着那肥肠。

"来点儿肥肠吧。"她热情地鼓动着,"洗了可多遍,可干净呢。要不,不要钱你先尝尝?"

我快步走开了。

那天晚上,梁知一家也过来吃饭。六人落座,依例开吃。我决定突然袭击。——既然那么多人都看出来我和梅梅的相像,梁家人这么捂住盖着有意思么?

"今天又听到有人说我像一个人,"我呷了一口汤,"也不知道到底像谁?"

一瞬间,所有的人都停了一下筷子。不过也仅仅是一瞬间而已,大家又都开始正常进餐,都是一幅若无其事的样子。没有人搭腔。仿佛我只是在自言自语。——我简直要以为那一瞬间的停顿是自己的错觉。然而,梁新用手肘轻轻地碰了一下我的胳膊。我顿时明白:不是错觉。于是,我决定继续袭击。我把脸转向庄雅:"嫂子,你有没有发现我到底像谁?"

"没有。"庄雅利落地说。她的利落仿佛是田径赛场上短跑项目的运动员在发令枪还没有响的时候就飞离了起跑线——抢跑了。然后她开始闷头喝汤。

"妈,您呢?"我转向婆婆。

"景有相似，人有相仿。这世上的人，长得像得多着呢。不稀奇。"婆婆说着站了起来："我吃好了，你们慢慢吃。"

婆婆进了自己的房间，关严了门。

"哥，你呢？"我问梁知。

梁知沉默。梁新又轻轻地碰了我一下。

"怎么了？"我一脸困惑："已经不是一个人这么说我了，我太好奇了。"

"我知道！"突然，妞妞说。

"妞妞，别胡说！"庄雅呵斥。

"我就知道！"妞妞说："婶——婶——像——我——"

梁新带头笑起来，梁知和庄雅也都笑了。梁知笑得很短。

"我跟婶婶长得——一样——好——看——"

很快，梁知也放下了碗筷，庄雅跟着他告别而去。梁新陪着妞妞去玩，餐桌边只剩下我一个。仿佛是最自然的分流，但我已然明白：我太轻敌了。他们对我早有准备。在他们共同的抵御中，我的袭击很难成功。

餐桌上放着一把香蕉，金灿灿的。我轻轻掰掉最边缘的一个，慢慢地吃着。——方才的失败真是有趣。他们的抵御越有力，就越证明了我进攻的价值。嗯，是这样。失败么，这根本不算什么。所谓的失败，不过是告诉我应该换一种方式去取得成功：既然共同抵御合力太大，那就寻找最脆弱的个体击破。在这个家里，对我来说，最脆弱的个体，除了梁新，还有谁呢？当然，在击之前还要先做功课。

4

用了整整两天时间，我仔仔细细地搜寻了一遍梁新的书房，试图从中找到梅梅的遗迹。——卧室的每个角落我都一清二楚，书房尚是我的盲区。《红楼梦》《水浒传》《西游记》《梦里花落知多少》《生死场》《呐喊》《子夜》……我一本一本地翻阅着，很快就找到了梅梅的留痕：很多书的扉页上，都盖着一枚梅花形的印章。这应当是梅梅给梁新买的书吧？

书不多，不过四五百本的样子，即将翻完的时候，我翻到了一本旧影集，里面只有几张老照片，都是合影。而且，都是被剪过的合影。

在梁家，这不是我第一次看到合影。婆婆的卧室里有一张五斗橱，上面摆着几个旧相框，里面有不少老照片。梁知的童年、少年和青年，梁新的童年和少年都在那里有条不紊地排列着。也有不少合影：少年的梁知和青年的婆婆，中年的公公、婆婆和幼年的梁新，中年的梁知、青年的梁新和晚年的婆婆，还有一张是四人合影：中年已过还未到晚年的公公、婆婆和青年的梁知以及少年的梁新。那时的梁知正英气十足，梁新也已经初具了男子汉的气质。三个男人都很端谨，唯有婆婆微微笑着，很是满足的模样。当时我还仔细看了看婆婆青年时的面容，年轻时的婆婆比现在瘦了许多，澄净出了几分清秀，只是脸部的轮廓显得越发硬。

"妈，咱家的老照片就这么多么？"记得我问。

"就这么多。"她说。

现在看来，显然不是。这些不被承认的老照片，这些被婆婆的语言强力删除的老照片，如今，就这样眉眼分明地站在这里，站在我的眼前。一个又一个不规则的空洞，明显是从合影里剪掉了某人：一张是梁新和某人的合影，一张是梁知梁新和某人的合影，最大的那张合影应当是人数最多的合影，那个眉头紧锁的严肃男人就是已经去世的公公。他身旁的女人俨然就是仍然在世的婆婆。前面三个人，梁新在中间，梁知在左边，右边的那个就是被剪掉的某人。

那个某人，除了梅梅，还会是谁呢？

在写字台左侧小柜的最里端我也有了重要收获：我发现了一个白色的鞋盒。鞋盒发黄，已然很旧，封口那里用透明胶布粘着。这有点儿麻烦，不过对我来说也不是什么难事。我很快找到了鞋盒底部的关窍，把它打开。

里面是两封信。信封上是典型的女孩子的字迹，清秀，玲珑，娇弱。邮戳上的时间，一封是1991年7月6日，另一封是1991年12月20日，收信人都是梁新，看收信时的地址，是河南省源城市第一中学初二五班。——没错，那时候梁新才十四岁，正上初中。写信人的地址是东莞市长安镇可园路香草小区1号楼3单元6楼西户，落款是一个字：梅。

都是梅梅写给梁新的。

我打开信。第一封信很短，也没什么内容，无非是好好学习，听妈妈的话，听哥哥的话，好好学习才会有出路，我在这边很好，等等。第二封稍微特别些："……我现在当妈妈了，你当舅舅了。孩子很爱哭，是个小淘气。我给他起了个名字，叫未未，希望他能有个好一点儿的未来。你觉得怎么样？要是觉得不好，你再给他起一个，好吗？……赵小军说再过两个月就把他给送回他四川老家去，我不同意。孩子还是要跟着妈妈才好。可是一边带孩子一边上班确实不可能，所以我打算辞掉制衣厂的工作。我已经瞅准了小区大门对面的一家婴儿用品商店，想把它盘下来，很小，用不了多少钱，我手头已经有一些积蓄了，如果你寒假能来的话，这店应该已经开业了。我已经随信给你寄了三百块钱路费，你注意查收一下，到时候路上用。再附上地图一张，是我自己画的，你要是来的话，就按照我画的路线，保证不会迷路……我真糊涂。你要是来我肯定就去火车站接你了，哪儿还用得着地图呀。可是既然已经画了，就寄给你吧。你没事儿看着玩吧。要是不能来也没关系，这些钱你就留着零花吧。不过，我是多想让你来啊……"

地图画得很稚拙，却也很详尽。箭头从东莞火车站出发，一直延伸到那个可园路香草小区才打了一个大大的五角星。指示的线路和路边的典型建筑物都标注得一清二楚。途中有个珍美制衣厂，旁边也打了个小小的五角星，想来就是梅梅信中所说的那个厂。这么说，她曾经在东莞打过工？还在东莞那边结了婚？还有个孩子？……一串串疑问带着钩子呼啸而来。但是，没有时间思虑。先存着吧。

5

一个月亮很好的晚上，我和梁新做了爱——是我和他在那个时期鲜有的几次做爱之一。做爱之后，和过去的情形一样，我穿着睡衣睡裤，他一丝不挂地坦裸着身体，松松地把我揽在他的胸前，一只手像拍打婴儿一样轻轻地拍打着我的肩，另一只手则快捷地按着遥控器，寻找着最可心的电视节目。

这时候的男人，是智商最低的时候。

"喂。"我喊。

"嗯？"

"跟我说说梅梅姐吧。"

他的两只手都停住。

我沉默着。

"你，说什么？"他终于开口。

"梅梅姐的事，我想听你说说。"

"你，怎么知道的？"他眼里一闪，坐起来。

"你不说就以为我不会知道么？你没听过那句话么？若要人不知，除非己莫为。"最后一句话刚出口我就意识到了不合适，于是赶快找补，"我的意思是说，即使梅梅姐不在了，只要她在过，那她在这个世上就不会不留下一点儿痕迹。何况我跟梅梅姐长得还有几分像。"我顿了顿，"其实，我怎么知道的并不重要。重要的是，梅梅姐的事，我从没有听家里任何一个人说起过。"

梁新沉默片刻："你还知道什么？"

"你和哥哥是同母异父，和梅梅姐是同父异母。对不对？明白了这个，我才明白你听到我讲我和几个哥哥都是同母异父的时候，为什么会说出那样的话，为什么会那么心疼我，"我让语调压抑出几分深情，"这就是感同身受。"

梁新沉默。

这个时候，需要再加一把火。我控制着语速，慢慢地把所有可以说得出口的证据都给他排列出来：书房里的那些盖着梅花印章的旧书，旧影集里被剪出来的那些不规则的空洞，秦红的惊叹，粮食局副局长的告知……除了这些非虚构，我还即兴创作了一些他无法印证却只能相信的虚构：婚礼那天我在酒店上卫生间，有人特意跑到我跟前说我像梅梅；有一次我走在路上，也有个陌生人跟着我说我像梅梅；还有一次在超市，也听见有人议论说我像梅梅——反正我来源城时间不长，有充足的理由不认识他们，无法承担向梁新具体指证的责任。

碎　片

能把虚构和非虚构进行自由拼接并恰当组合，这是一个有趣的才能。我似乎就有这种才能。——起意写自己的故事后，我读了一些写作方面的书，知道所有的写作手法只可分为两大类：虚构和非虚构。虚构作假，如小说。非虚构写实，如散文。这样的划分和定位似乎很明确，可是再一往深里想我就糊涂了。虚构的就一定假么？林妹妹贾宝玉潘金莲西门庆在这个世界上一直活生生地存在着。非虚构一定真么？报纸新闻里有多少铁板钉钉的英豪一夜之间成了鬼怪……

有点儿像包子。虽然很多时候，虚构的皮儿里是虚构的馅儿，非虚构的皮儿里是非虚构的馅儿，但更多时候，虚构的皮儿里是非虚构的馅儿，非虚构的皮儿里是虚构的馅儿。而最多时候，那些馅儿都不是什么纯馅儿，一个包子里总有各种莫名其妙的馅儿掺杂在一起。这才有意思。

我喜欢这种有意思的包子。喜欢吃，也喜欢做。

梁新坐在那里，垂着头默默地听着，许久，他终于开口："梅梅姐的事，不是什么喜兴的事。你怀着孩子，听这些事不好。"

"正因为我都怀着梁家的孩子了，我才更想要知道梁家的事。这一件事只有我被蒙在鼓里，你想想我心里是什么滋味？那些外人都比我知道得多,这不是生生告诉我,我还不如那些外人么?"

"好吧,我可以说。但有个前提,我说多少你听多少,一句也不要多问。"

"嗯。"

6

乖,其实,你已经知道得不少了。咱妈不是爸的原配,是梅姨死后才又嫁过来的。咱爸的原配就是梅姨,梅梅姐的妈。梅梅姐的名字其实就是梅姨的姓,她的大名就叫梁梅。不过好多人都叫她梅梅。这么叫又顺耳又顺口,是不是?

梅梅姐,她特别爱笑。可以说,我记忆里最早听到的声音就是她的笑声。她的笑声,像最甜最脆的那种水果:砀山梨,烟台苹果,或者是陈寨的西瓜——你的?没她那么透,比她的沙哑一些,也好听。陈寨?是老姑①的村子。老姑是奶奶那一辈儿的拐弯亲戚,爸爸管她叫姑,我和梅梅姐就管她叫老姑。

老姑家就是陈寨的。是离城有六十多公里的乡下。她说她比我大50整岁,那么今年该有75了。我小时候,她一到夏天就会给我们带来他们陈寨的西瓜。我是她带大的,梅梅姐也是她带大的。我听她说,当初梅姨快生梅梅姐的时候,爸爸请她过来伺候月子,她这一来就把梅梅姐从小带到了大。等梅梅姐大了,又有了我。她又开始带我。我

---

① 老姑:豫北称呼,父亲或者父辈的姑姑。南方很多地方称姑婆。——编者注

上小学那年她才走的，我有好几年都没顾上去看她了……我早就答应过她，等娶了媳妇就带着媳妇去看她，乖，回头咱们去一趟吧。

我小时候，除了老姑就是梅梅姐照顾我。她一放学就先从老姑那里把我抱走，老姑才好脱手做饭。哥也帮忙，偶尔也会逗逗我，不过他做的可跟梅梅姐不能比。我跟哥的感情是长大之后渐渐建立起来的。小时候还是跟梅梅姐亲。每到她放学的那个点儿，我都眼巴巴地等着她回来。我上小学的那一年，她上高二，学习很紧张，可她放学后仍然会先和我玩，先看我做作业，忙完了我的，再做她的。

她和咱妈的关系么，还好。这种关系么，总是不大好处的。她们之间给我的印象就是不远不近，相安无事。现在想来，这也多亏了梅梅姐的性格好。怎么说呢？不能说咱妈心窄，可梅梅姐确实比咱妈心宽，不怎么计较，还对咱妈一直陪着小心，所以也还能处。她的小心就是好像用一层厚厚的棉花把自己给包裹起来一样，笑不出声，说话也轻声轻语的，在咱妈面前，她尽量用最小的动静干活，学习，吃饭……如果爸不回来吃饭，梅梅姐就不和我们一起吃饭，等我们都吃过了，她才会和老姑去吃。要是爸在家，她就会和我们一起吃。后来我才懂得了这里面的意思：爸不回来，她不上桌咱妈就不会觉得碍眼。爸回来了，她上桌咱妈才好在爸面前做人。挺微妙的。她和咱妈之间，就是这种状况，所以你想，妈她还能怎么样呢？梅梅姐呢，即使有什么委屈，忍忍也就过去了。也许很不容易过去，反正我是很少看见她过不去的样子。只有一次我亲眼看到了，是因为我。

那一次，梅梅姐放学回来，照例先给我检查作业，我在一边削铅笔。也不知道是从哪儿开始兴起的，那时候我们班的男孩子都把爸爸的刮胡刀片拿来削铅笔，刀片很锋利，可以把铅笔削得很尖，也很容易就把手削破，我都把自己的手削破可多回了，也没当回事。可是那天恰巧就成了问题。梅梅姐一看见我指头出血就不由自主地叫了一声，连忙把那个指头放到了她嘴里。我的手多脏啊，就想抽出来，这时妈正好下班了，一进门就看见我从梅梅姐嘴里抽出了血淋淋的指头，她劈手就给了梅梅姐一个耳光。没想到爸也跟着进了门，看见妈打梅梅姐，上来就给了妈一个耳光，家里就乱成了一团。我和梅梅姐也不能做什么，就只是哭……

就是这件。这是我看见的唯一一次家庭矛盾，这件事以后，可能妈也觉出了自己的过分，就注意了很多。反正从那以后我再也没见过她和梅梅姐之间有什么明显的冲突。后来么，就是梅梅姐考大学，那时候的大学还真是不好考，她考了两年都没考上，可能还是底子差吧，哥还好好地给她补了一阵呢，可就是不行。她和哥的关系？就那样吧，一般的兄妹关系呗。互相喜欢？这不可能吧。要说喜欢，我倒觉得是红姐喜欢过哥，对，就是那个卖衣服的秦红，她那时候是梅梅姐的好朋友，经常来找梅梅姐玩。后来梅梅姐去了南方，她好像还来找过哥……外人的我都能看出来，何况是整天在眼前晃的自己家人？梅梅姐和哥要是有什么，我应该有感觉。不，我没有那么封建。他们俩好，我当然没意见。反正他们俩也没有血缘关系，就是互相喜欢也算不上是乱伦。可我真不知道，所以不能瞎说。

梅梅姐第二年复读的时候，爸突然去世了，对，这事对她打击挺大的，那一段时间她总是哭。那年，她又没考上大学，就待在了家里。妈不是在市教委么？就托关系让她去十里铺小学当了个民办老师，据妈的意思，是想着瞅机会就给她转正的。一转正不就是铁饭碗了么？要说妈做到这一步，也算不错。当了民师，梅梅姐吃住都在学校，难得回来，我和她见得就越来越少了。可她总还是很亲我，每次回来都给我带礼物，不是衣服就是书，还有玩具什么的。你看到的那些盖有梅花印章的书，都是她给我买的。后来么，可能是赶上清退民办教师，她就离开了学校，找了份儿别的工作……干什么？除了打工她还能干什么呢？她的工越打越远，越打越远，最后就死在了外头……

乖，咱不说了，好吗？我不能再说了。梅梅姐是我唯一的姐姐，每当想起她，就像刀一下一下地割在心上。

第十一章

1

身份这个词,常常的,虚得似乎不能再虚了,尤其是一个人待着的时候。想想看,若是一个人,任凭是什么花哨的身份,在最基本的生计面前,也不过就是衣食住行四个字。可是,人这种东西,又哪能仅仅满足于生计呢?哪能仅仅满足于衣食住行呢?又哪能总是一个人待着呢?纵使有这样超拔的心思,只要做不到彻底地自闭自封自绝于世,只要和这人间有着那么点滴毫末的交集,那总是得会有个身份的命名。而一旦有了身份的命名,就会有相应的配套产品量身定做送上前来,任你怎么挣,任你怎么逃,那都是跟准了你的。即使到了死,那时你是什么都不知道了,放心,那命名也会跟在你的墓碑上,牢牢的。到了那个地步,你才会知道身份这个词,它到底是多么实在。

现在,我就要死了。我很高兴我会死在德庄,死在这个简陋的出租屋里——虽然房东会觉得晦气,呵呵。——这里,没有人知道我的身份。除了房客,我再也没有什么别的身份。只有这一字一句在为我写着最详尽也最真实的身份。对，所有写下的这些，都是我的身份。

2

那天晚上，和梁知单独相对的时候，我正鲜明地体会着身份这个词的实在。那一刻，他是我的夫哥，我是他的弟妹。他是源城市的卫生局局长，我是源城市旅游局的一个小科员。这就是我和他明明白白的身份。除了明身份，我和他还有旧情人这个暗身份。这个暗身份使得我和他更要处处在意，时时警醒，以便让明身份经得起挑剔。总之，这明暗两重身份决定了即使庄雅带着妞妞跟着娘家人已经出去旅游，即使梁新去郑州办事要到明天才能回来，即使没有了这些最要紧的人的牵绊，我和梁知的单独见面也不能是在咖啡店、饭店等这些会被别人看到的场合。我和他最合适的约会之地，就只能是在他的家或者我和梁新的家里。

是我约的他，在我和梁新的家。客厅里，他默坐着。头顶的吊灯过于明亮，我关掉，打开落地灯。落地灯，落在地上的灯，嗯，这名字起得真好。

自进梁家以来，这是我和梁知第一次正式单独相对。预想中，我以为自己会很紧张很兴奋很激动，但事实上，我却很平静。坐在落地灯柔和昏黄的灯光里，沉默中，我看着他。这是曾经和我耳鬓厮磨、缠绵无隙的男人，是让我曾经觉得"在人间已是巅，何苦要上青天，不如温柔同眠"①的男人,我肚子里即将临盆的孩子是他的骨肉,我的老公是他的同胞兄弟……就是这样一个男人,我面对着他,心却如寒秋一般平静。

"孩子,还好吧?"他先说话。

"孽种的生命力一般都很强。"我说。

他低头看了一会儿地板,又抬起头:"金金,别这样。"

我沉默。不这样还能怎样?

"还有别的事么?"少顷,他又问。这是想要告辞的前兆。他早就想走了吧?对于他来说,是不是金金猛于虎?

"有。"

"说吧。"

"跟我说说梅梅。"

沉默。他没有表示出丝毫吃惊。这是对的。那天我在饭桌上赤裸裸地问我像谁,单凭这个,他就应该知道了我对梅梅的知道。更何况我已经来到源城这么长时间,这世上有不透风的墙么?

"没什么好说的。"许久,他说。

"我觉得有。"

他涩涩一笑:"你想知道什么?"

"当初你接近我,是因为我像她么?"

"是。"

"你说过的那个前女友,就是她吧?"

"是。"

---

① "在人间已是巅,何苦要上青天,不如温柔同眠":为过气流行歌曲《新鸳鸯蝴蝶梦》中的歌词。作者黄安。——编者注

这一段日子，经过着意的修炼，我以为自己已经有相当的能力去掌控预想中的愤怒，但是，此刻，它们却在我心中澎湃汹涌。如果说之前我不想确定的那些"很可能"是加着柔光镜拍出的化妆照，尚有一些我奢望的扑朔迷离的朦胧之美，那么，现在，柔光镜已经取下，呈现在我面前的就已经是素颜照，素颜照里，没有什么眉如远山眼如秋水，一根根黑色的短毛就是眉，黑眼珠白眼珠和些许红血丝就是眼。就是这样。

我竭力控制着情绪，拿过他的烟，点燃。正如他所言：如果一定要让什么东西冒火的话，那就选择烟吧。

也许，就是从那时起，我有了抽烟的欲望？

梁知一把将我的烟夺了过去，我试图再夺回来，他紧紧地攥住我的手腕，轻轻地环抱着我，把我放在另一张紧靠着他的沙发上。然后，他默默地盯着地板。

"对不起。"他说。

我沉默。

"对不起。"他继续说。

"这个听够了，说说梅梅吧。"

他低垂着头，将双手拢成一个小小的怀抱，把脑袋安置在这个小怀抱里。我看着他。我没有他的身体高大，也没有他的臂膀宽厚，但此刻，他在我面前是那么孱弱和渺小。

"说啊。"

"你对她，就那么有兴趣么？"

"对。既然我是她的替身，既然我是她的影子，既然我和她这么有缘，既然你对她这么念念不忘。"说这些话的时候，我没有打一丝磕绊。虽然嘴巴一向不笨，但在这种时候我似乎格外伶牙俐齿，"可能是头绪太多,你不知道该从哪儿说起,那我给你点个题,你笔记本电脑里不是有一份重要文件么?"

他抬起头,看着我。他的头发好干涩啊。

"就按那个来。"我转脸,不去面对他的目光。天上掉下个小妹妹,粉,敲鼓……曾经,我以为这些都是写给我的,知道梅梅的存在之后,我已然明白,这些简洁如骨的信息,和我没有任何关系。能够被我解释到自己身上,完全是无知加上想象力畸形导致的可笑的自作多情。那区区几百字的"重要文件"之所以重要,就是因为梅梅,只是因为梅梅。如果电脑里的字也可以折旧的话,毫无疑问,这个文件里的每一个字都会散发出用岁月之金锻打出来的沉甸甸的光芒,而这些光芒反射到我这里,每一条光线都是一颗尖利的牙齿,可以轻而易举地把我咬伤。

碎 片

所谓的重要文件,却这么极尽简约,简直都没有必要写。起初我很是有些纳闷:他为什么要写呢?是为了忘记?还是为了怕忘记?那么刻骨铭心的记忆,写了也一样忘不掉,不写也一样记得牢。后来梁知告诉我:不是为了忘记,也不是为了怕忘记,而是为了搁置。——那些细节,常常把他憋得喘不上气来。他必须得把它们放在一个地方。于是,他选择了写。可为什么又写得那么简单呢?他说他一开始写就发现自己的文字有多么乏力,而相比之下,记忆本身又是多么强劲。如同水草,水草在水中是那么生动,但被捞出来之后却很快干瘪,不再是那么回事儿。于是他就放弃了。他说其实被他用文字记下的这些都已经僵枯了。

"也许,还是应该让水草待在水里。"他说。

"水草在水里当然有她的美，但是出水的水草也挺有意思。"我说。

"什么意思？"

我沉默。这种意思当时的我只能感受却难以表达，现在，我似乎可以试着去分析一下：水里的水草只是一种风景，出了水的水草却是真相，虽然可能只是局部的真相，但那也是真相。而真相正是这个世界最有意思的事物，之一。

3

天上掉下了个小妹妹，对，就是这样。对我而言，她很突然，像个猝不及防的礼物……粉。我第一次见到她的时候，她穿的就是粉色的衣服。那一天，我第一次进到梁家，她放学回到家的时候，我已经在屋里干坐了半天。老保姆先进来，然后就是她。对，老保姆就是老姑。老姑长得皱皱巴巴的，穿了一件偏襟的黑褂，像棵枯萎的老树，方才她说出去买菜，想来也是顺便去接她。一会儿不见，老树忽然添了一些光彩似的，原来，她后面跟着一团粉红色的光。真的，梅梅，她真的就像是带了一团粉红色的光。她的脸是粉的，她的衣服是粉的。可是仅有这些也不能造出一团粉光来，让她发出粉光的是她的笑容，对，就是她的笑容。那天，她进门后，一看见我，她就站在了那儿。梁叔叔让她叫我哥，她就柔柔地叫了一声，然后冲我笑了笑。她的笑容让我觉得全身都暖洋洋的，舒服极了。那一瞬间，就像有人在我的心里面敲小鼓一样，咚咚咚，咚咚咚。我被这面小鼓吓怕了。直纳闷：谁在我的心里敲着鼓呢？——对，你说得没错，是爱情在敲鼓。对，一见钟情。我对她，就是一见钟情。

她的粉色衣服很多，背心，小褂，裙子，短裤……大多都是粉色的。后来我才知道，老姑有个亲戚在被单厂工作，这些都是做被单剩下的零布头，老姑会做一手好针线，就把这些布头统统给梅梅做成了衣服。可能老姑也觉得光有粉太单调了些，我不时会看见她的这些粉色物件上会出现一片叶子，一只蝴蝶，或者一朵花。图案都很简单，可真是好看……那时候，看到阳台上搭着她这些粉色的小褂小裙小物件，我就想笑。想到放学后她也会出现在那个家里，我就想笑。想到跟她吃着同样的饭，睡在同一栋房子里，想到我睡在墙的这一边，她睡在墙的那一边，我就想笑。——我们俩的卧室挨着，两张床之间，只隔着一堵墙。……来梁家之前，妈强迫我改姓，我虽然改了，但是心里一直不情愿，见到她之后，连梁这个姓，我都觉得好了。管梁叔叔叫爸爸的时候，也越来越自如了。因为，她也在叫爸爸呢。我是跟着她在一起叫爸爸呢。想到这个，我也想笑。

是，我知道自己的念头很疯狂，所以表面上就尽量装得很正常。很多人都是这样，心里越疯狂，表面就装得越正常。和她说话的时候，我常常不敢看她的眼睛，怕她看出我的秘密来，可越是不敢看就越是想看……是，最开始和你相处的时候，我也是这样，知道自己的念头很疯狂，所以也尽量去装正常。可是，这疯狂不是那疯狂。不一样的。我也说不出来怎么不一样，反正就是不一样。

不说你，只说她，好么？不然我说不下去了。

路，是上学时的一条路。来梁家之后，我也转了学，和梅梅同一个学校。1977年，她十岁，上三年级，我上五年级。我们就同过那一年校。对，那时候小学还是五年制，"文革"的时候更短，有一段时间实行的是四年制。或许是不好意思，或许是要避嫌，我们很少一起出门，要么她先走，要么我先走，后来，我总是故意落在她后面，这样可以看着她的背影。我们都喜欢走右侧，她小小的身子轻快地走着，有时候碰到了同班的女生，她就跟她们扎在一起说啊，笑啊，有时候，她就一个人，默默地走……那路上的一切，我都觉得是那么的好。每当走那条路的时候，我都觉得格外短。也就那么一年。后来我读了初中。她上初中的时候，我又上了高中。——我没说错。那时候初中的学制还是两年。为什么那么短？毛主席的指示呗。不过，等她上初中的时候，学制就又变成了三年。那时候"文革"刚刚结束，教育体制正在调整期，所以哪怕只隔一年，学制都可能会不一样。

眼神，是因为新新。妈生新新的时候已经快四十了，是高龄产妇，奶水不够，得经常给他冲奶粉喝。我和梅梅放学以后，老姑忙着做饭，给新新冲奶粉换尿布的活儿就成了我和她的。其实和我没关系，可我就是想出来。我喜欢和她一起围在婴儿床前逗着新新。或者把他抱起来，她抱一会儿，我抱一会儿，像一对小小的父母。对，那感觉很奇特，很容易让我生出想象。我常常会想：我和新新是同母异父，她和新新是同父异母，我和她呢，是异父异母，也就是说，我本来和她没有一点儿关系，但是，有了新新，新新还和我们两个人都有着不可分割的血缘关系，那我和她就因为新新的存在而有了一种撕不开扯不断的牵连，这不是上天给我们的特别赐予么？——不，那时候我和她看起来很生疏。因为很少说话。但这生疏只是个外在，我们的内里很亲。因为我们之间有眼神。眼神是会说话的，有很多没办法用嘴巴说的话，都可以用眼神去说……我和她之间就能用眼神说话。所以，外在的生疏其实只是我们为了不惹是非而穿的一件衣裳，如此而已。对，她的眼睛是很好看，是像泉水一样……还需要我把电脑里的话再背一遍么？

咱妈，还是不说了吧。她和梅梅之间，当然也闹过矛盾。这种关系，有点儿小矛盾也是正常的。总的来说，她们的关系也还算不错。后来，梅梅没有考上大学，还是妈费心才让她去当了一段时间民办老师……死，是说梁叔叔。梁叔叔那年心脏病突发去世，当然妈和新新还有我都很伤心，可是全家人里，就梅梅最可怜。那时候，她常常到家附近的一个小公园里悄悄地哭，哭得不行。我偷偷跟过她几次，想安慰她，却又不知道怎么安慰。有个晚上，下雪了。我知道她在那儿哭，就去找她。那一次，我抱了她。我觉得不论自己说什么，都不如去抱她。那天，我把她抱进怀里之后，喊了她一声：梅梅。——我也不知道我喊的是妹妹还是梅梅，反正是同音。她答应了一声：嗯。我说：没事。她说：嗯。然后我们就那么抱着，抱了一会儿，我说：回家吧。她又说：嗯。我就想逗逗她。我说：猪。她嗯了一声，扑哧笑了，说：你才猪呢。我说：你晚上几点睡，我都知道。她看了我一眼，也调皮起来，说：那你以后可要对我道晚安。我说：好啊。她笑着说：我看你不敢。我说：我敢。她问：你怎么敢？我说：我在墙上敲四下，就相当于"妹妹，晚安"了，好不好？她定定地看了我一眼，说：好。

那天晚上，我们就这么做了。十点钟，我在墙上轻轻地敲了四下，我敲过之后，她也回了四下。那天晚上，我睡得很好。后来她告诉我，她也是。从那之后，这就成了我们睡觉前的一个仪式。就是这样：哥哥，晚安。妹妹，晚安。每天晚上，就这么几下，仿佛这一天就圆满了，有了什么不快和委屈，也仿佛都得到了消解和安慰。对，"晚安"之前，有个小小的停顿，在音乐上，这该叫休止符吧？

纯爱，就是说我们爱得很干净。梅梅第二次高考落榜以后，没找到什么事做，就待在了家里，照顾新新，做家务。后来妈才让她去当了民办老师，在十里铺。——我和梅梅的事，她不同意，所以很忌讳我和梅梅经常见面。为什么？不知道。我也没问过。她肯定有她的道理吧。我常常偷偷去十里铺看梅梅。那可能是我们俩最自由的时候。十里铺村东有一条河，是源河的一条小支流。我和梅梅经常去河边玩。有一年冬天，河水结了挺厚的冰，我们手拉手在冰面上走着。后来她不跟我拉手了，说两人在一起太重，不安全。看她胆胆怯怯的样子，我就想逗逗她。我一把抓过她，把她抱了起来，她吓得哇哇尖叫，想要挣扎，我恫吓她说挣扎会让我们更重——也不是恫吓，是有物理道理的。她也知道这个，果然就不敢动了，只是让我把她放下来，我不放，就抱着她在冰面慢慢地走着，她说她听到了冰面的开裂声，我说她是心理作用。很快，我就发现她是对的，冰面果然在开裂。于是我抱着她快步向河岸走去。那时候的河面显得很宽，河岸也显得很远。我一边走一边听着冰面啪啪的开裂声，声音很小，但是越小就越阴险，越恐怖，这种阴险恐怖的声音一直追着我的脚步来到岸边，等我把她放下，回头看去，清晰地看到一条蛇一样蜿蜒的曲线……然后，她一下子扑进了我的怀里，我亲了她。那是我第一次亲她。她的嘴唇又凉又甜，有一种淡淡的奶油雪糕的味道。

我和她之间的爱，就是这么干净。

后来，上面开始清退民师，她就找别的事做了。再后来，她就去南方打工了。最后，她病死在了东莞。这就是再见。不，不对，应该叫永别。

没别的事儿了吧，那我走了。希望这是我最后一次对你说梅梅的事。为什么？因为说得很痛苦。你听得很快乐么？

4

一日三餐，一周七天，一月四周，元旦过后是春节，春节过后是元宵，出了正月是龙抬头的二月二，再然后便是七九八九单衣行走，九九杨落地，十九杏花开。此时的我已是怀胎八月，身沉体笨，胃口却越来越刁钻，那天突然想吃荠菜馅的饺子，于是在一个周末，梁新带我去了陈寨，说去看看老姑，顺便去山野里挖些荠菜。

六十多公里的路，一个小时车程。陈寨在源城领地的西北角，大约是源城属地最边界的村子，梁新说，再往西稍微一走就是山西界。车到村口，我远远地向西看了一眼，果然隐隐地就看见了几道缓缓的丘陵。

老姑脑后盘着花白的圆髻，穿着干干净净的偏襟大褂，看起来很硬朗。我跟着梁新进院子的时候，她从屋里迎了出来，扭着小脚走得稳稳当当。

"新，你咋舍得往这里来？"她的语音带着一股硬硬的山西味儿，不是最寻常的河南方言。看见了梁新身后的我，她蓦然立住，"这闺女……"

"叫金金，是我媳妇。我带着新媳妇看你来了。"梁新笑着把我推到她跟前。

老太太只定定地看着我。一双老眼睁得很大，大到不能再大。我确认，她应该是睁到了力所能及的极限。

"你……"片刻，她说。眼泪突然迸了出来。

"老姑，别光顾着看，你可要给新媳妇见面钱啊。"梁新打趣。

"那还用你说？"她很快缓过神儿来，笑道。

"看见了吧？她肚子里还有一个，你可得给双份儿呢。"

"中，中。"她擦了擦泪，"你这媳妇，中。"

"那是。"梁新得意。

肉丝手擀面，荷包鸡蛋，那天中午的饭，我们吃得既简单又扎实。饭后，我说得照例午睡，梁新嬉笑着凑过来："乖，我陪你。"

"别偷懒。"我推他，"你快去挖荠菜吧。"

"一会儿再去。"

"快去。多挖点儿。起码得够吃两顿才行。"这时节，荠菜应该刚刚长出来，不好找。不过一旦找出来，那滋味也是最鲜美的。

少不得老姑要找个人陪着他去。我只静静地坐在桌边，眼看着老姑打发他走后又扭着小脚一步步地走进院子，走进屋子。我迎着她站起来，叫道："老姑。"

老姑怔在那里："没睡？"

"认床，睡不着。"

"哦。"

她拿起鸡毛掸子，开始掸桌椅上的灰尘。掸完了，她又拿起扫帚，开始扫地。扫完了地，她终于坐了下来，开始和我说闲话。自然是从梁新的婴儿时期说起的。说梁新从小就不淘气，好哄。说她也算带过几个孩子的人，没一个像梁新那么省力的。在吃奶的时候是吃了睡，睡了吃，跟个小猪似的。等到能吃馍饭的时候，也是她做啥吃啥，从不奸馋①。

"老姑，我听说梅梅姐也是您一手带大的，小时候跟您在陈寨住

---

① 奸馋：豫北方言，指挑食。——编者注

了好些年,"我说,微笑着,"您是梁家的功臣呢。"

"你知道梅梅?"她看了看我,又转过脸看着院子。

"我也算是梁家的人,梁家的事总该知道的。你第一眼看见我的时候,是不是就觉得我像她?"

"嗯。"她点点头,"你跟她,还真像。"

"梅梅姐她……"我停住了话。因为老姑开始哭。

我等的,就是她的哭。

——我确认,梁知、梁新和秦红他们都在对我隐藏着关于梅梅的秘密。他们说出的那些都称不上是什么秘密。能够说出口的就不能算是秘密。秘密的本质就是难以出口,更准确地说,是不能出口,是无法出口。那里面才是真正的秘密。某种意义上,梅梅的秘密就像一个圆,他们每个人都在用自己的方式守护着一段圆周。我必须得找到尽可能多的圆周片段,才能拼出一个相对完整的圆。当然,这有点儿难度。不过,有难度才来劲儿呢。不然怎么会有知难而劲[①]这个词?

5

孩子,有些个事我不说,是没人跟你说的。你既想听老事儿,我也就当个闲话跟你说说。你回家别跟你婆婆讲,她可厉害着呢。她忌讳这些个话。

先说好吧。梅梅的娘叫好,对,就叫好,梅好就是她的名儿。我

[①] 知难而劲:应为知难而进。疑为作者笔误或者生造。——编者注

不识字，听说就是那个好坏的好，好歹的好，好好儿的好，你知道吧？我是道的老亲①——你公公的官名叫梁文道，你也知道吧？我爹跟他爷是一族里的叔伯弟兄，我就算是他的表姑，梅梅和新新喊我老姑，就是打这儿叫起的。我是好快生梅梅的时候才进的梁家。好啊，好孩子，就是命苦，没把好日子过长远。本来啊，好啊，是多么好着呢。长得俊，人见人爱。爹又是县一中的校长，体体面面。娘虽然死得早，可给爹没样子地惯着，想干啥就干啥，顺天应地，可心可意。高中毕业说想学戏，道就叫她进了戏校，上了三年，一毕业就进了县豫剧团⋯⋯对，你婆婆年轻时候也在县豫剧团，俩人我估摸着应该认识。——我没问过。好在的时候我还不认得你婆婆，认得你婆婆的时候好也死了，再说一个原配一个填房，我提这茬干啥呢？

好跟道，俩人过得那真是好。样貌配，脾性配，啥都配，这俩人整个儿就像戏里唱的，是天配地的一对玉人呢。俩人好的那个劲儿啊，我是个老脑筋，刚进梁家门的时候，对他们的做派还真是看不惯呢。那时候，好已经是大肚子了，城里人，娇气，走不了几步路，到夜里腿脚还淤肿，每夜里吃过了饭，道就烧好了水，给好擦身，洗脚。两个人在厕所里一待就是半天，唧唧咕咕，嘻嘻哈哈，不知道有多少可乐的事。还时不时地就唱了起来。你也成家了，能跟你说这话了。虽然是长辈，可谁都年轻过不是？梅梅出生了以后，俩人还是一个好。夜里我带梅梅，睡得轻，哪个晚上都能听见他们大呼小叫⋯⋯

梅梅刚满五个月，能吃点儿藕粉面糊的时候，咱不知道咋就"文化大革命"了，学都不叫孩子们好好上了。起初就是大字报。那些个大字报，一层糊着一层，揭下来都能当褥子睡。多得都没地方贴。为

---

① 老亲：豫北方言，指时日长久的亲戚。——编者注

了给自己家的大字报占地方,那些孩子们可没少打架。好和道为这大字报是日也忙,夜也忙,不是看就是写,说这是革命。我不识字,可也免不了跟着曳心①。总觉得世道乱包②了。果不其然,革命革着革着,就革到了他们的头上,好的爹不是一中校长么?不知怎么的就给抓了起来,说要枪毙,我听说了,紧赶慢赶给好做了一身孝衣。梅梅也恰恰断了奶,让我送回了陈寨,托别人养着。世道乱的时候,城里还是不如乡下。乡下人到底笨,老实,没有恁多的花花肠子……道?道在源河上挖河沟,离城几十里地,不叫回来。十冬腊月里,那可不是人过的日子。那段罪受的,道的心脏还落下了个大毛病呢。

那个黑里③,好回来得可迟,回来的时候脸色可不好,说她找过人了,不枪毙她爹了。我松了口气。看着好的样子,想着明天去给她做点儿好吃的贴补贴补,可是第二天天不明,就有人来叫门,说还是得把好的爹枪毙。好当时就蹦起来了,连喊着:"不可能!说准了的,不可能!"她喊着喊着,穿着贴身的衣服就跑到了街上,白花花的胸脯和腿都在外头露着呢。我就拿着那身孝衣,跟在后头撵。可她跑得风一样快,我哪里撵得上啊。我撵啊,撵啊,总是差了一大截。后来到了一个大广场,那里人多,到处都是磕绊,她跑得没有恁利落,我这才撵上了她。她一刹住脚就一头栽到了地上,直瞪着眼睛,像个傻子一样。我到她身边,心都跑得快跳出来了。我给她裹上孝衣,可怜的孩子,她真跟傻子似的,任我包裹着。

——后来我才听满世界人说,那个黑里,好为了给她爹求情,叫

---

① 曳心:豫北方言,指牵挂。——编者注
② 乱包:豫北方言,指混乱。——编者注
③ 黑里:豫北方言,指夜晚。——编者注

人给糟蹋了。谁？那我咋知道？不知道。那个世道，除了给人糟蹋的，就是糟蹋人的……糟蹋了，也就糟蹋了，往哪儿说理去，寻仇去？

那天，在广场上，不知道过了多长时间，几辆大卡车开了过来，上头真的有梅校长！他头上戴着大白纸帽，衣裳也条条缕缕的，脸上更是没个人样儿。一看见梅校长，好又蹦了起来，一边撵着卡车跑，一边跟疯了似的叫。她叫得真使劲儿啊，把骨头都快叫炸了。可那时候使劲叫的人多着呢，她叫破了嗓子也没人理。

叫着叫着，好就真的快疯了似的，她跟着卡车叫啊，跑啊，跑啊，叫啊。猛地，她不跑了，我还以为她的力气使空了，想歇歇，谁知道我眼错不见①她就脱起衣裳来。她这一脱，我就知道，毁了，好要毁了。我死活给她又裹上孝衣，想把她拖回家，谁知道人一疯，身上的劲儿也跟长了似的，我就是拦不住，去求人帮忙，也没人上前搭理。几挣几扎，她就推开我，光着身子跑了。我又在后头撵。撵到群英河边上，她抬脚就跳了进去。好在那个季份河里没啥水。我下河撕拽②着她，跟打仗似的，闹了不知道多大会儿，她那疯劲儿才有些疲了，口口声声说她想洗澡，我哄着她，说在家给她烧好水了，就等她回家洗呢。

老天团弄③起人来，真是没个啥路数。那天，梅校长那是假枪毙，不是真枪毙！对，是假枪毙！我也是头一回听说还有假枪毙。——哪有这么团弄人的啊。生生把好给搭了进去。不过，话说回来，真枪毙团弄成假枪毙，总比假枪毙团弄成真枪毙好。可我的好啊，打那以后

---

① 眼错不见：豫北方言，指眨眼睛的功夫。——编者注
② 撕拽：豫北方言，指拉着。——编者注
③ 团弄：豫北方言，意思较复杂，多指折腾、折磨、哄骗或者作践。——编者注

就成了一个疯子……疯了也好，不然以后的事还真受不了。梅校长出来后一看见闺女这样，第二天就中了风，没多久，就上了吊。

没有，我没有空照顾好。我哪有空呢？乡下还有梅梅呢。我得回去带着她呀。——孩子，你真是不知道，那时候，城里可真不是人待的地方。那一回，我在街上走路还平白受了一惊。正走着呢，俩红卫兵小子过来了。一个问我：你哪儿的？我说陈寨二大队的。另一个又问我啥出身？我说我不知道。谁知道出身是说啥呢。一个就问：你进城是啥目的？我说串亲戚。另一个又问：为啥还留着封建主义的髻？为啥不剪革命发？我说乡下都是这样，都不剪，再说也不知道啥叫革命发。那个人就说：别跟她瞎耽误功夫，她不革命，咱们替她革命！说着一个人上来揪住我，另一个就掏出了一把剪子，朝我的髻上就是一剪子，可我的髻厚啊，他一剪子剪不断，就又来了一剪子。正碰上村里有几个人进城，有个是我的本家侄儿，看见了，冲那俩人大吼大叫了一顿，才把我给救了。你说说，吓人不吓人？自打那场事儿后，那十年里，我就再不敢轻易进城，能不进就不进。——别说不叫留我这髻了，那时候，金银珠宝都跟烫手的山药似的，可多人都不敢留，有胆大的还敢给上头交交，胆小的连交都不敢交，直接扔到茅坑里了。为啥？说这东西有罪呀……不单是咱这里，那时候，泼世界①都一样。山那边的陵川县，更厉害。听说那时节陵川城里有两派打仗，这派打败了，有个女的来不及跑，叫那派抓了起来去过堂，她怀着身子呢，就叫一帮人给糟蹋了，糟蹋完了还不算，还往下身里头塞了可多生石灰，听说那女的生下孩子就寻了短见——是没脸活呀。那孩子一生出来，头顶上就有个大肉瘤，小苹果一般大，医生说就是生石灰烧的。

---

① 泼世界：豫北方言，指很多地方。——编者注

咱村有人去陵川拉煤，还见过那个孩子呢。又过一时，那派打败了，这派就开始冲那派报冤仇，那派也有个女的叫抓了起来去过堂，倒是没叫糟蹋，可还不如叫糟蹋呢。那个女的给打了半夜，胯上都打出了白森森的骨头。第二天早上，又给她倒吊在大门道的横梁上，光光溜溜，一丝不挂，正脸朝街，发梢擦地，还淅淅沥沥地滴着血水，跟刚杀好的猪一个样，嘴里还喊着"毛主席万岁"……谁都能上去随便摸一把，掐一下，还有人把她当秋千荡着耍，她那羞处不是朝上张着么？还有人往里头扔烟头，填炉渣，吐痰。腌臜人呀！

　　扯远了，还说好。好后来是道看顾①的。好一疯，上头对道宽松了些，道也不再去乡下了。梅校长的后事就是道料理的。可人的罪有定数。不受这样罪，就受那样罪。道回了城虽说不再下苦力，可日子照样是苦，也得经常去开会，去受教育，去扫茅房，还得买菜做饭……道是挺看顾好的。咋能不看顾呢？那么好的两口儿。可看顾得再紧，俩人也是俩人啊。且又不是一天两天，一月俩月也好办些，这一疯六七年，哪能整天看她？也真是难顾得住边边角角都周全。雇人？那么一个疯子，成分也不好，谁敢来？有时候，真有事了，道就把她锁在家里，好也不知道哪里来的邪劲儿，总是能弄开门跑出去。后来实在没办法，道还想过用绳子把她拴住，可他一拴她，她就跟要死了似的，他就不敢拴了。那时候，道的日子过得努人②啊。本来那么恩爱的一对夫妻，生生地，就成了那么两个不能看的人。

　　我也来看过几回好，可她总是那样，总不见好。再后来就听说好死了，到底还是死在了群英河里。听说那个黑里没有月亮，听说道上

---

① 看顾：豫北方言，指关照，照顾。——编者注
② 努人：豫北方言，指辛苦，劳累。——编者注

茅房的功夫，好就不见了踪影。那个季份河水大，群英河里的水都满到河沿儿了。听说道赶到河边的时候，河上啥都没有。过了三天，好的尸首才在十里外的河面上漂出来……要说道也算仁义的，为好守了三年的孝，才又娶了一门亲，就是新新妈，你这个婆婆。

梅梅，她啥都不知道。她姥爷的事，妈的事，都不知道。压根儿就没人忍心跟她说。我也没说。不知道了好。知道了又有啥用？白白难受。满打满算，这孩子在乡下跟了我十年。这十年里，没好吃食没好穿戴，就是落了个安安生生的日月。乡下也革命，只是没有城里革得狠，革得仔细，马马虎虎大差不差就能过去。再说我是贫农，后来我就迷瞪过来了：这就是我的出身。贫农红，没人惹我的事，这个对梅梅也好。还有，即便有谁听说了几句她爹妈的事，她一个几岁的孩子，也没人去跟她认那个真——要是连她也不放过，那还算人么？

她就那么长了十年，长了个叫人贴胃[①]的好脾气。模样是人家爹妈给的，咱不能居功。可她的好脾气是我养的，这个我敢说。她平日里话不多，该干活干活，该学习学习，一点儿也不生事，从不跟谁脸红脖子粗的，见人就是一笑，笑得那个甜呀……我看她，就是一个绵绵善善[②]的小观音。我信佛，常年供着菩萨。佛要人向善，咱就向善。我没闺女，就把梅梅当小闺女看待教养。她也说看见我就跟看见她妈一样……我常对她说：世上好人多，逢人遇事都要往好处想。跟人处的时候，也要与人为善。人对咱好，咱自然对人好。人对咱不好，咱还要对人好。为啥？比如说，谁瞪了你一眼。你就想：他这不是冲你的。他瞪你，先得自己心里有气，先把自己气着了。他瞪你，你容他

[①] 贴胃：豫北方言，指舒服。——编者注

[②] 绵绵善善：豫北方言，指像绵羊一样温和善良。——编者注

瞪，就是为他做了善事，也是给自己积了功德。我这教得错了没有？没错吧？我自己也觉得是没有错。可是，孩子，这世上的事，理是这个理，事还真不是那么回事儿啊。

梅梅十岁那年，有天，道来陈寨，说接她，也接我。说他要续娶了，梅梅跟惯了我，叫我再去城里照顾一段，也帮他理理家，等你婆婆过了门，我再走。我听着道说得在路①，再看这革命也好歹革得差不多了，城里的日子也不那么恶煞煞了，就带着梅梅回了城。要我的本意是真不想去。咱就是棵乡下的庄稼，栽在那洋花盆里，老别扭。可我放心不下梅梅。常言说，冬瓜不是西瓜，后妈不是亲妈。谁知道这后妈咋样呢？我掂兑②好了，要是她敢给梅梅气受，我立马就把孩子还带回乡下。

就这么着，我又进了城，帮着道料理家务，该浆洗的浆洗，该拾掇的拾掇，做吃做喝，忙忙活活。不多时，你婆婆就进了门。要说，你婆婆这个后妈当得也就一般。咋一般？就是不亲呗。脸色总是淡淡的，没个热劲儿。当后妈的最怕啥？不是最怕人家说不亲么？那不就该拿出劲儿来，待梅梅比自己的亲孩子还要亲么？要是对梁知一个笑脸，那不该给梅梅俩笑脸么？可她不。她整天就没个笑脸。你想，啥杂事都是我的，她饭来张口衣来伸手，还不能有个好脸色？梅梅图的，不也就是她一个好脸色？可生生就是图不着。我就想，亏得我跟着梅梅来了城里，我要是没来，那她对梅梅又该是咋样？不是我倚老卖老，我到底是梁家的老亲，也是老辈人，你婆婆多少有些惧怕，不能不看着我点儿。

---

① 在路：豫北方言，指有理，靠谱。——编者注
② 掂兑：豫北方言，指斟酌，盘算，权衡。——编者注

后来就添了新新，需要人手。我就留了下来，照顾新新。你婆婆的笑脸也多了起来。她的笑脸一多，家里的笑脸也才多了起来，有了点儿家的暖和气儿。新新这孩子，太叫人昵见①，长得也讨巧，就是颗好果子，谁吃着都可心利口啊。

我是在新新七岁那年走的。那一年，新新上了小学，梁知在郑州上大学，梅梅正上高中，能挑起家里的活儿了，我就想回去了。我的小儿子给我生了个孙子，我想回去看顾我孙子。我一走，城里的事就只能零零碎碎地听说了。一阵说，梅梅没有考上大学，得再上一年。又一阵说，梁知帮助梅梅补习，梅梅却勾搭梁知谈恋爱，把道气死了。又一阵说，梅梅第二年也没考上……道死了，我这个当姑的也没能去吊个丧，送他一程，这事儿啥时候想起来都叫我不好贴下②呀。

梅梅和梁知的事？我知道。听你婆婆说的。你婆婆说，是梅梅勾搭的梁知。这可是瞎说，我不信。打死我我也不信。要说，这俩孩子打小就合得来，从没有置过气，我眼睛又不瞎，早就意意思思看出了一点儿苗头。我也巴望他俩能成。他有情她有意，长得也都不赖，脾气性格也都知道……多好的一对。可后来梁知考上了大学，梅梅没考上，我就知道坏了。那时候，大学毕业就是稳当当的干部，梅梅没考上大学，那就在人家跟前矮了一大截。不过，话说回来，她再矮也不会去攀扯，去勾搭，梅梅那孩子我知道，她不是勾搭人的人。她不是号人。

我回陈寨后，梅梅没少来看我，我问她，她啥都不说。她不跟我说，那我劝也只能兜兜转转地说远话去劝，劝她死了这个心。也不知

---

① 昵见：豫北方言，指喜欢，疼爱。——编者注
② 贴下：豫北方言，指躺倒。死亡的委婉说法。——编者注

道她听明白了没有，反正不论我说啥，她都不回应。打那儿起，我才知道我把她给教偏了。孩子啊，老姑跟你说，这世上好人是多，可是坏人也不少。逢人遇事，要朝高处做，往低处想，往好处做，往坏处想，碰到那不高不低不好不坏的时候，也要活络些，灵转些，捏搁①些，这才是全理。人太老实了，就不能活。梅梅就是太老实了。说来谁都不信，你婆婆那么说她，她在的时候却没有跟我说过一句你婆婆。真格儿的，一句也没说过。死后也没给我托过梦，一个梦都没有。

　　爹死了，跟着后娘，日子有多难熬，那还用想？你婆婆这时候却当起了好人，说梅梅虽是勾搭梁知，还气死了爹，是罪上加罪，可她毕竟是梅梅的妈，后妈也是妈，总要尽尽当妈的心。就叫梅梅去当民办老师。当了约摸有两年，又叫她去给人家当保姆。听说东家是个人物头，还不是一般的人物头，是个大人物头呢，说当当保姆就能给梅梅安排工作。梅梅就去了。去伺候人家，伺候来伺候去，不知咋的就怀上了人家的孩子，怀了孩子吧，还不跟人家结婚……听说那男人是愿意离的，可梅梅不肯，犟着脾气怀着孩子就去南边做工去了。倒是还不错，在南边儿又谈了一个，人家也不嫌弃她拖油瓶。没多长时间，她生了，是个儿子，那个人物头正想有个儿子呢，一听说当然就高兴得不得了，就想要回孩子。人物头到底是人物头啊，有的是法子，不知道咋的就把孩子给弄走了。这下梅梅能不急眼？连三赶四回来要孩子，听说在市政府门口还闹了两天，到底也没要过来，就又回南边去了。回去没两天，就死了。

　　那天，天闷得狠，闷得就跟掐住了人的脖子让人上不来气儿似的，

---

① 捏搁：豫北方言，指勉强，凑合。——编者注

我有点儿心映①,就觉得不对头,心发慌。正慌着呢,门口车响,新新就进了门,进门就扑到我跟前哭了起来,说梅梅死了,是病死的,说他亲自去南边给梅梅送的终……我真不信我的梅梅会死啊,年纪轻轻就死了,我真不信啊。要不是新新亲自跑来给我说,我真是没法子信啊……我的梅梅啊,她死了。年纪轻轻地就死了。我这把老骨头还活着,她花骨朵一样,却死了,死了……死了好啊,死了好,梅梅啊,我的梅梅,你活着也是受罪,不如死了好,死了消停,死了清静……

碎 片

离开源城之前,我特意到群英河边走了走。那该是我最后一次看到群英河了。我走了很久。两年前我去伊犁出差,听到那里的人们唱过一首歌,歌名就叫《伊犁河》:

伊犁河,伊犁河
奔腾不息,波浪翻滚
像我这样,深爱着你
在这世上,没有别人
……

群英河就是群英河,它不是伊犁河。它不奔腾,也没有波浪。它的河水浊绿平缓,如年久失用的绸布。一小块一小块干涸的滩地镶嵌在波流中,如年久失修的破洞。

我不爱它。或者说不能用爱这个字来形容。但我还是看了它很久。

---

① 心映:豫北方言,指预感,心灵感应。——编者注

6

把荠菜去掉老叶儿,洗净,焯水,沥干,把五花肉剁碎,加适量的盐、酱油、胡椒粉、花椒粉、葱姜末、香油、料酒,再和荠菜一起搅拌成馅,连味精都不用放,这种荠菜饺子便是豫北春天里最好的美味。那天,回到源城后,用荠菜猪肉做馅,我和梁新在婆婆那里精精细细地吃了这么一顿好饺子。小翠去看一个老乡,梁新把五花肉剁好后就在客厅看电视,厨房里就我和婆婆。她和面,我摘荠菜,她给荠菜焯水,我切姜末,她调馅,我擀皮儿……然后,我们默默地包着饺子。她的话不多,我的话本来也就不多。就那么默默的,默默的。

"你老姑身子骨还好么?"终于,婆婆开了口。

"挺好的。"我回答。回家快两个钟头了,这是婆婆第一次问起老姑。

"跟你说了不少话吧?她话稠。"

"说了可多梁新小时候的事儿,说他从小就不淘气,好哄。吃了睡,睡了吃,跟个小猪似的……"用梁新来使婆婆升温,总是最有效。

果然,她的嘴角漾出一丝笑容:"这话不假。新新是最乖的孩子。"

又静了一会儿,锅里的水汽扑扑地响。水开了。她把饺子一个个下进锅里:"老姑那里,以后还是少去。"

"怎么了?"

"她年龄大了,受不起辛苦。"

"就是说说话么,辛苦什么?"

"你年轻,不明白。说话也是力气活儿,也辛苦。"她往锅里点着水,"再说,她乡下人,没文化,到底素质低些。有时候说话糊涂,倒仨不着俩的,你小孩子家家的,听多了不好。"

"知道了。"我温顺地回答。我知道自己必得这么回答。

那天夜里,躺在床上很久,我的耳边还回响着老姑的哭声。——这次的聊天,以她的哭始,也以她的哭终。最后她简直就是号啕大哭。我从包里掏出纸巾想要递给她,她却随手揪起衣襟蒙到了脸上。她边哭边说,边说边哭,这时,她的语调忽然变得很舒慢,很悠扬,颤颤巍巍的,有些像唱歌:"……死了好啊,死了好,梅梅啊,我的梅梅,你活着也是受罪,不如死了好,死了消停,死了清静……"

我轻轻地拍着她的背。她哭的样子总像要是背过气去,让我不由得有些担心和害怕。可我越拍她好像越哭得有劲儿,像是越下越大的雨。——看着老人痛哭,真是让人难过。可不知怎的,在难过的同时我又感觉到隐隐的快慰。

"那个孩子呢?"等她的泪雨稍歇,我问。

"孩子?"

"就是梅梅的孩子,他现在在哪儿?"

"听说他爹带着他在老家过呢。"

"他……他爹老家在哪儿?"——爹这个称呼真让我觉得别扭。

"听说在沁水。"

沁水,我知道,因为有一条沁河而得名。也是一个地级市,似乎和郑州只隔着一条黄河,郑州在黄河南,沁水在黄河北。那条沁河也是黄河的一个支流。

"沁水什么地方?"

"不知道。我也就打听到这儿,再也打听不出来了。其实早就想去看看那个孩子来着,可这么多年就大门不出,二门不迈,到了那生地方我连东西南北都分不清,恐怕连自己都得丢了,更别说找人了。这两年,腿脚也不好使了,就只能空想想了。你要是有心,就好好打听打听。梅梅的骨血算起来也跟你有牵连,那孩子还得管你叫妗子呢。你去看看,也是应该的……"

我沉默。那个大人物头应该住在沁水市内。那种养尊处优惯了的领导,即使有那种炊烟袅袅的老家,回去住肯定也适应不了。总之回去查查就是了,他既在源城任过职,查他的根底应该不成问题……等等,我的脑子里突然一阵轰响,曾在梁知的包里看到过的那两张浅绿色的汇款单跳跃了出来。如果我没记错的话,收款人姓钟,叫钟潮,收款地址就是沁水市政协,那两张汇款单,一张是去年的七月十五日,一张是去年的八月十五日,金额都是五百元。

——这些钱,一定是梁知定期寄给梅梅孩子的。一定是。

有窸窸窣窣的声音响起,原来是老姑把手伸进偏襟衣服里在摸索,摸索了一会儿,她终于拿出了一个什么东西,等她在我面前打开,我才看清楚那是一个手绢包。手绢已经很旧了,泛着淡淡的灰白色。手绢包里面是一沓钞票,从大到小按面额叠得平平展展。她把最上面的毛票拿起来,放到一边,从五块开始,一直到下面的那叠大面额,她卷好,递给我。

"我有钱。"我诧异道。难不成她还真要给我什么见面礼?

"不是给你的。"她道:"给那孩子,就说是我给的……"

"我还不一定去呢。"我脱口而出。

"给他买点儿好吃的。这还是梅梅当年给我的钱,我没花啥,都存着呢……"

"老姑……"

"去吧。"她不看我,将那叠毛票又卷进了手绢包,笃定地说:"我看得出来,你这孩子,热心热肠,会去的。去吧,去了也替我了了一个愿。"

我沉默。你要去看那孩子么?我问自己。

"最好早点儿去。我这条老命耽搁不起,不知道啥时候就贴下了。在我贴下前,叫我放心,啊?——要是能知道孩子长啥样就更好了。"她又道。

"等我生过了孩子,就抽空去。"我说,"我带个相机去。"

第十二章

1

又下雪了。天气预报是小雪转中雪。果然。天气预报已经很久没有这么准了。

今天是2012年1月18日，农历腊月二十五。再有五天就是2012年的春节。自从过了元旦，德庄里的鞭炮声就没有停过，总是有性急的人慌着过年。与之相映成趣的是街上的行人倒渐渐地少起来，每天都有很多人在踏上返乡之路，每天都能听到拉杆箱的滑轮和水泥地面摩擦发出的笃笃声。

他们都在回家过年。这个年是他们未来很多年中的其中一个。我却只能再过这一个年——其实我也有很多年。我活着的每一个晚上，都是除夕夜。每一个白天，都是大年初一。

2

离预产期还有一个月的时候,我请了产假,不再上班。这一个月是我和梁知心里的一个月,在其他人那里,自然是还有两个月。不过相差一个月,我的身子又因为食欲不振而比同期的孕妇显得瘦了一些,所以也很容易敷衍过去。至于到分娩时该如何应对,我一时还没有主意,却也并不着急。在这个世界上,真相虽然难以捉摸,谎话却总是现成的。有什么好着急的呢?

有一些天,每当梁新上班之后,我就慢慢地散着步,来到秦红的衣店坐一会儿。在源城,我没有什么朋友,上班的日子浅,同事的关系也淡,家人里,庄雅过于平白,婆婆稍显古怪,都不宜太近。倒是秦红,或许是因为长久做生意的缘故,通透圆融,爽朗精干,和我的口味颇为契合。当然,她曾是梅梅的好友,这个对我也有着相当的吸引力。

刚去坐的前两天,我没有提梅梅,只是和她说些最寻常不过的闲话:衣服的款式,皮肤的保养,生孩子的琐碎,又随口胡诌说也想开店,她便细细地告诉我店铺的租金,进货的渠道,顾客的脾性,杂税的繁重……我断定:梅梅在秦红这里就是一朵暂时封合的花蕾,气温、风向和湿度到了,就一定会开花。拦都拦不住。果然,慢慢的,她主动说起了梅梅,说她们那时候流行的游戏:翻花绳,抓子儿;①说那时

---

① 翻花绳,抓子儿:皆是 1960—1980 年代女孩子们最喜欢的游戏。翻花绳,即

的电影:《追报表》《延河战火》《大刀记》《黑三角》;说那时的流行歌:《甜蜜蜜》《在希望的田野上》《我的中国心》……曾经的两个少女,一个死了,一个活着,活着的这个,说着死了的那个。听着听着,我就有些恍惚。

偶尔,我也会说点儿自己的事。也无非就是梁家的事。说梁知,梁新,庄雅,婆婆,梁远,还有肚子里的孩子。我以最如常的面貌讲述着这些鸡毛蒜皮的家事,心里却随时准备着从每一条可能的道路上自然地岔到梅梅那里,然后,再探入我触角深延的幽微小径。

那天,我说的是老姑。秦红问我孩子的衣服准备得怎么样了,我说差不多了。说老姑准备了很多。问她老姑你还记得么?她说还记得,小时候去找梅梅玩,常碰到那个老人。我又说昨天晚上梦见了梅梅姐,她说来看看孩子,还给孩子准备了一包小衣服,笑盈盈地一件件拿给我看……醒来才发现,睡前我对着镜子贴面膜,把镜子放枕头边儿了。听人说,对着镜子做梦,梦见的人都是自己。就有些犯疑,不知道昨天梦里的那个人,是梅梅姐呢,还是我自己。秦红不容置疑地说,肯定是梅梅。她说梅梅要是知道你和梁新有了孩子,肯定就是这么个高兴劲儿。你不知道她对新新有多上心,对孩子有多上心。我说是啊,她也是做过母亲的人,做过母亲的人怎么能对孩子不上心?

"你听谁说的?"秦红没有顺着我再往下说,眼神里闪出些警觉。

"老姑。"

"是啊,她是有个孩子。"秦红点头,"你还听说了些什么?"

用一根细绳结成绳套,一人以手指编成一种花样,另一人用手指接过来,翻成另一种花样,相互交替编翻,直到一方不能再编翻下去为止。抓子儿最简单的玩法是手心里攥五颗或七颗子儿,朝上一撒,手掌一翻,手背上落一颗或者两颗,然后把石子往上抛,在抛起再抓的同时也快速地抓地上的子儿,以抓多者为胜。——编者注

我沉默片刻，以最平淡的口气说，我听说她和梁知谈过恋爱，给钟市长——源城市副市长，这是钟潮那时担任的职务——当过保姆，怀着钟市长的孩子到了东莞，和一个打工仔结过婚，又回来向钟市长要孩子，在市政府门口闹了两天后，被梁新和梁知送回了东莞，最后得急病死在了东莞……我不偏不倚，尽力中性，去掉了所有的枝枝叶叶，只提炼出最朴素最简单也最基本的事实。说那么多枝叶干什么呢？我这边删繁就简三秋树，才好引出她的标新立异二月花。

"你知道的，还真是不少。"秦红笑。

"可我总觉得这些都像是小说里写的，放在梅梅姐身上，都不像真的。"我知道自己的神情由里到外都散发着好奇，"是真的么？到底是怎么回事？"

"唉，从哪儿说起呢？"

相顾沉默中，我很想对秦红说：从哪儿说起都可以，你就可劲儿说吧。可我没有。我只静静地等她自己开口。事情已经过去了这么多年，她存的这些陈年往事能找到我这么一个兴趣浓厚的听众，不容易。她应该会珍惜这个机会。

"那些年里，我真能算是梅梅在源城最好的朋友了。"过了一会儿，秦红的讲述从这句话开始了，"梅梅跟着老姑在陈寨待到了十岁，回到源城的时候，是插班上的三年级。我们俩之所以好，也是这个缘故。我也是那一年从乡下回的城，插班上的三年级。全班就我们俩是插班生。农村来的插班生对城里的学校总得适应一段时间，一个人有些孤凄，有个伴儿就有个依靠……梅梅性格好，总是让着所有的同学，什么都不计较，觉得任何人都有自己的道理，任何人的立场都能理解，只有她自己，怎么都能忍……在学校这样，在家也这样。对你婆婆也是这样。可你婆婆对她就不行。不，梅梅没跟我讲过，这些不愉快的事，她从来不说。可她不说我也能看出来。这世上的事，不能光用耳朵听，人长眼睛是干啥用的？"

然后她岔开话说起了我婆婆。说我婆婆的第一个丈夫和她姨妈曾在同一个医院工作过，所以她辗转听说过我婆婆的事——她讲得有些乱，但我没有打断她，只是默默地听着。

"说句毫不客气的话，要是没有'文革'，根本不可能有你婆婆什么机会。你婆婆那家世身份，和你公公根本就搭不到一起。你婆婆的娘家就是一般的农民，出身还不太好，可能还是个中农。还有，你婆婆的第一个丈夫，也就是梁知的亲生爸爸，是个肛肠科的医生，姓商，不怎么体面。后来商医生死了……怎么死的，我也不太知道，听姨妈说闲话提起过，也不知道能不能当真。他们说是'文革'的时候，兴什么'狠斗私字一闪念'，你婆婆告了他。他们两口关系本来就不咋好，你婆婆告他也不算稀奇，听说那时候家人之间告来告去的多着呢。商医生被你婆婆一搞，就成了医院里的批斗对象，整天被作贱，最厉害的一次，他们拿猪大肠挂在他脖子上批斗他，后来他就跳了群英河，死了。"她长长地叹口气，"他死得早，倒轻松了。却害得梁知小小年纪就跟着吃挂落，被人追着骂。我五岁那年有一次发高烧，进城瞧病，在医院门口看见一群半大孩子把猪大肠挂在梁知的脖子上，学着大人的样批斗他……那是我第一次碰见梁知。那时候他还姓商呢。"

她也说到了梅姨为了救父亲而被糟蹋的事。

"听人家说，那时候，常常可以在街上碰见她，她的疯相倒也没有别的，就是只跟水亲。不能见水，见水就往身上撩。不能见河，见河就往里面跳。整天嚷着要洗澡要洗澡，好像自己有多脏似的。人们都叫她水疯子，就跟现在人们叫城北那个女人棉疯子一样——哦，那个女人你也见过吧？那时候，她老公是反革命分子，三九严寒出劳工，去挖河泥，又饿又累，有一天就昏在了河边。那一夜正好上大冻，她老公就死成了个硬硬实实的冰疙瘩，后来她就疯了，总是穿得厚厚的，一年四季裹着一身棉衣服，总说她冷，大夏天闷出一身痱子来也还叫嚷着冷，冷，冷啊冷，大家伙儿就都叫她棉疯子了……好在后来，梅姨死了。说句不中听的话，梅姨是该死了，她活着，自己受罪，别人也受罪。对谁都是罪。"

她甚至还说起了婆婆少女时代的事。

"听我奶奶说，你婆婆和梅姨也挺有缘，早年俩人在县剧团的时候，一个演小姐，一个演丫鬟——你婆婆演小姐，你看你婆婆那阵势，像是演丫鬟的人么？一个演白蛇，一个演青蛇。一个演莺莺，一个演红娘，后来俩人一前一后紧跟着嫁了人……这世上的事还真是说不出个什么准路子。谁能想到呢？梅姨一死，就给你婆婆腾出了地方。转了一大圈，你公公和你婆婆又成了一家。——好像毛主席之所以发动了'文革'，就是为了成全你婆婆和你公公似的。呵呵。"

我沉默。据说人都是在为历史服务，可历史的主体到底是什么？不还是无数的人么？人是在为历史服务，历史不也是在为人服务么？最起码是在为一部分人服务，要不怎么会有那个说法，叫什么"时势造英雄"？

终于，她说到了梅梅和梁知。

"他们俩正式开始好，应该是梅梅在十里铺那会儿吧。我也没考上大学，在供销社当合同工，她去十里铺当民办教师，我们见面就少了。她跟我说过，说得也不多。能看出来，挺幸福的。每一句话都像刚开的花似的，每一个表情都飘着香气……那时候我就想着他们的事不会顺，可也不好扫她的兴。爱情么，就是一场美梦，反正迟早是要醒的，干脆就让她的梦做长一点儿吧，能多长，就多长。

"后来,她去给钟市长当保姆,没多久,就跟梁知断了。我跟她见得也更少了。再后来她去了东莞,我们压根儿就见不着了。对她的事情,知道得也更少了。……我见她的最后一面,是那年她回来要孩子。那时候我只当她还在东莞那边打工,根本没想到能碰见她。那天早上,我去菜市场买菜回来,路过市政府门口,远远地就看见乌压压一群人,里三层外三层,不知道在看什么。我就停了下来,想看看。正翘着脚尖儿往里瞅呢,就看见一个女人出来了,是被两个警察架着胳膊拖出来的,对,就是被拖出来的。当时我就有点儿蒙,想着这不是梅梅么?可是,那时候的她也真不像我记忆中的梅梅。我从没有见到过她那个样子。那大概是我记忆中她最狼狈的样子,最拖沓的样子,最没样子的样子。她一边被拖着一边扯着嗓子喊:梁知救我!哥哥救我!救我!救我的孩子!救我!救我的孩子!……当时我的眼泪就流下来了……没有,我没有上前。我也想上前来着,可是她被警察架着,我就不敢了。不知道发生了什么事儿,总不好贸然上前呀。要是做得不妥了,还妨碍公务是不是?

"当天晚上,我就去梁家找她。可是你婆婆说,她已经走了。是梁知和梁新一起把她送走的。那就是我和梅梅见的最后一面。"

久久沉默。

"红姐,你和梁知,"我仔细盯着她的脸色,"是不是也有过一段?"

"你听谁说的?"秦红的脸瞬间通红,"梁知说的?"

"不是。"

"那是谁?"

"梁新。"

我看着她脸上的红。没有比这红更有意味的证据了。聊过这么多次天,从没有见她这么脸红过。如果事情是假的,她顺着开个玩笑也就能过去，不至于这么急躁。——只有喜欢过一个人，而且被拒，忆当年的时候才会如此恼羞成怒。

"其实，也算是有那么一回事儿。"良久，她开口，"不过，这也是梅梅的主意。那是她和钟市长好了以后，说她和梁知反正也成不了，我和梁知也都单着，也算知根知底儿的，她就想撮合我们俩。"

"你，喜欢梁知么？"这话一出口，我就知道自己问错了。同意让人撮合自己和一个男人成一对，对于一个女孩子来说，肯定是喜欢。但是，如果事情没有成，那这么问就是抡起巴掌扇她的自尊。

"谈不上喜欢。只是觉得他人还不错，是个能过日子的人。还有，想起他小时候被欺负的事儿，就觉得他挺可怜的。同情他，也心疼他。"不愧整天迎来送往，秦红回应得恰到好处，"其实我也觉得不合适。可既然是梅梅提的头儿，总要应承一下吧。"

我沉默片刻："梅梅这个人，还真好。"

"怎么说呢？好是好，可问题是太好了，也就不好了，也就成了她的坏处：她太实心眼儿，也太软弱。这样的人，就是容易吃亏。吃大亏。"

我沉默。和梅梅相貌相肖，可是我跟她的性情还真是极端地天悬地隔。从小到大，我从来没觉得自己理亏过。从来都觉得自己是站在理这边儿。单说对梁知，我狠杀不放的理由，最开始自然是因为爱情，后来是因为他负心，再然后是因为孩子，再然后是他把我逼到了绝境，知道梅梅的事后，我更理直气壮，因为也要替梅梅算账……反正我走到这一步都是他恶果自食，反正我一点儿错也没有！

"又在想啥呢？"秦红问。她脸上的红色已经开始消退。消退没关系，只要红过就好。

我笑笑："想梅梅姐呗。对她知道得越多，我就越好奇。"

"你呀,还真是奇怪。一个80后,不去操心娱乐开心的事,老琢磨这些陈谷子烂芝麻干什么?"

我再笑笑,无话可答。是啊,老琢磨这些干什么?跟吃喝有关系么?跟美容有关系么?跟工资有关系么?跟一天天的柴米油盐酱醋茶有关系么?天知道,我因为爱情而来到源城,因为索爱未遂便为复仇而居,本不过是一个小女人针尖对麦芒的私情私怨,怎么就滚雪球般滚出来这么多的事?野马胡奔似的把蹄子撒得那么远?……我不知道自己这是怎么了。我知道的只是:我还想这么走下去。

从那以后,每过城北,我就下意识地往四周看看。我怕自己会碰到那个疯子,棉疯子。可也不知道是怎么了,怕见又想见。或许还是因为梅梅的缘故?因为每当看到那个棉疯子,我就会想起水疯子。——梅梅的妈妈,她叫梅好。可是,她还有一个名字,叫水疯子。

碎 片

累了,暂停一下,逛逛新浪微博。据说新浪微博每天的发表量是8500万条,点击人次是2亿。在所谓的自媒体时代,这个大海还真是厉害。不过要是想从这里面找点儿有意思的东西,那就是大海捞针——嗯,捞住了一根针。发微博的人叫"一池莲花":"我是这么好的人,如果有人对我不好,一定是那人太坏了。我是这么好的人,如果有人觉得我对他不好,一定是那人太坏了。我是这么好的人,如果有人对此怀疑,一定是那人太坏了。"诸多网友马上群起攻之,对这个永恒的好人最多的质问就是:你凭什么认为自己是这么好的人?!

我笑。忽然觉得当年的自己和这个永恒的好人颇有异曲同工之妙:我一直认为自己是个有理的人。用母亲的话说,我要是姓常，就应该叫常有理，我要是姓理，就应该叫理常在。我要是姓有，就应该叫有理人。而无论碰到什么事，我也总能给自己找到理。——忽然想，如果有人来问我：你凭什么认为自己的理就是理而别人的理就不如你的理？那我该如何回答呢？

3

最后一次产前检查，梁新趁着上班的时间把我送到医院楼下，说一会儿回来接我。等我检查完毕，却接到他的电话，说领导临时安排他下乡，他来不了了。

"哥的车一会儿过来接你。"

"我自己打车。"

"那个地方不太好打车。你等着吧，车一会儿到。"

不一会儿，梁知的车果然到了。开车的却不是梁知的司机，而是梁知。

"怎么是你？"

"司机有事。"

他没有问孩子怎么样，我也知道他不会再问。没消息就是好消息。——另外，再回敬他一句"孽种的生命力都很强"？还是都免了吧。

十字路口，红灯计秒：30。

忽然觉得这个机会不错。

20。

"找个地方说会儿话吧。"

"回家。"

"不。"

10。

"晚了没法交代。"

"就说我想去东桥吃板面。"

他调转车头。东桥在市东,接近郊外。车过文化局,过人民广场,过市委市政府,过群英河,过百货大楼,过月季公园,过游乐场,过东桥,直到郊外。黄昏的郊外,暮色渐渐四合。他拐到一条乡村道上,把车停下。

"说什么?"

"梅梅。"

"已经说过了。"

"可以再说。"

"我无话可说。"他短短地嗤笑一声,"你不是很会点题么?想来已经把问题准备得够够的了。点吧。"

他点燃了一根烟。我近前,看着他的脸。打火机的明灭里,他脸上的冷暖色块闪烁着斑驳的光亮。现在,只要我和他单独在一起,彼此说话的状态就都如钢铁般坚硬。

坚硬也好。坚硬才能尖锐。痛快地尖锐。

"那就先说说你当年是怎么给梅梅补课的吧。"

"补课,就是补课呗。"他吐了一个烟圈,"就只是给她补课。连手都没有碰一下。——你想知道的就是这个吧?好像我曾经跟你说过,梁叔叔死后,我才在小公园里第一次抱她。那之前,我们两个就是秋毫无犯。补课最让我享受的就是和她单独在一起，就是这样。最甜蜜的时候也无非是心有灵犀地相互一笑。"

"那妈是怎么发现你们好的？"

"我也不知道。"

"你补课的时候，真的是一心一意的么？"

"还真是会问。"他冷笑，"还真不是一心一意。我那么喜欢她，怎么会一心一意？不仅三心二意，还私心杂意。我一边给她补课一边想着，其实她不用那么用功，我也不必那么尽力。第一年考不上也没关系，大不了第二年再补习呗，那我还可以再和她待一年，等她考上了大学，不知道会有多少男生喜欢她，我可能就再也没有机会了……很卑鄙，骂吧。"

既然他都承认了，那我也懒得再骂，只沿着自己的思路前行："梁叔叔真是被你们的事儿给气死的么？"

"胡说。妈把这事儿告诉了梁叔叔，梁叔叔是很生气，可他的心脏在'文革'时就落下了病根儿，这账不能全算在我和梅梅头上。"

我沉默。那么，这账又该怎么算呢？还真是不好算呢。

"当初，梅梅在十里铺当民师好好的，你们怎么就让她去了钟市长家？"

"不是我让去的，是妈。"

"你也默许了。不是么？"

他弹弹烟灰，"我好像也曾经对你说过，是上面清退民师。她待不下去了。"

"据我所知，清退是一步一步来的，不是一把就扫净。妈当时在教委，完全可以让她再留下一段时间。而且，即使是必须清退，也不必非得去钟家。不是么？"

"机缘凑巧吧。"沉默片刻,他开口:"钟市长当年主管教育,那天妈陪着他去十里铺小学检查工作,见到了梅梅。他多和梅梅说了会儿话,后来又跟妈说他老婆陪着孩子在郑州上学,他一个人在源城工作,缺个照顾生活的人,换了个好几个保姆都不如意。妈说这话就是说给她听的,她能怎么办?再说她在教委也只是个副职,梅梅的民师她只保得了一时,可保不了一世……不如跟着钟市长服务,将来一定能落个好工作。就这么着,才去的。"

"你就信了?"

"我有什么可不信的?梅梅跟钟市长服务之后,工作问题确实很可能会借此解决。当然这也很符合我的预想:如果梅梅有个很好的工作,那她就不只是让妈妈嫌恶的继女了,我和梅梅的将来就可能会很光明。这样的逻辑有什么问题吗?"

我微笑。是的,貌似没有问题。可是,貌似不过是貌似。一贯淡淡的后妈突然如此贤良地为继女周全思虑,我这个一贯不高尚的人,无法相信。

"难道你没有想过,妈是为了你才让梅梅去给钟市长服务的么?比如说,为了让你更快地升迁。"

"这个,我也想过很多次。如果真是这样,那我根本就不会让她去。一定不会。"梁知的目光里寒光凛凛。

"你,"我笑,"会。"

"为什么?"

"就是因为,你想了很多次。这证明你一直都知道,梅梅到钟市长身边,有危险的可能性,这种可能性还不小。可你却没有阻拦,就那么眼睁睁地看着她走进了那个门。"我语速很慢,越慢吐字就越清晰,就越可以在每个字里有效地注入压力:"那时候没少说服自己去信妈的话吧？一定把自己骗得不错。不然不能任由她去以身饲虎，为自己挣前程。"我冷笑，"当然，我相信，痛苦多多少少还是会有一些的。"

他又点燃了一根烟，沉吟良久："你，太尖刻了。当时，我是真的没想到事情会那么糟糕。真的。"

我微笑。太尖刻？多谢表扬。

"我一直以为，钟市长不是虎。"他的语速也很慢，比我的还要慢，仿佛每一句话下面都藏着荆棘，如果不慎，就会扎着自己，"如果他不是虎，那么即使梅梅真是为了我才去给他服务，也不是一件坏事，是不是？因为只要我能升迁，哪怕钟市长不安排她的工作，这个问题也一定会在我这里迎刃而解。她的利益领域，不就包含在我的利益领域之内么？"他顿了顿："我没想到，钟市长真是虎。"

"她的利益领域，怎么会包含在你的利益领域之内？梅梅在为钟市长服务期间，你确实升迁了吧？正科解决了？可是梅梅呢？她得到了什么？"

"我也不愿意她最后那么惨，你爱信不信。"

"你不愿意她最后那么惨，我信。可当她在向悲惨世界前进的时候，你没有对她尽心尽力，这个我更信。"

"是。所以我就当自己欠着她，就一直在心里记着她……"

"所以你当初才会对我那么好？所以你就一直给她的孩子寄钱？在每个月的十五号？"我悠悠道，"不用奇怪，我看过你包里给钟潮的汇款单据。"

"你是个天生的克格勃。"他苦笑，"不管怎么说，有过那么好的一段情分，所以无论她是个什么样的人，我都愿意竭尽全力去为她做点儿事。"

"无论她是个什么样的人？"我重复着他的话："这话什么意思？"

"她在钟市长家才不到两个月，就上了他的床。我跟她认识了十三年，在一栋房子里抬头不见低头见，还谈过那么长时间的恋爱，可也就是亲一亲，抱一抱，最热烈的，也不过是在她宿舍的床上躺一会儿，爱抚一下，"他的声音和他的头一样，越来越低，"真想不到，女神一样玉洁冰清的她，那么快就上了那张床……"

"所以，她一定是被迫的。"——爱抚？怎么爱抚？马上，我便用话语去驱逐这无聊的疑问：还能怎么爱抚？除了做爱，肯定什么都有了。

"第一次被迫，第二次被迫，总不能次次都被迫吧？"

"你怎么知道她和钟市长不止一次？"

"听妈说的。她跟妈说过。而且，次数很少的话，也不会那么容易怀孕。"他抬起头："人都是会变的。如果说钟市长是虎，那么我觉得，梅梅其实也不是羊。尤其是进到钟市长家后，梅梅就再也不是以前的那个梅梅了……"

"她为什么找妈妈不找你？"

"我不知道。可能是曾经和我好过，无法启齿说另一个男人的事吧。"

"这之后呢？"

"你都知道了。"

"我想听你怎么说。"每个人都有自己的版本。梁知的版本，我绝不错过。

"钟市长说让她先把孩子生下来，生过孩子后会给她安排一个好工作，将来机会成熟了再离婚娶她。可是她不同意。她想立马就当上名正言顺的市长太太。"

"这是妈的说法吧？"

"对。"

"你信么？"

"让我说完好么？"他自顾自地说下去，"钟市长仕途正盛，怎么能做到呢？梅梅就赌气怀着孩子跑了出去，生下了儿子。钟市长恰好没有儿子，听说梅梅生的是个儿子，就痛下决心准备离婚，他还跑去东莞找梅梅，可梅梅这时候已经又和一个打工仔处上了，正觉得孩子是累赘，就让钟市长给了她一笔钱，让他把孩子带走了。钟市长刚把孩子带回来，她可能嫌钱少，又后悔了，追过来要孩子，钟市长当然不给，于是她就整天在市政府门口闹腾……"他又点燃了一支烟，"最后局面实在无法收拾了，我和梁新就把她送回了广东。"沉默了片刻，"到了广东没两天，她就得了一种很怪的病，病来得又快又重，就死了。"

"她会稀罕当市长太太么？她会觉得孩子是累赘么？她会用孩子来挣钱么？"我说，忽然发现自己的声音有些颤抖——我在气愤么？为梅梅气愤？"我都不信，你信？"

我看着他。此刻，我像一个审判官，他像一个嫌疑犯。曾经，我们是那么那么亲密，亲爱，亲热……但是，此刻，却是那么冰冷。不，不仅仅是冰冷，还有冷热之间的虚伪温和，还有狼狈为奸的深切默契，还有如火如荼的厮杀鏖战，还有他触角四张的高度警惕。——是的，他对我一直都是警惕的。很警惕。怎么能不警惕呢？他比谁都清楚，我进到梁家，肯定不仅仅是为了生下孩子。他不知道我会把他怎么样。呵，其实连我自己也不知道要拿他怎么样，他怎么会知道？

"我不想相信，可是也不敢不信。自从她和钟市长上床以后，我对她已经没有了判断力。也不想再判断。"梁知断断续续地说着，句子不连，但语意贯通，"一到东莞，她那么快就又找了一个男人……她为了孩子再回来的时候，在政府门口撒泼时的情形，直到现在我也不能相信那就是她，简直跟那些为了一穗玉米就跳脚骂街的农村女人没有一丝一毫的区别。……她是羊么？她不是羊。"

"她闹的时候，你出面照应了么？"

"没有。"他盯着地面，或者脚尖，"我要是出面，可能更不好收场。我不能出面，绝对不能。"

我看着他宽厚的臂膀。有那么多个夜晚，我就是靠在这个臂膀上睡着的。

"她死的时候，你和梁新都在她身边么？"

"没有。她和那个男人住在一起。"他苦笑："新新要是跟他们住在一起还说得通，我跟着算什么呢？"

"梁新跟他们住在一起了么？"

"没有。那个时候，新新也不愿意看见她。"

我沉默。

"那两天她都没有好好吃饭。我和新新也都没怎么吃。心情不好么。只想等着把她安抚下来后赶快回去。然后就是那天晚上，我和新新赶到她住处的时候，她，已经，死了。"

"到底是什么病？"

"不知道。"

"没有让法医去检查么？"

"没有。"

"为什么不让法医检查！"

"没时间，新新得赶快回去上课，我得赶快回去上班……再说还要花钱。给她办丧事需要钱，来回的路费，住宿，吃喝……我没有带那么多钱。"他的口气越来越软弱:"再说,人已经死了,再怎么检查,也是个死。"

"真现实。"

"确实现实。"他点点头。

"你去看过那个孩子么?"

他沉默了片刻:"没有。"

"怎么不去看看他?好歹他是梅梅的孩子。"

"我想过很多次,最终还是决定不去。我想,如果我是那个孩子,我很可能不想让任何人来打扰我的生活。"他继续沉默,道:"金金,以后,梅梅的事情我们再也不要提了,好么?不要让她再来打扰我们的生活了。"

我沉默片刻:"所以,妞妞的名字就叫梁远?让梅梅越来越远?"

他为我打开车门,在车门边停住:"反正,你已经……孩子都快出世了,我们就好好生活,不好么?"

我用沉默告诉他:不好。

"还有一个多月就是真正的预产期。"上车前,我说,"梁新说下个月他单位可能要派他出一次差,他不想去。我会说服他去。也会趁着这个空当去做剖腹产。到时候,你要安排好医院。"——我知道他能够领会我话语中的全部信息:按梁新知道的孕期,孩子算是早产。如果我分娩时梁新陪着,那一定是四面楚歌,十面埋伏。而事先买通医院妇产科的医生和护士,让他们不对梁新胡说八道,这个工程未免过于浩大,相比而言,把梁新一个人打发走,舆论风险成本显然低得多。

必须这样。

"好。"梁知上车之后,吐出了这个字,随即背部一松,靠在了座椅上。和我这样待在一起,对他来说也是度日如年吧?

车到合欢小区门口,正准备下车的一刹那,我又停住:"秦红喜欢过你么?"

"你可真行。"他苦笑,"这么无聊的事都能打听出来。"

"喜欢过?"

"嗯。不过我没感觉。"他面无表情,"更何况她曾经和梅梅那么要好……我不知道她怎么会动了这根筋。"

"她说她见过你小时候被欺负的样子……"

"所以我才对她更没感觉。"他再点燃一根烟,"见证过你最倒霉时候的人,换做你,你会喜欢么?"

我开门,下车。是的,我不会。

4

一个多月后,梁新果然出了一次差。时间是一周。临行前我告诉他:我和孩子一切正常,绝不会有事。说这事的时候,正是晚饭时分,梁知一家也在。

"哥,万一金金有什么,就拜托你多操心了。"梁新说。

"知道了。"梁知淡淡道。

饭后,梁知在客厅看电视,我去客厅的饮水机那里倒水喝。我们俩对视了一眼,便已意会。在梁新出差的当天晚上,我就来到梁知早就定好的医院做了剖腹产。分娩的时候,梁知一直守在手术室外。从我进手术室到孩子出生,不过二十多分钟。我听见医生声音洪亮地向梁知宣告喜讯："孩子非常健康,一切正常,简直看不出是早产的孩子!"

然后梁知打电话通知婆婆和庄雅来到医院,告诉她们:孩子之所以会提前出生,是因为我过马路的时候差点儿被一个鲁莽的司机撞上,受了惊吓,动了胎气。照顾我和孩子的月嫂也很快到了位。一周之后,我刀口拆线,出院回家。当晚梁新回来。看到孩子,喜极而泣。

是个女孩。名字是梁知取的,叫梁安。

月子是在婆婆那里坐的。那段时间,梁知一家也经常过来吃饭。添了个孩子,家里洋溢着一种新生的喜气。每个人的喜气都有所不同。庄雅的喜气是轻松的:我生的也是个女孩,她显然为此觉得心理平衡,把妞妞那些所谓旧实际上却新得很的漂亮衣服都收拾了过来,还另买了不少。婆婆的喜气是唠唠叨叨地教我应该这样应该那样。妞妞的喜气是看到一个新玩具的喜气。梁新是初为人父的张扬的喜气,梁知的喜气则是安静的,收敛的。偶尔,他们俩会喝点儿小酒。他们对酌的情形总会让我想起日本歌曲《北国之春》中的几句歌词:"家兄酷似老父亲,一对沉默寡言人。可曾闲来愁估酒,偶尔相对饮几盅。"——对我来说,一个是凸显的男人,一个是凹藏的男人,拼到一起构成了我完整的男人。对于安安来说,一个是凸显的父亲,一个是凹藏的父亲,拼到一起构成了她完整的父亲。

这种情形总是让我有些恍惚。

给孩子做完满月那天,从饭店回到家里,大家坐在一起说了些闲话。婆婆说想让我们在她这里多住一段。"你刚当上妈,还不会养孩子,且得学呢。我也想亲手带带这个孩子。我有年没日子的,也就只能带这一个孩子了。"她说。

话已至此,我还有什么好说的呢?

"你们要是想要的话，也可以再生一个。"梁知突然对梁新说，"超生的事，我想办法。"

什么意思？是想让我再生一个真正属于梁新的孩子么？以此来向梁新道歉？我厌恶梁知说话的态度，厌恶他把我当作梁新的妻子，厌恶他把我当作他的弟妹，厌恶他面对我和梁新时的那种正常，厌恶他的不会失态……厌恶他此时的一切。——是的，我知道他应该这样。也许，我厌恶的恰恰就是这样的应该。

"再生一个儿子，你们品种就齐全了。你哥在这个位置上，我是没有办法。你们不存在这个问题。"庄雅插话，全然没有顾及到梁知制止的眼神，"名字我都替你们想好了，是男孩的话，就叫梁田，既应了咱的姓，还带着一点点儿不碍事的脂粉气，正好养。"

"我可不想再生了。"我说。

"是啊。不要了。"梁新看着我的脸色，"已经两个了。"

我和梁知一起看着梁新。这话又是什么意思？

"大妞是她，"梁新指指我，又指指安安，"小妞是她，我的负担够重了。"

看着他乐呵呵的脸，我知道此刻我应该去捶他几下，撒娇地，不依不饶地捶上那么几下。于是，我冲了上去。——如果我和梁新的打情骂俏会让梁知不那么舒服，那么，这正是我的目的。我常常无法控制自己的这种恶毒：如果我的舒服能让梁知不舒服，那自然最好。如果我的不舒服也能让梁知不舒服，那当然也不错。不过，如果我的舒服也会让梁知舒服，那我宁可牺牲自己的舒服，来让他不舒服。总之，只要能让梁知痛苦，我就会不懈努力，哪怕自己也会因此很痛苦。

碎 片

透过时间厚厚的玻璃，回头望去，那时候，在梁知和梁新之间，我很痛苦么？有多痛苦？我搜寻着痛苦雕刻出的细节，却收获了了。——肉掉骨突，水落石出。时至今日，我是如此难堪地承认：其实，可能并不是这样的，不，不是可能，而是一定不是这样的。事实上，当时夹在他们两人中间，我很享受那种状态：被梁新爱着，也被梁知爱着。被梁新在明亮里爱着，被梁知在黑暗里爱着。被梁新的身体爱着，被梁知的精神爱着。被梁新的年轻爱着，被梁知的成熟爱着。被梁新的喧嚣爱着，被梁知的沉默爱着……那时，被这两个男人如此爱着的我，常常是满足的，很满足。有时候甚至满足得不能再满足了，满足得让我不安，那我就会和梁新拌个嘴或者小吵一架，心里才会踏实。如同面对满杯的水，我忍不住要轻摇一下，将水洒出一些来，才会确定这水的安全。

痛苦，这两个字，于上文的叙述中被我在键盘上敲打出来的那个时刻，也许只是一个虚幻的形容词，只存在于我溜光水滑的预设中。

5

开始一起养安安之后，我和婆婆的关系变得黏稠起来。血浓于水。我和婆婆本不相干的血脉，因为安安而做成了一道既简单又实在的加法题。而没明没夜地作息在一起,这种日子的搅缠确实也很能让人亲近。一个婴儿有多少事儿啊,安安小身体的新陈代谢是如此之快,每一样生理活动的频率都是成人的数倍:一会儿吃一会儿喝一会儿拉一会儿撒一会儿睡一会儿玩……即使有小翠、婆婆和我整天守着她,也还是会忙得团团转。小翠主要负责购物和涮洗,婆婆主要负责我的一日三餐,我主要负责吃好睡好按时喂奶做一头好奶牛,在做一头好奶牛的闲暇时间,便是听婆婆念叨琐碎的育儿经。偶尔,我也会坐下来和她看一会儿戏。只要婆婆没有睡,客厅的影碟机里就会放着豫剧,每当把安安抱到影碟机旁,她都会睁大双眼,静静地倾听好一会儿,似乎是被吓住了,又似乎是被迷住了。

"乖,你也爱听啊?你也知道戏好听啊?"

"快长大,长大了好跟奶奶学戏。"我凑趣,"你奶奶当年可是豫剧团的当家花旦呢。"

"多少年的旧事了。"婆婆抿嘴一笑。

和婆婆聊戏的时候也越来越多。她说她看过的好戏:《封神演义》《蝴蝶梦》《朱买臣休妻》,说她演过的好戏:《程咬金招亲》《王宝钏》《送京娘》《杨排风》《洛阳桥》。说那些好听的戏名:《一捧雪》《二度梅》《三上轿》《四进士》《五台山》《六月雪》《七星庙》《八义图》《九江口》《拾玉镯》《十一郎》《十二寡妇》《十三妹》《十四壶》《十五贯》……说她年轻的时候,源城的人都热戏。哪个村子都有整套的行头,哪个村子一年不唱个三五回戏那个村儿里的人简直就没有心劲儿下地去除草浇菜摘棉花。那些时啊,源城这片地上,除了长好庄稼,就是长好戏迷。到处都是梆子响,到处都是豫剧腔,哪户人家都有能唱两段的,选几把俊苗子,不是难事。哪个村里没有一两个姑娘小伙儿去县里学戏?学成回到村里乡里就成了顶梁柱,年年节节的自不用说，兴致来了就是哪家小子办满月也能哄喝着把脸抹起来，把戏装穿起来，把锣鼓家伙敲起来，在土台子上扭唱一场。如果有哪个学戏的孩子造化大，能留在县剧团跑个龙套，那简直就是不得了的荣光，成了一村人说嘴的金话豆儿。

那您都成了豫剧团的当家花旦，该是多大的荣光啊。我说。

她又是一笑。说她从小就热戏，十岁就演过秦香莲的闺女，十六岁上完高小就考上了市戏校，学了三年。正赶上三年自然灾害，她饿着肚子吊嗓子练功，昏倒过好几次，真是下了苦功夫，才练出了一身好本事。毕业后分到了县剧团跑龙套，她人长得漂亮，又唱得圆，念得正，做得准，打得好，龙套跑的时间就比别人短，不到一年就开始上戏，先是上正戏开场前的垫戏，然后是中轴，大轴，很快成了台柱子。有道是读书十年能成状元，学戏十年难成主演。她由学戏到主演，也不过就是四五年时间。她说听不知道哪辈子的老人传，这里最早成名的旦角叫小福，在老百姓里有响当当的名头。有句话说"不吃馍，不喝饭，也得听小福唱一段"，她唱红了以后这句话就变成了"不吃馍，不喝饭，也得听小英唱一段"……

这是她的光辉历史，耐心倾听是我的义务。当然，我绝不会止于这种义务。

妈，听说您那时候演了可多小姐，那给您配丫鬟都是谁？

沉默片刻：好几个呢。

听说也有梅好，是么？

又沉默片刻：听你老姑说的？

不是。

八九不离十是她。她喜好翻舌说闲话。

也听旅游局的好几个同事说过。他们说小时候都看过你的戏，说你唱得真好,还说我长得像梅好的闺女梅梅,梅梅,我该叫姐姐的,是吧?

以最自然的表情,我发出了这白痴般的探问,然后我用最简洁最含糊的语言和最散漫最无所谓的态度粗略概括了道听途说集萃而成的梅好和梅梅的简史,最多用了两分钟时间,在第三分钟便把话头转向我的目标:他们都说,您跟梁家是注定的姻缘呢。

——对于这个源城豫剧团的陈年花旦,肛肠医生的前妻,已故源城市人大副主任的填房,梅梅的后妈,梁知和梁新的生母,安安的奶奶,我的婆婆,我知道自己不能去向她明目张胆地追问什么,也没必要像对秦红和梁新一样进行步步为营的诈问,只需如此,用佯装出来的最天真呆傻的神情,以毫无心机的模样,释放出我精心烹制的疑问,与她心情火候进行微妙严谨的对接,就能够做成一盘自己想要的菜肴。是红烧肥肠么?

一切如我所愿,婆婆沉默了一会儿,温和地笑了笑:可不是么?注定的姻缘。戏词里唱过的:千里有缘一线牵,这根线,怎么就那么牢,怎么就那么坚,想斩也斩不断,想拆也拆不开……

我乖乖颔首。线头已经穿进针孔,接下来就是用话一针一针地缝,缝领子,缝袖筒,缝前襟,缝后背,缝出一件她做的衣裳。

6

金金,老实说,这些事我跟谁都没讲过。不是啥光彩事,也不是啥高兴事。不想讲。可是今儿咱们娘俩既然把话说到这儿了,你也不是外人，是嫡嫡亲亲的自家人，那就跟你讲讲吧。老实说，你没爹没娘的，不比你嫂子。你们妯娌俩，我更疼惜你，觉得跟你的心更近。我没有个闺女，老实说，我是打心眼儿里把你当闺女看的。

梅好比我小两岁，进剧团也比我迟两年。她进团的时候，我就已经是台柱子了，当家花旦，那说的真不假。团领导让大带小，老带新，我就带着她。她热戏，也肯学。按说她家在城里，能天天回去住，可她就跟我住在剧团大院的宿舍里，说要跟我学。她学，我就教。能教她啥就教她啥。戏校？戏校学的东西都是那么回事儿，打个比方，就跟那米面一样，只是个饭食的基本。一样都是米面，搁在各家的锅里，就能变出几百几千种滋味，味道咋样，就看做饭人的本事。唱戏也是这。一样的词，一样的调，上妆，水袖都一样一样的，为啥有人唱别人就喜欢看，有人唱那就是不中？里头的学问大了。咋唱马前[①]，咋唱马后[②]，咋唱送客戏[③]，咋唱死盖口[④]，咋唱活盖口，咋念水词[⑤]，咋加个俏头[⑥]，都是有讲究的。要是没这些讲究，你就是嗓子再亮堂，长得再好看，那也只是个光通大

[①] 马前：指加快演出节奏，提前完成演出。——编者注

[②] 马后：指放慢演出节奏，押长戏的长度，延长演出时间。——编者注

[③] 送客戏：旧时戏班常把剧目的重点放在压轴戏上，最后一出则安排技术性较强的小型武打戏或趣味性浓的玩笑戏，让观众在这无足轻重的演出中逐渐散去，故称送客戏。——编者注

[④] 盖口：人物对唱或对念时，彼此衔接处称为盖口。死盖口指固定化的对口戏词，不能任意变动；活盖口指戏词不固定，一方临场发挥，另一方要有相应的对答。对口紧凑严密，叫盖口严，否则就是盖口不严。——编者注

[⑤] 水词：指在不同剧目中经常出现的一些通用唱词或念白。——编者注

[⑥] 俏头：指演员在关键处善作一种特殊处理，如改变节奏，或是加一个细节动作，这种细微处理往往能使演唱增色，收到很好的剧场效果。——编者注

路[1]的象牙饭桶。

　　说老实话，我对梅好不薄。我知道的，都教给了她。人都说，教会徒弟饿死师傅，我不怕饿死。能叫徒弟饿死的师傅算啥好师傅？我还真不信她能把我给饿死了。她呢，对我也不错。整天姐长姐短地喊我，给我端茶递水，去街上买点心瓜子……她笑得甜，嘴也甜，看着没心没肺的样子，讨人喜欢。后来我才知道，这都是她的明场[2]，她的暗场，且在后头垫着呢，垫的还不是小事，是终身大事。

　　那时候，稀罕我的人不知道有多少，我都没看上。直到来了个梁文道。就在梅好跟我的第二年，他大学毕业分到了文化局。剧团是文化局的下属单位，他到文化局上班的第一天，就到剧团来了，说是熟悉情况，向演员学习。他是咱县里第一个大学生，人还没来呢，名声就来了。都说他有才，有才得很，我还想，不就是多念了几本书么？还能多有才？

　　那时候团里正排《拷红》，我演莺莺，那天，他站在一边看了一会儿，趁着歇的时候，跟我说了个意见。就是莺莺见张生的第一面，莺莺的动作是用水袖遮了遮脸，他说我抠得不细，说像莺莺那么个大家闺秀，见到一个男人该多害羞啊，光遮遮脸还不够。我一听就有点儿不高兴，心想多少名角都是这么唱的，师傅也是这么教的，我也唱了多少回了，都没有谁说个不字，你个外行，刚放下书本的学生，就敢来挑剔我。我就赌气，问他你说咋办？他说再打个转身。我就打了个转身。他又说一个转身少，我就打了三个转身，说这回多了吧？他

---

　　[1]　通大路：指演员按照一般基本套路来演出。——编者注

　　[2]　明场：凡演员在台上表演的情节，都称明场。暗场相对明场而言。指某些剧目中的部分情节不在台上表演，而放在幕后进行。或通过人物的台词加以说明，或运用音响效果表明。——编者注

倒笑了,一点儿也不着急上火,细细地给我讲:一个转身意思不够,三个转身又显得轻薄,两个转身既风流又大方,最好。

说实话,就这一个事,我嘴里不说啥,心里就服气了。有学问就是有学问,那学问可不是吹的。我心里就对他有点儿热。我就想:咱唱得再好,到底文化浅。找个文化深的人该多好啊。那时候不是可多大演员都找了大才子么?常香玉找的陈宪章,新凤霞找的吴祖光,女的能唱男的能写,夫妻俩使的是一股劲儿,往那艺术的山顶跑,多好。我虽然跟常香玉新凤霞不能比,可在咱们源城,也就是常香玉新凤霞了,梁文道呢,也就是陈宪章吴祖光,我们俩不配,谁还能配?

眼看他三天两头有事没事往剧团里跑,看我们排戏,演戏,说戏,我就知道他的心里也有了我。不过他到底是个嫩后生,不好意思,梅好在的时候,他就上来跟我们说话,梅好不在,他就不上前了。有时候他也往我宿舍去,给我送点好吃食——三年自然灾害刚过,人都贪吃,寻到点儿好吃食不容易。他说是给梅好送的,说梅好是他小师妹——梅好的爹不是县一中的校长么?梅校长教过他。我知道他是拿梅好当幌子,实际上是冲着我呢。

团里的人也都说他是看上了我。梅好也这么说。不过,他既然不好意思,那我也得矜持点儿,不能上赶着。不能叫他觉得我是个唱戏的就不稳重。我好歹也是千人喜万人爱的当家花旦,又不是剩蒸馍,着急忙慌地干啥呢?就这么着,我们俩就都端着。如今想来真是后悔,我要是往前走一步,他肯定也能往前走一步,那就没有梅好的事儿了。我是端着干啥呢?——可想是这么想,真要重回到那时候,我还是得端着。生就的骨头长就的肉,没办法。我根本没留意,梅好的心思这时候就开始动了。她先是不在剧团跟我住了,搬回了她家。起初我还挺高兴的，想着我一个人单住，梁文道要是来找我，那可是方便多了。可没多长时间，我就知道了信儿：他们两个下了定①。

没有。他们俩我谁都没有问。问他们干啥？一问就跌了我的身份。倒是梅好来找过我，一脸心虚，意意思思地跟我说，她也没想到。她说是梁文道把话一跟她挑明，她就慌了，可她爹太愿意，跟着帮腔，她也说不出啥不是，就答应了……这话听着更可气，可不是得了便宜又卖乖么？我一句话没说，拉开门就叫她走了。有啥可说的？咱用真嗓，人家用假嗓，这戏还咋唱？话还咋说？

当时我也是年轻气盛，心想着，她给我唱了个满宫满调②，咱也不能走板③荒腔④，当即狠下心，我也找。这有啥难的？锣鼓一响，戏就开场。没两天，有人给我介绍一个县医院的医生，说也是大学生，老家在源城，毕业后分到信阳工作，一直想调回来，手续刚办成才半个月。我不管三七二十一，二话不说就一口答应了。

两个月后，我就嫁给了那个医生，也就是梁知的爸，赶在了他们俩前头。第二年我就生下了梁知。对，那是1964年。生下梁知后，上头不叫唱古装戏了，我觉得现代戏也没啥意思，就进了办公室搞行政。后来梁文道调进了政府，我就又上调进了文化局。我离了剧团让了位，梅好才起了势，开始挑大梁。一直唱到66年，她也怀了孕，67年她生下了梅梅。等她坐完了月子，就开始了"文革"，她再也没有唱成。

---

① 下了定：豫北方言，指定下了婚约。——编者注
② 满宫满调：指演员演唱时音高到位，声音饱满，气力充沛。——编者注
③ 走板：也称丢板，指演员行腔时节奏不稳，或快或慢，与乐队奏出的板眼脱节。——编者注
④ 荒腔：亦作黄腔、黄调或凉调，指演员唱曲音调不准。——编者注

梁知的爸，是个好人。可是咋说呢？我没跟他过上好日子。要说医生是个俏行当，跟我爹说的一样：银钱不少，叫人高看，越老越值钱，越老越吃香。还平安，保险，啥年月啥人都离不了医生，一辈子有衣饭……可是有同行没同样，啥都分个三六九等，他这个专业还真是叫人说不得嘴。你知道他是看啥的么？——痔疮！他说他就是对这个有兴趣。那时候源城的医院里还没有肛肠科，他来了才设立了起来，他说他就想钻研这个，就是要看这个！

痔疮，你说这叫什么事？！

虽说是三十六行，行行出状元。在那个年头，他有文化，是专业出身，很快也就显出了他来，可是你想想，他整天看的都是人的屁眼儿，好听的说法是肛门，可是再好听也是人拉屎的地方，高低离不了一个臭字，也是叫人太说不得嘴了。——是，这地方是重要，人身上哪一处不重要？都离不了。要说这地方的政治地位和嘴巴应该是平等的，一进一出嘛。不出怎么能进嘛。可是话说回来，这地方再重要也是个羞处，整天干着与羞处有关的工作还是让人觉得不好意思，听着就觉得脏。说到底还是不能和嘴巴比啊。嘴巴吃香的喝辣的，就是粗茶淡饭也都是新鲜的，可到肚子里过了一圈出肛门的时候，就成了脏的臭的。这一脏一臭就说不到脸上去了。说不到脸上就不是有面子的事。你想想是不是这个理？理是这个理，事实也是这个事实嘛。毛主席不是有话么？实践是检验真理的唯一标准嘛。

反正自打他设立了肛肠科看起了痔疮，我就打心眼儿里嫌弃他。跟他说过几次，叫他别干这工作了，他死活不肯。可我真是受不了呀。我说：你干的这份事儿，我想起来就恶心！他倒是好脾气，不急，慢悠悠地说：莫不是你不用肛门？用的话就别恶心。他说他走在街上，看啥人都是光屁股。哪个人打他跟前一过，他打眼一看就知道这人的肛门好不好，不论是多大的官，也不论穿得多光鲜……

碎 片

肛门，这个词让我不由得又想起小时候母亲让我洗屁股的事，想起她说的话："你洗要是为了让别人看，那就是假干净。这洗屁股呢，就是不洗也没人知道。没人整天跟在你屁股后头闻味儿，那这种洗呢，就不是为了让别人看，就只是为了自己干净。这就是真干净。"

母亲这话，说得真好。

他没觉得自己选错了行，我就觉得自己嫁错了郎。别的不说，连跟他同桌吃饭我都没法子忍受。一看见他的手，我就想起他整天摸屁眼儿，你说日子还咋过呢？可有了孩子，又不好说不过。正熬着呢，他犯了错误，经不住组织批评，跳了群英河……始终没见尸首。我只在河边捡了他一只鞋，又收敛了他几件旧衣裳，在他老家的坟上给他起了个衣冠冢……告，你听谁说的我告他？我那不叫告，叫反映问题。向党，向上级反映问题！那时候提倡的就是三忠于四无限，要求对毛主席对组织敞敞亮亮，啥都不能藏着掖着，谁都是这么反映问题的！他挨批是他该的，那时候挨批的人多了，梁文道挨过多少次批？就不像他那么心窄！……不生气？我能不生气么？你这么问我，我能不生气么？

再后来，梅好也死了，也是死在群英河里。是1973年吧，就是1973年。那年头，死在群英河的人不少。再后来，我就嫁给了你爸。转了这么一大圈，才回到了原来想走的道儿上。我跟你爸这一大圈，用戏上的说法,那就是个云遮月①啊。

……有时候想想,这就是命。是我的命,也是你的命。是不是?你想,要是我还跟着那个医生熬,就不会有新新,你也进不了咱家这个门,是不是?

碎 片

整个儿讲述中,老太太娓娓而谈,行云流水,一个磕绊都没有,仿佛这些话是她胸有成竹背过千遍的戏词,一气呵成。她语言的波流是如此顺滑,我在当时只能随之漂浮。我无法质疑也不能质疑。过了很多天,回想起来,我才发现有很多关键的情节经不起推敲。比如说她和梁知之间并没有半个字的承诺,她怎么就能确认梁知对她有情?更大的可能性是她在单相思。但是以她当家花旦的骄傲和虚荣,又绝不能承认这种单相思。在这种情境下,梁文道再忠直也是被诱,梅好再无辜也是劫持。呵,梅好居然还去向她解释。她不知道,在很多时刻,沉默是最好的方式。

---

① 云遮月:对老生的圆润而较含蓄的嗓音的一种比喻。这种嗓音,开始听来似觉干涩,以后愈唱愈觉韵味醇厚,嘹亮动听,是长期锻炼而形成的一种优美音质。——编者注

第十三章

1

产假漫漫。我学会了开车。当初让我学车的时候,梁新说开车可以让生活半径扩展,这个理由深深地打动了我。生活半径?这是个新鲜的词。据说一个人跑得有多远,生活半径就有多大。以步代车只可健身,以车代步才能远行。

我这个野人,当然喜欢让自己跑得远。

碎 片

后来,我越来越明白:每个人都生活在以自己为圆心的世界里,亲情,友情,爱情,工作,兴趣,爱好,理想,梦想,幻想……都是一条条从心出发的半径。半径的数量和长度,和有没有车没有一毛钱关系。只和圆心有关。只和心有关。

车是一辆旧别克,是某个单位淘汰的公车,经过梁知的说合,梁新以两万块钱的地板价买了下来,其实性能还很好。梁新抽空教了我几次,我便独自上路了。

"你这个人,当初我还真没看出来,有晕胆,有憨劲。"梁新说。

一会开车我就发现,会开车还真是好。只要不是跑得太远,就想去哪里去哪里,去哪里都不用梁新当司机,不用在他面前演戏——是的,即使梁新很简单,即使我演得很好,但毕竟也还是在演。演员在舞台上演戏,不过一两个小时,我在梁新这里呢?只要见到他,我就得演,远远不止一两个小时。演员演戏都有写好的台词,我的台词呢?只能自己随时去写。演员的戏码都有固定的场景和程式,我这里除了固定的场景和程式,还会随时出现新戏:梁知的眼神,庄雅的表情,婆婆的口风,这些都可能是新戏的戏点……自从进入梁家,演戏已经成了我生活的主体,我的神经几乎整天都在自觉不自觉地绷着。想要真正松弛下来,只有和我的安安在一起,或者,自己一个人。

独自开车,我去看过两次老姑,听她重复那些已经讲过的陈年往事,也替梅梅尽尽看她的孝心;去过一次郑州,在黄河学院逛了逛,和申明吃了顿饭,请他给我开了个书单。对我而言,他不仅仅是申明,他也是我黄河学院记忆时段的重要标签,旁证着我曾在那里有过一段甜美时光,和梁知;我还去过很多次城北,在车里默默地看着那个和水疯子梅好齐名的棉疯子从头发里抓虱子,解开胸口的扣子露出乳房挠痒痒……母亲的周年祭日到来的时候,我也是独自开车回的老家。梁新想和我一起回去,被我断然拒绝。

"到现在,我跟哥哥们也都只见过两面,春节你都不回去看看,他们连安安也都没见过呢。难不成安安就不认舅舅这门亲?"他察言观色地批评着我,"毕竟都是同母的哥哥们,你这么做,是不是也太过了?"

"认亲？亲到哪儿了？亲不亲我还不知道？"我绝不让步，"同母？母亲在的时候都没有什么情分，何况已经不在了？"

"你，也太较真了吧。"

"我就是一个较真的人。过了这么长时间你还不知道？"

"随你，随你。你路上小心。"他无奈。他一向就对我无奈。

从源城到杨庄，三个小时车程，跑得稍快些，还能节约十来分钟。我以八十码的速度慢慢走着。对于我来说，这是再稳当不过的节奏。——没错，我是在尽量拖延时间。我不想见到那些所谓的哥哥们，也怕到母亲坟前。

可跑得再慢终究也还是会到。中午时分，我便看到了母亲的坟。我把车停在田头，向母亲的坟走去。哥哥们高高低低地在母亲的坟前站着。是在等我么？是因为都是母亲的孩子，所以虽然没有什么情分，也要站在一起让母亲看看？

我的祭品准备得很丰厚。一整只道口烧鸡，一大份口福居的红烧肉，一大包好利来蛋糕，二十根金灿灿的油条，香蕉、苹果、梨、橘子四样水果，纸制的长袍短褂西装旗袍床单被罩应有尽有，还有品种齐全的冥钞：美金欧元人民币，整的都是亿，零钞也都是一百元起，当然也少不了最经典的金元宝和银元宝。

"妈，一周年了，我来看看您。"我把供品摆好，烧上了纸，便开始絮叨。老规矩是不能烧哑纸，不然地下的人听不到。

哥哥们在一边默然。

最后一道程序是磕头，起身时有人搀了我一下。是大哥。心里微微一暖。

"去家里坐坐，吃过饭再走吧。"大哥说。

"不了，还有事。"

"那么忙？"二哥说。

"嗯。"

"嗯，那个，你还是回去看看吧。"三哥说。有些吞吞吐吐。

"看什么？"我习惯性警觉。

"看看哑巴。"四哥说，"他真是越来越重了，镇医院的医生见天往他家跑……真没几天日子了。"

"哑巴，头两天又叫他侄子来找我，叫我给你打电话，"大哥又开始说。我怀疑他们四个人早就把台词分好了，轮着和我对，现在，一圈轮过，大哥重新上场，说的是最核心的一部分，"说想见见你。说他如今别的啥想头都没有，就是想见见你。我想着咱妈周年，你会回来……"

我沉默。

"还是见见吧。"二哥说，"就是见见。"

我把目光投向三哥，三哥连忙开口，"哑巴，不容易，不容易。"

"还有他那个房子，"四哥说："虽然破，可地皮也值个钱……"

心里突然雪亮。房子？嗯，房子。这几个人这么卖力地为哑巴做这个人情，肯定就是因为房子。母亲去世前把老房子留给我的那道遗嘱，他们一直都还记着，还没有胆量昧下，但肯定也都不甘心。把老房子留给闺女？这事儿在乡间原本就罕见，更何况我和他们是这种滑稽的兄妹关系。于是最理想的结果就是怎么让我自己主动把房子放弃。如果我听了他们的劝，去看了哑巴，就等于认了哑巴，就等于摆明了自己是哑巴的女儿，那么顺理成章地，哑巴的房子就该留给我，成为我的房子。这边的老房子呢？自然就没了我的份儿。一张嘴怎么能吃两家饭呢。

原来是因为这个。

"他的房子是他的,谁愿意给他当儿作女,谁就要去,跟我有屁关系?"我起身就走,头也不回,"放心,母亲的老宅我不要,你们分吧。以后就别再操房子的心了。也别再操我的心,就当我死了。"少顷,我又停下脚步,转回身,"需要我立字据么?谁带有纸笔?我现在就立。"

2

一个小时之后,我又开车回来,母亲的坟前已经只有清清静静的青草。重新跪下,心中难过。我怎么能够忘记母亲临终的话?哑巴是我爹。她想要我去认哑巴,哑巴也想让我去认他。那时候我就没有遂了母亲的心。不用见哑巴我也毫无疑问地知道,哑巴离死亡越来越近,无论如何我应该去认认哑巴,哪怕不是为了遂哑巴的心,至少也该去遂母亲的心。

可是,我不想去。

远处似乎飘来一丝苹果的香气。没错,这附近有个苹果园。我小时候没少吃苹果园里的苹果。那时候它还是村集体的苹果园,人人得而吃之。那时候除了蝈蝈笼绿房子马葡萄之类的玩意儿,哑巴也没少拿这苹果树讨我的欢心。从苹果树开花开始。春天时分,苹果花正绚丽地开着,哑巴抱着我从苹果园的墙外走过,常常顺手从低伸出来的那些枝条上给我采撷一两朵。那些绚丽的白花让我的小鼻子知晓了第一种植物的香气:清凌凌的,湿润润的,也蓝盈盈的——我一直固执地认为,苹果花的香气就是有颜色的。它的颜色,和晴天一样,就是蓝盈盈的。

苹果树开始结果之后，哑巴就开始给我偷苹果。——没分的苹果园是集体的。苹果树结的当然也是集体的果。在大家伙儿的意思里，集体不就是干的时候人人不管，拿的时候人人有份的物事么？白天有人看着，那就不去拿。晚上没人看着，那就晚上去拿。我也去拿过一次，因为哥哥们不肯带我，我就偷偷地跟在他们后面。黑漆漆的路上，人们都默默地走着。前面看看，有默默走着的人，后面看看，还有默默走着的人。迎面过来的，也是默默走着的人。大家都不说话。到了地方就摘果子，摘完了果子就回家。那些日子里，整个儿村子都弥漫着苹果的气息。

我只去过那一次，那一次我只拿了四个苹果。后来，我再没有去过。但是一到苹果成熟的季节，我的苹果就没有断过，我的小木床下就会放着一篓一篓的苹果。苹果园的苹果就两种，一种是黄香蕉，一种是红香蕉。黄香蕉的酸中带甜和红香蕉的甜中带酸在我的床下搅和得匀匀的，混成了一股迷人的味道，这味道很接近于酒。在这酒一样的味道里，我常常会睡得很香，很香。以至于一直到现在我都习惯在床头放上一个苹果，苹果的作用对我来说就相当于安眠药……我从没有问过母亲，是谁给我送的苹果。不问也知道，一定是哑巴，只能是哑巴。

哑巴是我的亲爹，肯定是。我知道我应该去认哑巴的。我知道。可是，那么窝囊那么可怜那么寒碜的哑巴，仅仅看着就让我的眼睛觉得耻辱的哑巴，我曾经想推进井里淹死的哑巴，那么一个哑巴，我不想去。

所以，我不去。坚决不去。一个声音在我的心里撞来撞去，撞得我胸口生疼：这个哑巴，他怎么还没死！还有他的那个侄子，还有大哥，二哥，三哥……他们也都该死！

——没错，我承认，我想让知道这件事情或听说过这件事情的人都死，让和这耻辱有关的一切都死。

3

在没有成为母亲之前，我曾经无数次地想，我这样性情的女人，是不适合做母亲的。但人的潜力无穷大。自从有了孩子，我也就有模有样地当起了母亲，且慢慢沉浸到初为母亲的情境中。婆婆的照应和小翠的帮忙变得越来越次要，渐渐的，安安的吃喝拉撒便由我主要操持起来。很多个夜晚，我都在她小嘴吧嗒我乳头的声音中睡去，又在她小嘴吧嗒我乳头的声音中醒来。

因是女孩子，就有许多需要格外小心的地方，比如要经常给她清洗外阴，防止阴唇粘连。清洗的时候不能用盆浴水，要用小茶杯或者小喷壶制造成流动水。洗完后要用干净的软布轻轻擦干。一旦阴唇粘连，那就要用手轻轻地把两个阴唇分开，然后涂上抗菌素软膏。也因此我从不让她穿开裆裤，开裆裤总会有太多的机会接触大量细菌。每次她拉完大便我也都要细细致致地给她清洗肛门，因为肛门离阴道很近，不清洗干净就有可能感染到那里。闲着的时候我也会给她轻轻按摩牵拉凹陷的乳头，以备将来哺乳……女孩子再大一些，就不会听由你触摸她这些敏感的地方了。每次给安安牵拉乳头的时候，她都会舒服地笑起来。这个纯洁无瑕的婴儿，或许以为我在跟她玩耍吧。

她的头发又长长了，她会咯咯地笑了，她长了第一颗乳牙……孩子的脸，几乎每天都在变。所有见过她的人，都说她长得像我，越来越像。我不知道自己小时候的样子，那么现在的梁安可以让我把童年补齐么？并且让我以自己最合意的方式补齐？也就是说，我是在复制自己的童年？

当然，我还会经常想起梅梅。那天，在梁知家玩耍的时候，我又偷偷地看了看梁文道、梅好和梅梅的那张合影，心脏几乎骤停：百天照里的梅梅和我怀中的梁安是多么相似啊，而已为人母的我，似乎也更像梅好……也许，梅好，梅梅，我，梁安，我们几个本来就混乱地相似着，像一笔算不清的糊涂账。——也许，命运是在以这样的方式让我将梅梅的童年也复制一次？也许，我这个梅梅附身的人，以这样的情态存在于梁家，所谓的复仇只是一个引子，实质上承担的使命却是去探寻和认知梅梅的一切？甚至是梅好的一切？

产假即将结束的时候，已是2003年的9月中旬。在一个无风的晴暖天气，我和梁新去给安安报了户口。把我和安安送回家之后，梁新便重新回到单位。我抱着安安在院子里逛了一会儿。她瞪着浅蓝色的眼睛，看看这里，看看那里，一幅看不够的样子。这世界对她是足够新鲜的吧？抱着她，感受着她压在胳膊上的舒适的沉重感，我忍不住用自己的脸去贴偎着她的脸，一遍又一遍，直到她不耐烦地哭起来，一边哭一边挥舞着胖乎乎的小手冲着我的乳房摸索——她饿了。

回到家里，喂她吃过奶，又喂她吃了些辅食。很快她便吃饱喝足，恬然入睡。我在一边欣赏着她的睡态。对一个母亲来说，没有比这更享受的时候了：粉红的小脸，粉红的小手，粉红的小脚，娇嫩的苹果绿棉衫使得她的一切粉红都更像初开的花朵……这是我的孩子。户口本上，她的母亲是我，她的父亲是梁新。不管怎样，目前为止，这个孩子是这世间最普通也最幸福的孩子之一：衣食无缺，父母明确。不像我,有母无父,也不像梅梅的那个孩子,有父无母。——一种强烈的欲望忽然升腾起来:我要去看看那个孩子。我得去看看那个孩子。

4

那天,我对梁新说回老家参加一个高中同学聚会,便独自开车来到了沁水。——当然没有什么同学聚会,但是,这也是一个聚会。我的心和梅梅的貌,去和梅梅的孩子,聚会。钟潮的电话我是通过沁水旅游局的人打听出来的。世界很大,可供想消失的人随时消失,比如,此刻在德庄出租屋的我。但是,世界也很小,只要下决心去找某个人,那也费不了太大的功夫,尤其是体制内的人。

"我一直在等梁家的人来,终于来了。"他在电话里说,"不过,没想到是梁家的媳妇。"

"你以为会是谁?"

"她哥哥,或者她弟弟。"

"还有一个人你没说。"

"你的婆婆,就不用说了。"他干笑了一声,"她是肯定不会来的。"

我到沁水时已经临近中午,钟潮说他中午有个重要的饭局,必须得去。我要和他要见面的话只能是下午。

"我主要是想见见孩子。"我说,"是叫未未吧?"

他沉默片刻:"是。"他说学校不让陌生人见孩子,未未中午都在学校附近的午托部吃饭睡觉。他把午托部的详细地址告诉了我,说他会给午托部打个电话,让他们转告未未,舅妈中午会去看他。

"不要说是舅妈。"我说,"要说舅妈就得说舅舅,会有一大串不好解释的后续。干脆就说我是他妈妈的远方表妹,他的姨妈。"

他又沉默片刻:"可以。"

喧嚣的中午,沁水实验小学门前的路上全都是人和车。人是接送孩子的家长,车是接送车,再加上卖各种小吃和小玩意儿的小贩,把整条街挤得水泄不通。我按照钟潮说的地址慢慢搜寻,很快找到了"快乐宝贝"午托部。一进门就看见一群孩子在热火朝天地吃饭,只有一个孩子静静地坐在那里,手里拿着一本漫画书。看见我走进来,他放下书,漆黑的眼珠一动不动地看着我。

"未未?"

"姨妈?"他说,"我妈妈的妹妹?"

"嗯。"

"你怎么现在才来看我?"他的眼睛里居然有了泪水,"我们同学都说姨妈跟妈妈差不多。我一直都想着,我没有妈妈,怎么连个姨妈都没有……"

"因为很忙,也因为一直找不到你的地址……对不起。"不知道怎么了,我的眼泪也夺眶而出。

"别哭了。"他很大度地一挥手,"原谅你。"

一看见他,我就喜欢上了他。他的相貌看着很舒服,既清秀又阳刚——清秀和阳刚似乎是矛盾的,但在他身上,一点儿也不矛盾。这个一米七的大男孩,马上就要小学毕业的大男孩,嘴巴上已经有了"草色遥看近却无"的胡子,胳膊和腿上的汗毛也蓬蓬勃勃地生长了起来。我从来不觉得男人的汗毛有什么好看,但这个瘦瘦高高的大男孩的汗毛却是那么干净、茂盛和可喜。那汗毛,也是好看的。

然后我带他出去吃饭,在学校附近一家叫"小饭馆"的小店。他很利落地点了主食和菜。几个菜全都是荤的。

"你很喜欢吃肉?"

"肉好吃啊。没吃肉就像没吃饭似的。没肉真是不行。"

吃着聊着,我和他很快腻起来。

"班里有没有人谈恋爱?有没有漂亮的女生?有女生喜欢你吗?"

"姨妈你好无聊。"

"将来娶了媳妇……"

"不结婚,不娶媳妇。"

我感叹他马上就要上中学了,有没有觉得时间快?

"嗯。如果能活到 80 岁的话,我的人生已经过了七分之一还要多了。"突然,他贴近我的脸,惊奇道:"姨妈,你有毛孔啊。"

"你也有。"

"我的小,你的大。为什么?"

"因为我老了。越老就越大。"

"真的?"

"嗯。一个人要是长到两百岁,就会这么大。"我比出一个硬币大的窟窿。

"你见过?"

"没有。不过推论一下就知道有可能嘛。"

"你胡说。"他醒过劲儿来。

"你见过?"我反问他。

"没有。"

"那你怎么知道我在胡说?难道没有这种可能性?"

"是有这种可能性。"他点点头:"虽然可能性很小,但是确实有。"

这时候,他严肃的神情看起来可爱极了。

吃饭的时候,他很是专注认真。我看着他,目不转睛。现在,在他的心里,我是他的姨妈,他是我姐姐的孩子。是这样么?

"我知道我好看,可也别这么看哪。"他头也不抬地说,"再看就收费啦。"

"看在我是你姨妈的份儿上,打个八折吧。"我笑得不行。

"不打折!"他瞪着我,"我长成这样我容易吗我?"

"嗯,我的外甥真好看,生气的样子也好看。"我不住口地赞叹。

"你酸不酸?"

"酸。"

"有意思么?"

"有。"

"有啥意思?"

"我凉拌菜从不用放醋。我对着菜哇啦哇啦一说,它就变酸了。"

他扑哧一声笑了:"往后你也可以不用冰箱了。"

"为啥?"

"你会讲冷笑话啊。"

分手的时候,他拉着我的手恋恋不舍:"姨妈,你会常来看我么?"

"当然。"

"说话算数吗?"

"当然。"我说,"不相信我么?"

"我相信你。"他说。

我看着他的眼神。那么明亮坦诚的眼神,没有一丝一毫的杂质,干净极了。——全世界的情人所发的誓言,都不会有此刻这个男孩所说的话那么让我信服。

仿佛是神在说话。

5

两点半，我来到钟潮指定的那家茶馆，走进一个包间，便看见一个男人正在窗户那里寂寂地坐着。他穿着一件鳄鱼标志的T恤型薄毛衫，中等个子，肚子腆起。已经谢顶了，脑门铮亮。嘴里叼着一支烟。看见我，他忽地一下子僵在那里。这种反应自然在我的意料之中，我淡淡一笑，单刀直入："很像吧？"

"对，很像。"他顿了顿，说，"你真适合当未未的姨妈。"

我打开了排风扇。他的酒气实在是太浓郁了。

"中午斗了一斤多。"他说，"对不起啊。可不得不斗。是我做东，为未未上实验中学的事。"

斗，这个字真硌耳。可我很快便明白了过来，他说的斗，指的是喝酒。

"那是应该的。"我说。

"好在是官场中斗过的人，这是基本功。"他一笑，随即又收了这笑，拿起茶单，"你斗什么茶？这儿什么茶都有，龙井，毛尖，银毫，铁观音，大红袍，台湾高山茶，对了，还有奶茶和立顿红茶……小孩子们都喜欢奶茶。"

"白水。"

"在茶馆哪儿能斗白水呢？"

"白水也是茶。"

"说得好。那就白水吧。"又看了我一眼："真是像。"

他点了一壶酽酽的绿茶。

"真是没想到,还能和梅梅,"他顿了顿,"梅梅家里的人一起斗茶。这么多年来,我想的最多的最幸福的情形,也就是这样。"

"如果我是梅梅就好了,这才是你最想说的吧。"

"梅梅……是啊,梅梅,"他一笑,一脸黯然,"但是,梅梅是不可能了。永远不可能了。不过,有你也不错,哪怕就只是偶尔一见,我也很满足了。——对不住,我中午斗得实在是太多了,一斗多就想胡说八道,你别生气啊。"

"酒后吐真言么。只要是真言就好。"我说,"我这个人就是喜欢听胡说八道的真言,你就敞开了说吧。"

"说?说啥?"

"梅梅啊。"

他狐疑地看着我:"真想斗这个?"

"是啊,就想斗这个。"

"好吧,那就斗。"他说,仿佛自言自语:"多少年了啊……"

——一气儿又说了这么多斗。我彻底明白,在他这里,斗这个字原来是个随处可用的动词。

沸水激荡,茶叶翻飞。我默默地看着面前的茶壶,听着他的酒言醉语和着茶香水味,迤逦不绝,绵延而来。

6

我第一次见梅梅,就是在十里铺。张小英陪着我去基层学校检查工作。我和张小英之前就认识，教育那一块归我斗，所有的干部我都熟。她为梁知进步的事去找过我，还给我送过礼，我没有收。那一茬青年干部里，梁知资历太浅，论能力论后台，也都不算太挑尖儿，想要尽快斗上正科，还真不好斗。那天在去十里铺的路上，她又跟我说起了这事，我还是没搭腔。

不瞒你说，在十里铺小学，看见梅梅的第一眼，我就动心了。这话很不要脸吧？你不是要听真言么？这可是一点儿也不掺假。反正我现在也不在场面上斗了，用不着再装假了。不是有句老话么？宁做真小人，不做伪君子。我当了那么多年伪君子，现在喜欢痛痛快快地当真小人。——不，我轻易不动心。我们这一行忌讳对女色动心。红颜祸水么，这个词可不是一个词，是无数人的教训。可那天见着梅梅，我是真的动心了。她哪点儿让我动心？当然有渊源。不，你别问，要是问得太多，我的思路会乱。本来中午斗得多，已经有些乱了。

其实，要说动心也是白动心，再动心也不能动人，不过就是多说一会儿话。那天，我就和梅梅多说了一会儿话。说是询问情况，其实也是想多看她两眼。回去的路上，张小英就问我是不是需要保姆。她去过我家，知道我没有保姆，日子过得很潦草。我说要不要都行，她说如果我中意的话，梅梅是她的继女，她可以让她去给我当保姆。我当然愿意了。那样一个漂亮可人的女孩子，我怎么能不愿意呢？更何况——唉，都过了这么些年，无所谓了，我还是说了吧，她很像我的梦中情人，很像我年轻时候的梦中情人。我的梦中情人，我说了你也不会认识，不会知道……反正，梅梅很像她。看她第一眼时我就发现了这一点。

心里愿意着，可嘴上还是要让一让。我就跟张小英斗了一下，说梅梅在这里斗得好好儿的，就让她在这儿斗吧。我把她窝在家里算怎么回事。张小英说她最了解情况，梅梅也不是多喜欢当老师，再说还是民师，随时会被清退。她说她问过梅梅，梅梅说愿意在领导家里当服务员，说既能多长见识，又能和她哥一样跟着领导快点儿进步——我当然懂这话里话外的意思，无非是说梅梅愿意为我服务的目的，就是想直接或者间接地从我这里得到一些利益，不外乎是提拔一下梁知或者给她自己找个工作，甚或是二者兼得。而张小英既由此为梁知的事情给我送了一个软礼，又顺水推舟地给了梅梅一个人情，简直是面面俱到嘛。——你的婆婆，她是个人精嘛。

天下没有免费的午餐，当然也没有免费的保姆。不过我愿意，我觉得值。于是我就没有再跟你婆婆斗。我生怕再斗会让她信以为真。我说工资一定要让我来付，她说当然。第二天，梅梅就到了我家。买菜做饭洗衣裳，端茶倒水搞卫生，无非也就是这几样。以前我常常是深夜回来，倒头就睡。有了她以后，我回去比以前早了一些，可也不好意思太早，就度量着分寸，今天早，明天晚，后天再早……这样显得自然一些。我得自然，不能吓着她。一个男人有想法的时候，是不自然的。为了掩盖这种不自然，他就会尽力装得自然。怎么装得自然，这是一门学问。这门学问在我这里，其实就是一条：怎么和自己的意志力斗。进门的时候，她在门口迎接，给我拿拖鞋，我不看她。她给我倒茶，我一派理所当然的样子，接过就喝，不道谢。她在我身后拖地，我当作不知道，任凭她拐弯抹角地绕过去……我尽最大的努力把她当空气——不，其实是尽最大的努力给她制造一种我把她当空气的感觉，这话有点儿拗口，但这就是我最希望有的效果。其实，她怎么会是空气呢？她就是一堵墙，一堵我怎么都绕不过去的鬼打墙。

第一个月，就是这么过去的，真的，我没有斗她，连她的手指尖儿头发丝儿都没有斗一斗。到底比她大了这么多岁，不能虚长，再说肉反正在自己的锅里,何必着急上口,冒着被噎的风险呢?我得让自己有一点儿耐性,得慢慢斗。但我也不是什么都没斗,在故作淡漠中,我一直进行着一项重要的前期工作:观察她,分析她,看她的性情是不是温顺,是不是听话。后来我发现:她真是温顺,真是听话。让她买什么菜就买什么菜,让她别接电话她就不接电话,让她等我到几点就等我到几点,半夜我要说吃饺子,她也会起床和面剁馅给我做。于是我就越来越大胆了。有一次我装醉,开门的时候试探着扶了一下她的肩膀,她连忙把我搀得实实的,生怕我摔倒。还有一次我假装在沙发上睡着了,故意把衣衫扯得凌乱不整,她就拿了一床被子,轻手轻脚地给我盖上……她真是乖,真是纯,真是正。无论我斗出什么心眼儿,她都只是在她的本分里尽职尽责地干。

离第一个月满还差七天的时候,我就付给了她第一个月的工资。可她没要。我们俩推搡好一会儿,我最终还是没有推搡过她。她说家里一直给她钱呢。她有钱。又红着脸说我为她哥哥的事一直在费心,她为我做点儿事也是应该的。我就知道,原来她指望的是梁知,那梁知的事情我是非办不可了。

然后,就是那天。那天,我斗多了酒。——不,斗酒不是理由。斗酒往往是借口。酒能壮胆,可不会乱心。我很清楚我在斗什么,非常清楚。我就是想要斗她。我要偿了我多年的夙愿,斗她。

我们是在客厅里斗的。一进门我就抱住了她。她傻了一下,就开始挣扎。没错,我就是在强迫她。我很清楚,要是不强迫,我就永远也斗不到她。别看她细胳膊细腿儿的,却很有力气。她使劲儿地反抗着我,我也像发了疯一样地抱住她,亲她,后来她开始咬我,咬我的手,咬我的肩膀,咬我的胳膊,我忍着疼,脱着她的衣裳。到了最后一关,她使出了全身的力气扑腾着,我咋斗也斗不成,到底让她挣开了。她三下两下裹上衣裳，跑出了门。一天一夜没有回家。那一天一夜我都没敢睡，生怕她寻了短见，也怕她去跟谁说这事，可我再怕也得装作没事人，也不敢问张小英和梁知，只能自己死扛。好在第二天晚上，她回来了。她一回来，我心里就有了点儿底儿。我就知道，这事有门儿了。果然，等到我再斗她的时候，她的反抗就没有那么激烈了，半推半就的，软和多了。只是到了最后关头，还是不肯。我就说了两个字：梁知。她不是想指靠梁知么？梁知的前途要是完了，她还有什么戏？我要她明白这个道理。她果然很明白，就彻底丢盔卸甲了。

不管咋说，第一次是我强迫她的，可我对你说，我也算敢做敢当。从第一次之后，我就决心一心一意跟她好了，我对她说，我不但会解决好梁知的事，还会给她找个好工作，我还可以娶她。对，我还可以娶她。当然，按当时的情况，我不能立马娶她。可我真的已经承诺了娶她。我说让她先将就着，我将来一定可以娶她。反正我也斗不了几年了，一退二线就可以离婚娶她。你要知道，我下定这个决心，不容易。没错，我比她大那么多，二十四岁。二十四岁是不小，可是，咋说呢？男人比女人大可多，这真不稀罕，是不是？除了年龄，我哪儿也不亏她。我六岁就参加了革命……干什么？加入了儿童团啊。认识梅梅那会儿，我已经是副厅了，现在？现在是正厅。从沁水市政协主席的位置上退的，可不是正厅么？货真价实的正厅。我还是离休，离休和退休不一样，工资比退休高，医药费全报，国家什么都管……我相信，和梅梅同等条件的姑娘里，愿意嫁给我的大有人在！

可她不同意，不，她不是嫌我娶她晚，也不是怕我不兑现承诺，她是压根儿就不答应嫁给我。哪怕当时我立马就娶她，她也不答应……说这话我也觉得脸上没光，谁都愿意把好话好事斗在自己身上，是不是？可我已经这么一大把年纪了，真不想再去装假了，尤其是面对着你……当时,张小英对我说,她还劝梅梅来着,劝梅梅好好忍一忍,忍几年后和我结婚。她很想结上我这门亲哩。

可是,没办法啊,梅梅她就是不答应嫁给我,可她也不离开。我就只能认为她在犹豫着,我还有机会。我的意识里,女人就是斗出来的。多斗几次就好了。——这话有点儿粗,可我信。于是我就接着再斗她,最初她还是那个过程:抗拒,挣扎,挣扎不过就愿意了。再后来几次,她反应还挺好的呢。每斗一次,我都跟她说我可以跟老婆离婚,跟她结婚,可她都不同意,人家不同意,我也不能硬赖着呀。我就只能努力去斗梁知的正科。——副职没有人事权,提拔干部我说话不算数,须得给老大说好话,还得用策略去说,这是官场上的事,你不懂——梁知的正科解决不久,梅梅说她怀了孕,要走。我好话说尽,要她嫁给我,把孩子生下来——我一直想要个儿子,不知怎的,我就觉得她怀的是个儿子。可她不答应。我真想把她拴在家里啊,可我不能。我知道事情到了这个份儿上,我只能听凭她的选择。后来,她就走了。无声无息的。我问张小英她去了哪里,张小英说她不知道。那一段日子,我失魂落魄的。那不是我在斗日子,那是日子在斗我……

这样的日子斗了我一年,那一次,我又去问张小英,张小英说梅梅应该是在东莞,不过到底在哪她也不知道,说梅梅给新新写过信,不过新新不让她看。她只听新新说她在东莞。有信就好办。我就在新新的学校找了个熟人,专门关注新新的信。后来,果然梅梅给新新又写来了信,我就先拆开看了,信上说她生了个男孩,还说了她正处的男朋友的名字,我想了想,就给她的那个男朋友写了封信。

——那个男人姓赵,对,应该是姓赵。梅梅那里是铁板一块,我只能期望从他这里斗到缝隙。我也是男人啊,将心比心,我能把他的心态斗个八九不离十。

果然，他很快就给我回了信，诉说了他的苦处，说如果我来东莞的话，他可以让我见孩子，还可以让我把孩子抱走。大概就这么几句。还画了详细的线路指示图。我当即出发，按照信上的指示来到了东莞，和他见了面……他长得还不错，是个挺精明的小伙子，那天晚上，我们顺利地交接了孩子。那个孩子，我一看就知道是我的种。血亲嘛，不用说别的，一看就知道。我给他留了不少钱。那个年头，你知道五万是多少么？够他们打多少年工么？都够他们做个不小的买卖了。

当然，我也有个念想：孩子或许还能把梅梅给斗回来，让我们三个人和和美美地过一家子。我不嫌弃她，真的，虽然她跟那个男朋友好过，可我真的一点儿都不嫌弃她。我已经打定主意，只要她回心转意，我还愿意娶她。可是，她对我一点儿情意都没有，回来就是为了跟我斗孩子……那我可不能给。我爱她，可是拿她跟孩子比，我还是更爱孩子。把孩子给了她，我就没有儿子了……她想跟我斗，那肯定跟我不在一个档次。她说她要告，那我随便她告。好歹在官道上斗了这么多年，别的没有，人脉关系有的是。她那边的依靠不就是梁知么？梁知还是我斗上来的呢。再说，她这种情况，梁知不会替她出头的，怎么会想替她出头呢？想和她撇清都来不及呢。所以，等到她一闹起来，梁知就把她送回了东莞。这就对了嘛。——不过，她那么一闹，我多少还是受了点儿影响，就调回了沁水。那个年纪，我还是有指望提正厅的。这种事，动个地方就不妨碍了。离婚？她不嫁给我，我离什么婚？还过着呢。其实也跟离了差不多，各过各的。唉，我那个死老婆，到现在都不肯认未未呢。

后来的事，你都知道吧？梅梅死在了东莞。要我说，她死了也好，一了百了。

7

我看着他。这曾经亲近过梅梅身体的身体,双鬓初雪,气息浑浊。

"你的梦中情人,"我说,"梅梅哪点儿像她?"

"哪点儿都像。"他说。一壶绿茶已经被他喝过了好几巡,颜色寡淡了许多。忽然,他握着茶杯的手似乎有些颤抖。听说茶也会醉人,他这是酒醉加茶醉了么?

"都说我跟梅梅像,所以再听说谁跟梅梅像或者梅梅跟谁像,我都免不了要好奇。你跟那个人是什么时候认识的?"

"那时候,我还年轻……三十多年前的事了……她不认识我,从来就不认识我。我只是单相思。"他语无伦次,流溢着难以自持的醉意,"那一天,我第一次在大街上碰到她,我就看见她身上散发着一种光,玉一样的光,那种光,真好看哪……我还看见过她的光身子,不止一次看到过。真的,光光溜溜,一丝不挂,有时候是在街角,有时候是在河边……我说的不是醉话,也不是梦话,是真话。那时候,就是夜里做梦,我也经常会梦到她……是,她是个疯子。可她真是个漂亮的疯子,是我见过的最漂亮的疯子……不,她死了。早就死了……"

我的脑子里一直伸张着一张大网,试图在他断断续续地讲述中捕到鲜灵肥美的大鱼。突然,有几句话飞跃而出,跳进了我的网:……我还看见过她的光身子,不止一次看到过。真的,光光溜溜,一丝不挂,有时候是在街角,有时候是在河边……可她真是个漂亮的疯子,是我见过的最漂亮的疯子……

——所谓的贼不打自招,就是这样吧。

"她是梅好。"我说。

钟潮愣愣地看着我。

"一定是。"我说。他的梦中情人是梅好,他儿子的母亲是梅梅。这件事情的荒唐程度宛若我的情境可堪一比:我的丈夫是梁新,我孩子的父亲是梁知。我只能说:这才叫缘,这样的交集才不辱没缘这个字,无论是善缘还是恶缘。

他怔了片刻,短短一笑:"我说得太多了……不过,也无所谓了。是梅好,没错。她的事,你也听说过吧?"

"知道一点儿。"我说。他的发问让我忽然萌生出一种预感:对于梅好,他应该还知道些什么。当然,我得用我的所知抛砖引玉,"听说她是被强奸之后才疯的,疯了之后就经常裸奔,最后死在了群英河里。是这样么?"

他沉默了好一会儿。

"其实,"他说:"她没有。"

"什么没有?"

"梅好,她没有。"

"什么没有?"我仍然没有明白。

"被,强奸。"他终于吐出了那个词。

我失笑:这个老男人,该有六十多岁了吧,对于那个词还那么不好意思么?可他的这种羞怯又让我有一种莫名的感动。

"你怎么知道?你看见了么?"

"我,听说的。"他顿一顿,"她受的是另一种罪。"

"听谁说的?什么罪?"

我沉默。他也沉默。我的沉默是在等待他,他的沉默是在等待自己。我等待着他的等待。

不知过了多久,他终于开口了。

"我也都是听说的,不作数的。你不听也罢。"他说。"时候不早了,你该走了。不然天黑之前到不了家。"

"以后,我随时可以来看看孩子么?"

"想见就见吧。好歹你是孩子的一门亲戚。是不是?"

第十四章

1

当行李箱的滑轮与水泥地面摩擦发出的笃笃声再度在德庄的街道上频繁响起时，便宣告着过完春节的人们又回到了城里。这些人们的表情很丰富：既轻松又沉重，既释然又紧张，既喜悦又惆怅，既兴奋又迷茫。是啊，对有的人来说，回家总是能让他们卸下一些重负，虽然再次回来的时候该面对的也还得去面对。而有些人却恰恰相反，回家对他们而言就意味着面对，回城则是卸下重负。——无论带着什么表情回来，所有人的第一件事就是赶快买个口罩把自己的脸严严实实地遮住。已经连续三天了，郑州都是雾霾天气。

一片茫茫，比雾稍黄，起初我以为这还是雾，但专家们很快在报纸上做出了专业的指示：这是雾霾。所谓的雾霾，关键的字眼儿不在雾，而在霾。专家们说雾和霾的区别主要在于水分含量的大小：水分含量达到90%以上的叫雾，低于80%的叫霾。也可用能见度来区分：目标物的水平能见度降低到1千米以内，就是雾，在1千米至10千米的，称为轻雾或霭，小于10千米且是尘粒造成的，就是霾……至于霾的主要构成，专家们则说，除了水之外，霾的主体便是大量极细微的尘粒。而这些尘粒的来源，则主要归功于燃煤、交通和扬尘的贡献。简而言之，只要有霾出现，就证明空气已经被重度污染。空气已经成为了毒气。

呵，这真有意思。能把伟大的空气变成毒气的，居然是这些最细微的尘粒。不过，再一想，似乎也只能是这些尘粒：这些最不起眼的尘粒，最渺小的尘粒，最易让人忽略的尘粒……也只有这些致广大而尽精微的尘粒，才会形成十面"霾"伏，让呼吸也成为一种冒险。

——不是这些尘粒，难道还会是一块块大石头么？

"……记者在街头随访了许多民众，发现虽然身陷雾霾，但很多人的心态尚属理性，并没有习惯性地带着受害者的情绪站在道德高地上将问题都向外推，而是反思自身是否有高碳行为对环境起到了破坏作用。有人甚至说，我们不只是受害者，其实也是施害者。我们为了取暖而消耗的煤炭，为了出行方便而使用的汽车，都在伤害着空气，并通过空气伤害着我们自己。如果想要停止这种自我伤害，没有更好的办法，只有从我们自己做起……"

嗯，这个记者的文笔还真是好。

2

2003年9月底，我产假休满，重新上班。确切地说，由此我在旅游局的工作才正式入轨。怀孕期间的上班根本不能算上班，没人会让一个孕妇去认真负担工作。但分娩后的上班就不一样了，很不一样。我迅速地成为了一个正常的工作人员，各种各样的事情纷至沓来：去异地景区调研，陪领导去省里汇报工作，写发展规划，出工作简报，参加业务学习……一个个环环相扣的工作就是一个个大大小小的齿轮，我被挤压其中，似乎在渐渐地扁下去，碎下去。梅梅的秘密，似乎也在跟着我渐渐地扁下去，碎下去。——但也只是似乎。这个就常理而言已经死去的女人，这个已经干巴瘪平的名字，不期然地就会在某个时刻立体起来，饱胀起来，凸鼓起来，将齿轮吱呀一声卡住，让它陷到哀悼的静默中。

那天，我陪着领导们去下属单位沧河县旅游局所辖的百仙山风景区考察新景点。所谓的领导们，就是从我的副科长，科长，到分管副局长，再到局长，总之就是以我为最低的基准线，其余的人都是领导。百仙山风景区是沧河县旅游局的一个成熟景区，赚钱大户。据说山里有百仙，还据说鬼谷子曾在此山隐居多年，承蒙此地钟灵毓秀，才使得老先生修成了正果。谁信啊？反正我是不信。不过看图片倒是有几分意思。山雄水秀，谷幽洞奇，四季如画，景色宜人。

新景点，叫拾梦庄。

从局里出发，我们一行人一个半小时车程到达了百仙山，沧河县旅游局局长正带着几个人在景区门口等候。他姓钟，人称钟局，有五十岁左右。一个高高挑挑的女孩子穿着一身寻常的导游制服，满面笑容地立在他身边。钟局介绍说，这是百仙山最漂亮的讲解员，姓乔，叫乔叶，称她为小乔即可。看她和我年龄差不多，上前悄悄一问，果然比我只小一岁。

钟局的车在前面带路，我们的车随后跟行。先是平展展的公路，公路走完便成了坑坑洼洼的土路，等到土路越来越窄，一直窄到不能成行的时候,我们便开始步行,走了大约一个小时光景,转过一道弯,小乔忽然手指前方,说:"看。"

一个村子出现在眼前。三面环山,一面临河,从我们站的角度俯视下去,整个村落犹如一只神龟匍匐在河的南岸,确实是很有规模。小乔说这条河也是源河,是百仙山里的源河。这个村子就是拾梦庄。她说拾梦庄占地面积约十万平方米,始建于清乾隆十三年,由阎氏第十世宗祖阎榜所建。据阎氏家谱记载:阎氏祖居山西林虑,几经迁徙,至第九世阎无觉时,举家由林县吕儿庄迁至沧河县城,后又由其子阎榜兄弟二人于乾隆十三年迁至百仙山深处的源河沿岸。

"拾梦庄这个名字,有什么出处么?"我问。

小乔一笑,说是有个传说。说很久很久前,还没有人在这个地方居家度日的时节,一个孤苦无依的放牛郎经常来到这里放牛,因为村后有一座山头很有些像观音,人们便称之为观音山。这放牛郎是个信观音的,每天边放牛边向观音祈祷,请求观音赐给自己好日子。一天,他在山坡上睡着了,做了个梦,梦见观音告诉他:某时某刻他来到这里就会碰到一个仙女,那个仙女就是他命定的大福,他和仙女会成家,会鸡鸭满院三盘四碟地过上滋润生活。那放牛郎就遵着这个梦来了,果然就碰到了一个仙女,果然就两情相悦,果然就喜结连理,果然就幸福无比……这故事听着简直让人瞌睡:不就是牛郎织女的山寨版么?毫无意趣。除了嗤之以鼻,我真不知道还有什么更合适的表情。

"不过,村子真是挺不错的,而且除了这些房子,还有更好玩的呢。"肯定是看出了我的不屑,小乔说,"我第一次来的时候,可吃惊了。你一看就知道了。"

从高处走下,迎接我们的第一个建筑是一个巨大的拱门,拱门两边还有些断壁残墙，小乔说这就是以前的寨门遗迹。近前，只见寨墙上写着两行红色大字：安全用电，人人有责。门洞里有几个人在闲坐，看我们到来，马上投以好奇的观望。都是老人和孩子，老人的目光是昏沉的好奇，孩子的目光是清澈的好奇。等我们再近些，便有老人问："干啥呢你们？"

"随便看看。"

"是旅游吧？"一个六七岁的男孩很有些见过世面地说。

"对。"

门洞里面的人便轰地笑了。然后，那些人便跟着我们走起来。

小乔所言果然不假，走进村子我就开始震惊。我从没有见过这样的村子：这么旧，还旧得这么漂亮，这么完整。宽阔的青石板路，苍苍郁郁的古树，闪烁着斑斑金翠的瓦当和脊兽，精美的木雕砖雕和石雕俯仰皆是，还处处可见字体讲究的门匾，有"作善降福"，有"厚德载物"，还有"守身为大"……虽然细看时就会发现很多房屋都有残落破败的痕迹，但仍能鲜明地感受到当年的威严和气派。这样的村子，真不应该叫村子，而应该叫做府第或者豪门，最起码也应该叫庄园。

小乔的解说一步步印证着我的感觉。她说整个儿村子的风格是流行于清中期的硬山式建筑，一共有四十座院落，这四十座院落又可细分为九十二进四合院和三百多座房屋，依山势呈梯形规则分布，格局合理，主次分明，前呼后应，严谨统一。"这些房屋集中体现了封建社会中原地带'三门四户'的建筑传统，极具家族凝聚力特征，这在清民居建筑中绝不多见，"小乔的语调不知不觉间已换成抑扬顿挫的央视新闻联播状，"已有专家论定，这是河南省目前发现的一处保存最完整、规模最大的具有中原特色的地主庄园，是中国古代民居建筑群的优秀范例,是研究清民居建筑文化和民俗文化的宝贵资源。"

因为还没有开发,所以没见什么游人,小村笼罩在宁静安详的气氛中。不过让我意外的是老房子里的烟火气很淡。若不是有些院子里搭着一些零落的衣服,简直都想不到还有人在住着。钟局解释说,老房子里的住户确实不多。一是因为青壮年大都出去打工了,只剩下了老弱病残。二是因为老房子年久失修,有的人家怕出事故,就另在村东边划了宅基地盖了新房乔迁而去——他颇有些自得,说经过他的努力,村子虽然还没有开发成旅游区,但县里已经下了红头文件,开始把这里当旅游区来保护。对于这些老房子,村民们都没有了随意拆盖的权利。

这些老房子,确实是很老了。如果一个字来形容它,那就是:老。用两个字形容,就是:很老。用三个字形容,就是:太老了。用四个字形容呢,那最合适的也许就是河南的一个本土词:老木咔嚓。——木头老了,老到什么程度?马上就要咔嚓的程度了。咔嚓是什么?就是自己断裂。

不过这种老在我眼里可都是风景。这世道,新鲜的事物多到无聊,老的东西就成了宝贝,越老越宝贝。我一处处地给这些老房子拍照,还一处处地跟它们合影。因为穿得时尚,配着这些旧事物合影也就越好看,越好看我也就合得越起劲。

"这有啥可照的?"一个白胡子老头儿大声地说,"还不如去照那些红字呢。"

"红字?"我疑惑。

"红字。"他骄傲地重复。

3

然后，就出现了那些红字。那些红字写满了整面墙。红色有些剥落，但字还都十分完整。那些字是：毛主席万寿无疆！你们要关心国家大事，要把无产阶级大革命进行到底。要打倒一切牛鬼蛇神。我们曾经说过，房子是应该经常打扫的，不打扫就会积满了灰尘；脸是应该经常洗的，不洗也就会灰尘满面。我们同志的思想，我们党的工作，也会沾染灰尘的，也应该打扫和洗涤……

这都是什么啊，东一句西一句，毫无逻辑地排列在一起，像一场巨大的行为艺术。最短的一个字是：忠。最常见的也是这个字：忠。只要有需要填白的地方，就会有这个字，有时候是两个：上下各一个，或者左右各一个。有时候是三个：左中右或者上中下各一个。有时候是四个：上下左右各一个。有时候干脆就写上密集的一排。也因此，这个字的数量是最多的，写的也是最好看的。

在一家大门口外的照壁上，我看到了最长的一段红字：

无产阶级文化大革命就是好！
就是好来就是好，就是好。
马列主义大普及，
上层建筑红旗飘。
革命大字报，
烈火遍地烧，

胜利凯歌冲云霄。
七亿人民团结战斗,
红色江山牢又牢。
文化大革命好!
文化大革命好!
无产阶级文化大革命就是好,
就是好,就是好,就是好!
无产阶级文化大革命就是好!
就是好来就是好,就是好。
一代新人在成长,
顶风逆浪战英豪。
工业学大庆,
农业学大寨,
万里神州传捷报。
七亿人民跟着毛主席,
继续革命向前跑。
文化大革命好!
文化大革命好!
无产阶级文化大革命就是好,
就是好,就是好,就是好!

看格式似乎是歌词。我边念边笑。很久很久以前,我很小很小的时候,似乎听大人们说过这首歌,但歌词还是第一次看到。

"好玩吧?"钟局问我。

"好玩。"我说。

"这是一首歌词。"

"看出来了。"我说,"什么歌?"

"《文化大革命揍是好》!"白胡子老头又大声地说。

一帮人都哄笑着。

"老人家,恭喜您,回答正确,加十分!"钟局说。

小乔说这位白胡子老头是村长。他的胡子虽然白,皮肤却黑黢黢的,整个儿身材也都瘦骨嶙峋,像一架会活动的排骨。

"这歌儿,你会唱么?"我问钟局。

"那时候不知道唱了多少遍。"他颇有些天真地一笑,"唱起来才好玩呢。"

"那,你唱唱?"

钟局居然真的唱了起来。更让我没想到的是,另外几个领导也跟着唱了起来。一个人唱总是有些怯,合唱就会让人胆肥。他们的声音越唱越高,最后简直是慷慨激昂,响彻云霄。一曲唱毕,全场热烈鼓掌。我看见局长的嘴角居然含着一丝沉醉的微笑,仿佛陷入到了什么甜美的回忆中。

"看你们意气风发的样子,当初都使劲革命呢吧?"我说。

"阎村长,你当时革命了没?"局长笑了笑,问村长。

"咱不会革,看别人革着,怪热闹。就跟着瞎革了几下。"老村长嘿嘿笑了两声,突然,把手往村后的山头一指,"打得可厉害,死了不少人呢。"

一片静默。死了不少人?我看看那些红色的字,又看看老村长雪白的胡子,他眉梢眼角都闪烁着自豪。他是在说这里的事么?

"什么时候的事?"我终于问。

"67年吧?67年。"老村长自问自答,"先是在城里打,两派。一派赢了，一派输了。输的那一派的头儿，老家是这村的，就带着些人回来了。谁知道那一派就撵来了，两派人在村后就打了起来，都有枪，乒乒乓乓的，枪响了两天才消停，俺们才敢去看，死了三十多个人哩。俺村那个孩子，也死了。那些尸首，有的叫领走了，有的没有，就埋在铁梅山里……"

"这么惨……"小乔咂舌。

"铁梅山在哪儿？"我问小乔，"还有这山？"

小乔也一脸茫然，问询地看着老村长。

"哦，就是观音山，也叫铁梅山。"老村长说，"就是那时候改成铁梅山的，有一回，有个大领导来，听说叫观音山，说是迷信，说为啥不能叫铁梅山呢？那多革命，就改成了铁梅山……如今知道这个名儿的人不多了，可多人压根儿都不知道啥铁梅山。我是说得顺嘴了，就落下话病了。"

我回头看了一眼那个山头。隐隐约约的女人侧影，修长，曼妙。确实有些观音，一点儿也不铁梅。有那么多人，就埋在了她的怀抱。——不知怎么的，我突然想起了梅好的父亲梅校长，他被假枪毙过，也是差点儿就死在枪口下的人。

"有女的么？"我问。

"有。好几个呢。"老村长叹口气，"长得还都怪俊。"

不由得又想起了梅好。如果我是梅梅，那么梅好就是我的母亲。她疯的那一年，是1967年，她死的那一年，是1973年。她是在群英河里淹死的。都说她被糟蹋过，可是钟潮却说没有，说她受的是另外一种罪，那到底是什么罪？

"嗯，这些，咱们听听就是了，将来开发了旅游区，可别跟游客们提这些，怪瘆人的，扫人家的兴。"局长说。又把脸转向我和小乔，"我估计墙上那些话,你们是看都看不明白的。知道什么是'文革'么?"

"就是"文化大革命"呗。"我答。

"什么是"文化大革命"?"

茫然无语。这个词对我而言,不过是历史名词而已。哪里会知道该怎么解释?

"这还不简单,就是革文化的命!"阎村长在一边插嘴。

"连这么近的历史都不知道,你们啊,都是文盲——'文革'盲!"局长笑道。

"按'文革'时期的话讲,你们这些小将啊,走的都是白专道路,都是资本主义的苗,不是社会主义的草。放在那时候,你们一个个……"钟局也忙不迭地接话。于是,你一言我一语,领导们开始给我和小乔上集体课。海瑞罢官,三家村,大毒草,反动学术权威,牛鬼蛇神,红五类,黑五类,破四旧,造反派,旗手,老三届,知识青年……那些名词从他们口中一个个说出,几乎每一个词都能衍生出无穷无尽的内涵、外延和争吵。只见他们眉飞色舞,红光满面,兴致勃勃,言笑晏晏,如数家珍,唾沫喷溅。在他们孜孜不倦的教诲中,我方才发现其中有很多词都是我之前曾听到过的,比如婆婆说过的三忠于和四无限,还有秦红说过的狠斗私字一闪念。有的还经常听到,只是不知道其来源罢了。比如科里开会的时候,科长经常会就某个条例说要"活学活用",局长宣布什么规定和决议的时候,副局长就会开玩笑说是要发表"最高指示"。还有"又红又专",郑州有条路就叫红专路。我以前一直以为这个专该是砖头的砖,还想着那条路上原来铺着红砖呢。

"对了,什么叫深挖洞,光脊梁?那天我妈跟人聊天,说到这个词,我寻思着挖洞怎么还得光脊梁?不怕掉了什么渣渣受伤?"小乔突然发问。

众人爆笑。局长一边摇头一边笑道:"深挖洞,广积粮,又红又专的旗手,灵魂深处闹革命,掀起一月风暴,上山下乡,炮打司令部,叫她全国山河一片红!"余音未了,钟局接话道:"我文攻武卫,叫你二月逆流,当个白卷先生!"

笑声又爆。随着他们的笑声,我再不济也知道这些话是荤意连篇,便跟着笑。小乔听着听着显然也明白了过来,也跟着讪讪地笑。笑了一会儿,局长先不笑了,大家很快也都不笑了。随即,局长就首次考察拾梦庄发表"最高指示":无论是作为清民居建筑群,还是作为"文革"遗迹,这个新景点都值得开发。保险起见,还是先从清民居建筑群的角度出发,把这个拾梦庄申报成省级重点文物保护单位,这个应该十拿九稳。众人点头称是。

出了拾梦庄,我问局长:"您跟阎村长之前认识么?"

"跟你一样,和他今天是第一次见面,第一次搭话。"

"那您怎么知道他姓阎?"

"猜的。"

"这么好猜?"

"你要是了解咱们的国情就知道了,还真挺好猜的。既然阎家在这个村是大户,别的姓怎么能在这里当上村长?"

4

第二天是周末,我找个由头便开车奔到沁水,中午和未未吃了顿饭，下去约了钟潮见面。还是在那家茶馆，一见面他就说："我想着你还会来。"

"为什么？"

"因为上次分手的时候，我说到了梅好。"

"对，梅好的事我一直在琢磨，越琢磨越郁闷，必须得找你来开窗透气。"

"那几句话，"他沉吟，"在我心里却是一块砖。堵心的砖。"

"那么，你帮我透气，我帮你搬砖。"我说。

"你怎么会对她的事也那么感兴趣呢？"他笑起来，喝了一口茶，"论起来，她不过是你大姑姐的母亲，和你远着呢。"

"话不能这么说。要是论辈分，她也算是我的婆婆呢，这层关系可不算远。况且，她不是别人的母亲，是梅梅姐的母亲。"

他沉默片刻："她的事，其实我知道得也不多。而且，说来话长。"

"既然知道的不多，还怎么说来话长？"

他意味深长地点点头："因为是几十年前的事，你又和那个年代没有一点儿关系。所以，咱们两个，我讲着肯定费劲儿，你听着也肯定费劲儿。"

"不就是'文革'那些事么？我能懂。"在拾梦庄接受的那些教育虽然笼统，却也让我有了些微底气。

他释然一笑："能懂就好。"

"今天你怎么没说斗？"我突然想起来上次他满口斗的情形。

"上次，我真是喝多了。"他居然有些羞赧，"我一喝多就喜欢说斗。这是我乡下老家的方言，那里的人都喜欢说斗。"

我点的是茉莉花茶。一朵朵茉莉花在玻璃杯中轻逸地飘浮着，仿佛在游泳。这已经死去的花朵，居然还会游泳。是因为她不得不游么？

还有，这些雪白的花朵，居然能被冲成金黄色的茶汤，是因为必得沸水才能榨出她这种绚丽灿然么？

5

先给你讲讲什么是造反派，这个词是针对保皇派的。皇，就是"文革"前的领导干部，也就是后来的"走资本主义道路的当权派"，简称"走资派"，毛主席说过："革命的道理千头万绪，归根结底就是一句话：造反有理。"所以造反派就说自己是奉旨造反。红卫兵么，当然是造反派的主角。其实运动一开始，大批走资派很快就被打倒，保皇派就垮了。后来那么多革命，都是造反派们在互相革，都说自己最忠于毛主席，都说对方不忠于毛主席，打的就是糊涂仗，可是那时候，没人觉得糊涂，都觉得自己清楚着呢。

对，我也是个造反派。不过我是个兵，我们的头叫王爱国，是个女人。可是她根本就不像个女的。要不是肩窄点儿腰细点儿，那就是一个男的。她没有胸。完全是平的，现在人怎么说？飞机场，太平公主。她就是那样的。她能成为头儿，没别的，就是狠。她革起命来比我们这些男的都狠。我亲眼看见她一皮带就把一中的一个老师抽昏了过去……最毒妇人心，说得就是她这种妇人。尤其是当她革命的时候，简直就没有一个人样儿。不，她不是跟那人有什么仇恨，她是真革命。这个我知道，是真革命。当然，那时候，公报私仇的事情一定有。但是很多人的革命确实没有什么私人恩怨，那就是一种革命的激情，或者是造反派的责任感，或者是一种权力使用的快感……反正和私人恩怨没有关系，王爱国这里尤其是这样。我还发现她对于女的要更毒辣些。这或许是因为同性之间的排斥感吧。同性相斥，异性相吸，这话到哪里都是不错的。我对男的就格外不客气，尤其是长得帅的，或者之前混得特别得意的，那就让我天然厌恶。也不一定是想把他们搞到什么特别不好的地步，但怎么说呢？或许就是恶作剧心理，喜欢看见他们的倒霉样儿。王爱国可能也是这样。

那天晚上，我在大门口那里站岗，站着站着就有些困。因为天天晚上都要为那些事忙到半夜，我们休息得都不够，站岗是件单调的活儿，再加上大门口的灯不是很亮，昏暗的光也特别容易让人打瞌睡。——头天晚上，我们研究的是枪毙反革命分子的名单，研究到深夜。谁的罪行大？枪毙几个？让几个陪着假枪毙？都有研究。虽然那种研究现在看起来简直是潦草得要命，但说实话，我们算是认真的。那个年头，二话不说把人拎出来就枪毙的事，多的是。

正当我瞌睡劲儿越来越大，都已经有些站不稳的时候，我闻到了一股淡淡的清香。一激灵，我精神了起来。然后，我就看见一个女人走了过来。我们本来是两个人一班岗的，正好另外那个人去了厕所，她就走到了我的面前，我一眼就认了出来，是梅好。我那个年龄，无论多么革命，对漂亮女人的关注却是怎么也革命不起来的。不，梅好不认识我。在梅校长没有被打倒之前，她是县豫剧团的台柱子，就像一个公主一样，能被她看到眼里的人，有几个呢？——那天晚上，灯光下的梅好也还是公主，不过是落魄的公主。她的眼睛是肿的，头发有些乱。不知怎的，我很想伸出手去给她整整头发，可我不敢。就只从心里伸了伸手。

那天，梅好就那么走到了我的面前，问我王爱国在哪儿，我按纪律问她：找王爱国干什么？她说说她爸的事。说到爸这个字，她就带出来了哭腔。她爸爸是梅校长，正被我们关着呢。那天中午吃饭我还看见了他，饭一到手他抓起筷子就往嘴里扒拉。说实话，我们用的那些筷子还会用水胡乱冲冲，他们用的筷子连冲都没冲过。就那他们也用。人到哪个份儿上就做哪样事，一点儿也没办法。后来他的筷子掉到了地上，他就用手往嘴里塞，像吃新疆的手抓饭。当时我心里还闪过一个念头：要是梅好看见她爸这样，还不知道是什么心情呢——我忽然想起，明天公审大会上被枪毙人的名单里，就有梅校长的名字，他在假枪毙之列。当然，真枪毙和假枪毙的真实情况只有我们知道。

那么，梅好肯定是听到了消息，跑来给她爸求情的。告诉她真相？我脑子里动了一下这个念头，但很快就过去了。怎么想的？不用想啊，我在很自觉地遵守革命纪律嘛。这是革命机密，我怎么能告诉阶级敌人呢？绝对不行。于是，我就什么也没说，只是给梅好指了指王爱国的办公室，看着她月白色的背影朝着那间办公室走去，我就再也不瞌睡了。等那个人上厕所回来之后，我就说也上厕所，就躲到了王爱国办公室的后窗那儿，支了一块砖，探着头往里看。这个角度很好，一来我在暗处，屋子里灯火辉煌，看得很清楚。二来我和王爱国是一个方向，正好可以清清楚楚地看看梅好——要不是为了看梅好，我费这么大的劲儿干吗呢？我留了心思，想看看她怎么去跟王爱国说。梅好的家世那么好，人长得那么漂亮，梁文道那么风度翩翩，他们夫妻又是那么恩爱，说老实话，这都刺人的眼，挺招人恨的。如果梁文道挺招男人恨的话，她就挺招女人恨的。这么去想的话，她到了王爱国这种女人手里，怎么会有个好呢？别看她的名字叫好。

很快，梅好就进了屋，来到王爱国面前。屋里还有两个红卫兵。男的。名字？这么多年过去，早就不记得了。为了讲述方便，就叫他们甲和乙吧。那时候，甲、乙和我三个男人，还有王爱国一个女人，我们四个人的眼睛齐刷刷地看着灯光下的梅好。灯光下的梅好特别好看。她的眼睛有点儿往上挑——梅梅跟她一样——本来就有些像唱戏的，这会儿她的眼睛周围虽然已经哭得红肿了，可是那红因为眼泪的关系，水润润的，简直像搽上了一层胭脂，更跟唱戏的扮好了妆一样。我还发现，她穿的上衣不是纯月白色，而是印花的，很浅很浅的那种花，现在的青花瓷上经常会有那种花样，叫缠枝牡丹——你是不是觉得她在落难的时候我还这么细看着她，特别无耻？我也知道。可我就是控制不住自己，就是控制不住。

你爸爸是罪大恶极，你知道不知道？突然，王爱国一声喝问，像炸雷一样。连我都打了个了冷战。梅好哆嗦着嘴唇，没有说话。

你不跟他划清界限，还跟他说情？你这是什么行为你知道吗？

梅好仍然哆嗦着嘴唇，不说话。

你跟你爸爸一样，是自绝于人民自绝于党！！王爱国啪的一声一拍桌子站了起来。这是我们威吓对象们时常用的手段，我很习惯。可梅好肯定不习惯。我看见她浑身都打了一个大大的哆嗦。然后，她开口了。她说：我忠于人民忠于党。

哦？王爱国冷笑了一声，走到梅好身边，围着梅好转了起来：我怎么没看出来？你的忠在哪里？

在这里。梅好指了指自己的胸。我知道她是在指自己的心。可是看着她高耸的胸部，我的心头忽然涌起了一种不祥的预感。

哦？王爱国又冷笑了一声，也把眼睛落在了梅好的胸部。就在她转眼的一瞬间，我知道自己那种不祥的预感已经不再是预感了，它很可能会变成活生生的现实。顿时，我的心里火辣辣的。我开始恨王爱国。这个女人，这个看起来比谁都革命的女人，不，此刻，她已经不再是个女人，而是个男人了。她的眼睛暴露了一切：她对梅好有想法，有那种脏的想法——她当然不能像男人那样把梅好怎么样，她的那种脏，就是想侮辱梅好作践梅好的那种脏，就是把一块想吃却吃不到嘴里的糖扔进粪坑的那种脏。我是男人，看她一眼我就知道。

不过，我也不怎么担心。这屋子里还有俩人呢，她总不能当着那俩人去平白无故地糟蹋梅好吧。就是把那两个人遣走，这屋子里也没有窗帘，她想要干什么，全大院的人都一清二楚。这大院里有百十来个人呢，她这个位置，想搞掉她的人也不是没有，她不会弄这么大一个把柄给人留着。——再说了，还有我呢。她要是真做了什么我真看不下去的事，我在窗外喊上一声，也能把她吓出个样儿来。

想明白了这些，我就决定继续那么看着。

你们听见没有？她说她的忠心在这儿。你们想不想看她的忠心啊？王爱国对甲和乙说。那两个人沉默着。我的心大大地抽抽了一下。王爱国这么容易就找到了欺负梅好的借口，我真没想到。

好，你们不想。

不是不想，可她……她是女的……那两个人吭吭哧哧地说。

怕说不清是吧？王爱国扬声道：给我叫两个女小将来！

是！那两个人齐声回答。

两个女小将很快进来了，都是五大三粗的身胚子，都是王爱国的心腹打手。名字？也早就忘了，为了讲述方便，就叫她们丙和丁吧。

这个反革命子女说她这里有忠心。王爱国指着梅好的胸部：你们想看她的忠心吗？

想！丙和丁齐声回答。

梅好看样子有些傻了。她肯定没想到王爱国的心思。她瞪着黑白分明的大眼睛，几乎是无邪地看着王爱国。

你听到了吧？人民群众要求看你的忠心。王爱国的口气平缓了下来：你就让人民群众看一下吧。

——人民群众，就是这个称呼。这是那时候最常用的称呼之一。什么事情想干，就说是人民群众要求的。什么事情不想干，也说是人民群众要求的。谁是人民群众？人民群众是谁？没人想过这个问题。现在想想，人民群众么，需要的时候就拎出来用用，不需要的时候就搁在那里晾着。就是这么一个词么。

说这些话的时候，王爱国绷着个脸。丙和丁的脸上却露出了一丝笑意。她们都听懂了。我当然也听懂了。可是梅好还是没听懂。她看着王爱国，说：我没有拿红宝书，能不能拿你的用一用？她以为是让她演示一下那个表忠心的仪式呢。

红宝书？王爱国幽幽道：你是说红宝书么？

嗯。梅好郑重地说：红宝书。

你也配拿？！王爱国吼道。

梅好呆立在那里。

不用红宝书你就没办法表忠心了么？王爱国指了指梅好的胸：你不是说你这里有忠心么？现在，人民群众要看看你的忠心，你让人民群众看看你这里就行了。

这回梅好懂了，她的脸一下子变得通红。这不行！你们这是干什么！她说。

我们什么都没有干，是你自己要过来表忠心的！王爱国比她的声音更大，她一定不会让自己的气势软下去：你到底有没有这颗忠心？

……有。

我们造反派能不能检阅检阅你这个反革命子女的忠心？

……能。

那就别不识抬举，这是给你机会！有忠心就表，没有忠心就滚蛋！

梅好浑身颤抖。我看得出来，她想滚，想滚得远远的，再也不用看见这些恶魔一样的人。可是她没有动步子。她没忘记自己是干什么来了。

那一段沉默不知道有多久，但是沉默得可真厚密啊，仿佛被石头压住了脖颈，让人喘不过气来。王爱国点了一支烟，点烟的时候，我看见她的手也在微微颤抖。其他四个人谁也不看谁，不知道他们在看着什么，脸上都没有什么表情，尤其是那两个男小将，甲和乙，如果甲脸颊的肌肉不隔几秒钟痉挛一次乙咽唾沫时喉结鼓动得不那么厉害的话，他们的表情甚至都可以称之为木了。

我呢？此时的心就像在油锅里烹炸。我喜欢梅好。那么漂亮的女人，不喜欢她的男人就不是男人，最起码不是正常男人。我当然不想让别人欺负她。但是，退一步讲，怎么说呢？我也很清楚：对于梅好，我再喜欢，再心疼，她都不是我的，永远也不会是。如果不趁着这种机会，我这辈子都别指望能看见她的身体。对，我想看见她的身体。当然想。我知道她的身体一定很美。以往，她的美总是在我的想象中，也只能在我的想象中。但对于男人来说，对于一个正常的男人来说，仅有想象是不够的。想水不解渴，喝水最解渴。可是当这水不能喝的时候，看水也是一个不错的选择，虽然看水可能会更渴。——我确信，没有男人不想真真切切地看见那么美的身体。我是男人，当然也想。而且，当时真的是再好不过的机会了。首先没有任何风险，只要站在那里不出声地看就行了。其次，如果这是一场罪的话，我又不是始作俑者，不需要承担任何法律或者是道义上的责任。

救她？我不是没有想过，可是那种念头只是一闪而过，也只能一闪而过，只是个虚意思而已。如果不一闪而过的话，那念头肯定会把我的脑子吓着。她是什么人？是反革命子女。我是什么人？是革命者。我去救她，那我还革命不革命了？退一步说，即使我从此不革命了，即使我鼓足了一切勇气挺身而出去救她，对方人那么多，还有武器，我救得了她吗？最大的可能性是：救不了她，还把自己也搭了进去，其结果是我肯定也会成为反革命。我可以不革命，但无论如何不能成为反革命……总而言之，言而总之，我不能救她。我没有救她的立场和能力。所以，我很快打消了去救她的念头。我就那么静静地站在那里，默默地看着她。我想，如果她不表忠心，我也很安慰。如果她表了，那我……就算拣了一个便宜吧。

不一会儿，王爱国抽完了烟，把烟蒂踩灭到地下，淡淡地对梅好说：你再想一会儿。不愿意就算了。革命靠自觉。说完，她走到书桌旁，开始写大字。那时候，凡是革命小将没有不写大字的，不管写得好不好，反正十有八九都在写。

她写的只是一个字：忠。那时候的常用字里，除了毛主席和革命，就数这个忠了。她手中的毛笔很粗，写的忠字也很有劲，一笔一画，每一笔都蘸满了墨汁。一张纸上，她就只写一个忠字。每写完一张，甲和乙就用夹子把忠字夹好，挂在墙上。她一张一张地写着，一会儿就在整个房间挂满了一圈儿。等到最后一张忠字挂好，墨盒里的墨都快用完了——那时候都不用砚台，都直接用墨盒。墨盒方便哪，可以到处拎着跑。砚台浅，容易洒，拿着不方便。

王爱国终于搁下了笔，问梅好：想好了吗？

这时候，梅好说话了。她说：我表。我表了之后，可以不枪毙我爸爸吗？

——这一刻，我后悔了。我真想告诉梅好：你爸爸是假枪毙！你爸爸没事！你这个傻瓜，赶快走吧！可是，我说不出来。我一个字都说不出来。

那要看你表态表得怎么样了。王爱国说。她的嘴角泛出一丝淡淡的微笑，仿佛一个猎手看见了最可心的猎物，而这个猎物唾手可得。

我听你的。只要你……

不要讲价还价。王爱国说：你还有资格讲价还价？

静默了片刻，梅好开始解扣子。她解得很慢。王爱国看了她一眼，对丙和丁抛了一个眼神，显而易见对她的速度很不满，丙和丁心领神会，走到梅好跟前，三下两下就把梅好的衣服拽开了，还不耐烦地说：快点儿！别浪费我们的革命时间！还有那么多革命工作需要我们去干呢。

屋子里一片静默，所有的人都虎视眈眈。终于，梅好脱下了那件月白色的缠枝牡丹的外套，露出了里面低领的红线衣。雪亮的灯光下，红线衣的红显得分外绚丽和夺目。而在一片绚丽夺目的红色中，两块半圆形的高地骄傲地凸显了出来。我甚至看见了高地上面两个圆圆的点——那是梅好的乳头。

这就行了。看到这儿就行了。我暗暗地对自己说。可我的眼睛却贪婪地盯着屋里，生怕错过梅好的一举一动。

快点儿！王爱国说。她不再掩饰自己的迫不及待。丙和丁再次走上前去，粗暴地卷起了梅好的红线衣，一把从脖颈处撕了下来。梅好下意识地搂住了自己的胸，又被她们一把扯开。

梅好的胸，一下子从她的手下弹了出来。

6

钟潮将讲述暂停。他喝了一大口水，然后以一种怪异的眼神看了我一会儿：她的胸……如果是你，你也会想看，是不是？

我沉默。想了想，我点了点头。是的，我得承认：我也想看。是的，是这样。在倾听的过程中，我发现自己居然不知不觉地站在了钟潮这边。他想看的，也是我想看的。如果我是他，我可能也会跟他一样，去那么做——我真是个怪物啊。

你很诚实。我想，很多人在那样的情形下，应该都会想看。当然我的意思不是说这就是对的。但是，你知道，这和对错没有关系，这只是一种本能。他说：虽然，是一种让人羞耻的本能。

我沉默。是的，是本能。而且，越是让人羞耻的本能，可能就越是很难克服的本能。

这么多年，梅好的胸，一直藏在我的记忆里。钟潮说：一个人藏着秘密，藏了这么多年，这真是遭罪啊。我一直想找个人说说，却不知道该跟谁说……她的胸，一下子从她的手下弹了出来，晶莹白嫩，如两个半圆形的雪团，在灯光下发出一种隐隐约约的淡蓝色的微光——不，不是我的错觉，我当时把眼睛揉了又揉，真的看见了那种淡蓝色的微光。我相信屋里的人也都看见了。那真是一种奇怪的微光，仿佛她的血液是蓝色的海水，透过皮肤映出来了大海的颜色。又仿佛她的血液是蓝色的天空，透过皮肤映出来了天空的颜色。而那两颗玲珑的乳头，就像两颗鲜红的玛瑙，镶嵌在半圆形的雪团之上，让人油然而生一种采摘的欲望。

当然，没有人去采摘。那一瞬间，屋子里的人都惊呆了。静了一会儿，王爱国才开始说话。她问道：你不是说你这里有忠心么？你的忠心在哪儿？嗯？

梅好沉默着。她知道自己做什么都会被王爱国斥责。她在忍受。

我们没有看到你的忠心啊。什么都没有。王爱国说着，用手轻佻地弹了弹梅好的腰：是在下面吧？

不！梅好叫了一声。

王爱国退后了一步，丙和丁立马上前去扒梅好的裤子，但梅好已经开始拼命挣扎。一旦挣扎起来，她的力气就显得奇大，她的手和脚一起划动着，很快，丙和丁这两个训练有素的小将就开始狼狈不堪。她们在梅好的四肢上上下下奔忙，按住了脚却按不住手，按住了手又按不住脚。梅好的两只乳房在混乱中弹跳着，像两只甜美无瑕的水果。

还愣着干什么！王爱国喝问着甲和乙。甲和乙对视了一眼，也走上前来。开始他们还有些不知所措似的，很快他们就使上了力气。乙按住了梅好的手，甲按住了梅好的脚。男人到底是有力气的，只要想欺负女人，那还是不在话下的。丙和丁这就从容了许多。她们开始扒梅好的裤子。梅好的裤子是被她们一下子就扒光的，连内裤带外裤。或许是她的皮肤太光滑，也或许是丙和丁的手劲太大了，总之梅好死命维护的裤子就像一张纸一样被她们轻飘飘地就扒了下来。在扒到脚踝处往下脱的时候，按脚的甲不得不暂时松开了梅好的脚，在他松开的一瞬间，梅好将双腿蜷缩了起来，我听见她似乎是呻吟着说了一句：

让我死吧。

那一刻，我的眼泪流了出来。真的，我真的哭了。这泪水里有愧疚，有难过，有心疼，有我至今也说不出来的各种滋味……我相信梅好真的想死。被人羞辱到这个地步，她真的想死。连我在一边看着，都有些想替她去死。

但是，我很快擦干了眼泪，继续看了下去。

这时，梅好的衣服已经全部脱光了。她一直闭着眼睛。死死地闭着眼睛。甲乙丙丁，他们恪尽职守地牢牢按着梅好的四肢。在光滑冰凉的地板上，梅好像一个即将被动手术的病号，或者，怎么说呢？更像一个正在等待被活体解剖的人——我们在学习抗日战争史的时候都知道，惨无人道的日本鬼子会经常拿我们中国人做活体解剖。就是那样的。我也不知道自己的脑子里当时为什么会有那样的联想。革命小将，日本鬼子……乱了，全乱了。

在我的乱中，王爱国，她非常镇定地走到了梅好前面。

你的忠心呢？她俯下身。

让我们死吧。梅好仍然闭着眼睛，喃喃地几乎是自语地说。

我注意到了，她说的不是"让我死吧"，而是"让我们死吧。"这个"我们"，我明白，是指她自己和她爸爸。她已经知道自己做了一件多么徒劳和愚蠢的事。她已经打算放弃自己和爸爸的生命。

我们都看到了，你没有什么忠心。王爱国依然慢条斯理地说着：但是，本着治病救人的原则，我们决定，给你一个忠心。

说完，她转身走向书桌，在墨盒里用力地蘸了一下，可是墨盒里的残墨有点儿浓，已经不够她蘸了。她往墨盒里倒了一点点儿水，然后将稀释过的墨汁倒在了毛笔上，毛笔顿时显得饱盈盈的。她拿着饱盈盈的毛笔，慢慢地走向了梅好。

所有的人都看着梅好，我也死死地看着她。不，其实我的眼神没有那么死，其实我让自己盯了好几次窗台，每次大概都有一两秒钟，这一两秒钟里，我甚至数了数砌窗台的红砖有多少块，我还发现砖块与砖块之间的缝隙像一道道均匀的栅栏……但我还是看梅好了。我忍不住要看。这个时候，面对梅好，我什么也做不了，除了看。——这么多年来，每次想到梅好，每次想到这一幕，我就想着，总想着，有那么一天，我一定要对人说说。还不是随便找个人说，得找个最合适的人说。谢谢你，你就是最合适的人。没错，你就是。

王爱国提着毛笔走到了梅好面前，这个时候，梅好似乎也意识到了什么，她睁开了眼睛，看见了那支黑幽幽的毛笔。她猛地一挣，似乎想要坐起来，要不是那四个小将按她按得太紧，她肯定就坐起来了。当那四个小将使出全身力气把她重新按到地上时，我听见梅好低吟了一声：

天哪。

她喊天，天听不见。她不喊我，我听得一清二楚。这两个字齐头并落，实实地砸在我的耳朵里。直到现在，我还能偶尔听到。是，没错，我知道是幻觉，可幻觉有时候比真的还像真的，真的有时候反而比幻觉还像幻觉，是不是？

王爱国开始写字了。她从梅好的左乳侧边起笔，写下了第一个比划：竖，然后从梅好的左乳上方划到右乳上方，再从右乳侧边拐下，写下了一个横折，接着从左乳下方到右乳下方完成了一道长横，封住了口，这样，她先用一个长方形的口字，将梅好的乳房完完整整地框了起来。在写的过程中，她一直站在梅好的双腿间——没错，我看见了那里。我看见了。可能谁都没有我看得那么清楚。对不起，我是真的看见了。真的。对不起。待会儿我还要特别说说那里——不，我一定要说，我必须要说。对不起，我得说。

写完了这个口，王爱国朝后退了一步，打量了一下，其实更像是欣赏了一下，然后，她重新站到了梅好的两腿间，弯下腰，从梅好的颈下起笔，写下了一个长长的竖。那道竖，一直划到了梅好的肚脐处。这个时候的梅好，一直静静地躺在那里。闭着眼，不再说话。连低吟和自语都没有了，像死了一样。

再然后，王爱国开始写心。点，竖弯钩，点，点——问题来了，心中间的那个点是王爱国最后写的，也可能是没有墨了——心的这几个笔画，一笔比一笔墨色淡——但更大的可能性是因为中间那个点的落脚处，是在梅好的那里。

没错，心中间的那个点，就在她最私密的地方。我不知道这是不是王爱国的别有用心，不过从总体布局来看，好像这个点写到那里也是必然。但是那个地方本来就是黑色毛丛，黑色的点落在上面根本就不显。或者说，那团黑色毛丛本身就是一个巨大的点。王爱国的毛笔笔尖落在上面，根本也就不可能显出什么。总而言之，因为这一点，这个忠字，显得很滑稽，就像一个空心……

王爱国显然也看出了这个问题，那个点，王爱国点了三次，一次比一次下力，——不，梅好没有发出任何声音，我总觉得她已经接近于死了，但她身体的反应还是显示出了王爱国的力道，王爱国每点一次，她都忍不住要痉挛一下。尽管四个小将按她按得很紧，也无法控制住她的这种痉挛，等到王爱国第三次点她的时候，我清晰地看见，那种痉挛像波浪一样，在梅好的小腹处鲜明地起伏了一下。

——那时候，我的身体也有了反应。怎么会没反应呢？有一个瞬间，我简直都要控制不住自己了。我想，我就要疯了……可是，我没有疯。我到底没有疯。我在黑暗中，没有人看见我。我只是看着他们，看着他们在做这样的事。我没有疯。于是我接着看了下去，看了下去。对不起，我看了下去。

王爱国也看见了梅好的这三次痉挛，当最后一次痉挛的波浪起伏过之后，她低低地骂了一声：贱人！然后，她看了看手中的毛笔，几乎是自言自语地说：还差这一点儿，可怎么办呢？

没有人回答。

非写上不可。她又自言自语地说：忠字，怎么能少了心里的一点呢？

她拿着毛笔，转身看着空空的墨盒，短暂的静默之后，忽然，她眼睛一亮，蹲下了身。

梅好。她喊道。和方才的喝问相比，她的声音温柔了许多。

梅好依然像死去了一样。

忠字还少了一点，心里的一点。这一点很重要。王爱国肃穆地说：我要把它写到最深处。

梅好依然无声无息地躺在那里。

注意，我开始写了。王爱国说着，跪在了梅好的双腿间。我蓦然明白了她要做什么，心紧紧地绷了起来，紧绷的心也像灌了铅一样沉重起来。我不由得托住自己的胸口。如果不这样，我担心我的心会坠穿我的肚皮，掉到地上去。也就是我明白的一瞬间，梅好也睁开了眼睛。她的头和背挣离了地面，她的眼睛几乎要挣出眼眶，她似乎使出了全身的力气，声嘶力竭地喊出了一个字：

不——

顺着这个字，王爱国把毛笔插进了梅好的身体。

也就是在这一瞬间，梅好的头嘭的一声砸在了地上。她昏死了过去。在梅好昏死的一瞬间，我紧绷的心忽然松弛了下来，我沉重的心忽然轻快了起来。我想，她终于什么都不知道了，她可能要死了——忽然间，我甚至希望她死，真正地死。我莫名其妙地想，她要是死了，就好了。

我沉默着，想象着钟潮讲述的场景：漆黑的夜，雪亮的灯，美丽的女人裸体，一支长长的毛笔插进了她的下体——这几乎是香艳色情的画面，让我毛骨悚然。

她……流血了吗？

没有。钟潮说着，脸飞快地红了一下：……其实，插进去的部分没有多长，王爱国很快就把笔拿了出来。她的脸上掠过了一丝少有的紧张和惊惶，但是她很快就强装出了镇静，自言自语地说：写完了。

把衣服给她穿上吧。

那个忠字呢？没有擦掉吗？

怎么会擦掉呢？怎么能擦掉呢？没有人敢擦掉。甲乙丙丁就把那个忠字给梅好穿到了衣服里。

后来呢？梅好是什么时候醒的？

王爱国让丙和丁弄来了凉水，给她擦了擦脸，她很快就醒了。

然后呢？

然后，她站了起来，收拾了收拾衣服，走到王爱国面前，说：我爸爸。这时候，王爱国突然有些气馁了。她说：放心吧。你爸爸不会死。梅好转身走了。第二天……

我知道。我说：梅好就疯了。

静默良久。我不知道该说些什么。而钟潮，在说过了这些之后，似乎也不知道该说些什么。可是，我知道，终归，他还是要说些什么的。

我，是不是很坏？终于，他问。

我沉默。

不过，我也不是那么坏。好歹，我算是什么都没做，什么都没做……他嗫嚅着：那时节，我也是没办法，没办法……说着，他忽然哭了起来。他没有哭出声音，只是默默地哭着。哭的时间也不长，一会儿就停止了。他用手背擦抹了几下脸。也许是因为手不干净，或者是脸不干净，或者是泪不干净，或者是这些都不干净，那几下擦抹让他的脸色显得越发污浊起来。我的心头不禁涌起了一阵嫌恶。

告诉我那几个人的名字。等他控制住了泪水，我说。

……不记得了。

你肯定记得。

记得很可能也是错的。

那也没关系。

你知道这个干什么?还想去找他们么?

有这个可能。

没意义。

我觉得有意义。

僵持中,我默默地盯着茶杯里的茉莉花。

我想想。他说。稍后,他说出了乙的名字。又稍后,他说出了丙的名字。

其他两个……我实在想不起来了。

那就这样吧。我说。

我站起身,来到卫生间,待在一个格子里,静了一会儿。这次,收获很大。我知道了梅好最隐秘也最致命的历史,还知道了那个王爱国,还知道了甲乙丙丁中乙和丙的名字,到时候顺着王爱国和乙丙再顺藤摸瓜,肯定还会有收获——不管是什么样的收获,反正都是收获。

这个事情越来越有意思了。

从卫生间出来,我直接到收银台结了账,和钟潮不辞而别。

我再也不想见到这个人了。

第十五章

1

两个月后,2004年元旦前夕,奉着局长的"最高指示",我第二次陪领导们去拾梦庄。这次的领导阵容更豪华,层次也更丰富。级别最高的领导是省旅游局局长,姓王,人称王局。此外还有两个专家,一个是来自中州学院的旅游专家李教授,另一个居然就是申明。这最让我惊喜。本想问问他怎么会参与到这次活动中来,又想到他做的"文革"课题正好应对上拾梦庄,便也释然。他仿佛看出了我的心思,主动解释说原不关他的事,只是某次和李教授吃饭时听说有拾梦庄这么一个地方,就决定跟着过来看看。

"李教授是主角。"他道,"我连'李教授等'的那个等也算不上。"

解说员依旧是那个小乔。此时的小乔穿着白色羽绒服,浅蓝色牛仔裤,还化了个淡妆,很是小清新。一行人来到村口,依然是一群老人孩子在候着,唯一不同的是,忽然间有个小男孩指着钟局长,神情兴奋起来,问道:"演不演?"

"演。"钟局长道。

"演啦！演啦！"小男孩大叫着蹦了起来，随即朝村子里跑去。门洞里那些老人和孩子也都面露喜色，纷纷起身，跟着我们慢慢地向村里走去。

"演什么？"我问小乔。

"戏。"

"什么戏？谁演？"

"到时候就知道了。"小乔脆声道。

"对，先别告诉她。"钟局说："胃口吊得越高，看戏的时候才越过瘾。"

进了村子，还是那个皮肤黑胡子白的阎村长出面接洽，和上次一样，这一行的领导们也对村子的规模大为惊叹，到了村里，也为"文革"遗迹啧啧称奇，在《文化大革命就是好》的歌词墙前，他们也唱了一遍这首歌，也开怀大笑。唱完之后意犹未尽，他们还说起了忠字舞。有人还比划了几个动作，惹出一阵又一阵哄笑……我注意到：申明没有跟着唱，更没有跟着跳。他紧紧地闭着嘴唇。

"行了，别在那里瞎怀旧了，叫你们看看标准的吧。"王局挥手示意喧嚣告一段落，把脸转向钟局，"准备好了么？"

"早就准备好了。"钟局软软地笑着，低声道，"老师不好找，教的时间短，演员也都是90后，和那个时候隔得厉害，肯定是缺了那个味儿，您就看个大差不差的意思吧。"

王局点点头："开始吧。"

在小乔的安顿下，我们退后几步，以这家的大门口为直径围成一个半圆，形成了一个小小的广场。等待的瞬间，微微的静谧。我忽然觉得右臂一阵清凉，转脸，是申明。他紧挨着我站着，我似乎能感受到他沉稳的呼吸。

一阵夸夸夸的整齐脚步声骤然响起,一个队伍从大门里走出来。在看到那队人出现的一瞬间,我有些恍惚,以为自己是在看一场老电影,或者是新电影里正在进行的老场面:绿军装,绿军帽,牛皮带,红袖章……他们的四肢划出的轨迹棱角分明,他们的表情是空无一物的坚定纯洁,最具标志性的是他们每个人的手中都挥舞着同一本书,书的大红封面上都印着同一个人的头像:毛泽东。

少顷,出场程序结束,一个男孩子扛着一面红旗走到了队伍的最前面,大摇大摆地挥舞了起来。在红旗的猎猎中,队伍开始踏步,边踏步边喊:"革命无罪,造反有理!革命无罪,造反有理!"踏步声停,他们摆出了一个造型,然后开始边舞边唱:"拿起笔,作刀枪,集中火力打黑帮。革命师生齐造反,文化革命当闯将!"唱完之后,他们又从头开始踏步,造型,舞唱,如是者三,方才退场。退场的口号倒是和唱的没有任何重复,是让我瞠目结舌的非常嘎嘣脆的两句:"要革命就跟我走,不革命就滚他妈的蛋!"

我有些明白了:这忠字舞原来是为拾梦庄的旅游开发预备的一个配套节目。

"王局,李教授,各位领导,怎么样?这忠字舞还有点儿意思么?"钟局问。话似乎是朝大家,脸只是朝着王局。

王局微微一笑。

"那,咱们就开现场会吧?"

王局点点头。

现场会是在阎村长的院子里开的。两张八仙桌,众人围坐。蓝天晴朗,阳光明媚,小鸟叽啾,微风轻拂,再衬着古色古香的老房子背景,倒还真是配得上现场会这个名头。我特意挑了靠近影壁的座位,和小乔坐在一起。影壁转过去就是大门,要是会开得无聊,我随时准备开溜。有大好的风景可看,我干吗干坐着给他们应景儿呢?

背后气息浓重。回头,是村里几个上年纪的人。小乔撵了几撵没有撵开,王局发话说既然都是村里的住户,那就让他们听听吧。阎村长像叮嘱孩子似的叮嘱他们:"别吭声,好好听。"他们都嘿嘿笑着,各自依着影壁在角落里站好。

主持人便是钟局。他先温良恭俭让地把来宾介绍了一遍,又客气了一番,说是走了这么久的山路,实在是辛苦了众人,中午在景区里吃的饭也不怎么好,酒虽好也没有放开喝,到了晚上好好补,谢谢各位体谅。但既请了各路神仙来,就少不得请大家知无不言,言无不尽,给拾梦庄的未来指条明路……一阵谦让之后,我的局长先发言,无非是要好好利用这个古建筑群之类的套话,众人的发言便也就此铺排开来,有人说赶快把拾梦庄的老住户整体迁净,宽宽敞敞地再盖一大片新房子,到时候,新是新,旧是旧,新有新的好看,旧有旧的韵味,相得益彰又两不相碍。有人说要盖新村就仔仔细细地规划一番,最好做出几条特色街,像商业一条街餐饮一条街酒吧一条街客栈一条街什么的,总之就是把客人留在山里,多住一天就多一天的 GDP……都不新鲜。几个人发言过后,会场陷入沉默。

"金金,要不然你说说吧?"钟局突然瞄准了我,"你以 80 后旅游工作者的角度说几句吧。"

我连忙摇头摆手,说:"我没什么好说的。"

"随便说两句吧,说两句。"

"好吧,那我就只说两句。第一句,如果我没猜错的话,看刚才的忠字舞,你们是想把拾梦庄里的'文革'元素作为一个旅游资源来挖掘的。第二句,如果对这个资源的挖掘仅仅是那些字和一个舞,就太平面太简单了。"

会场再次沉默。这次时间长一些。叶落一两片，又落一两片，偌大的院子竟然显得有些微妙的异样。我环视了一眼会场，发现有好几个人都嗷嗷待哺似的看着那个李教授，于是便也看着他。这真是一个有派的男人，喝茶，抽烟都慢条斯理，看人的眼神也是慢条斯理，似乎什么事儿到他这里就应该是这么慢条斯理。

"说得好。"终于，李教授开了腔。他说以他的研究经验来看，国内旅游市场对"文革"元素的使用大致有两种风格：一是严肃化，二是娱乐化。据他的了解，严肃化呢，是绝对行不通的。他曾在潮汕地区参观过一个"文革"主题景区，走的就是严肃的路子，里面的景点有"文革"博物馆，思安塔，追思坛，明镜台，碑林，还有墓园区等等，规模倒是很大，也很有深度，但游人寥寥，效益很差。而且当初工程上马的时候也困难重重，支持得少，反对得多。反对的理由是"如今形势一片大好，何必再去揭旧伤疤，既让大家不快，又有可能引起社会动乱。"以此为鉴，所以必须娱乐化。也就是说，娱乐化势在必行，关键是怎么娱乐的问题，用什么形式娱乐的问题。然后他说起了井冈山，说他去过不止一次井冈山，研究过那里的旅游模式。井冈山就击中了当今人们的娱乐七寸，创办了一系列很成熟的特色项目，比如让游客们穿上红军服走朱德当年的挑粱小道，吃红米饭喝南瓜汤忆苦思甜，请政治学院的老师去烈士就义的地方上历史课……穿红军服本身就很好玩嘛，挑粱小道的风景也是很优美嘛，红米饭南瓜汤的味道经过精致的改良也是很可口的嘛，配菜里自然也少不了大鱼大肉嘛，还有，上课的老师讲话的声音也是很好听的嘛，故事里的细节也是很煽情的嘛，让那些身在福中不知福的游客们好好地哭一哭也是能体会到悲剧快感的嘛……他说拾梦庄也可以借鉴这种经验。比如让游客一进景区就穿上红卫兵的衣服——要想不穿也可以，得另外加钱。到时候，你看吧，肯定漫山遍野都是红卫兵，这就是一大噱头。还有，游客要想在一些特别的景点拍照，必须得摆出固定的造型，要是不按规矩来，那也得另加钱。对了对了，还可以在游客中举办"文革"歌曲大赛，肯定有不少游客喜欢演，也肯定有不少游客喜欢看。要是能让游客们住下来，那就更是大有可为。让他们早饭前早请示，晚饭前晚汇报，去地里采摘时令的瓜果蔬菜算做"上山下乡"，最重要的文艺节目么，当然就是让他们欣赏八个样板戏……反正，只要分寸拿捏得好，可做文章的地方就太多了。

会场的气氛顿时热烈起来。你一句我一句，此起彼伏：

"客房里要订制一批'文革'时期的茶杯、茶壶和脸盆！"

"墙上要贴上样板戏的海报和毛主席的照片，最好是没有抠去林彪的那些！"

"那次我去郑州，看见大街上就有卖的。虽然不是旧的，那新的仿得也好！"

"也给游客们划成分划出身！按工资多少划！"

"对，贫农，中农，富农，地主，黑五类，红五类，统统都划出来！没有阶级就斗争不起来，没有斗争就不好玩！"

"那就少不了批斗会！对了，要是旅游过程中谁出现了啥问题，比如说上车迟到了，忘了戴红袖章了，都可以批斗他。大家一起喊口号，可带劲！"

"嗯，要是想更刺激，还可以上手打！"

"打……也不能当真吧？"

"当然不能当真。总归是玩么。用塑料泡沫做的那种棍棒呗，枪用水枪。对了，枪里可以装上红颜色的水，打出来就跟血一样，一定很有效果！"

"把样板戏也好好地改良改良，阿庆嫂的下身只穿件围裙就行了，别穿裤子，一定吸人眼球！"

"对，那样刁德一也更有戏了，一边唱一边色迷迷地看着阿庆嫂的大腿……"

……

"文革"，每次我在电视、书本和人们的日常言谈中与这个词邂逅，跟它最常搭配的词组似乎就是"十年浩劫"。我从不曾想到在眼下这群人的热议中，这个词会演变得这么有趣，这么欢乐。

"这一套搞在旅游里，你觉得有意思么？"我问小乔。

"别说，还真有些意思。你觉得呢？"

我笑笑，默默地坐在那里。沉默中，我不时看着斜对角的申明，他一直是嘴唇紧闭，一幅平静的样子。众声嘈杂里，我听见身后的老人们也在悄声地说着什么。也许他们确实是想悄声，但大约他们一辈子也不知道什么是真正的悄声，因此他们的悄声便和会场上的踊跃发言交叉混杂，聒聒噪噪地进入了我的耳中：

"又要革命了。"

"客房的名字也别叫什么101、102，就叫向阳一号、向阳二号！东方红一号，东方红二号！红旗一号，红旗二号！"

"咋又要革了？"

"要是会背老三篇的，住宿可以打折！"

"谁知道啊？管他呢，革就革呗。"

"门票也可以打折！"

"就是，爱咋革就咋革，反正咱们跟着就是。"

"对了对了，让游客进每个景点都要说一句毛主席语录！"

……

突然，钟局站了起来，一把揪起晾衣绳上正晒着的一条白毛巾，来到会场中央，大声道："让我来演一段，带着大家重新回到那个激情燃烧的岁月吧！"

掌声雷动，满场沸腾。

只见他半蹲着身子，向前弓起右膝，右臂高高地举起白毛巾，眼睛亮晶晶地盯着右上方，眼白很大，眼皮儿一眨不眨，一字一句道："顾客须知——凡到我革命商店买革命商品的革命同志，进我革命门，问我革命话，须先呼革命口号，如革命群众不呼革命口号，则革命职工坚决以革命态度不给革命回答！"说完，他便将白毛巾搭在头上，将双手交叉抄在袖子里，呈现出农民状，用沧河方言道："关心群众生活，同志，俺买点儿东西。"接着他又一把把白毛巾拽下，换成了普通话，道："为人民服务，你买啥？"然后再把白毛巾搭上，换成了沧河方言："灭资兴无，我买个洗脸盆。"……于是，随着白毛巾的搭上和拽下，他的分角色表演轮番呈现："破私立公，给你。""革命无罪，多拿俩叫咱挑挑。""反对自由主义，不让挑。买哪个就是哪个。""突出政治，你就多拿俩叫咱挑挑呗。""在路线问题上没有调和余地，说不能挑就不能挑。""凡是敌人反对的，我们就要拥护。为啥？""凡是敌人拥护的，我们就要反对。不为啥，就是不让挑！""打倒土豪劣绅，有这样卖东西的吗？""一切权力归农会，爱买不买。""批判反动学术权威！你这是啥态度?！""横扫一切牛鬼蛇神！咋的，你想打架？""凡是反动的东西，你不打他就不倒。你以为我怕你？""将革命进行到底。不怕就出来练练。"——这话赶话，似乎是要到动手的关口了，钟局朝王局送了个眼风，王局马上接道："要团结不要分裂，有话好好说嘛。"李教授道:"友谊,还是侵略?都消消火。"最后,钟局先是正了正头上的白毛巾,用方言恨恨道:"别了,司徒雷登,哼!"然后他又把白毛巾抓下,用普通话愤愤道:"一切反动派都是纸老虎,我呸!"

他真该去做演员,演得真是太生动了,太形象了。有那么一会儿,我和小乔都笑得滚到了一起,脑袋磕住了脑袋。笑到后来,我不得不揉起了肚子——这才明白了人们描述笑的时候为什么要说"笑成了一团",笑的人手揉肚子窝成了一个球球,可不就是笑成了一团么。

沸水般的空气中,申明仍静静地坐在那个角落里,静静地坐着,脸上没有一丝笑容。自从进到了拾梦庄,我就没有听到他再说过话,在任何场合,他始终没有再吐出一个字。但因为他的沉默,我反而觉得他在这个热闹非常的群体空间里显得格外突兀。如同一马平川的大路上,突然出现的一个黑漆漆的大洞。

喧闹声稍停,李教授又开始发言。他说按照咱们的国情,严肃和娱乐其实并不矛盾,甚至是互为表里。再娱乐的事情只要有严肃的骨头撑着,肯定就不会有什么问题啦。比如方才演的那场忠字舞,要是最后再打出一个"打倒四人帮"的横幅,就会更好。这样的话,虽然表演看起来更娱乐了,但底子里也更严肃了嘛。因为最后就是打倒四人帮了嘛,也严厉地批判"文革"了嘛。有了最后的批判,前面的娱乐就都是很艺术的黑色幽默了嘛……忽然,申明起身了,他离我越来越近,越来越近。很快,他闪逝在影壁的拐角处。我勉强喝了一口茶,站起身,跟了上去。出了院子,便看见他朝着村后的山坡走去。

"申老师!"我喊。

他停步:"有事么?"

"好久不见了,跟您说说话呗。"我说,"这会开得好无聊,也不知道得开到什么时候。"

"长着呢。得一会儿呢。"他微微一笑。前面是一个高高的坎儿,他先上去,回头拉我。我把手递过去,他的手冰凉柔韧。

"方才您怎么不发言?"我问。

"本来也没打算发言。再说,这种场合也没什么可说的。"

"您主持的'我们',我一直跟着看呢。"

"是么?觉得怎样?"

……

这么说着的时候,我们已经离村子越来越远,越来越远,很快到了山坡顶上。

碎 片

忽然想,如果是微博流行的现在,有人把钟局的那段表演用手机录下来放在微博上,我敢保证,不用上蹿下跳出乖露丑黔驴技穷地苦心经营,这条微博也一定会被火热地转,成千上万地转。博主的粉丝量也一定会猛烈地涨,成千上万地涨。

2

山顶上都是松树。也许是多年没有砍伐的缘故,都长得很是粗壮高大。山风凉爽,吹来阵阵草木的清香。申明一直走在我的前面,衣影不时在树和树之间闪现着。我跟着他,一步一步地走向松林深处。

忽然间，他立住脚，是等我的样子，我紧走两步跟上去，他指着脚下，道："看。"

是一个墓。不仔细看是看不出来的，因为几乎不见圆形的凸出部分，只留下了一个缓缓的坡度，如果不是他指着，我根本就不会觉得这是一个墓。墓前还横放着一块碑，上面刻着字。申明蹲下，我也跟着蹲下，我们慢慢地辨析着上面的字："为捍卫毛主席革命路线于一九六七年八月五日壮烈牺牲享年二十七岁林志毅烈士之墓沧河八一五鬼见愁战斗队一九六八年三月八日立"。

"二十七岁。"申明低低道。

"也没贴个照片，不知道是怎么一位帅哥。"

申明站起身，又往前走去——其实这时候也不一定是往前了，可能是往后，往左，或者是往右。我有些迷路。可无论往哪里走，都能碰到一个个坟墓。可以断定，这也就是村长说的铁梅山怀里的那些墓了。在每一个墓前，申明都要站一站。只要有墓碑，他都要蹲下来读一读。很多墓碑上都刻着诗词，最常见的是这么两句："为有牺牲多壮志，敢教日月换新天。""国际悲歌歌一曲，狂飙为我从天落。"每个死者都写有年龄，最小的只有十六岁。

十六岁。我念叨着这个数字。十六岁那年，我正上高中，正昏天黑地地玩耍，可是坟墓里的这个人，正在革命，正在为所谓的革命送死。

"这些人，活着的时候一定超糊涂，真不该这么送死。"我说。

"既然活得糊涂，也就该这么死。"

"是啊，活该死得没有一点儿价值……"我顺着他的话锋。

"倒也有他们的价值。"

我被噎住。这个人，他的话锋总是会让我失去方向。

"你好像是80后吧？"

"80年。所以也挺遗憾的。"

"遗憾什么？"

"没看上'文革'这场大热闹，和它没一点儿关系啊。"

"你和它，"他停住脚步，直直地看着我，"没有一点儿关系么？"

我怔住。他的眼神让我不得不怀疑自己说错了话。哪里错了呢？我寻思着，心里忽然一动。"和'文革'没有一点儿关系"，在这之前，我一直是这么认为的。可是，此刻，我突然发现了这话里的缝隙。怎么会没有一点儿关系呢？仔仔细细地追究下去，我和'文革'不仅有关系，似乎还不只是那么一点点关系。梁知，梁新，梅梅，梅好，公公，婆婆，钟潮，秦红，还有我的母亲，还有我从来没有认过的那个哑巴父亲，还有我那四个哥哥……他们哪一个和'文革'没有关系？既然这么多和我有关系的人都和'文革'有着枝枝蔓蔓丝丝连连的关系，我怎么能认为自己和'文革'没有一点儿关系？

"这个世界上的很多事情，看着也许和你没什么关系，实际上却可能有着很深的关系。"申明说，"至于为什么有关，有首诗是最佳答案。诗名叫《没有谁是一座孤岛》，作者是约翰·唐恩[①]。你听说过海

[①] 约翰·唐恩：十七世纪英国"玄学诗派"的鼻祖。因其诗怪诞奇诡，不合正统，不入俗流，故长期得不到应有的评价。原是牛津大学与剑桥大学的学生，当过雅各一世的私人牧师，后来是伦敦圣保罗大教堂的教长。全诗如下：

没有谁是一座孤岛
在大海里独踞
每个人都像一块小小的泥土
连接成整个陆地

明威的那个《丧钟为谁而鸣》的小说么?那个小说的名字就取自这首诗的最后一句。"

"那时候,您家里有人被批斗么?"

"有。"他轻轻拂拭着一块墓碑上的尘土,"我家是富农。解放前几辈子人省吃俭用攒了些地,我爷爷爱抽大烟,想要卖掉,我奶奶死活不肯,说要给我父亲盖房子娶媳妇,这可好,是福不是祸,是祸躲不过,运动一来,我家就成了富农,我父亲就开始挨批斗,"他微微一笑,"那时候,我家可是非常与时俱进。上头批判谁,我父亲肯定就是谁的孝子贤孙,从约翰逊到赫鲁晓夫,从蒋介石到刘少奇。"

"第一次的批斗,是怎么样的呢?"

"我父亲说,第一次的时候,村里的头儿来找他,像拉家常似的说闲话,商量着说想批他,说这是运动,不批一下跟上头不好交代。

如果有一块泥土被海水冲刷
欧洲就会失去一角
这如同一座山岬
也如同一座庄园
无论是你的朋友还是你

无论谁死了
都是我的一部分在死去
因为我包含在人类这个概念里
因此
不要问丧钟为谁而鸣
丧钟为你而鸣

——编者注

他叫我父亲配合配合他的工作，说演出戏叫上头看看。我父亲就信了。我父亲说，这个头儿平常对我家很好，没有理由不信。不就是走个过场么，就跟演戏一样，反正是假的，只当陪大家玩耍一个下午。

"批斗我父亲的第一场，是在村部举行的。离村部还有好远一段路呢，我父亲就听见了里面打倒他的口号声，他就有些害怕。可这时候已经没有了退路，他也就硬着头皮走了进去。他进去之后，人们马上合住了嘴巴，低下了头。然后头儿就让大家批斗我父亲。不过可长时间都没有人说话，大家你推我，我推你，都不出头，头儿点名也没人说，批斗会冷场了好长时间。我父亲在台上站着，俯视着台下，心里还挺高兴的。他说他看出来了，因为自己平时为人不错，到底是种瓜得瓜，种豆得豆，让人们就这么平白无故地找他的茬，那肯定是不好意思。这就好。正高兴着呢，就有人站出来发言了。那个人姓崔，挺老实的一个人，平时和我父亲没啥交往，在街上碰面的时候，彼此还会笑笑。可是那一天，他就第一个站了出来。我父亲说，他的批斗也很特别，他说：大家都看过戏，我问大家，曹操是啥脸？蔡京是啥脸？秦桧是啥脸？然后突然提高了声调，指着我父亲大声说：大家再看看，他是啥脸？！白脸！大家想想，戏上扮白脸的，有几个是好人？！"

我失笑。看了他一眼，道："您的脸不白。"

"我父亲说，从那天以后，他就特别在意自己的脸色。只要太阳好，他就出来晒太阳，想把脸晒黑些。临出门前总要照照镜子，要是觉得脸白，就薄薄地抹点儿锅黑……受他的影响，我也怕自己的脸太白，总是有意晒黑些。"

"您恨那个人么？"

"不恨。我只是觉得奇怪，平白无故的，他为啥要第一个站出来呢？'文革'结束后，有一次碰到了他，我还真问了问。"

"他怎么说？"

"他说他也不知道。说一时想到了那儿，就顺嘴说了出来……第一次批完以后，我父亲以为没事了，还说这运动也没啥么，也不伤筋动骨，有个恶眉瞪眼的也不算啥，对上头有个交代就行了。可以后的十年里，我家再也没有消停过。"

"一直批？"

他点点头："有初一就有初二，有初二就有初三，那个头开得很重要，它告诉了人们，这个人可以批，就是让批的。就像一个垃圾桶，当人们认为这是个垃圾桶的时候，就会把垃圾往里头倒。为什么？因为第一次就已经定性了，你是垃圾桶啊。而作为垃圾桶，你是不能选择垃圾的，只能吞吐所有的垃圾……我从那之后就明白了，世上没有单纯的形式一说，形式本身就是内容。"

"这么对待你父亲，他们就一点儿都不难受么？"沉默片刻，我说。

"昨天我收到了一个乡村作者的来稿，他写的是笑容。他说'文革'时，他记的最多的，就是人们的笑容。"申明说。这个男人的话总是会把我引到意外，或大或小或不大不小的意外，"他说那些被批斗的人们在台上疲惫不已左摇右晃的时候，台下的人们笑不可抑。深更半夜迎接最高指示的时候，人们脸上的睡意和笑意粘在一起，甜甜美美，载欢载笑……批斗会应该仇恨如火吧？可在他们的村子里不是。他说，你想象不出那些笑容。批斗之前，人们早早地就到了大队部。在等会开的功夫，女的奶着孩子唠着家常，男的吸着烟，三三五五一堆一堆地扎在一起，谈笑风生，语笑喧哗，气氛亲切又温馨。开始批斗之后，刚开始几分钟，大家还一起喊喊，过了这几分钟之后，就只有三五个人在挥舞着拳头喊了。大家很默契,这三五个喊过了,那三五个接着喊,这样既不至于冷场,又不至于都太累。其实就是一场心照不宣的接力赛:这一站的人交了棒,马上就抓过下一棒人的烟头眉欢眼笑地开始吸起来。熬到了正午,头儿说声散会,大家就一哄而散了……他说,除了被批斗的人,批斗人的人都喜欢开这会。怎么会不喜欢呢?只要有资格斗人的人,都可以少干活,干轻活,多休息,多拿粮票,多挣工分……斗人不仅仅是娱乐,也是实实在在的日常生计,更是实实在在的精神享受。"

"精神享受?"

"是啊,精神享受。你想,一直在上层的,跌下来了。一直在下层的,翻上去了。下层的力量是多么大啊,这力量,是蛮力,蛮力使起来往往是最畅爽的。用这蛮力不由分说地去砸碎,去破坏,会有一种很极致的快感……"

我沉默。说到底,那个时候的人们,究竟是什么样的?那个时候的人,那个时候的人,那个时候的人……这么默默地念叨着,跟着申明在丛林中窸窸窣窣地走着,我的脑子里越来越渺茫,也越来越空白。脚下不时会碰到橘子、苹果、油条之类的碎屑,还有干枯的鲜花:玫瑰,康乃馨,菊花……这些祭品的残渣余孽证明这里还有人来祭奠,这个墓地还没有被人彻底忘记。是什么人会来呢?

"要是你生在那个时候,碰到批斗会这样的事,会怎么样?"忽然,申明停下脚步,问我。

会怎么样?我没想过。不过批斗会这样的事情,如果不是被批斗者的话,确实好玩。——是的,我几乎可以肯定自己会参与,不会错过这么一个大派对。

"如果不是被批斗人的话,你也有可能站在台下笑,是么?"

"是。"我沉默片刻,"如果你父亲没有被批斗的话,你是不是也可能那样?"

"是。"他也沉默片刻,"所以我在研究'文革'里的那些人时,其实也是在研究我自己。"

山风骤起,我打了一个寒战。这风真硬,真冷,让我顶不住。我忽然有些后悔和申明来到这里。山坡下是多么温暖啊,拾梦庄里的喧嚣声是多么诱人啊。

"走吧?"我说。

"走。"

回到村里,现场会已经又是一番景象:随着 RAP 的节奏,有很多人都正在热火朝天地跳着毫无路数的随心所欲的舞蹈,这些人的装扮可真够奇形怪状:有的人是光头,头顶写着一个大大的"黑"字;有的人胸前挂着大蒜串成的项链,蒜皮随着舞蹈的动作肆意飞翔;有的人戴着高高的纸帽子,上面打着一个大大的红叉……那些红卫兵演员是舞蹈群的主体,他们还穿着那身红卫兵衣服,不过都化上了崭新的浓妆,脸上都打了夸张的腮红,红宝书封面上的毛泽东头像也都变成了粉红色的人民币百元钞……他们不时打出尖利的口哨煽动着气氛,每个人的脸上都洋溢着欢乐的笑容。看到我走进来,他们都热情地朝我招着手。像一滴水珠被卷入了巨大的漩涡中,我十分顺畅地加入进去,欣欣然地跳了起来。这人群的气息可真是繁杂啊,简直什么都有:汗味儿,香水味儿,尿骚味儿,腥臭味儿,鲜血味儿,油盐酱醋味儿,烟酒茶味儿,公章味儿,粗布味儿,鞋袜味儿,面条味儿,胭脂味儿,口红味儿,精液味儿……

但是,王局、钟局等几个领导还有李教授他们都没有跳。他们只是站在一旁,微笑地看着。

我突然觉得十分恶心，还有恐惧。深度的恶心，阔大的恐惧。我想要离开。非常想。但是，离开他们是不容易的。仿佛一个深深的泥潭，越挣扎就陷得越深。我竭尽全力地拔脚，使出全身力气拔脚，拔啊，拔啊，拔得脚似乎都要断了，才终于离开了那个狂舞的人群。走出院子的一刹那，我长长地松了口气，如释重负。

3

那天，从拾梦庄回去，我一进到家里便看见一幅特别的情形：客厅里，梁新正抱着睡着的安安，泪水一滴滴地滴到安安脸上，睡梦中的安安用粉嫩的小手不时娇憨地抹着——梁新的泪水，最特别的就是这个。

"怎么了？"我在他面前蹲下来。

梁新擦了擦眼睛，似乎有些不好意思。"想起了梅梅姐。"他说，"自己有了孩子，才算有些明白了姐姐的心情。"

"什么心情？"

"做父母的心情。"

我把孩子放到沙发上，抱住他。自从新婚时和他谈过那一次之后，我和他没有再谈过梅梅。我知道，此刻，最适合的时机已然到来。

"经常想她么？"

"嗯。"他说，"尤其是见到你以后。更尤其是有了安安以后。"

"我听说，她也有个孩子。"我说，感觉到他肩膀上的肌肉一阵僵硬，但我没有停止。我以最快的速度把这一段时间从老姑、秦红、钟潮和梁知那里得来的信息均匀地混编在一起,徐徐说起。听起来应该很悠然,很闲散,很随意,但每一句都很扎实,很坚硬,很有底气。——罩着温柔宽慰的假面具,却使着锐利冷酷的隐形刀。据说散文的精髓叫什么"形散而神不散",大约就是我那时的状态吧。我想要让自己用这样的话术摧毁他的所有防线,让他接受这样一种心理暗示:关于梅梅的事,他向我隐瞒和省略的那一部分,非但完全没有必要,而且根本就是极其拙劣的掩耳盗铃。

在我的讲述中,梁新一直沉默。我说的最着力的一部分,是老姑讲述的梁新去给她报丧:"老姑说,那天,天闷得很,说你一进门就扑到她跟前哭起来了,说梅梅死了,是病死的,说你亲自去南边给梅梅送的终……"

梁新伏在我的怀里哭起来。我任他哭着。任他的哭声由小到大,又由大到小。

"我知道,梅梅姐的事,是你的伤心事,所以你才更不该这么闷着。你这么闷着,既自己难受,也让我心疼。说吧。啊?"

"还有什么可说的呢?"梁新终于开口。

"说什么都行。"我轻轻地拍着他,"梅梅姐从东莞回来要孩子的时候,在家里住了么?"

"没有。她住在旅店里。"

"你去旅店看她了么?"

"没有。她来学校看的我。"

"她在市政府门口闹腾的情形,你看见了么?"

"嗯。那时候的她,简直都……所以我和哥才想法子把她弄上了火车。"

"什么法子?"

"哥说去武汉找一个熟人,可以帮她要回孩子……"

"她信了?"

"一个是哥,一个是我,她怎么会不信呢?车到武汉,我们按着她不让她下来,她才知道自己受骗了,就又开始闹,闹着下火车,跳火车……后来,她就没力气闹了。也不吃饭了。"

"用绝食抗议?"

"她说她吃不下。还劝我多吃些。我也吃不下。"

"那时候,你很讨厌她吧?"

沉默。

"以你的年龄,讨厌她也是正常的。"

"是。我很讨厌她。我知道她亲我,无论到什么地方都放不下我,都牵挂着我……可是那时候,我就是讨厌她。特别特别讨厌。"

"你这么对她,她肯定很难过。"

"可是,我那时候根本就顾不上管她难过不难过。我连自己的难过都招架不住呢。她到后来似乎也明白了这一点,总是很自觉地和我保持着距离。"

"她和哥呢?"

"他们两个……就更有距离了。"梁新不自觉地笑了笑:"上次你问得没错,他们两个曾经好过。我只是不想让你知道那么多,毕竟都是过去的事了。"

"到了东莞之后,她情绪好些了么?"

"越来越糟。到东莞的当天,她回了她和男朋友的出租屋,我和哥在附近的旅店住了下来。原本想等她情绪好些再走,可她一直没好起来。两天后她就……"

"那两天里……"

"不说了,好么?不说了,不说了……"黑暗中,梁新的声音越来越弱。

好吧,不说。反正那些话就在那里站着,就在他心里站着,走不掉,逃不脱,不过是早晚的事。我有耐心等。我摸着他的头发,他的脖颈,他的肩背。窗外是茫茫黑夜,一切似乎都正在被黑夜湮没。

也只是似乎而已。我无比清楚地知道:湮没只是暂时的。

4

那一段时间,只要有机会,我就会去找那几个人:甲,乙,丙,丁,当然还有王爱国。最初我以为,相对来说,王爱国更好找一些,后来才发现其实不然。公安局的朋友通过查户籍替我查得,源城有689个王爱国,女的433个,我从中选了几个年龄相当的去试探。一个脸上长满了麻子,在自由路居委会上班,看起来和蔼可亲,问我有什么事,我说没事儿,她马上拉我坐下,说她看出来了,我肯定有事。问我是不是遭遇了家庭暴力?谁欺负我了?有什么苦处尽管对她说,她会替我做主,她已经成功调解了很多家庭矛盾,教育了很多施暴者……她的话很稠,我甚至都找不到机会去反问她,末了我只得仓皇逃窜。还有一个瘦得像根竹竿,开着一家小超市,我在她那里买了瓶酸奶,问她是否还记得"文革",她警惕地看了我一眼,说她没有时间和陌生人聊天。还有一个是房地产公司的老板,整天在电视和报纸上抛头露面,我去找她的时候,她的秘书接待了我,是个高挑俊朗的帅哥,甜甜地笑着,问我有没有预约,我说没有,他说那对不起,我们的董事长日程安排得很满，不预约就不能见面，我只好说我想团购房子，他这才进去给我通报。等到见着了那个王爱国，她先是笑容可掬地问我想要多少套房子，又滔滔不绝地夸赞着自己的房子多么多么好，当她做完了广告发现我其实对房子无动于衷之后才严肃起来，问我到底有什么事，那时候，不知道怎么了，我忽然觉得根本无法对她再开口说什么，于是我起身就走，把她一个人剩在老板桌后。

最后那一个王爱国最后意思，她下岗之后承包了一个公共厕所，一身横肉，我先进她的厕所里解了一个手，解完之后，正在洗手，忽然听见炸雷一样的声音，我走进去一看，她一手拿着拖把，一手拿着毛巾，正对着一个紧闭的隔间骂着，从隔断门下方的空隙里可以看见有淡黄色的尿液正缓缓地流出来。王爱国以最大的分贝骂着里面的女人：不能把你的逼夹紧儿点吗？里面的女人沉默着。说你呢！她又吼：说话！不是哑巴你就说话！里面终于响起了一个细弱的声音：我刚才太急着上厕所了……我憋坏了，对不起。对不起？王爱国开始使劲儿敲门：对不起就行了么？你在你家上厕所也是尿得满地流？你这是什么行为？你这是什么作风？你有没有一点儿道德？里面的女人又开始沉默。说你呢！王爱国脸上的横肉抖动着：说话！里面传出了窸窸窣窣的响动，女人肯定起身了，此时正在收拾衣裤。片刻之后，门打开了。是一个很时髦的女人，波浪长发，黑色的薄毛衫，黑色的真丝裤，化着淡淡的妆。你说怎么办？女人怯怯地说。你给我弄干净！王爱国把拖把递了过去。我实在忍不住了，拦住准备接拖把的女人，对王爱国说道：你这是干吗？打扫卫生是你的本职工作，你怎么能这样对待顾客？听我这么说，黑衣女人的眼圈都红了。王爱国看我接茬，顿时蹦了起来，道：你是哪根葱？哎？你到底是哪根葱？敢在这里搞老娘的事？

我有很多年没撒过泼了,她这个样子让我忍不住笑了,我说:我是老爹,就是专门搞你这种老娘的!说完我把她的拖把一把夺了过来,准备跟她干仗。没想到她居然朝外面跑去,边跑边喊:打人啦!有人打人民群众啦!后来这事又闹到了她领导那里,到了这时候,黑衣女人的口才突然变得好了起来,她声泪俱下地控诉着王爱国的罪状,我和王爱国站在那里,倒是开始目瞪口呆。最后,黑衣女人占了绝对上风,唾沫星子都差点儿吐到了王爱国的脸上,领导连忙把王爱国狠狠地训了一顿才算完事。从王爱国领导那里走出来之后,我去和黑衣女人道别,她居然没有搭理我,扬长而去。这事我百思不得其解,到后来我才明白:她在我面前丢了面子。如果她在厕所挨骂的时候,我没有在旁边,只有她和王爱国两个,她肯定伸伸脖子就咽下去了。她怕吃眼前亏。后来我虽然替她出了头,但是也看见了她当时的窝囊相,对她来说,这种被第三者知晓的羞辱,或许还没有那种单独的羞辱更容易忍受……

——就是这样。顺着王爱国这个名字的藤,我摸到了这些乱七八糟的瓜。这些生瓜,苦瓜,涩瓜,歪瓜。没有一个是甜瓜。当然,也许和我认为的恰恰相反,在他们自己的心里,他们的现状都是甜瓜。而前来寻访他们的我,才是一个生瓜,苦瓜,涩瓜,歪瓜。

至于甲乙丙丁,我也都找到了下落。并且见到了其中两个:乙和丙。丁已经死了,前年死的,子宫癌扩散。乙在医院,他老伴儿脑溢血突发,他正在医院照顾她。我们坐在病房走廊里的长椅上,当我说完了自己的话,他站了起来,很庄重地说:年轻人,你搞错了,没有这回事儿。

您好好想想。我说。

不用想,我记忆力好得很。他斩钉截铁地说:入党的时间结婚的时间父母儿女孙子孙女外孙子外孙女的生日,我都记得清清楚楚。我没有干过那样的事。我不可能去干那样的事。我不知道你是听谁说的,反正我是没有干过。你要是不相信可以通过组织去调查我的档案,我清清白白,一尘不染,下不欠地,上不亏天。要认起真来,我还是受害者呢。十年浩劫啊,耽误了我多少事!

可是,有人说就是你。沉默片刻,我说。

那肯定是误会。同名同姓的人多着呢。同名同姓参加"文革"的人也多着呢。突然间,他的目光狐疑了起来:我还忘了问呢。是哪个单位派你来的?你的证件呢?

我和丙见面的时候是在晚上,她说她忙得很,只有晚上有时间,还得是趁她在文化公园健身的时候。按照她的档期,我晚上在文化公园找到了她,她正跟着一群人练"排舞"①。录音机里正在放的是《钞票歌》:"……是谁制造了钞票?你在世上真霸道,有人为你卖儿卖女,有人为你去坐牢……"

丙站在第一排,跳得很起劲,似乎有领舞的神韵。她穿着一件大红上衣,质地很好,一看就是大品牌,但是被修改过了,修改的方式很是直截了当,大刀阔斧——下摆被无情地剪掉了一圈,使得这件衣服的口袋直贴着下衣边,鲜明地裸露出改革后的比例不谐,要多奇怪就多奇怪。怎么会这样?想了想,我明白了:因为她又胖又矮,买衣服一般都得是加大号,而加大号的衣服穿在她身上又太长,为了合身配衣,她就只好这么修改。但这样奇怪的衣服穿在这位老太太身上并不难看,因为她自有一种理直气壮的架势。这架势把衣服本身的自卑

---

① 排舞:即现在的广场舞。近两年最流行的广场舞配歌是《最炫民族风》。——编者注

给撑了起来，效果别致。她的动作也有一种理直气壮的架势：所有舞蹈动作里的弧线她全都省略。从此至彼，别人还在一点一点地过渡着呢，她老人家已经"哗"地过去了，一步到位，明快粗暴。

等所有的舞曲都跳完之后，我走上前。我照例先说，她一边听一边拿着水杯咕咚咕咚地喝着水。等我说完了，她笑呵呵地站起身，道：我当是啥事儿呢。就是这啊？

我点头。

有过这回事儿，那时候，年轻，难免糊涂……她擦了擦脸上的汗：谁没有年轻过？你正年轻呢，你做的事就都不糊涂？是不是？

她说得似乎也没错。我再点头。

我也就是个兵，跟着人家瞎胡闹，那个时候，人都是瞎胡闹，我跟你说，人家都瞎胡闹的时候，你不跟着瞎胡闹还真不行……集体活动嘛，我也就是集体的一分子嘛。我这个平头老百姓还不就是跟着集体混嘛。跟着集体混的好处，就是不孤单嘛。咱要是对了是集体的功劳，咱要是错了是集体的责任嘛，是不是孩子？

我继续点头。这个女人，她居然叫我孩子。

所以啊，什么对了错了好了坏了，这都是集体的事，你刨根问底儿地干什么？轮得着你问么？天塌下来有大个子顶着呢。你这孩子，真是吃饱了撑的没事儿干！

可是，后来，梅好，她疯了。我有些磕巴地说——不知道为什么，这个老太太的架势让我觉得莫名的心虚。

那是她心眼儿小！

她死了……

哪天不死人呢。哪天都得死！她的脸色阴了下来：我年纪大了，不想听死啊死的，怪晦气的。不跟你说了，我还得忙去呢。得赶紧跟人家学新舞，马上就得参加社区里的集体舞大赛呢。要是能拿上社区里的前三名，还能到区里去比赛呢。

还有个事……我上前拦住她。

说吧。快点儿！

你们一共不是四个人么？那两个男的，你知道叫什么吗？

她翻起眼睛看着天空，努力地想着，想了一会儿，她懊丧地摇了摇头：真想不起来了……对了，只记得一个人的姓，好像姓钟。

是姓钟么？

嗯。她的神情一下子明确起来。个子不高，眉毛挺浓的……那时候人太多，赶集似的，真记不住他的名儿了。

我脑子里灵光一闪：钟潮？

对！她拍了一下大腿：就是这个名儿！

——我没有再去问钟潮。不用问了。我确信：如果不是把自己换到屋外，他根本没有勇气对我说出梅好的故事——即便把自己换到了屋外，他也算是很有勇气了。一边承认自己喜欢着梅好一边诉说着自己如何亲自压着梅好的腿任由别人将毛笔插入梅好的体内，换了我，我可能也没有勇气。

看着欢天喜地跳着舞的丙，我忽然为自己对钟潮的嫌恶感到了一种微微的羞愧。那一瞬间，我理解了他。当然，也只是当时自认为的理解。

碎　片

前两天，在德庄的街上，我看见了一个高个子男孩，应该有快两米的样子吧，穿着热火队詹姆斯的六号球衣，晃晃悠悠地走着。忽然，我就想起了丙的那句话："天塌下来有大个子顶着呢。"

这话说得真是顺溜，听着也真是心安。这句适用度很高的俗语简直就是典型的中国式箴言。没错，反正这么多人呢，找到几个大个子不是难事。这么多年来，那么多小个子就靠这一茬茬的大个子顶着，免却着自己的不力、不好和不对。要是连一个大个子都没有了该怎么办？不要紧，反正还有那么多人呢，大家一起生一起死一起对一起错一起搅和，这就是所谓的集体吧？

第十六章

1

今天去丹尼斯超市买了很多日用品,决定以后不再去这种大超市。是因为里面空气恶劣,也是因为太耗力气,更是因为脸色太差应该尽量少吓到人。回来的路上,东西向过马路时碰上了红灯,红灯很长,有人等不及,便趁着车少的时候开始闯。于是,一个人,两个人,三个人……很快就凑成了一群人。然后这群人就硬是截住了正在绿灯中的南北向车流,大摇大摆地过了街。等他们过了街,东西向的红灯又变成了绿灯,东西向的行人便接着过街——这是很常见的小事,我知道。可这件事却让我的脑子到现在还在短路:明明很规律的红绿灯,怎么忽然间就多了一个少了一个呢?而且,怎么就这么常见呢?

回到出租屋,先躺在床上休息,上网。如今网上的新闻也越来越有趣。随便一面网页上就挂着几个:

泰州一个苦命的离婚女人于结婚纪念日那天在网上贴了一封

万言遗书，痛诉前夫和小三，说自己是被他们两个逼死的。说贴完之后便会自杀，叮嘱亲友把自己的骨灰撒入大海，和这污浊人世再无牵绊。此贴一出此女便销声匿迹，上万网友转发了帖子，为她举行了网上葬礼，并纷纷斥责奸夫淫妇，那两人便如过街之鼠，连工作都丢了，压力山大之下，小三自杀。一周之后，剧情逆转，苦命女仍然健在，且在一家卫视的黄金档节目接受了专访，表示"我从没有想到过这个事情会变得这么夸张"。至于自杀问题："那只是我对自己心情的一种极端表达。"

一个卖盗版光碟的女人被城管发现后交了光碟，城管还要罚她款，她舍不得，就跳进了冰冷的河水中躲避城管强索。就这城管也不放过，一直站在岸边威逼她。她百般哀求，说孩子病了，这是孩子的救命钱。城管始终不为所动。这女人在河中冻了两个小时，最后昏死过去……这个新闻还配有图片，号称"有图有真相"。女人在河中满脸泪水，城管正朝女人伸着手，制服袖子上的城管标志非常清晰。网友自然也是大骂特骂，一时间城管成了公共厕所。三天之后，剧情逆转。原来这是个假新闻。原版新闻是：这个女人被人抢劫，情急之下跳入河中，城管正准备把她往岸上拽。真相大白。但"城管逼小贩跳河"的新闻还在网上被广泛传播着，并被越来越多的人骂着。而且一旦有人说这是假新闻，就肯定也会连带被骂。

最新的一起属于艳照门事件，在昨天的微博上滚烫出炉。主角是一个90后女官员。图片中的女孩子着实年轻，白皮肤苹果脸长睫毛大眼睛，非常娇媚，各种姿势的床上裸照也清纯兼放荡，夺人魂魄。发布者说这是她能够以火箭速度升职的唯一燃料。到了今天便剧情逆转，女官员的单位出面证实这些照片是PS而成，那个女官员的真实面貌是戴着厚眼镜,肥头大耳,粗笨憨拙,也并不是 90 后,她博士毕业后在基层工作了三年,刚刚按照正常程序提成副处……

总是会有很多闹剧一般的假新闻登场,也总是会有很多人去相信,还总是会有很多人在剧情逆转后也矢志不渝地相信原来的假,只因这假符合了他们的想象:小三总是无耻的,城管总是恶劣的,女官员总是靠姿色来潜规则的……"要警惕那些心怀鬼胎的人利用人民群众的力量去实现自己不可告人的目的。"网络评论员常常如此谆谆教诲。我只是想笑:人民群众怎么就那么容易被利用呢?从封建皇帝到美帝国主义,从资本家到地主恶霸,从几十年前的"文革"到眼下层出不穷的毒奶粉、镉大米、甲醇酒、地沟油,这些个东西似乎都在利用着人民群众,可是真的,人民群众怎么就这么容易被利用呢?

2

领导还是那些领导,专家却不再是李教授,更不是申明,而是换了一批又一批:北京的,上海的,沈阳的,四川的……陪着同样的领导和不同的专家又进了几次拾梦庄之后,2004 年春天,拾梦庄的旅游市场定位终于明确了下来:以清代民居建筑群为主体,另建可供吃喝玩乐的仿古一条街做配套,前水后山的好资源当然也不能浪费,村前的源河开发成漂流项目,村后的观音山也修庙造像,打出佛教的幌子——最让我没想到的就是这个。而专家们却说,拾梦庄的所有旅游资源里，最重要的其实也是这个。如果说拾梦庄的整体是一条龙的话，那么观音山才是奕奕神采的点睛之笔。为什么？

"论千道万，无论如何，人总是得有点儿精神寄托的。"

"人心不古，世风日下，道德水准一直下滑，无数人都丧失了信仰，这个最可怕。咱们得让他们有信仰。观音山是个多现成的神位啊。"

"不仅是信仰，还是安慰。那些日子过得坏的，咱还可以用观音山给他们一个安慰。富拜佛，穷烧香嘛。让他们只要来到观音山就能感悟到：苦海无边，此处是岸，慈悲为怀，普度众生……"

……

当然，专家们也指得很明白：除了精神和信仰的魅力，观音外延出来的附加值也很让人期待。一是以观音为山的旅游元素在全中国还真没有几个地方有。物以稀为贵，贵便意味着吸引力，吸引力便意味着含金量，含金量就是硬道理。二是观音本身有着深厚的民间基础，人民群众对她的感情简直是王母娘娘也不能比的，因此只要把这个项目确定下来，修庙造像这些事当地政府恐怕都不用操什么心——不仅省钱，还能赚钱。再往深处细论，观音一年三个生日，逢年过节的头炷香，时不时地再做个法事……一定是广结佛缘、人缘和财源。怎一个山头了得？至于拾梦庄里的那些"文革"遗迹，再没有人附议李教授的意见。他们说那些遗迹还是别招惹的好，就放在那里吧，那样最安全。至于那些红卫兵墓，最好也用这种态度对待，冷置在那里就是了。如果将来怕游客们碰到影响不好，就拉个墙围起来，上个锁。每到清明寒食的时候再把锁打开，不耽误那些亲友们上祭即可。

方向确定之后，下一步的工作程序就是去借鉴外地的先进经验。局里和沧河县旅游局结合了一下，决定兵分三路奔赴三个观音道场：

第一路是去舟山普陀,这是第一观音道场。第二路是去四川遂宁,这里是有名的观音故里。第三路是去广东东莞,据说那里也有一座观音山,并以此山为契机,打造出了一个非常成功的国家森林公园。本来把我分在了第二路,但我争取了一下,去了第三路,东莞。

"人生地不熟的,要跟着大部队,别乱跑。"临行前,梁新絮絮叮嘱。

"知道。"我平静作答,漠视他眼神中颤巍巍的担忧。

早就想去东莞了。当然是因为梅梅。她曾在东莞待过一段时间,在珍美制衣厂打过工,和一个叫赵小军的打工仔处过,还在那里生下了未未,最终又死在了那里……梅梅的葬身之地,我当然应该去看看。但是东莞不是沁水,也不是陈寨,去一次毕竟不那么容易。趁着这次名正言顺的工作机会,此时不去,更待何时?

小乔和钟局也都在这一路,由钟局领队。钟局还从郑州另请了一个旅游专家同行。那人籍贯天津,很会说笑。一行人到达东莞,吃吃喝喝里,游游看看中,公务便很快进行完毕。按不成文的规矩,公差完毕后,免不了要去周边转转,看看别的名胜。我们小队也有一天的差外观光行程。我当即向钟局请假,说是要去看一个亲戚。钟局慷慨允诺,说我在指定时间到达指定地点和他们汇合即可。

第二天早上,离开大部队,我搭着公交车来到了长安镇,去寻找梅梅的过往。这不会很容易,我知道。毕竟十年过去,而且这是东莞,是几乎天天有工厂开业也几乎天天有工厂关停的东莞。但是我一点儿都不气馁。我总觉得自己能够找到。厂名再换又怎么样?厂房再新又怎么样?打工仔打工妹再来去匆匆又怎么样?雁过留痕,我信这个。何况我不是一个人,陪伴我的有梅梅的地图,还有梅梅。

长安镇人民路,第一个十字口左转,上腾飞路,到成功路再右转,前行两百米，就是永和巷，巷一点儿也不像巷，而是很宽的一条路，前行一百米左右，路东，永和巷三号，宏达电子设备有限公司，应该就是这里。和传达室的老先生闲聊十分钟后，我就从他的口中印证了这个厂子的前史。没错，这就是梅梅曾经待过的地方：珍美制衣厂。

吃过午饭，我根据地图继续寻找：理想路，繁华路，可园路——对，就是这里，可园路。顺着可园路继续寻找小区：仁爱家园，翠景花园，帝豪公寓，香草小区……而在香草小区的对面，居然真的有一家婴儿日用品超市，名叫"鑫鑫"。店面规模不小，布置得很温馨，有两个女孩子，穿着粉红色的裙式工装，看见我进来，连忙上前招呼。我试探着说找赵小军，一个女孩子指了指不远处的一个超市，道：我们老板在那里。

那也是他的店么？

对啊。我们老板生意做得很大嘞。女孩子笑道。

几分钟后，我见到了赵小军。浓眉下，赵小军瞪着一双眼白发黄的眼睛，死死地看着我。他个子不高，皮肤有点儿黑，身板儿笔直，平头，肚子虽然微微有些发福，但在中年男人里，他还算是有点儿帅。想必十年前要更帅一些。

你……看到我的第一眼，他只吐出了一个字。

我很平静。现在，他的惊讶对我而言，已经是很常规的惊讶了。等我做过自我介绍之后，他又陷入到我所预料的很常规的沉默里。沉默结束，他便把我带到附近的一个茶餐厅吃饭喝茶，当然还有聊天。其实也称不上是聊天，基本上都只是我在听他讲。现在，我说话的时候越来越少。因为想说话的欲望越来越淡。

也许是在这里待了太多年，赵小军基本已经没有了四川口音，只是偶尔会带出一两个典型的四川词。他是从他的打拼史开始讲起的。

3

　　这世上，哪个都不容易。爱拼才会赢，没有谁能随随便便成功。当年我刚来到东莞的时候，也没想到能在这里扎下根儿，挣出这么一份家业。当时只是想赚几个小钱，让菜里多几朵油花花。那时候，全国想打工的，都往这边跑。不，不对，河北人不多，那里挨着北京嘛。江浙一带的也不多，那里挨着上海嘛。

　　我的第一份工作是送米粉。二十四小时送，只要接到电话，就得送。大冬天，骑着个单车，穿着个军大衣，去送。对，是得穿军大衣，东莞的冬天也是很冷的，很冷。最惨的一次是我半夜去送米粉，送完米粉走出米粉店的时候，发现单车不见了。他妈的，那种破单车也有人偷！而且我还是借的！我急惨了，骂了两句，看到店外还有几辆单车，就也偷了一辆，骑上就跑。别人偷我我他妈的就能偷别人！当时我就是这么想的。可能是我动静太大，很快就感觉有人在追我，我吓惨了，就跑啊，跑啊，过大街，钻小巷，跟演警匪片似的……很好笑是吧？可那天晚上我边骑边哭。我跟你说，要是现在我没有混出个人样，我是不会对你说这些的。不是每个人都有资格回忆。只有成功者才有资格回忆。哪怕是再丢人的事，只要在成功后说出来，那就都是一种光彩——成功的标准？那还用说么？就是一个字，钱嘛。对，就是钱。不成功者？唉，说那么复杂做啥子，不成功者就是失败者嘛。失败者当然就没有资格回忆。回忆啥子？回忆你的失败史？那不是落人耻笑么？自取其辱么？

碎 片

现在想来,按照赵小军的标准,我就是一个失败者。我现在写的,就是我的失败史。失败史就失败史吧,这个世界上,成功史太多了,少的就是失败史。

我是在梅梅最困难的时候接纳她的。那天,我去东莞火车站接一个老家来的朋友,我那个厂子——对,就是珍美制衣厂——刚刚走了一批工人,需要人手,他是技工,正想出来找工作,我就给他打了电话,让他过来。可是朋友的火车晚点,我没有接到,正准备回去,就看见梅梅出现在了出站口。她很漂亮,一看就是个粉子[①],粉子在哪里都招人眼。她的眼神有些惊惶,这种眼神我很熟悉,那时候,东莞火车站每天都会出现很多这样的眼神。不过她惊惶的眼神也很好看,像一只受惊的小兔子。看到她这只小兔子,整天守在出站口的那些招工头就都像狼一样纷纷招呼着她。她更惊惶了,拎着行李就往外走,当她走到我身边的时候,我就问了她一句:你去哪儿?你猜她咋回答的?她居然说:不知道。

当时我就笑了。我问她,你怎么能不知道呢?这时候我已经跟着她离开了出站口,她的神色安定了一些。她说就是不知道啊。哪儿有工作就去哪儿。我问她对制衣厂的工作有没有兴趣,她很惊喜地说:好啊好啊,我针线活做得还可以!

这么简单?

没错,就这么简单,我就用我借来的摩托车载上了她。走到半路,

[①] 粉子:四川方言,指美女。——编者注

她忽然叫喊着让我停下来。我以为她要上卫生间，你猜怎么着？她下来之后，问我要身份证看！——这时候才想起来要看我的身份证，她可真是个方脑壳①啊。

我点头。梅梅真傻。真的。

她怀孕的事，我是后来才知道的。我当然不会高兴。是，那时我已经对她有了想法。可是在外闯荡了这么多年，我也经见了不少世面，女孩子未婚先孕的事不算稀奇，让我碰上也不算太倒霉。再说东莞这种地方又不是我那个闭塞封建的四川老家，是不会有人说三道四的。——我已经很多年没有回过老家了，我很喜欢东莞。别人都常说恋家啥子的，我就喜欢东莞。东莞多好啊。气候好，商机好，就连人跟人不相干的状态也都这么好。对，我就是喜欢这种不相干的状态。各做各的，各活各的，松松散散的，疏疏淡淡的，只要不犯法，就用不着去太顾忌别人……扯远了。反正当时我就是这么说服着自己，让心情很快调整了过来。

有没有劝过她打掉孩子？

劝过。我是喜欢她，但是要连带喜欢她的娃娃，我还没有那么高尚。有几个男人能高尚得起来，对不对？可是无论我怎么劝她，她都不肯。她说已经有胎动了，她和娃娃已经有交流了，不能杀了娃娃。看她那么坚决，我也只好由着她。好在制衣厂的工作是常常坐着，体力上不是很累，而且是计件算薪，她每天少工多休，对健康也不会造成太大影响。不过员工的集体宿舍环境很差，很难休息好。我去看她也很不方便，所以没多久我就在厂外租了一间小房子，让她去住。起初她不肯，可是当我告诉她这样对娃娃有好处时，她就搬了出来。这

---

① 方脑壳：四川方言，指蠢材，傻瓜，笨蛋。——编者注

样，一来二去，我们就住在了一起——没有，在她生娃娃之间，我没有动过她。真的，没有动过。一来她怀着孕，我怕出问题。二来我有这么个心理：这个娃娃是她前一段故事的结果，只有等这个娃娃生下来，她的前一段故事才算真正结束，这之后我才能和她真正开始——这也算一个男人的自尊心或者说是虚荣心吧，更进一步，甚至可以说是洁癖。不论是啥子，反正我当时就是这样想的。我对你说的，都是实话。

我喝了一口奶茶。真难喝啊。

但是，我没有想到，等到娃娃生下来，她的前一段故事不但没有结束，反而又起了个头儿发展起来，而且发展得不可收拾。首先是她不肯把娃娃送回我老家。要知道，边工作边养娃娃，这根本就不行。我们请不起假，更请不起保姆，拖着个娃娃，还怎么赚钱？当然，要我一个人养活他们母子，也不是不可以，但是就只能维持温饱，想要改变现状，让日子一天天好起来，那就是做梦喽。我们辛辛苦苦千里迢迢来到东莞到底是为了啥子？难道就是为了维持温饱吗？——不，你不要以为我不是娃娃的亲老子才这样，你随便问问在东莞相好的那些打工仔和打工妹，哪个不是把娃娃放在了老家？再说了，即使把娃娃送回我老家，我也不会说这不是我的亲娃娃，一来对梅梅不好，我是真心想娶她的。二来对娃娃不好。我不是那样不仁义的人。三来对我自己也不好，面子没处搁啊。所以我好说歹说，让梅梅尽管放心，把娃娃送回四川肯定是万全之策，可是她不知怎么的就起了一根犟筋，就是不肯。要说以后事情发展成那样，我看就怨她自己。你说对不对？

我沉默，喝茶。我知道他不需要回答。我要做的，就是听他自顾自地说下去：

还好，老天似乎也知道我的难处，这时候，有人给我来了一封信，你猜是哪个？就是娃娃的亲老子给我写的，问我愿不愿意把娃娃给他。我正瞌睡呢来了个枕头，哪能不愿意呢？就让他来了。他准备得足足的，连奶妈都带来了。他来了之后，我趁着梅梅有那么一会儿不在的时辰，就把娃娃抱给了他。

你怎么可以……

真不愧和梁新是夫妻，你也说这话。他冷笑：当时梁新也这么问我，你怎么可以？我就问他：我咋个不可以？一来那个人是娃娃的亲老子，一看那个男人的出手，就知道他完全有能力把娃娃养好，肯定会对得起娃娃。让他跟着条件那么好的亲老子，总比跟着我这样的后老子要好吧？二来我和梅梅也少了个负担，可以开始崭新的生活……你说，我咋个不可以？

我只沉默。

而且……他轻轻地舔了舔嘴唇：你想，要是娃娃跟了我，等到娃娃越长越大，如果像我也就算了，如果不像我呢？别人开个玩笑我都会禁不起的。要是自己的亲娃娃，谁怎么说我都无所谓，可要不是亲的，这娃娃就是打脸。我老实跟你说，我不会亏了他的吃喝，可要我拿他当亲生，这个，难。与其这样，干吗不把娃娃送给人家亲老子呢？这不正好是各归各位？

他诘问得沉稳，有力，很有劲道，仿佛周围的空气都起了一道微颤的波纹。然后，仿佛是他的声音顺着波纹传到了我的耳中：所以，当梁新问我咋个可以把那个娃娃送给他亲老子的时候，我就问梁新，一顶越长越大的绿帽子，你会戴得越来越巴适，越安逸？[①] 要是换作

[①] 巴适，安逸：皆为四川方言，意为舒服，舒适。——编者注

你,你可以?

沉默中,我眼前浮现出安安的小脸。是的,对绝大多数的男人来说,这种孩子的存在,就是一顶越长越大的绿帽子。无论别人看没看到,只要戴帽子的人自己知道,并且在意,那就都是一种令他窒息的侮辱。而且随着孩子的长大,还会成为一种越来越鲜明的侮辱。我想象着梁新和赵小军对峙的场景。那时的梁新,会怎么回答?以我对他的了解,他多半会说:我可以。——如果有一天,他知道了安安不是他的孩子,他真的可以么?

他说,他可以。赵小军果然说:他还说,如果真的爱一个人,就要站在她的角度想事情。他问我为啥子不能站在梅梅的角度去想事情?真是可笑。我是我,她是她,我再爱她,也不能完全站在她的角度上想事情呀,是不是?我当即就对他说:站着说话腰不疼。等你腰疼的时候再来说这话吧。

我看着杯里的奶茶,良久:你给了他孩子,他没有给你什么么?

你这话,啥子意思?

我听说,还有钱。五万块。

他喝了一口奶茶,喉结滑动,艰难地咽下:对。有。这钱后来梅梅也知道的。

她是什么态度?

赵小军沉默片刻:她就是哭呗,闹呗,哭闹完了就说她要把钱还了那人,要那人把娃娃还给她。她真是个方脑壳啊。我告诉她,钱是钱,娃娃是娃娃。这是两码事。即使她非要回娃娃不可,也和她拿这笔钱不冲突。那人是娃娃的亲老子,按法律规定他也理应给娃娃抚养费。可是,梅梅不听。她觉得这钱像是卖娃娃似的,跟我吵,跟我打……没办法,我就告诉她,拿着现金回去不安全,让她先回源城,她到之后，我就把钱给她寄去。

你给她寄去了么？

没有。他的喉结幅度很大地又滑动了一下：她太简单，太不成熟。我算定她就是把钱还给那个人，那个人也绝不会把娃娃还给她，她还也是白还，到时候肯定落得个人财两空。我想，等她闹够了，平静下来了，我们就用这笔钱好好地筹划一下将来的日子……

我望着窗外渐渐暗下的天色。将来的日子，将来的日子，将来的日子……对那时的梅梅而言，将来的日子还有几天呢？

可我咋个也没想到，她回来之后，就是死……

她回来的时候，是什么状态？

糟糕惨了。说实话，我差点儿都没有认出她来。她原本就瘦，生了娃娃后胖了一些，可是，那次她从源城回来之后，就瘦得没有个人样了。她一头扎到床上，只是无声无息地睁着眼睛，不哭不闹也不说话，像木头一样。我生怕她为那五万块钱生气，连忙把钱给她拿了出来，又反复说明我的想法，还宽慰她说娃娃的事不要急，慢慢来。可是，无论我说啥子，她都没有反应。看起来就是一个活死人。

为什么不送她上医院？

送得起么？医院是打工仔打工妹轻易好去的地方么？一个月的薪水一两天就没了，谁受得了？

我沉默。

我自己在心里悄悄地想，她难受一阵子是难免的。这也不要紧。不是说时间是最好的医生么？她会缓过来的。等她缓过来了，我赶快和她再生个娃娃，她肯定就好了。真是没想到啊，那天晚上我正上着夜班，突然就接到了物业的电话……

到底是什么病？为什么这么急？

赵小军看了我一眼，眼神很诡异：梁知梁新，他们咋个说？

我在脑子里搜罗了一下梁知的话：他们说，他们不知道。

哦。赵小军意味深长地感叹了一声：所以我也不知道。

你的意思是，其实你知道？

赵小军沉默片刻：梁新和梁知对你说的，你还不信么？

不是不信。我说：是不完全信。

你还是信吧。他说。

我沉默。他也沉默。

告辞的时候，赵小军让我在店门口稍等一下。过了一会儿，他从店里走了出来，手里提着一个纸袋子，袋子里装着两个大信封。

一个里面是五万块钱，就是当初娃娃的亲老子给的那些钱，你替我还给那个娃娃吧。另一个里面是一个本子，我刚刚想起来的，是两年前我收拾旧东西的时候发现的。他说：全给你，我的心就净了。

还有一样东西，你没给我。

他惊讶：真的啥子都没有了。

有。

啥子？

一个答案。我静静地看着他：她到底是怎么死的？

他一会儿看看大街，一会儿看看地面，一会儿又看看天空，终于把目光在我身上定格：如果你非得要个答案的话，那我告诉你，是心病。心病还需心药医，她没有心药，就只能病死。

碎　片

多年之后，我得承认，作为答案，赵小军的这句话很狡猾，但是也很标准。心病，是最小的病，也是最大的病。是最不是病的病，也是最是病的病。是最让人速活的病，也是最让人快死的病。是最需要对症下药的病，也是最无药可医的病。是很多人都会得的病，也是很多人都终生不愈的病。

别说这种虚话。我要听最实在的。

沉默良久。

一个死去的大姑姐，值得你这么认真么？

值得。

咋个值得？

我看着门外落日的余晖：我也不知道怎么值得。我知道的就是，反正值得。

你真的，很像她。赵小军说。

我把脸转过来，正视着他，淡淡地笑了笑：那么，就当是她的魂附在我身上了吧。就当我是她的今生，她是我的前世，所以，我想要清楚她的一切。

她是自杀。跳楼自杀。他终于说：4月14日，死，要死——真是个凶日啊。

跳楼？我失声重复：她怎么会跳楼？

这我哪里知道。他耸耸肩，又诡异地看了我一眼：你可以回去问问梁新和梁知。那个晚上，他们俩和她在一起待了很长时间。

他们……我止住，想起梁知对我说过的话——"然后就是那天晚上，我和新新赶到她住处的时候，她，已经，死了。"

谁在说谎？

办完梅梅的丧事后，我打扫屋子，发现茶几上的烟灰缸里装满了烟蒂。赵小军的眼神深不见底：烟是河南生产的黄金叶。

我沉默。一瞬间，我浑身的汗毛都奓了起来。

不，我不相信。或者说，我不敢相信。

4

从东莞返程回河南的火车上，除了吃喝拉撒睡，我做的最多的事就是研读梅梅的那个本子。是一个小小的软面抄。第一次打开它的时候，我的手有些颤抖。这里面很可能就是梅梅的日记。如果是的话，她会写些什么？她最核心的那些秘密是否就在这里？

然而让我意外的是，这算不得一本日记。虽然有日期，但每一篇都写得很短，都只是一行，每行也都只是寥寥的几个字。其实就是再简约平白不过的流水账：

> 1985年10月2日，在一起。11月28日，在一起。12月20日，他去郑州。12月21日，他回来。1986年3月7日，在一起。5月6日，在一起。8月2日，落榜。8月3日，学习。8月5日，加油。8月10日，学习……加油和学习交替着，一直到11月20日，两个字：爸爸。下面的一个月，每天都只是三个字：我有罪。直至12月28日，是四个字：妹妹，晚安。然后就是学习，加油和"妹妹，晚安"这三样账目，一直写到了1987年8月，8月3日，又是两个字：落榜。接着便是1988年到1989年，这两年是在十里铺，流水账的主要账目是：上课，哥哥来。听课，哥哥来。中考，哥哥来。期末考，哥哥来……有一天特别了一点儿，是

1989年的12月22日，是一个英语单词：kiss。Kiss后的日子，主要账目就是一个字：爱。到了1990年6月20日，爱停。接替爱的是两个字：服务，服务，服务……直至8月1日，出现了一句话：秦红说得有道理。8月2日是两个字：给他。之后断断续续的都是这两个字：给他。给他。给他……到了1991年1月3日。她写：离开。然后是一连串在广东的流水账目：深圳，喜洋洋玩具厂。东莞樟木头镇，寰宇电子厂。东莞长安镇，认识赵小军，珍美制衣厂。工友生日会。发工资。加班。他来。搬出去住，和他。1991年7月1日，给新新写信。10月15日，未未来临。我的孩子。11月20日，我给了。11月22日，又给了。12月10日，给新新写信……1992年4月6日，未未！4月7日：我的未未！4月8日：我的未未！4月10日：真恶心。4月11日：真恶心。4月12日：终于回来。和他们。4月14日：他们说得有道理。那么，永别吧。妈妈，我来了。

——由此回溯梅梅的人生轨迹，几乎一望尽知。虽然有那么几条有点儿令我费解，不过稍一琢磨也就能明白："我有罪"，是梁文道心脏病发作去世给她带来的罪恶感。"Kiss"，是和梁知第一次接吻。"给他"，应该是把身体给了钟潮。"我给了"，应该是把身体给了赵小军。"真恶心"，是要未未不得，沮丧之至。

只有两条让我无法猜度和推断，是1990年8月1日的"秦红说的有道理"和1992年4月14日的"他们说得有道理"。前者写在她决定把身体给钟潮的前一天。后者写在她自尽的当天。他们都说了些什么？有什么道理？

碎 片

现在，这个薄薄的软面抄仍在我的手中。它的纸页已经变黄，变脆。每次拿起它，我都有一种，不，应当说有两种感觉：它既在变轻，又在变重。轻是本子本身。时间的风干让它越来越干燥，水分尽失。重的是我本身，我的手腕已经越来越孱弱，越来越没有力气。

"他们说得有道理。那么，永别吧。妈妈，我来了。"1992年4月14日，这是流水账的最后账目。我第一次读这本流水账的时间，应该是2003年4月中旬。一写一读之间，已经是十一年过去。而距我尚活着的2012年4月，马上又将是九年过去。

很快，它就会易主给未未。

未未，你要收好。

第十七章

1

从东莞回来,我放下行李就直奔源城市第一人民医院。婆婆病了,住在高干病房。我只站了一小会儿,她就一迭声地催促我回去照顾安安。

"我没事儿,胆囊炎,小毛病。你哥让我顺便作个全面体检。住几天就回去了。"她说。梁知和梁新也都若无其事地催促我回去,但等到梁新跟着我走出病房,他的眼圈就红了。

婆婆得的是绒毛癌①。晚期。已经转移到肝和肠道。梁新说本想把她拉到郑州做进一步检查,又怕动静太大让她察觉到,就只是在这里拍了片子,做了切片,拿到郑州送检。看片的人是梁知请卫生厅的一个副厅长亲自打电话约找的,是最好的医院里最好的专家,那专家以最快

---

① 绒毛膜癌:简称绒毛癌,是一种恶性程度很高的肿瘤。病因大多与妊娠有关。——编者注

的速度和最知心的口气下了结论:"既然都是自己人,我就不说虚话了。不必让老太太受罪了,折腾来折腾去的,到了也不一定能多个一半天。让老太太把以后的日子过高兴了,高兴一天是一天,比什么都强。"

绒毛癌,绒毛癌,我反复念叨着这个病的名字。它真特别。绒毛里的癌,该是多么微小的癌?但唯其微小才更可怕,如同人心里那些鸡毛蒜皮的坏:小小的怯懦,功利,嫉妒,虚荣……

我每天都去医院。作为卫生局局长的母亲,婆婆享受着皇太后般的礼遇。所有的医生和护士都对她笑脸相迎,嘘寒问暖。穿衣,梳头,洗澡,剪指甲……她什么都不用做,只管被无微不至地伺候。当然她也有的忙。除了应付医院的输液瓶之外,她还得会客。即使对外放出的风声只是胆囊炎,来探望她的人也还是川流不息。梁知单位,梁新单位,庄雅单位,甚至旅游局都有人来看望,还有我认识或者不认识的各种头头脑脑,各色礼品也很快堆满了病房。为了保持病房的清爽,梁新每天都得把那些东西往家拉。对于这种迎来送往老太太显然很喜欢。她得体地应酬着探望者们的问候,讲述着自己的病情,夸奖着医生护士的周到和孩子们的孝顺,同时收获着因孩子们的孝顺而带来的人们的钦羡和奉承。常常的,看着病床上的婆婆精神焕发的样子,仿佛和癌症没有一丁点儿的关系,我就会不靠谱地想,可能郑州的专家也错了吧,也许婆婆得的真是胆囊炎。小别胜新婚,小病也胜新婚。人逢喜事精神爽,人逢小病也精神爽。所以婆婆看起来才会这么好。——真是很不靠谱啊。

住院半个月后,婆婆的兴奋劲儿渐渐回落,腹痛也稍减,她便要求出院。说医院再怎么好,也还是回家舒服,而且她一个人在医院住,全家都得往医院跑,会耽误孩子们工作。说反正也是小毛病,就在家里慢慢调养吧。

好吧，那就回家。

所有人都知道她活不了几天了，只她自己不知道。这种状态是奇异的。所有的人都在战战兢兢的同时也努力大大方方，心怀鬼胎的同时也努力光明磊落，如履薄冰的同时也努力如履平地，严肃紧张的同时也努力团结活泼。——这个人正在死去，正在慢慢死去，不，正在很快死去，她的生命已经进入了越来越拮据的倒计时。所有人都知道这个事实，也都默认着这个事实在眼前发生。仿佛是一桩预先定性的谋杀案，所有人都是同谋。这情形是否如我初进梁家的时候？婆婆也很快觉出了不对。随着症状的反复和加重，她开始对我们察言观色，巧妙探询，迂回突袭，甚或正面强攻，这情形是否也如我初进梁家的时候？

但她毕竟不是我。她就是她。她没有精力或者说实力跟周围的人斗，跟这世界斗。她的身体一天不如一天，一寸一寸地衰败下去。还好，不是一条直线溜到底儿，而是时高时低的峰线，这得以让我们在她稍好的时候假惺惺地给她加油，为她打气。——这油，漏的和加的不成比例，这气，跑的和打的也不成比例，但是，所有人都自觉地重复着这个过程，谨慎缜密，一丝不苟。

这是习惯。无数中国人的习惯。这是逻辑，无数中国人的逻辑。多少人习惯了对病人说谎，觉得欺瞒着病情让患者糊里糊涂地死去是最道德的逻辑……医生说，这么做是对的，这是我们的国情。为什么？因为我们的病人太胆小，很多病人都是被癌症这两个字吓死的。

四个人里，我守护婆婆的时间最多，梁新其次，然后是梁知，最少的是庄雅。梁知本来就忙，单位又刚刚出了事儿。仍然是食品安全的事，这次事故的关键词是"瘦肉宝"。

庄雅的娘家也出了事。出事的是她在交通局当副局长的弟弟。好一段日子里，庄雅都在为她弟弟全力奔波，上下打点，偶尔来一次也是心神不宁，坐立不安。她待的时间最长的那次什么都没有做，只是在向我神经质地喋喋不休地诉说，说她弟弟主管路桥公司，说路桥公司内部起了内讧，有人下了狠手，把许多内幕举报给了检察院和纪检委，什么倒账，挪用建设资金，假招标，虚列工程款，编造工程量……她语焉不详，我也不便细问，只是听着。当然，这些罪状不是她诉说的重点，她的重点是大骂那些举报者："……咱咋么么倒霉啊，碰到这些个小人！我弟弟你见过的，多好的一个人呀，是不是？说到底，还是他在那个位置上，有人太眼红了。查他？他有啥可查的？我敢说，换个人在他的位置上，没有几个比他强！廉洁？大环境是这，谁能廉洁得起来？谁不知道廉洁这种词就是报纸上大会上说的官话，哪儿是人话？你说说，当官要是没点儿好处，真就是实实在在地为人民服务，那谁还去当官？谁傻了去当官？小翠，"她把脸朝向给她送茶水的小翠，"你说说，在你们村里当个副村长，是不是起码也能比平头老百姓多抽两包好烟？"小翠抿嘴一笑，点点头。庄雅又看着我，"你哥要是不当官，梁新大学毕业会分到国土局？工作分配多难！还有你，啥也不啥的，咋就能顺顺当当地进到旅游局？咱婆婆得了病咋就能托到厅长找专家？咋就能住高干病房？恁多人把年龄往小里改了又改，不是为了多干几年又是为了啥？大家都这样，倒是有人专门来找咱的晦气！好像他们一个个都多干净似的——去他妈的！都是一身绿毛毛，谁也别看谁是妖！别说当官的，就是那些不当官的当不上官的，拍拍良心想想看，谁不走个人情礼事？停车场收费的看见个熟人也会免个费吧，去银行取个钱碰见熟人也能插个队吧，你说是不是？……"

我不说话，只是瞟着电视，偶尔看看她的嘴巴。那嘴巴一张一翕，一开一合，真是一个运动型的嘴巴或者说革命型的嘴巴啊。

碎　片

　　庄雅说得对，很对。多年之后的现在，我仍然承认她的对。虽然是极其恶俗的对，但也是极其强劲的对。"都是一身绿毛毛，谁也别看谁是妖"，是的，我们都是绿毛毛的妖，都是。——我们是多么会"都"啊。革命的时候都革命，打仗的时候都打仗，歌颂的时候都歌颂，骂街的时候都骂街，种树的时候都种树，炒股的时候都炒股，下海的时候都下海，腐败的时候都腐败——没错，腐败绝不仅仅是官僚的特权，只要手里有资源的，都可以拿来腐败。谁都会用自己手中的那点资源来交换些什么。老师的权限是学生，医生的权限是病患，报纸的权限是版面，农民的权限是不打农药的菜自己吃，打了农药的菜卖出去。所以演技平平的女演员可以担纲大戏主角，然后这片子就不忍卒睹。所以资质平平的建筑队可以承包一个个工程，诞生一锅锅豆腐渣。所以加油站会准备很多免费的饮料、矿泉水和香烟，这是给司机的加油福利。所以到处都有人在兜售假发票，所以每年都有那么多人去应考公务员，所以无论是谁家有人当了多么小的官，家里人都会奔走相告，如果有族谱的话，也一定会在族谱里骄傲地注明：举人，太尉，侍郎，正科，副科，股长，所长，站长，县长……因为可以用来进行殷实的交易，所以权力和资源就都是金灿灿的荣光。——我们都在为私利而战，所以易利而交。我们都在一个粪坑里站着，所以易粪而食。

　　电视里正播的是"瘦肉宝"事件的专题报道。记者正对一些养殖户进行暗访。那些养殖户的猪饲料里，都添加了"瘦肉宝"。

"你自己吃这猪肉么？"

"不吃。"

"为什么不吃？"

"……反正不吃。"

"怎么会想起加这个呢？"

"看别人都加了，咱也就加呗。"

"这些猪，都卖到哪儿了？"

"大地方。"

"什么大地方？"

"北京上海广州。大地方的人奸馋，喜欢吃瘦肉。"

……

"你这嫂子，真强梁。"庄雅走后，婆婆说。

门铃声响，又来了人。是一个白发苍苍的老太太，眉梢眼角尚有风流余韵。婆婆说是她当年在剧团的同事。两个人说了好大一会儿话，我在卫生间趁空漂洗安安的小衣裤，留神听着她们的动静，突然间，婆婆的房间里响起了歌声：

> 宝血恩典，如此甘甜，我罪竟蒙赦免。
> 昔日迷失，今被寻回，盲目重又得见。
> 如斯恩典，令心敬畏，解脱万千忧惧。
> 归信伊始，恩典即临，何等奇异珍贵。
> ……

很苍凉，也很嘹亮。很粗糙，却也很纯真。——是赞美诗。

然后，就听见那老太太在游说婆婆入教。说主会原谅她所有的罪，会迎接她上天国，天国如何之好，等等。没有听见婆婆应声。老太太仍兀自说着，过了一会儿，婆婆叫着我，说该输液了。老太太知趣告辞，我给婆婆扎上液体。因为婆婆的病，我请了没有上限的长假——我那三脚猫的医护本领终于派上了最重要的用场。也可能是因为我曾经的护士身份，婆婆似乎也更喜欢我陪着她。常常的，小翠带着梁安出去玩了，梁新和梁知都上班去了——就是这样，婆婆是要死了，但毕竟还没有死，且不知道什么时候会死。在这个时节，不能把什么都停下来等着她死，我们必须得顺着最正常的生活流程，各干各的——家里只剩下我和她。输液管里，淡黄色的液体在阳光的照耀下闪闪发亮，像流动的琥珀。我默默地看着液体一滴滴灌入她的体内，无声无息，如同雨水滴进了干涸已久的大地。可这大地实在是太干涸了，这雨水真是杯水车薪啊，一滴进去就会被消耗得无影无踪。

"真没想到，这时候能借上你的力。"躺了半天，婆婆的精神似乎不错。

我笑。

"你说，我会好么？"

"那还用说。"

"我想也是。"她很泰然，"方才那糊涂人说叫我赎啥罪，我有啥罪？可以说，我这一辈子都没做过啥亏心事，你出去问问，谁不说我心太好，太软善？吃了恁多苦，好不容易活到这把年纪，刚到了享福的时候，我就不信我不配得个好寿数。"

我沉默。

"就是梅梅，我当后娘的也没亏待了她。"她看着我，突然提起了梅梅，"我第一回见你的时候，你猜我想的啥？我想，这是我跟梅梅的缘分还没完呢。她知道我对她不赖，还想再跟我做一场母女呢。"

我继续沉默。等她开口。

2

梅梅，咋说呢？是，我不喜欢她。不是因为我是后娘，对，后娘就是后娘，说到天边儿也改不了这个。我承认亲生的和不亲生的，就是不一样。可若单单是因为后娘，我怎么着也会对她更亲些，这样才不落闲话，是不是？——我不喜欢她，就是因为梅好。真的，她跟梅好简直就是一个模子里刻出来的，看见她，就像看见了梅好一样，而且，她还越长越像，越长越像……真的，要是她不是梅好的孩子，要是她长得不那么像梅好，我肯定不会那么别扭她。本来以为梅好死了，我再也不用想着那张脸了，可熬出头了，没想到她就这么着接了梅好的班，活生生就带着梅好的那张脸站到了我跟前，成了我的一块心病。随着她年龄越来越大，她还成了我越来越重的一块心病。换成是你，你能整天对着这么一张脸么？

不过话说回来，梅梅到底是个孩子家，我也没有咋跟她过不去。一来是想着你爸的面子，二来她毕竟是个姑娘家，迟早要出门，只要她出了门，就跟我井水不犯河水了。可是我没想到，她会跟梁知……那是85、86年吧，梁知刚刚大学毕业，回到了县里工作。梅梅也临了高考，可是成绩不靠前，不拔尖，梁知就抽空给她补课。我就是从他们补课的时候才看出了苗头儿。咋看出来的？其实也没啥难的，那天，我从门缝里偶然看见了他们俩在脸对脸傻笑。梅梅笑得那个邪性啊，我一打眼就知道是咋回事儿——演恁多戏，还看不出个这？后来想想，他们俩可能早有意思了。怪不得头一年没考上呢。操着这种心，能考上才怪！

事情到了这个地步，我就觉得自己对梅梅忍到底儿了。她带着梅好的脸在我跟前晃到二十多岁，我能忍。她要是带着这张脸在我面前晃一辈子，这我不能忍。她要活，我也得活啊。你说是不是？再说句难听话，梅梅长那样儿，一看就带着梅好的晦气劲儿，我咋能让这样的女人跟梁知过一辈子呢？况且，他们俩虽然没有血缘关系，可总还应着兄妹的名分呢，他们俩要是好了，我咋跟亲戚朋友们交代？亲上加亲？这算哪门子的亲上加亲？！不笑掉别人的大牙才怪！

你爸，我知道他也不会答应，就把这事说给他听了。各人的孩子各人抱，各人的孩子各人教。我骂梁知，你爸骂梅梅，我们俩就把他们俩一顿狠骂。我没想到的是，这事过去没几天，你爸心脏病犯了，就走了。他这一走，我那个恨呀，恨谁？还不是梅梅？她要是心正意正，好好学习，不用梁知给她补啥课，那咋会把亲爹给气死？你说是不是？没错，你爸的心脏病是"文革"时候落下的，可要不是梅梅闹这场事，他的病咋会犯？梁知当然也有责任，一个巴掌拍不响么。不过要往深处去说，肯定是梅梅勾引的梁知。不是有句老话么？男追女，隔座山，女追男，隔层纸。要不是梅梅存了心，梁知那老实孩子，哪容易动了那心思？

可是，再恨也得忍。我忍着她参加完了第二回高考。不能说咱是后娘就不给她机会，对不对？等到她又没考上，我的心倒是松了一把。我知道，她甭打梁知的主意了，他们俩，一准儿成不了。梁知现是国家干部，她也就是个待业青年，咋能配上？不过我也不能老叫她在家晃荡着，吃闲饭倒没啥，老是跟梁知碰面，那可不成。我就托了关系，叫她去十里铺当民师。就这也不放心哪。好在我在教委工作，教育系统里随便都能找个眼线替我看着。后来我就知道了,梁知还老是去找她,俩人还是勾勾搭搭的。我那个气呀。这俩人,不是在给我唱对儿戏①吗?

我气梁知没成色,也气梅梅太精明。梅梅呀梅梅,不论你多想攀扯梁知,但凡想着你和梁知的事儿把亲爹都气死了,你就不该接这个茬啊。我左思右想,正想主意呢,正好碰上领导去考察工作,叫我陪着下去。眼看着钟市长和梅梅说了好大一会儿话,回去的路上又跟我问了梅梅的情况,说缺少个合适的家庭服务员——对,就是这个称呼,家庭服务员。保姆多难听!那时候,有层次的领导,家里的保姆都叫家庭服务员——我怎么着也是活了半辈子,能听不出来领导那层意思?想想也不是啥坏事。一来等于给钟潮送了一个人情,好让他给梁知办事,二来要是梅梅服务得好,钟市长保不齐也会给她找个工作,我也算尽了一份儿心。三来也是捆住了梅梅,让她和梁知不那么容易见面。当时我想的就是这么多。反正就是想一步走一步,先把眼前的问题解决了再说。

就这么着,梅梅进了钟家,这后来的事情,就都不在我的控制之中了。梅梅跟钟潮那个了之后,是来找过我。可我能说啥呢?把戏唱砸夯②了再来找我这扫边③的还有啥用?我说这是你自己的事,你看着办。说实话,我很生气。能不生气么?我只是让她去搞家庭服务,又没有让她去跟人家睡觉!被强迫的?男女之间的事,除了当事人,谁

---

① 对儿戏:指两个演员在一出戏中扮演分量不相上下的两个人物。如《坐宫》中的杨四郎和铁镜公主,就是老生和青衣的对儿戏。——编者注

② 砸夯:指演员不善于掌握演唱方法,用力过头,出现了笨拙的重音。——编者注

③ 扫边:指不起眼的角色。——编者注

能说得清？内疚？我内疚啥？我有啥可内疚的？她已经成人了，这是她自己的选择！再说，已经发生了，又能咋样呢？那时候，我就想，这可能是老天爷也知道我太不容易了，为了让我省心，特意给我安排的吧。因为这事再坏也有一样好处：梅梅铁定配不上梁知了，绝对会死心。后来，果然就是这样。

这都是她的命，她的命！金金，现在我可信命。跟你爸的事，我信命。跟梅好和梅梅这娘俩的事，我也信命。跟你，我也信。——要说梅梅的命，老天爷安排得本也不差，人家钟潮到后来可够意思呢，说愿意为她离婚，愿意娶她，不过她得等上几年。这话说得可是一片真心。以梅梅的条件，等上几年能嫁给钟潮，那也算不错了。虽然钟潮的年龄是大了些，可人家是副厅级领导呢——没过几年，人家又升成了正厅。再说梅梅也怀了他的孩子，要是等几年扶了正，对自己也好，对孩子也好——当然，对梁知的前程也好，方方面面都能顾上，你说该多好！这命可不算赖啊，可不算赖。可她就是不珍惜。——梅梅啊，她就是太精了，就是想立马当上市长太太，一口吃个大胖子！

要说钟潮，那真不愧是大领导，素质真高，也真仁义。梅梅到广东生下孩子后，钟潮为了让她生活得轻松些，又特意跑到广东把孩子接走，还给她送了一笔钱，梅梅要是拿着钱好好过日子，那也不错，钟潮老年得子，还会亏待自己的儿子么？她有啥可放心不下的呢？可她不知好歹，非得回来要孩子，死跪到市政府门口，还胡说八道地纠扯着上梁知，闹得梁知都没法子去上班。——她肯定是嫌钱少，想着自己养着孩子就能对钟潮放长线钓大鱼！钱是她男朋友收的？也对，她咋能出面去收钱呢。她男朋友收就对了，这么着他们俩才好唱对儿戏嘛。

可她只顾着精她的，却不想想梁知。那时候，梁知刚刚定了亲，还碰上了个破格提副处的好机会，正在节骨眼儿上呢。真要命啊。后来还是梁知当机立断,和梁新把她送回了广东。听说回到广东她就生了重病。可能是折腾得太厉害了,一病不起,就死在了那里。唉,人活一口气啊。眼看着走的时候是活蹦乱跳的一个人,几天过去,就成了盒子里的二两灰。

要说,她年纪轻轻的,也怪可惜的。她要是不恁精的话,肯定不会恁短命。在我看,这个梅梅,她就是太精了,真就是太精太精了……

碎　片

精,太精,太精太精——让我诧异的是,婆婆口中的梅梅,居然是这样。而让我更诧异的是:当婆婆用她的逻辑来解析梅梅的时候,听起来居然也能说得通。这么多年过去,我才明白了其中的缘故:对于婆婆这样的人来说,进入她的逻辑的任何事物,就是得通,必须得通。因为那是她的逻辑,不是别的任何人的逻辑。

这些个话我都对你说了,可真够稀罕的。我从没有对别人说过这些话,今儿不知道咋了,就是觉得能跟你说。或许因为你是一个能懂话的人吧。没错,你是一个能懂话的人。

碎　片

是的,那时候,从很多表象来看,我似乎是一个不错的倾听者,是一个懂话的人。但是,只有我知道,事实上,我已经越来越不懂话了。他们的话。我总是一边倾听着一边犹疑着,是该去理解,还是该去谴责?还是该在谴责中理解或是在理解中谴责?

——时至今日,我才刚刚有些明白:对有的人来说,谴责是容易的,理解是困难的。对有的人来说,理解是容易的,谴责是困难的。而对于大多数人来说，肤浅的理解和谴责都是容易的，真正的理解和谴责都是困难的。

也许，只有先去真正地理解，才有可能抵达真正的谴责。同样，想要真正地谴责，必须要先去真正地理解。不然，所谓的理解和谴责，都只是表面功夫。

3

那天晚上是梁知在婆婆家里值班，我和梁新回到合欢家园，洗漱完毕，我躺在床上，两眼瞪着天花板。

"怎么不睡？"

"睡不着。"我说，"今天听老太太说了不少的话，心里很复杂。"

"说什么了？"

"过去的事，梅梅姐的事。"我说，放慢语速，"听说人快离世的时候容易话多，果然呢。"

沉默。

"梅梅姐的最后时光里，也说了不少的话吧？"此时此刻，我当然不能让这沉默继续沉默。一直就想问他这个。从东莞回来之后，我就想问他这个。眼下这个语境中，这种承接还算自然，"前些天出差到东莞的时候，我见到了赵小军。"

"赵小军？"梁新重复。

"就是梅梅姐在东莞处的那个男朋友。"我起身，从床头柜里把那个装钱的信封拿出来，递给他，"这是赵小军让我带回来的，五万。"

梁新忽地坐了起来，把我的手推开。我把钱又放回到床头柜里。

"他说，姐姐是跳楼自杀的。"

"别说了。"梁新喃喃。

"他还说，在她自杀的那天晚上，你们和她在一起待了很长时间。"

"别说了。"

"你们和她说了些什么？"

"别说了。"

我维持着最正常不过的语速再次重复："你们和她说了些什么？"

"别说了！"

睡梦中的安安打了个寒噤，哭了起来。我把安安抱在怀里，轻轻拍打着，直至她再次睡去。然后，我再次开口："你们和她，到底说了些什么？"

碎 片

那时候，每当我不依不饶地去试图揭开他们——梁知，梁新，钟潮——想要遮盖的羞耻和伤痛时，我的感觉也常常是七荤八素。一会儿觉得匪夷所思，一会儿又觉得本该如此，一会儿觉得自己在冷眼旁观，一会儿又觉得仿佛在有火自焚……在为梅梅疼痛的同时，我的心也在兴奋、得意，甚至欢悦。因为他们让我知道：刺透了他们厚壳下的秘密，他们居然一点儿也不比我干净和高尚。更让我具备优越感的是：我已经知晓了他们的黑暗和肮脏，他们却还不知道我的。即使是梁知，也不知道——我曾经试图杀死哑巴，他知道么？他不知道。

所以，那时的我，嗜恶如命——当然，仅限于他人的恶。

沉默良久。

"那天晚上，"他终于开口，"我和哥去了她那里，哥说得好好跟她谈谈，让她看清楚现实，别再把大家的生活搞得一团糟。上楼之后，我们三个人坐在那里，气氛很压抑，哥就叫我去买饮料。我边走边想着怎么和她谈才有效果，才有力度，才有劲道。可我越想越糊涂，越糊涂就越生气，越生气就越讨厌她。我想，都怪她，她真笨，真傻，真不检点，真不要脸，在源城没名没分地就和人家上床、怀孕，到东莞又和另一个男人鬼混在一起，要是干脆鬼混到底也就算了，又跑回去敲锣打鼓地要孩子，让我都没脸见人……我买回饮料，哥出来了，我就开始和她谈。其实不是谈，而是吼。那天晚上，我吼了很多话，很多难听的话，很多。"

静默的被子。

"其中，最毒的话有三句。"他顿了顿，"第一句是：姐，我最后叫你一声姐。"

静默的夜。

"第二句是：我不想再见到你了。"

静默的呼吸。

"她没有表情，也没有声调。她很平静地说：你放心，我不会再回去了。"

静默的一切。

"我的第三句是：我怎么才能相信你呢？"

深深的静默中，梁新哭了起来。我慢慢地伸出双臂，缓缓地抱住他，感受着哭泣中他身体的律动。

"那时候，你还小。"我说。

"是，我还小。可是，我那么小，怎么就能说出那么狠的话呢？怎么就那么狠呢？"他一字一句地说，"我是一个杀人犯，杀了姐姐。"

心中剧痛。

"梅梅姐的骨灰，现在在哪儿？"

"在火葬场寄存。"他哭泣着，"老规矩，没出门的姑娘是不能入娘家祖坟的……尤其是恶终。"

嗯，梅梅是恶终。多么恶的，终。

床头柜上的台灯似乎是这世界上唯一的光亮。我把它关掉，在短暂的漆墨之后，外面的光一点一点透进了房间。我忽然明白：原来从来就没有真正的黑夜。无论是多么浓稠的黑夜，都会有光。谁也不能消灭这光。谁也不能。

碎　片

忽然想起，有一次，我去新疆出差，返程的那天是正是阴历十五，我乘坐的是下午的航班，从乌鲁木齐到郑州是四个小时的航程，快到郑州的时候已经是晚上了。舷窗外明月当空，皎洁辉辉。可是从飞机上向下看去，却是一团又一团的灯光。我知道，那是一个又一个村庄，和杨庄一样的村庄。在一团灯光和另一团灯光之间，有着深不可测的黑暗。那就是一个村庄和另一个村庄之间，深不可测的黑暗。月亮是如此清明，可是大地上却有着这么多的黑暗。这不由得让我觉得怅惘和焦躁。但是，下了飞机之后，我又看到了无数的光：路灯的光，车灯的光，在没有人造光的地方，也有斑斑驳驳的最自然的月光。看到这些光，我的怅惘和焦躁才慢慢平复下来。我对自己说：还有光，这就好。

4

　　服侍婆婆的那段时间，直到婆婆去世，我只在外面吃了一次饭。是钟局请客，说是带着小乔一起来市局办事——小乔已经调到沧河县旅游局的办公室工作了——正好那个天津专家也在源城，钟局说想召集跟他去东莞的这帮人再欢聚欢聚，少一个都不行。推辞不过，我只好去了。

　　到底一同出去了几天，有了一些熟络的情分。这情分放在饭局里，便能凑成足够的热闹。于是觥筹交错，推杯换盏，打情骂俏，你恩我爱——这个队伍就我和小乔两个女人，我是有些冷有些闷的，没人和我多闲话。男人们都是围着小乔耍宝。由拾梦庄开始，和小乔打过这几次交道，我才明白这个女孩子确实有讨人尤其是男人们的喜欢之处：毫无心机，明快浅白，动辄就言欢语笑，是让人最轻松的那种性情。怎么会让他们不喜欢呢？

　　席间又说起拾梦庄，说起"文革"，天津专家就和小乔逗出了阵阵欢乐——

　　那时候，我们也旅游。没有身份证，住店的时候都拿证明。证明怎么写你知道么？

　　不就是姓名性别年龄从哪儿来到哪儿去呗。

　　倒霉孩子，听着！专家摇摇头，伸出他蒲扇般的大巴掌，做出读的模样：乔某某，贫农出身，四面净，八面光，批准她出来为革命到某地做某事，特此证明。

什么叫四面净，八面光？

就是脸净，手净，头发净，脚净，前光，后光，左光，右光，上光，下光……

呵呵呵呵呵呵呵呵。

……

哎，你们武斗的时候，哪里来的枪？

靠斗争得来的嘛。我们那时候去武装部抢枪，那个激烈啊。我们先围攻，再喊话，等到里面的人投降得差不多了就开始打，打到最后才知道部长死在了里头。他是参加过淮海战役的老革命，大概怎么也没想到自己是这么个死法。

哎，你说的到底是解放后还是解放前啊？听着听着，小乔一脸迷茫。

倒霉孩子，你有权保持沉默。

呵呵呵呵呵呵呵呵。

……

哎，对了，全民写诗，是不是也是那时候的事？

隔着好几年呢！专家简直愤然了：跟你说这些可真费劲！倒霉孩子，你真有权沉默了！

我要跟你说 QQ 你还不知道呢。我们聊的话题你们听着也费劲，这就是代沟。

有些代沟是不能有的。这些事你们必须得知道！

我们干吗必须得知道？！哪有闲工夫去知道？多少要紧事儿都忙不过来呢。

要紧事儿？你有什么要紧事儿啊？

我得剪个新发型，我得谈个男朋友，对了，我马上就得去趟厕所，这都是要紧事儿！待会儿见！

呵呵呵呵呵呵呵呵呵。

……

有一会儿，不知谁说起了盛春风"文革"时的那些事和讨伐盛春风的那些人。

我就觉得那些讨伐他的人很无聊。有意思吗？当时有条件的人谁不当造反派啊？就好像每个人都吃饭一样嘛。专家道：谁不吃饭？你说谁不吃饭？

这，这好像和吃饭不是一个道理……小乔说。

就是一个道理！

这种问题和吃饭，还是不大一样。

一样。那个时候，你不那么干就没饭吃！专家说。

真的没饭吃吗？小乔问。口气纯真。

你就别问了，真没眼色，倒霉孩子！

呵呵呵呵呵呵呵呵呵。

……

有一次，我进城，看见有人在踹一个黑五类，一人踹，俩人踹，仨人踹，一会儿一帮人都去踹了，我没踹。咱做人一直很低调，成分再好也不随便去踹人。

本来就不该随便去踹人，这有啥可自我表扬的？

倒霉孩子，你可不知道，那时候，成分不好的人就是人人得而踹之。像我这么不去踹人的，可不多呢。

踹人的那些人都是怎么想的？费时费力的，图个什么呢？这沾的是什么光？

图个痛快呗。你想，那时候多穷啊，即便是身份好的人也是除了工资啥都没有，没奖金没福利的，能踹踹人什么，也就算是奖金和福利啦。

切,这可真够猥琐的。

不是猥琐。只是幼稚。

都是成年人了,还怎么幼稚?

思想一直未成年嘛。你个倒霉孩子,怎么那么不宽容!

呵呵呵呵呵呵呵呵。

……

碎 片

那次饭后的第二天,因为"瘦肉宝事件",梁知的处分结果也正式公布:党内严重警告,停职待用。同一天,《黄河文化报》发表了对申明的长篇专访。这篇专访我当时根本读不懂。这么多年过去,我方才反复读出了一些意思。

它对我很重要。

5

这土壤的成分到底如何[①]

——就"我们"专栏专访申明先生

记者:申先生,《黄河文化报》的"我们"专栏已经开办了将近两

[①] 此访谈发表于《黄河文化报》2004年5月8日第十二版。特粘贴于此,以示对作者的尊重。——编者注

年时间,作为创意者和主持人,您推出了很多稿件,在社会上引起了广泛关注,在文化界、思想界和学术界也引发了多次热议,请问您当初开办"我们"专栏的初衷是什么?

申明:多年来,我一直在做"文革"课题研究,与全国各地的"文革"亲历者做过多次深入的访谈和交流。我也读过国内外出版的很多"文革"回忆录,就我所闻所读,无论是出生入死九死一生的受难派,还是浑浑噩噩迷迷糊糊的盲目派,或者是隔岸观火袖手旁观的逍遥派,绝大多数的亲历者都是在控诉和辩解,也有的是沾沾自喜的炫耀,甚至是赤裸裸的兴奋和欢乐,很少有人去进行深刻的反省和真诚的忏悔。对此,我觉得非常不满足。我希望能听到更多有质量的反省和忏悔的声音。追根求源,这就是"我们"这个专栏诞生的初衷。

记者:巴金先生的《随想录》不是很好吗?还有两年前央视"实话实说"节目里有一期叫《对不起老师》,那个当事人史国良就当着全国观众的面为自己在"文革"中对老师的不敬而表达了由衷的忏悔。您对这些怎么看?

申明:这些当然都很好,但是忏悔的人数和需要忏悔却不忏悔者的人数相比,简直太不成比例了,不是吗?所以巴金也好,史国良也好,他们都是孤独的标杆。——当年参加过"文革"的人数以亿计,有那么多人共同造成了这场灾难。可是当这场灾难结束后,造难者却四散而逃,只剩下了受害者,我觉得,这就是最本质的灾难,因为这种灾难的根儿还在,这让灾难随时可以发芽开花,卷土重来。恩格斯说过一句话,大意是:政府的恶劣是可以用臣民的恶劣来解释的。也就是说,这两种恶劣是一对共生体。人们往往习惯于指责上层的恶劣,其实底层的恶劣可能更本质:这片土壤如果不肥沃,上层就盛开不出恶之花。这么多年来,我一直致力于"文革"课题研究,就是想深入探测一下这土壤里到底都是怎样的成分。

　　记者:"我们"专栏开办以来,您的感受是怎样的?

　　申明:坦率地说,我一直很不满足。如我所料,这些稿子里,控诉、指责、揭发、披露别人的占绝大多数,能把刀刺向自己的人,少之又少。不过让我欣慰的是,虽然很少,总还是有的。

　　记者:您刚才谈到土壤,那据您的探测所得,这土壤的成分到底如何?

　　申明:撒得太宽不好说,面儿太广了。我就从具体话题简单说说吧,比如这个:为什么那么多人都不忏悔?以我的浅见,一方面,就事论事地说,"文革"那样的时代背景和政治环境,确实很容易让人们找到不忏悔的理由。可以说自己是纯洁的革命热情,怀抱着崇高的理想之类的。可以说自己年幼无知,是被蒙蔽被诱导的。也可以和别人对比,认为自己不是最坏的。说自己虽然有错,可某些人的错比自己更多更大,哪儿轮得到自己去忏悔?等等等等。恕我直言,这些理由都站不住脚。仔细想想,有多少人不是因为一己之私而假革命之口?有多少人不是因为向上爬的野心而放弃了起码的底线?有多少人不是因为想要邀功得宠而抛弃了基本的常识?只要愿意忏悔,这些都是忏悔的理由。遗憾的是有太多人不愿意。他们愿意背靠大树去乘凉。另一方面,往民族心理上去探究,我们有一个高频率的常用词,就是面子。里子在哪里呢?几乎没人去提。不讲究里子,同时又过度讲究面子,这使得我们的道德要求变得相当纠结、苛严和分裂:能记着三千年前的光荣历史,却会忘记两年前的耻辱之事。既说着一清二白,又信奉难得糊涂。一边量小非君子,一边无毒不丈夫。很知道专求己过莫论人非,却没有几个人去专求己过,几乎所有的人都在不求己过或少求己过,多论人非或只论人非……尽管都承认人无完人,但在实际生活中，公共舆论对一个人的认可就是完美，就是高大全，人们很难接纳一个人有瑕疵，有污点——常常的，我们宣传一个先进人物的时候，他就什么都是好的，即使是缺点也是变相的优点，比如说不善于团结女同志，性格太直率，太努力工作不会休息之类，反正就是圣人在世。只有他倒台了才会被发现既贪污受贿又男盗女娼，什么问题都有了。你想想是不是这样？——在这种严厉且虚伪的道德传统里，人们即使有忏悔意识，也不敢去忏悔，也很少会为忏悔者感动，更难得向之学习。因此即使有人成为了忏悔者，往往也会感觉心理压力很大。如此一来，忏悔者也就越来越少……恶性循环吧。再就是政治因素了，这个很复杂，要从几千年前开始说起，我就不在这里赘言了，只打个简单的比方吧：土壤里本来就有恶之花，种地的人又很喜欢这种花，还用这花来提炼香水，用这香水去浇灌这片土壤，久而久之，这样的土壤就会越来越盛产这样的花，这样的花就会越来越深入这样的土壤，种地的人也就越来越善于管理这样的土壤，培育这样的花种……也是恶性循环吧。

  记者：其实就历史上去看，我们的民族也有一些忏悔的杰出范例，比如那个著名的典故"吾虽不杀伯仁，伯仁由我而死。"当事人王导没有亲手杀伯仁，却在伯仁死后痛哭流涕地这么忏悔，表示自己应该对伯仁之死负责。这种忏悔还是很深沉很动人的，充满了人性的闪光，不知您以为然否？

  申明：其实我很想附和你的判断，但抱歉，我不能。你再查一下史实就知道，真相是这样的：王导曾经求助过伯仁，没有看到什么反应，结果他在可以救伯仁的时候既没有救，在伯仁死后也没有忏悔。他是在什么时候忏悔的呢？是在得知当初他向伯仁求助时，伯仁其实是很倾力地在为他帮忙，只是事前伯仁没有表态，事后伯仁也没有表功,所以他不知道。王导是在知道这种情况后,才痛哭流涕地说出了这两句话。如果他一直不知道这种情况呢?他还会忏悔么?我看不会。所以,这个例子不是忏悔的好例子——王导是个好会计,他一直在算账。他本来以为账面持平了,结果发现自己欠人家一笔,而且永远没办法去还。这让他很难受。这不是忏悔,只是难受。本质上还是在为自己难受。

记者:根据我的了解,有一些人还是愿意忏悔的,他们只是觉得还不到忏悔的时候。他们认为现在对"文革"的主流评价过于简单、粗糙和偏颇,不够公正和全面,他们对自己怎么忏悔也还没有完全思考成熟,一直在等待更合适的时机。我们是不是还应该再耐心一些等待?

申明:我明白这种想法,但我觉得,还是不要等待了。还是尽快发出自己的声音吧。再等下去,他们所拥有的记忆恐怕也会很快地彻底消逝。现在,哪怕他们说出来的是片面的单薄的,那也是一种宝贵的勇气和姿态。还有,这世界从来就没有绝对的公正和全面。真理从来就不是某个人或某些人可以一蹴而就的画作,而是一幅需要消耗漫长的时间并由诸多人去努力合作才能完成的一幅拼图,每个人都有义务和权利为这幅拼图积极地贡献出那一份真实的自己。

记者:还有一种声音来自"文革"中的那些逍遥派,他们说他们不曾作恶,只是旁观,罪与他们无关,所以不应该忏悔。您怎么看?

申明:罪与他们无关么?有一个无名诗人写过这么几句诗,我很喜欢。他是这样写的:"在洪水中,每一滴水珠都是有罪的/在雪崩中,每一颗雪末都是有罪的/在沙尘暴中,每一粒沙子都是有罪的/灾难里的一切,都是有罪的。"——面对恶行,旁观也是罪。我想和我有同感的人应该很多,不然去年的小欣欣事件也不会引起那么大的关注。马丁路德·金曾说:社会最大的悲剧,不是坏人的嚣张,而是好人的过度沉默。换句话说，沉默的好人是坏人的同谋，而且最终也逃避不了坏人的伤害。当年，纳粹刚开始屠杀犹太人的时候，很多人包括犹太人自己不也是旁观者么？他们都以为这事跟自己没关系，没想到最终还是有着掰不掉扯不脱的关系。在美国犹太人大屠杀纪念馆门前的石碑上，有这么一段话："在左派人士被镇压时，我们说与我们无关。在工会被镇压时，我们说与我们无关。在其他犹太人被镇压时，我们还说与我们无关。现在，我们自己遭到了镇压，但已没有人为我们说话了。"——你敢说有一天，你自己或者你的亲人或者你亲人的亲人不会面临小欣欣或者犹太人的处境么？这个世界，谁都置身其中，谁都不可能当一个真正的看客。每一个人都是你，每一个人都是我。也正是基于此，我这个1966年出生的人，按说和"文革"没有什么直接关系的人，这么多年来才一直坚持做"文革"课题研究。按照逍遥派的理论，其实我可以更逍遥的，但是我无法逍遥。

记者：有学者认为，忏悔是个西方理念，是基督教文化的传统，把这种传统在中国本土化，确实会有很多障碍。您觉得呢？

申明：没错，我们的文化传统里没有原罪也没有忏悔，我们的文化传统是"人之初，性本善"，所以谁都可以认为善根在我心，罪恶归别人。给要饭的送个烧饼就会觉得自己是好人，去庙里买条鱼放放生就会觉得自己是菩萨，而一旦遭到了坎坷打击那就一定是别人的不对，即便是自己的不对那也是迫不得已，不管别人怎么看，自己就先原谅了自己。自己都原谅自己了，那还忏悔什么呢？但是，如果我们诚实的话，扪心自问，这种自我美化有多大的说服力？——与其说我们的理念是扬善，不如说是蔽恶。至于本土化的难度，有意思的是，西方的很多东西到中国都很容易被接受，比如肯德基麦当劳必胜客，比如劳力士欧米茄古龙香水，而且我们也加入了世贸组织，还那么积极地去申办奥运会和世界博览会，我们的GDP数值、奥运会奖牌、豪华大片的制作费等等也都在向西方靠拢，靠拢得似乎也并不多难，怎么一说到忏悔就成障碍了呢？归根到底，还是愿不愿意接受的问题。我觉得，即使忏悔不是我们的本土理念，即使忏悔是一种异质文化，那它也有太多值得鉴取的价值，尤其是在我们这个缺乏信仰的国度里。它的价值之大，值得我们去克服那些障碍。

记者：您说我们这个国度缺乏信仰，不是有很多人都信佛么？算不算信仰？

申明：契诃夫曾言："信仰是精神的劳动"。以这个定义来看，那些跪在佛像前的人有几个是在进行精神上的劳动？以我看，绝大多数的人都只是在和佛像签合同。他们会求神明保佑自己升官发财，长命百岁，保佑儿子考上名牌大学，保佑女儿钓个金龟婿……所谓的虔诚，也常常是临时的虔诚，是交易性质的虔诚。我有个朋友在古玩城做生意，他对我说，春节和两会期间，佛像的生意最火，大佛像也卖得最好。因为据说佛像越大越灵验。

记者：我听到很多人议论说，那些事情过去就过去了，一直纠缠旧账能算出什么大利润呢？总得向前看，不是么？

申明：做"文革"课题研究这么多年，我听到的最多的质疑就是这个。在此再回答一下：就像上一顿饭的锅没洗干净，下一顿也不可能做出什么美味一样，不会算旧账的民族，就不可能会有什么大利润。不知道朝后看的民族，也不可能清楚该怎么朝前走。所谓的朝前看，不过是朝近处看。如果说人心是一盏灯，那么我们国人中有太多的灯都只能是照照脚下的那一小片地，他们根本不知道什么是前，前在哪儿。当然，如果把前换成钱的话，对他们来说那就好办得多了。

我相信，如果有一天，有越来越多的人懂得了忏悔，就会知道，忏悔所意味的绝不仅是个人良知，也绝不仅是自我洗礼和呵护心灵，更不仅是承认过错请求谅解的姿态，从更深的意义上来说，忏悔意味的是我们自身的生存质量，意味的是我们对未来生活所负起的一种深切责任。——这样的利润够大吗？

第十八章

1

天气越来越暖和。德庄的大街上，已经有女孩子换上了最新款的春装。春天仿佛也给我身体里的那些癌细胞吹来了浩荡的春风，让它们像春花一样在我的残躯败体上争奇斗艳，缤纷盛放：

——声音嘶哑。控制左侧发音功能的喉返神经由颈部下行至胸部，绕过心脏的大血管返行向上至喉，从而支配发音器官的左侧。肿瘤侵至纵隔左侧时，使喉返神经受到压迫，声音便会嘶哑。不过还好，只是声音嘶哑，还没有咽痛，也没有上呼吸道感染。

——脸部和颈部开始水肿。在纵隔右侧有上腔静脉，它将来自上肢及头颈部的静脉血输回心脏。肿瘤侵至纵隔右侧便会压迫上腔静脉，会使颈静脉因回流不畅而怒张。不过还好，水肿可以让我的气色没有那么差。

——当然还有最经典的气促、咳嗽、乏力和疼痛。尤其是疼痛。它的技法还真是丰富啊：胸痛，肩痛，背痛。坐着痛，躺着痛，站着痛，趴着痛……

疼痛。疼痛。真是疼痛。不过，偶尔，疼痛也会休息。在疼痛休息的那些时刻，我躺在那里，感受着腹部的一起一落，鼻翼的一张一翕，感受着肺叶揪揪扯扯的颤动，感受着一根头发丝儿最轻柔地滑落……我活着，我活着。当我辗转难眠，由左侧躺转到右侧躺，或者从右侧躺转到左侧躺，再或者从左右侧躺转到平躺，总之任何一个姿势变换，我都能鲜明地感觉到脸部肌肉的流淌……是的，肌肉是会流淌的。这柔软的肌肉，它是会流淌的。它随着我脸部的转移，从左侧慢慢下垂到右侧，又从右侧慢慢下垂到左侧，或者平均地垂到脸部的轮廓边缘……

我发现自己越来越适合在晚上写。白天，在喧嚣的人声中，只适合哄着自己进行零零星星的睡眠——是的，对于现在这么一个破绽百出的我来说，睡眠是需要哄的。白天，在明亮或者不明亮的阳光里，在德庄街上叽叽呱呱的汽车喇叭声里，在楼道上上下下来来往往嘈嘈杂杂轻轻重重的脚步声里，我会哄着自己说：你还没有死，你的生命依然存在着，你看有多少活色生香的人啊，他们都和你一起活着。所以，你就安心睡吧。好好睡吧。而夜晚，当德庄的夜市摊都已打烊，当世界陷入最彻底的宁静，这样的夜晚，是太容易向死亡靠近了。仿佛一入眠就会死去。

——我还没有写完，我不能死。疼痛，此时是多么好的陪伴啊。它激发着我，涌动着我，告诉我：你没有死，你还没有死。你写吧。写吧。写吧。

妹妹，晚安。想起这四个字我就想微笑。如今的我啊，只有晚，没有安。

2

2004年的夏天来临,安安刚刚过了她的第二个儿童节——也是最后一个儿童节之后,婆婆的病开始快速加重。她的腹痛越来越频繁,痛的程度也越来越厉害,还长出了越来越大的包块。医生说这是阔韧带内形成的转移性大血肿。她的大便也呈现出黑色的油墨状,并伴有鲜血。医生说这是上消化道出血,转移灶已至肛门。

谁都没对她说,她也不再问,只是和我们心照不宣地沉默着。但她肯定已经在心里有了结论。因为她再也没有了气定神闲。她强硬地拒绝我们再次把她送进医院,开始乱投医。她责令梁知去请源城民间最有名的风水先生上门看风水,严格按照他的指示在这里烧纸钱在那里压块砖,把卧室从一个房间调换到另一个房间,并在床头柜的位置敬了一个"天地全神"的牌位,每天上香。还把马桶在卫生间里挪了一挪,从南向转成了西向。她挣扎着去公园做了几次据说对各种疑难杂症都有奇效的"归元操",直到最后一次瘫软在地才作罢。她还尝试着各种偏方:白花蛇草、铁树叶、半枝莲熬成的中药;生五灵脂、生黑牵牛、生香附子、生广木香磨成粉加白醋调糊成的丸药;水煎服石见穿,每天30克;水煎服金刚藤,每天125克;猫胎盘,焙干研末,早晚各服6~10克,黄酒冲服……她还拿出了一万块钱,托一些跑庙①

---

① 跑庙:长期以来存在于豫北民间的某些佛教徒的生活方式,为表对佛的诚意,这些佛教徒以庙为家,居住生活在寺庙中,整日烧香礼佛并做义工。——编者注

的老太太去百仙山里的万善寺为她做功德。当那个白发苍苍的老太太再次来说服她信基督教时，她居然也一口答应。《圣经》和十字架很快跟"天地全神"并排摆在了一起，影碟机里也不再唱豫剧，轮流响起的是佛经的唱诵和赞美诗的歌咏。

随着婆婆病情的加重，我们分成了两班人，开始对婆婆进行24小时的轮值，以备最后的时刻来临。白天是我和小翠，晚上是梁新和梁知。庄雅整日往娘家跑，几乎不见踪影，被停职后的梁知虽然都说还有被再任用的希望，但人情还是骤然冷落了下来。他在家里待的时间明显多了起来。不可避免的，我和他会经常见面。接水的时候在客厅，盛饭的时候在厨房，上厕所或者洗漱的时候在卫生间门口，收晒衣服的时候在阳台上……但是，我们几乎没有说过话。

有什么可说的呢？

偶尔，晚饭后我们也会聚坐在一起，商量点儿事，或聊会儿天。有一次，从梁远的语文作业说起，大家还聊起了各自学过的那些课文篇目：《你办事，我放心》《好好学习，天天向上》《小英雄雨来》《八角楼上》《鸡毛信》《草原英雄小姐妹》《飞夺泸定桥》……似乎除了英雄就是领袖，都是些响当当的人物。要么就是一些弱智之极的所谓童话，《乌鸦喝水》《小猫钓鱼》《小马过河》《小猴子下山》……而梁远说，她一年级的第一篇课文叫《人有两个宝》："人有两个宝，双手和大脑。双手会做工，大脑会思考。用手又用脑，才能有创造。"

碎　片

这真是一篇好课文啊。时至今日，有时候我还喜欢在心里默背这篇课文。越背越觉得好。——好像把所有人一辈子的事都说清楚了似的。

还有一次说起了写字，梁远问我："婶婶，你知道咱们的字都是怎么来的么？"

"仓颉造的呗。"我说。

"那是传说。仓颉一个人不可能造那么多字，"仿佛印书一般，梁远一板一眼地说，"我们的汉字是几千年来人民群众集体智慧结的晶。"

"那你说说，人民群众到底又是怎么结的晶？"我忍住笑问。

"是画来的。你想想，山不是山样？水不是水样？火不是火样？"梁远说着，用食指蘸上水杯里的水，在饭桌上写了三个并排的"木"字。

"果然呢，一个木是木样，两个木是林样，要是把这一个木放到这两个木上头，那就是一个森样了。"我打趣。

梁远笑笑，在左边"木"的竖的上方画了一个长横，又在右边"木"的竖的下方画了一个短横，方才一字一句地对我说道："木字上头加一长横，表示树梢，这就是末字。木字下头加一短横，表示树根，这就是本字。本末倒置这个词听说过没有？就是头尾颠倒的意思。木，末，本，这三个字就是这么一种画出来的关系，你懂了吗？"看着我吃惊的样子，她这才得意地晃了晃小脑袋，"老师说，专门有一种学问是研究汉语历史的，叫古代汉语。上大学我们就能学这个了。"

"那，未呢？"我忽然问，"未这个字，是不是也和木有关系？"

"老师说，未字就是没有的意思，跟木没关系。"

"没关系吗？"我不甘心，"那未来呢？不都喜欢说未来怎么怎么的么？"

"就是因为还没有才喜欢说呢，要是有了，还有啥可说的？"梁远说得很圆。

我沉默。未就是没有。我没有想到这个。怎么会这样呢？未怎么会是没有呢？

碎　片

我一直觉得，未是最大的有。即使是看不见的有，那也是最大的有。而且，正因为它的看不见，它才成为最大的有。

3

很快的，不可抑制的，婆婆的病越来越重，她的身体先是一天一天地向下滑着，然后是半天半天地向下滑着，再然后是三分之一天，四分之一天……她的脸色越来越苍白，力气越来越微弱，睡觉的时间也越来越长，这一切都表明她越来越靠近着那个最后的归地。

终于有一天，她不但出不了门，连床都下不了了。

"骨头疼。"越来越频繁的，婆婆开始说这三个字。

碎　片

骨头疼，这是一种什么疼呢？骨头不就是人体的石头么？石头怎么会疼呢？——现在，我终于感同身受：骨头确实会疼。所以才会有那么一种形容：连骨头都是疼的。而与肉的疼不同的是，肉的疼是软的，骨头的疼是硬的。硬疼硬疼。

上次谈过梅梅之后，很多天，婆婆都没有再和我多说什么话。起初是乱投医忙得顾不上，后来是没有了力气——是的，说话也是需要力气的。我只是一如既往地侍奉着她，不说什么，更不问什么。我和她最经常的状态就是沉默。有时候，她清清醒醒地躺在那里，默默地看着输液管——病有一种神奇的力量，能把暴躁的人变得温柔，活泼的人变得宁静，也能把宁静的人变得暴躁，或者更宁静。总之一定会有一些变化。——此时的婆婆似乎已经放弃了垂死的挣扎，就是那样乖乖的、顺从地躺着，看着输液管，眼睛微眯，神情空落，如一棵欲睡的枯松。

那一天，我照例在床边看护她，因为头天晚上安安有些闹，我没有睡好，就不知不觉地伏在她的床边睡着了。醒来的时候，眼睛里正是婆婆的目光。她的状态看起来不错，气色比前些天看着饱满了些，额头和眼睛也多了些亮色。和暖的阳光照着她的脸，显出一种安详之美。

"我要死了。"她说。

"您这是什么话。"我说。

"大戏①小戏②折子戏③，再好的戏也得散场。老旦④小旦⑤刀马旦⑥，再好的角也得卸妆。唉——"她长叹了一声："叶落归根，叶落归根，人就是一片叶儿啊。没死的时候，根就是家。死了，根就是土。"

---

① 大戏：指整本的、大型的或较大型的戏。相对小戏而言。——编者注
② 小戏：指小型的、单出的折子戏。——编者注
③ 折子戏：指整本戏中相对完整的一场戏。——编者注
④ 老旦：戏曲里表演老年妇女的角色。——编者注
⑤ 小旦：戏曲里表演年轻女子的角色。——编者注
⑥ 刀马旦：戏曲里表演精通武艺的女性角色。——编者注

"您别乱想。"我又说。如果说死亡这个事实如巨大的黑铁，那么我说的这些话就是往黑铁上盖的薄纱。可是，此刻，除了盖这些薄纱，我还能说什么呢？

"金金，"她看着我，眼睛里充满了仁爱："我死了，你就不用这么辛苦了。把我的事办完了，你好好歇两天。"

我抓住她的手。我的婆婆，这个行将就木的老太太，她的生命一天短似一天，如同光滑的绸缎在手中越留越短。她的一辈子，就要这么画上句号了么？

"那里，有个箱子。"她指了指墙角的大衣柜，"你拿出来。"

是个小小的木箱，很轻。

"打开。"

里面是很多白信封，似乎是按日期一扎扎地束在了一起。

"你知道这些是啥么？"

我摇头。

"这些，是梅好的魂儿。"

如冰雪覆身。老太太出现幻觉了么？怎么开始说胡话了？

"我没说胡话。"仿佛知道我心中所想，她说，"这些年，她的魂儿一直都跟着我，梁文道在的时候，她跟着我们俩。梁文道死了，她就只跟着我了。从来都没有消停过……"

我默默地看着她。

"那天晚上，我一直跟着梅好，"她轻轻地，耳语般地说道，"其实，我不是为了跟她，我是为了跟梁文道。我知道我跟着她，就能看到梁文道。我喜欢看他们俩那种狼狈相。我也知道，梅好那个位置迟早就是我的，我每跟着她一天，就离那个位置近一天……那天晚上，月亮很好，又大又白，梅好又从家里跑了出来，我就又跟上了她，不一会儿，我就看见了梁文道从另外一条街追了出来，我就放慢了脚步，跟着梁文道。梁文道呢，跟着梅好。整条大街上，就我们三个人。"

"其他的人呢？"

"那时候的人跟现在不一样，不兴养生，不兴散步，下了班就吃饭，吃完饭就睡觉。散步？不定能散出什么事来呢。所以夜里的大街上，一般都没有什么人。反正那天我是没看到别的人。空荡荡的大街上，我们三个就那么走着，走着走着，就离群英河越来越近。"她的嘴角上扬，微笑起来，"你猜我看到了什么？"

我看着她。她脸上的笑容居然是如此狡黠，或者说是得意。

"你猜不到的，谁都猜不到的——眼看着梅好离河越来越近，我以为梁文道要上前去抓她，可是，他没有。"

"他没有？"

"他没有。我在后面看得真真儿的，他没有。他就那么悄没声息地站着，看着梅好朝河里走去。"

我忽然有些晕眩。是阳光太温暖的缘故么？

"当我清楚梁文道的目的之后，有那么一小会儿，我是想喊的……没错，我想让梅好死，我比梁文道还想让她死。可我没想到，他真的会让她死。"

我沉默。

"人啊，真是一种说不清楚的东西。梅好不死，我看着难受，想着她要是死了该多好。可等她真的要死了，而且就是这么死在我眼前的时候，我也难受……可我到底没出声。我没出声。我就是没让自己出声。就那么眼睁睁地看着她死了。"

"打那儿起，您就觉得自己亏欠了她？"

"亏欠？这倒没有。她又不是我推下河的。虽说我没有救她，可我也没有害她呀。我就是个路人，能有什么错？你说是不是？再退一步说，救也轮不到我救。梁文道还在我前头站着呢。要说亏欠，那也是梁文道亏欠她。你说是不是？"

我无语。

"梅好就那么沉在了河里，等她再也不在河面露头的时候，我才发现自己的腿都麻了。我想走，可是一想，不能就这么走了，梁文道还在那儿呢。梅好跟我没关系，梁文道可跟我有关系呢。我就走上前，拉了拉梁文道的手，说：走吧。他打了个机灵，我知道我吓了他一大跳。可当他回过头来的时候，他其实也吓了我一大跳。他的脸色在月光下像鬼一样，灰白灰白，两眼直瞪着，瞪得大大的，一点儿神都没有。他不说话，只是愣愣地看着我。我说我是张小英啊。赶快回家吧。他还是不说话。我说你说话呀，他终于说了一句：她死了。我说我知道。说完我拉他就走，一直把他拉回了家，一进门他就扑在我怀里大哭起来。金金，你知道么，一个男人扑在你怀里大哭的样子，真跟个孩子一样……就这么着，梅好死了三年后，我和梁文道又成了一家。他说要给梅好守三年孝。守就守呗，毕竟夫妻一场。那么多年我都等了，不差那三年。"

我看着那些白信封。它们被扎得整整齐齐，有棱有角。虽然都是白色的，但显然是因为时间远近的关系，有的雪白，有的牙白，有的黄白。收信人有的是公公和婆婆两个人的名字，有的只是婆婆一个人的名字。

"白信封，从我们成家后就开始有了。开始是寄到了梁文道的单位，信封上写的是他和我俩人的名字。他没让我知道。后来他死了，我去整理他的办公室，才发现了这些信。只是些信封，里面啥都没写。起初我也没当回事，就没多想，后来这信开始给我寄，我才知道原来它是有意思的。它寄的日子很讲究，都是大小节前：清明，端午，中秋，寒食，元旦，春节……就是这些日子，还有一个日子，就是梅好的祭日。那个日子，我跟梁文道一直都记得清清的。白信封每到那个时候，也都会寄来。这么些年过去，我就明白了：这些信，就是梅好的魂儿。"

"是不是有人……"

她点点头："肯定有人看见了……梁文道跟在梅好后头，我跟在梁文道后头，肯定还有人跟在我后头，这就叫做螳螂捕蝉，黄雀在后。梅好是蝉，最后那个是黄雀，我和梁文道，都是蝉，也都是螳螂。"

"你想过那人会是谁么？"

"这么多人……"她摇了摇头。

"是不是你们认识的人？要不也不会这么准确地把信寄给你们。"

"我们未必认识那人，可那人一定认识我们。梅好那时候是全城闻名的水疯子，人人知道。梁文道跟她过一家，知名度也很高。我么？好歹在剧团当过那么些年主要演员，谁不脸熟？"她顿一顿，"所以，我跟梁文道，谁都没绕得了。"

我沉默。

"管他是谁呢。我早就不想了，好在我也快死了，再也不用收到它了，更不用想了。"她淡淡一笑，"这段时间信了主，老是听人说要觉悟，要向主求赎罪，说主原谅了罪，才会得救。我想了又想，寻思了千百遍，真要说罪的话，也就是对梅好这一出了，要是当时我……梅好或许不会死？梅梅的命或许也会好些？那就算我对不起她们娘俩吧。不过，你和安安来了，你们俩和她们俩长得那么像，我就当她们俩投胎投到了我跟前，所以就一直尽心尽力地补偿着你们……要说赎罪，我也只能这么赎罪了吧。还能咋办呢？反正我是心安了，心安了……"

心安？你凭什么可以心安呢？我和安安，绝不可能是梅好和梅梅。你所谓的赎罪和心安，不过是在自欺欺人。那一瞬间，我忽然很想这么说。

可是，我没说出口。

我说不出口。

碎　片

一年前，我到云南出差，在大理古城的一所小教堂里听到一个牧师如此布道："上帝没有眼睛，只有我们的眼睛。他没有脚，只有我们的脚……他没有身体，只有我们的身体。因此，我们的眼睛就应当被上帝的爱所用，来察看这个世界。我们的脚就应当被上帝的爱所用，来周游行善事……我们的身体就应当被上帝的爱所用，来祝福碰到的人。"

听着牧师的声音，我忽然想起了和婆婆最后一次长聊时的情形。那天，她算是在忏悔么？很久以后，我才觉出她忏悔的怪异：她既然信奉的是主，那忏悔的对象就应该是她的主。即使去不了教堂，也应该是对着《圣经》或者十字架去忏悔，而不该是对着我。我又不是主。——难道我这个污迹斑斑的女人，那天居然在她面前充当了一下神圣的主？我居然有这种资格和荣幸？

现在，我终于确认：是的，那一天，那一刻，在婆婆面前，我就是主。

这是多么不可思议的事啊。

两天之后，婆婆咽了气。她在遗嘱上把她所有的遗产都留给了梁新。她咽气前的最后一句话是对我和梁新说的。她说:"你们,要养好安安,养好她……"

婆婆是先火化又土葬的。在梁家墓地,她被埋在梁文道坟墓的右侧。不,是更右侧。比她稍微靠左一些的,是梅好的墓。看着婆婆的墓和梅好的墓如此紧密地挨在一起,我忽然觉得这情形有些莫名的荒唐。一个念头冲进了大脑:如果我死了,也要埋在这片墓地么?我要和梅好、张小英都埋在一起么?和梁知、梁新都埋在一起么?

不,我不要。

4

丧礼过后没几天就是"头七",那天晚上,两家人在一起吃了顿饭。是在我和梁新举行婚礼的锦绣酒店吃的,很丰盛的一桌,但是菜都没怎么动。——母亲去世没几天,孩子们怎么会有心情大吃大喝?吃到一半的时候,庄雅带着梁远先行一步。自从知晓了婆婆的遗嘱内容,她就摆出了一幅不阴不阳的脸色。婆婆把遗产都留给了幼子,这无论如何是太偏心了些。虽然我丝毫不在意这份遗产,但是作为长媳她应该生气,这非常非常符合世俗的逻辑。对此我更是非常非常理解。

一顿闷闷的晚饭结束,梁知和我们分手,却没有朝着太极公馆的方向走。梁新问他往哪里去?他说想回母亲的老房子再坐坐。我和梁新目送着他远去,回到合欢家园,安顿好了安安,我躲进了书房,说是查找工作资料,实际上却开始进行我旷日持久的工程——研究梁知的练字本。

　　自从和梁新谈过之后,我进攻的主要目标就只剩下了梁知。他是我的最后目标,也是我的最大目标。在向他发出最重要的进攻之前,我只剩下了最后一样事情,那就是这些练字本。我把他的这些字都按日期抄了下来,只要一有时间就会琢磨。我一直坚定地确信:他的这些字里,是有什么信息的。

　　可是,到底是什么信息呢?这些不会说话的字,没有任何规律的字,不合任何字帖的字,只是沉默。仿佛是胡写,但一定不是胡写。仿佛是无辜,但一定不是无辜。这里面一定是有什么的。一定。我必须解读出它们蕴藏的语言,以此来查证到梁知最深的隐秘,然后才能以最大程度的知己知彼,给他致命的一击。

　　——不,我致不了他的命,也不想致他的命。我想致的,只是他的心。

　　他的心。

　　这是一颗什么样的心?

　　心。

　　——心。

　　突然,这个字如一盏明灯,照亮了练字本的全部黑幕。

　　心在底:上——忐,下——忑,写这两个字的日期是1977年6月,这应该是他和梅梅初见的心吧?他的心如鹿撞般忐忑跃蹦。

　　然后是:

　　7月,攸——悠。9月,敢——憨。11月,敏——憋,聪慧敏捷。12月,俞——愈。——随着两人的渐渐熟悉,梅梅的笑容让他悠扬,梅梅的娇憨让他迷醉,梅梅的聪慧让他折服,梅梅的一切都让他越来越喜欢。

再然后是1978年,心在旁:肖——悄,闵——悯,弟——悌……他对梅梅的认识日益深入,情愫也日益复杂,她的身世让他心疼,让他怜惜。

此后,便是心在底和心在旁混合交叉:1979年,太——态,正——怔,兑——悦,台——怡,荒——慌……12岁的梅梅仪态愈来愈美妙,让他不知不觉地怔住,不由自主地喜悦,难以掩饰地神怡,克制不住地慌乱……而在1985年10月,此时的梁知已经大学毕业回到了源城,梅梅正备战高考,梁知经常给她补课,耳鬓厮磨中,两人在母亲同时也是后母的张小英眼皮儿底下开始悄悄品尝爱情的甜美滋味:音——意,彗——慧,相——想,董——懂,喜——熹……全都是相知的字,欢喜的字,明亮的字,温暖的字,充满热度的字。直到1986年7月,梅梅高考。他担心着:县——悬,尤——忧。接着,梅梅开始补习,他继续帮她补课,又开始了那几个字:相——想,董——懂,喜——熹……1986年11月,他们的感情被张小英看出端倪,她告诉了梁文道,梁文道心脏病发作病逝,这一切令他始料未及:京——惊,具——惧,旱——悍。悍,是母亲。他对母亲生着郁闷的气:敝——憋,奴——怒,满——懑,同时暗暗心疼着陷入自责痛苦中的梅梅:昔——惜,非——悲,星——惺……忍辱负重的梅梅继续补习,他在母亲的严密监视下爱莫能助:刃——忍,分——忿,对——怼,同时也在默默地给梅梅加油打气:士——志,文——忞,勉力。原——愿。1987年8月,梅梅再次落榜,在家里受着后母的磕绊和难为,他尽收眼底:若——惹,羊——恙。咸——感……1988年和1989年,梅梅在十里铺,两人自以为聪明地躲避着母亲的监控开始甜蜜热恋。术——忝,细密。付——怤,喜乐。次——恣,放纵,田——思,亦——恋,青——情……这些字重复着,一直到1990年,梅梅回到源城,去钟潮家:或——惑,串——患,屯——忳,烦闷。午——忤,害怕。中——忡,忧虑,因——恩,支——忮,嫉妒。1991 年,梅梅去了东莞,他先是念着她,然后决定忘了她:不——怀,今——念,亡——忘……接着就到了 1992 年,这一年,梅梅从东莞回来,像泼妇一样去要她的孩子。梁知写下的,是这几个字:复亚真曾艮。

复——愎,执拗。亚——恶,厌恶。真——慎,慎重。曾——憎,厌恶。艮——恨,仇恨。她不知趣地回来了,闹死闹活地要孩子,真执拗啊。他一定要慎重对待这种状况,不能让她影响前程。——他真是讨厌她啊。真是憎恨她啊。

终于,他把她送回到了东莞:禺——愚;气——忥,安静,痴呆。这是梅梅跳楼前的状态吧,像个傻子。

终于,她死了。

千——忏,卒——悴,卓——悼,自——息。是的,不安和难过还是会有一些的。不过这之后,他还是更希望她能安息。她安息了,他才能匀匀地喘口气儿。

然后就是不慌不忙地自责、追忆和纪念了:征——惩,兹——慈,如——恕,尉——慰……再然后,就是近两年:2002 年 4 月 4 日,仓——怆。4 月 5 日,乙——忆,清明时节,他想起梅梅,在回忆中悲怆,或在悲怆中回忆。4 月 10 日,合——恰,他看到酷肖梅梅的我,觉得真恰。4 月 12 日,令——怜,我的辛苦让他怜惜? 4 月 18 日,寸——忖,他开始对我细想。然后,生——性,我和他有了第一次。秋——愁,我让他开始发愁。看到后来我忍不住笑了。易——惕,单——惮,具——惧,需——懦,去——怯,每——悔……我让他惕,让他惮,让他惧,让他懦,让他怯,让他悔,是这样么? 我有这么大的本事么?

最近，他写的一个字是：匿——慝。音特，意为隐匿不知道的罪恶。是说我么？还是说他自己？或者是我和他以及属于此领域的一切？

豁然开朗。我知道，我可以出手了。今夜，我可以睡个好觉了——可是越想睡越是睡不着，索性起身去外面走走。走着走着，想到了秦红，想来她的店还没有到打烊的时候。嗯，趁这个小空去了结一下那个悬疑也好。

5

和秦红的那次聊天，我从始到终都心平气和。

那天晚上，你到底对梅梅说了什么？我开门见山。

哪天？

1990年8月1日。那天晚上，梅梅从钟潮那里跑出去后，找的是你。

你……

梅梅日记里记的。她说：秦红说得有道理。

秦红沉默片刻：没说什么。

你肯定说了什么，所以她第二天才会把自己给了钟潮。

她继续沉默。

你是劝她和钟潮上床么？

我没有。她很快说。

是么？

她又陷入了沉默。

我也沉默。她已经被我挤到了死角，无处可逃。

我也是为她好。她终于开口：那天，梅梅来找我，她说钟潮一直骚扰她，向她示好，等她愿意。她想离开钟潮，又怕对梁知不好。可是不离开，这么和钟潮僵持着，也帮不了梁知什么忙……她问我该怎么办，我问她和梁知是不是已经……那个了，她说是。我说那就没关系了，你可以给钟潮。反正梁知不会发现。这种事，只要有过了，那再给谁都一样，都没关系。

她和梁知在一起的时候，还是个处女。你知道么？

这个我可不知道。

我微笑。是啊，即使知道也一定得说不知道。

都是女孩子，哪好意思问那么细？我只能按自己的方式去理解她的话。秦红絮絮地解释：反正我的本意就是给她一个参考，仅仅是一个参考。我说既然钟潮能够帮到梁知，那她干吗不曲线救国呢？梁知将来被提拔了对她不是也有好处么？我说得没道理么？

当然有道理，不过这道理更对你的路子。我笑：如果她和梁知本来还有一丝可能性的话，只要和钟潮一上床，那他们俩就彻底完了。你很清楚，梁知根本不可能接受这种事。他们完了，梁知那里你就有机会了。你利用梅梅想帮助梁知的心理，把她往钟潮怀里狠狠地推了一把，不是么？

你，你这个人，把人想得这么坏，真恶毒！她气得声音都颤起来：我对梁知没有那么喜欢！用不着花那么深的心思！

你对他有多喜欢我不知道，我知道的是，他实在是个不错的结婚对象，是么？

他是不错。秦红脸上的神情突然平静下来，冷笑：所以啊，反正他和梅梅也成不了了，我怎么就不能试试呢？——我奉劝你，与其在我身上琢磨原因，不如去琢磨琢磨梅梅，就算我给她出错了主意，那也该先怪她自己。还是她自己不坚定，要不然我怎么也不能把她推上钟潮的床。还有，她那么好，那么纯洁，却还是想着用身体去和权势做交易，她就没错了么？

我沉默。

你走吧。以后咱们不要再见面了。你这个人心理太阴暗，我受不了！

我离开。听见她在关灯，放卷闸门，落锁。噼噼啪啪，全是怒气。是的，她应该生气。被人这样追索陈年老账的明细单，是应该生气。而且，她说的也有道理。梅梅也有她的不对。我也应该怪梅梅。——可是，我怎么能怪她呢？我怎么怪得起来呢？尤其是想到她居然以为和梁知那样就算是好过：洁白相拥，互相爱抚，她居然以为这就是性交，以为钟潮对她会做的也无非如此，我就不知道该说什么好。如果一定要说的话，那我只能说：我也越来越生她的气。这个善良到弱智的女孩子，单纯到白痴的女孩子——"秦红说得有道理"，那是什么狗屁道理，也值得她听得进去？她到底有没有脑子？

忽然，我停住脚步，身体像被什么给撞了一下。——梅梅，她当然不是没有脑子。很可能，她什么都知道。她知道秦红喜欢梁知，知道秦红的道理虽然是为梁知好的道理，却也是为秦红自己好的道理，总之这道理就是牺牲自己成全别人的道理，但是，她还是去那么做了。因为对梁知的爱。至于把身体给钟潮之后能给自己带来什么好处，她压根儿就不介意，不然也不会在怀了钟潮的孩子之后执意离开……分析起来这倒是挺高尚的，可也是多么窝囊啊。

对她的生气变成了恨。越来越恨。恨她怎么就那么顺从别人：顺从老姑腐朽的教育，顺从后母把父亲之死的大账记到自己身上，顺从梁知自私的上进心，顺从赵小军恶俗的收留……如果不是因为讨要未未而爆发，我几乎看不出她哪一点儿不顺从——她把老姑教导她的道理一五一十地传承过来并且努力发扬光大，顺从着那些低劣的情义和借情义之名带给她的伤害。她怎么就这么顺从？

我恨她的高尚，恨她的窝囊，恨她的顺从，恨她的这一切。恨她枉自长了一张和我酷肖的面孔，却一点儿都不像我。

她是应该死。这么傻，这么弱，这么善，这么好的人，也许早就应该死。也许，梅好压根儿就不该生下她。

碎　片

无数次，我端详着这本小小的软面抄，想象着梅梅在上面写字时的情形，觉得困惑重重。所谓的日记，从她和梁知恋爱开始，每次记都是挑日子的，都是对她来说重要的日子。这个沉默温顺的女孩子，永远的女孩子，她为什么要记呢？肯定不是为了忘记，也不是为了怕忘记。想了很久很久之后，我才明白，她之所以记，是因为她在纠结：和梁知恋爱，她纠结。被钟潮骚扰，她纠结。找秦红诉说，她纠结。怀了孕，她纠结。死之前，她纠结……每当百爪挠心无可适从的时候，她就写下一行字，最简单最简单的一行字。然后，她就去做选择。做完选择就像把一团乱麻打成了一个疙瘩，对她来说，这事就算过去了。她要做的，就是再去迎接下一团乱麻，向下一个疙瘩进发。

——文字的力量是多么小啊，这微弱的文字，似乎随时都会被什么东西给吞噬。可是，它的力量又是多么大啊。那些最孤独的人，最无依的人，最沉默的人，居然可以把自己附着在这些小小的蝌蚪上,直至多年以后,这些蝌蚪将会在田野里在河流上在森林中发出不眠不休的嘹亮蛙鸣。

6

第二天,我约梁知在婆婆的房子里见面。

久久的,我们都沉默着。房子里没有了婆婆,显得空荡了许多。可我和梁知的沉默,似乎又把空荡荡的房子堆得满满当当。

什么事?他先开口。

梅梅是跳楼自杀。我已经知道了。

你到东莞……

对。我见了,赵小军。我把那个名字吐出来,然后倒了一杯水,递给他。他看了许久,仿佛要在水杯里看出什么来。

没有鹤顶红。我道:喝吧。

他接过水杯,一饮而尽。

是。他点点头,语调很平静:说她得了急病,这是我的意思。梅梅的是非够多了,我不想让她再给别人增添谈资。必须得统一口径。

你对她,可真够贴心的。

他淡淡一笑。切,他不会以为我是在吃醋吧。

可是,人死了,再去贴她的心还有什么意义?贴得着么?她活着的时候,你的心干吗去了?

梁知沉默。太阳穴上的青筋一鼓一鼓地蹦跃着:想说什么,你痛快点儿。

我觉得，还是慢慢玩更有意思。我笑道：或者的或，大串联的串，因果的因，请教一下，你练字本上的这三个字字底加心，都是什么意思啊？

他默默地看着我。

妈让梅梅去钟潮家，其实你很清楚这是为了你，可你又不想承认自己对这事的默许，所以是"惑"。梅梅到进钟家后，你肯定觉得她的处境很危险，所以又"患"，"忐"，"忏"，"忡"，不过你又努力说服着自己，那时候恐怕没少对自己说她没事儿的挺好的吧？所以才"恩"，指望能靠着她顺顺利利地得到钟市长的恩典，当然也能解释为你很清楚梅梅为你做的一切，记下了梅梅的恩典。不过，够讽刺的是，当知道梅梅被钟潮欺负后，你最强烈的情绪居然是"忮"，这份嫉妒还真是一言难尽啊……我靠近他：我解释的，对么？

你，太毒了。他看着我的眼睛。

没有你毒。我喜欢他这样的攻击，这样我才能回击得更有力。

我的意思是，你的感觉太毒辣了。练字本上的字，你居然能读懂。

我要不毒辣，你的毒辣岂不是就蒙混过关了？

沉默良久。

对，我是对梅梅藏着很多肮脏的私心。他说，语序开始混乱起来：可是，我还是爱她的，我也对她那么好过……我给她补课，帮她做家务，能为她做什么，我就为她做什么……梁叔叔死后，我一直尽我所能地安慰她。她在十里铺那两年，我去看过她那么多次……我还那么珍惜她，有那么多次机会，我都没有动她，舍不得动她……我对她，虽然没有做到顶线，却也都在底线之上……

不动她，那恰恰是因为你不爱她。

当然是因为爱她才不想让她在将来因为不是处女而有压力。压抑着自己的欲望，为她考虑得那么长远，这难道不是爱?!

这还真不是爱。因为你很清楚在世俗意义上，她配不上你，你们成不了，所以你才只想和她谈恋爱。你压根儿就没打算跟她结婚。你压抑着自己的欲望，主要是不想给自己惹麻烦。你那么想升迁，那么想出人头地，怎么能让自己被一层处女膜给绊倒呢?——这一刻，我觉得自己的口才还真是好啊:如果你真的爱她，你会对她不顾一切，不顾一切的爱，也不顾一切地负责。至于你所谓的顶线和底线，还是坦白一些吧。对你而言，前程，事业，领导，这些永远是第一位的，这才是你的底线，和顶线!

碎 片

那天，我去德庄的夜市上宵夜，在千层饼摊前停了一小会儿。这家的千层饼做得真好，油光闪闪，香气扑鼻，细嫩的葱花镶嵌其中，还点缀着黑黑白白的焦香芝麻。看着它层层叠叠的样子，我忽然想到了底线这个词。底线到底是什么?这个世界上有统一的底线吗?底线有多少个层次?

也许，对很多人而言，底线就是张千层饼，很多人却都只取自己想要的那一层。于是，此人的底线很可能正是彼人的顶线。而彼人的底线，很可能也正把另一个人踩在了脚下。

他无语。默默地看着我。此时此刻，我应该很痛快，淋漓尽致地痛快。但是，我却只有痛:他和我之间，不也是如此么?如果不是梅梅的前债在身，如果不是我处心积虑的勾引，如果不是那个铁营盘对我的追求给他造成的刺激，同时还有他正混得春风得意，觉得自己有能力把我摆平，他也不会动我。一定不会。

你，说得对，都对。他终于开口：所以，碰到你之后，我才会想要去赎罪……

是，你是想在我身上赎罪，因为我勾起了你的旧念想，你想让自己的心更踏实一些。可当你发现事情不好收拾之后，就害怕了，就惮了，就惧了，就懦了，就怯了……你的赎罪，有多少诚意？——在你看似完美的一切现状都不受影响的情况下，或许你愿意通过这肤浅的赎罪来让自己的心得到那么一些安慰。但是，当你发现这赎罪很有可能会影响到你看似完美的一切现状时，你就退缩了，后悔了，终止了，甚至你就宁可罪上加罪了。你知道这种赎罪的本质是哪个词么？

他沉默。

叶公好龙。

他沉默。这个人，他一直沉默。他的沉默更让我坚定了自己的推论——不，简直就是定理。但是，这定理是多么冰凉。久病床前无孝子，久病之爱无痴人。正如梁文道当初和梅好那么如胶似漆，也还是在那个深夜，任她向群英河深处走去。梁知对如此心心念念的梅梅，也不过如此。更何况是对我呢？他当初一定只是想用我这个梅梅的影子给梅梅立个活牌位——是的，我，在他眼里，就是一个活牌位。他不过是想对着我这个活牌位，平定一下焦灼已久的心，短暂地安放一下负隅顽抗的罪。所以，他当初会以那样的方式和我分手。所以，在我怀着孩子来源城找他时，他会对我那么决绝。——不，不要说是我，即使梅梅重新活过来，重新在政府门口蓬头垢面疯疯癫癫地向他求救，恐怕他还是会把她骗上去南方的火车，还是会在那个深夜以兵不血刃的言辞将她推向断送她生命的，那个窗口。

所以，他就让妞妞叫远——让梅梅远。等到不得已接纳了我，他就安慰自己说对梅梅赎了罪,就把我的女儿叫安。

就是这样。

所以,我绝不饶恕。

1992年4月14日晚上,你在梅梅那里,说了什么?

他猛地抬起头:你怎么知道的?

我放缓了口气:那天晚上,你抽了很多黄金叶。所以,你以后再也不抽它了。

然后,我沉默。

没错,是黄金叶……那天晚上,我在她那里抽掉了两包烟,就是黄金叶。

他开始抽烟。在他的沉默中,我看着他的沉默。在他抽掉两支烟后,我拿出梅梅的软面抄,翻到那一页,把那行字指给他:她说,你们说得有道理。梁新的道理我已经知道了,我想要知道你的道理。——你肯定还记得,那天,有那么一会儿,你把梁新给支开了。和梅梅单独相对的时候,你,到底,说了些什么?

梁知接过本子,双手微微颤抖。他沉默了很长时间。我任他沉默。时间既然可以用来追问,当然也可以用来沉默。尤其是被追问的人无路可逃时。

不记得了。他终于说。这个穷途末路的人啊。

复,亚,真,曾,艮。

他忽地一下子站起来,走到我的面前。

愎,恶,慎,憎,恨。我继续说。

你,什么意思?

你比我更清楚。我说:你写了这么多遍的字,还来问我?

他看着我,我的眼神坚定迎上。他自然挫败,慢慢地回到沙发上,坐下。

在她最惨的时候，你不但没有雪中送炭，还雪上加霜。你那么恨她，讨厌她，对她那么深恶痛绝，所以，那天晚上，你一定会对她恶语相向。——所以，说吧。

我没说什么。真的。没说什么……他的声音低弱，仿佛呢喃。

你说让她去死，是吗？我知道自己的声音平静得像严冬之河的冰凌——像那年他们初吻时所踩着的河面上的冰凌么？

没有！我没有！我没有！他的声音顿时激昂起来：我没有那么说！

我沉默。在沉默中等待。

其实，我说出的每一句话，都不是我想说的。我想说的，实际上都没有说出口。他终于再次开口：我不知道自己是怎么了，想让一切都重新开始，也想让一切都赶快结束。当然，我很清楚，一切重新开始，这是不可能的。一切赶快结束，倒是可以办到。——对，可能就是太想结束了，所以我就那样去说了。其实等话一说出口我就后悔了，可我就是一边后悔着一边说着。说完之后，我就想忘记，可我一边忘着又一边记着……我没办法，我对自己的一切都没办法……

我静静地看着他。

我说，我真是错看了你。我说，你怎么成这样了呢？我说，以后再也别回去了……

我看着他。

我说，我会替你照顾好梁新和孩子。你要是再回去闹，那就是和我过不去，和我的前程过不去。我说，你知道我走到今天有多么不容易么？我写了那么多材料，陪了那么多酒，费了那么多心机……我说，我的前程不是我一个人的，也是梁新的，而且我将来肯定也会帮到你的孩子……最后,我说,梁新和孩子,你真的不用再操心。我保证他们会很好。而且,如果你不再操心的话,他们就会更好。

就这些?

就这些。

她说了什么?

她什么都没说。然后,梁新就进来了。我就走了出去。

我沉默。对于梅梅来说,那个夜晚,这些话,也就够了。当曾经那么爱她她也那么爱的那个男人如此言之凿凿地告诉她:我真是错看了你——以此否定了她的过去,你怎么成这样了呢?——以此否定了她的现在,以后再也别回去了——以此否定了她的将来,而她最挂心最疼爱的两个人:弟弟和孩子,那个男人则如此论断:没有了她,他们就会更好。再加上梁新说的那些,那她还活个什么劲儿呢?她是真该死了。

于是,从此,生死两隔,再不相见。

梁新说了什么,你知道么?

不知道。我是在楼底下等他的。我只知道,他是哭着下楼的。

他没有告诉你吗?

没有。梁知摇摇头:我也没告诉他。有什么可告诉的呢?

没错,在这个夜晚,他们单独面对梅梅时说的话,确实也不需要互相通报什么。什么都不说他和他也都心心相映。如果梅梅的死是他们俩一力促成的话,那么,那个夜晚,他和他就是狼狈为奸,一丘之貉。

我承认,在梅梅面前,我是个罪人。我对不起她。尤其是最后那个晚上,这是铁定的。可是,扪心自问,我真的也不是那么罪大恶极……

你还扪心自问?我忍不住冷笑:你把心都割舍掉了。你是一个没有心的人。

我有心，只是藏起来了。

你藏得可真够彻底。藏得连自己都找不着了。我笑：慝，不就是匿心么？

他坐在那里。死人一样。这个沉默的人，我理解他的沉默。如果他说话，我也理解他的语言。但是，我，鄙视他。——当然，只是鄙视还不够，远远不够。

那天，你为什么要先把梁新支开？

支开他，才好谈。有些话，只能两个人单独谈。

我的意思是，你为什么要自己先谈，让梁新后谈？

我不明白你为什么这么问。

梁新那年十五岁，正值青春期。你算定他会说出最难听的话，是么？

沉默良久。

金金，不要这样。他说：你，就把我看成是那么坏的人么？

你本来就那么坏。

他沉默，沉默，沉默。

好吧，我承认我坏。很坏。可是，我都已经这样了，你还不能放过我么？他的眼睛血红：你知道我有多不容易么？我走到今天有多不容易么？小时候，他们把猪大肠挂在我脖子上的时候，我就发誓一定要出人头地，扬眉吐气。所以我发奋学习，努力上进。后来跟着妈妈来到梁家，看到梁叔叔当领导，那么体面，那么受人敬重，我更下定了走仕途的决心。可是大学毕业后回到源城，进了机关，我才发现这是一条窄路，这条窄路就像华山的鲫鱼背一样，只能上，不能下……我爱梅梅，真心爱她。可我不能为了爱情而放弃努力了这么长时间的目标。爱情，对我来说，不但必须放弃，还要踩着她的身体往上爬……梅梅回来要孩子的时候，我就知道自己帮不了她。我斗不过钟潮，没能力斗，所以压根儿也就没想斗。我能做的就是自保。她在政府门口那么闹，影响太坏了。那时候我和庄雅已经订了婚，副处的事情庄雅的爸爸正在帮我做工作，这是我的一个大坎儿，我输不起，我必须得迈过去，所以我必须让梅梅离开源城，必须把她送回东莞……到了东莞，我又生怕她再回去，让我功亏一篑。……没错，是我杀了她，是我杀了她……

他泪流满面。这彻底地溃败一时间让我有些不知所措，仿佛握着一幅铮铮铁拳，却失去了拳法。无数种调料在心头搅拌：厌恶，怜悯，悲凉，酸楚……

当了那么久的官，现在当不了了，又怎么样？就不能活了么？就要死了么？那天，这是我对他的最后一问。

能活。他擦干了泪：只是活得没有人样了。

我倒觉得，相比于过去，你现在才有了点儿人样。

他沉默。

你最坏的地方，不是你的坏。我说：而是你不敢正视你的坏。这让我恶心。

其实，我们是一样的。他说。

我跟你，我说：永远都不可能一样。

第十九章

碎 片

那一天,我去银行给房东交房租——如果没有什么惊喜的话,这该是我交的最后一次房租。从银行出来,我顺便到东风渠附近的孔子公园散步,碰见一个老人拿着自制的扫帚笔蘸着小水桶里的水在地上练字。我想起了梅梅的字,梁知的字,拾梦庄里的字,还有王爱国写在梅好身上的字……我就停了下来,和那个老人聊了很长时间。不,确切地说,是听那老人聊了很长时间。

1

免贵姓单。就是简单的那个单字,在当姓的时候念扇,扇子的扇。

对，我知道真有姓善的人，我也查过，可是那个姓的人老少了，太稀罕。姓我这个单的，还是多些。对，这个字还有一个音，念缠。不是有一句诗么，"月黑雁飞高，单于夜遁逃。"好像是匈奴人对他们领导的称呼。汉语就是讲究，随便哪个字都海一样深。我的老伙计们都叫我扇子。你也这么叫我吧。这跟恭敬不恭敬扯不上，我乐意听人这么叫我。现今这么叫我的人越来越少了。

书法？别笑话我了。我知道自己的水平。我这要叫书法，可就糟蹋书法这两个字了。别看我整天在这里练呀练的，笔也大，字也大，乍一看大架子也还行，可要真说到书法上头，我这可是有书没法。外行看热闹，内行看门道。不怕你生气，我看你也就是个外行。要是懂行的人，一看就知道我这手字也就是地板字。现在不是兴说啥地板价地板男地板女什么的，把地板说成最差的。那我这字也就是地板水平。再说也是在地上练的，是货真价实的地板字。呵呵。

知道。我知道现今这么写的人不少。绿城广场，中州广场，曼哈顿广场，索菲特广场，花园广场……都有。一只水桶一枝笔，就在地上写起来了。中州广场那个只写毛主席语录，花园广场那个只写最时兴的，什么三个代表啊，八荣八耻啊。这两个常上报纸电视。索菲特广场那个没挑拣，三字经，百家姓，顺口溜，打油诗，什么都写。我啊，就喜欢写这些唐诗宋词。

没有，我没有去看过他们。各写各的呗，有啥看的。都这么大年纪了，在地上练个大字，难不成还要比一把？我在大石人这儿五年了——我知道这叫孔子公园，整天在这里，还不知道这个？可老百姓都这么叫，我也少数服从多数，就跟着叫了。大石人，想想这个称呼还挺好的。你再说这是孔子，再说这是七十二弟子，说到底也都是石头做的塑像，是不是？老百姓粗是粗，俗是俗，可有时候一下子也能说到根子上。你说中央电视台的新大楼叫大裤衩，像不像？广州那个电视塔叫小蛮腰，像不像？

好了，写完这句就够了。我每天最多写二十分钟。写多了对腰椎不好。再喜欢也不能拼命，是不是？不写？那也不成。写这么多年了，有瘾。在家里写？老婆不答应。说太脏，也不环保，不低碳。我知道她是过日子仔细，抠。能省一个是一个。她哪回去超市买白菜不把净净的叶子剥了又剥，还扔一地。那时候她可不说什么环保低碳了。唉。

成，今儿不写了。唠唠？反正也没啥事，那就唠唠。

2

我爱写字是受我爷爷影响。我爷爷是私塾先生，知道私塾么？不，不是家庭教师。私塾在老日子的时候，也就是解放前，农村人自己办的学校。有些事啥时候都是一个理，哪儿都有穷有富，穷人有穷办法，富人有富办法，中不溜溜的人有中不溜溜的办法。读书也是这。富人的孩子去大地方读书，穷人的孩子在破庙跟着穷先生认几个字，中不溜溜家的孩子就能凑些粮食读小私塾。听人家说，我爷爷教书在十里八乡都教得挺有名的。字当然写得也好。他常跟我说，读书跟写字不分家，书读得好，字一定写得好。字写得好，书读得也不会差。人的精气神儿心肝眼儿，都在字里呢。

解放后没多久，私塾就都散了。我爷爷没人教了，就教我。我打会端碗起就拿笔了，起初是胡抹乱画。到了四五岁，才开始正经写大仿。不，大仿不是描红。描红是描红，大仿是大仿。描红是字上描字，大仿是照字写字。不一回事。那时候，我爷爷绷着个脸站在我旁边，他写一笔，我跟着写一笔。先写笔画，横平竖直——不，不对，横平的平可不是说绷得跟线一样平，哪有那么平的横？那么平的横，一来写着难受，二来写出来也不好看。横平的这个平的意思是平稳。平稳就行了。一般来说，这个横都要往上走走，走到横末的时候再往下沉沉，这个横才是平。竖啊，竖也不是那种孤寡寡的直，竖讲究的是正。这个正，怎么说呢？比如你写田，三个竖你都写得跟尺子一样直，那可就没法子看了。都得斜一点儿，这个字看着才舒服……没错，学问多着呢。

那时候，我每天写两回大仿，上午一回，下午一回。写完了，爷爷就给我画对钩。哪个笔画写得好，就在哪个旁边画对钩。等攒够了一百个对钩，就会给我一块梨膏吃。那时候乡下没有糖，梨膏就是糖了。中药店有卖的，走街串巷的货郎挑子里有时候也有。最开始，我十天半月才能挣一块梨膏，后来六七天就挣一块，再后来三四天，两三天……真是孩子啊。直到现在看见对钩，我的嘴巴里还有甜味儿。小时候落下的毛病，忘不了了。

笔画练得差不多了，就开始练字了。第一个字？是人。现在我还记得，当时练这个字的时候，爷爷跟我说：人这个字，最难写。我说：这有什么难的？不就是一撇一捺么？爷爷说：看着简单，其实最不好写。爷爷这话，后来我才明白。一来是说字，越简单的字越不容易写好。二来是说字后面的意思，是说做人难，多少人一辈子都撇不好那个撇，也捺不好那个捺……又说远了。还说字。反正最开始写，那就是人啊，口啊，手啊，就是这些简单的。对，永字也写得多，爷爷说这个字含的笔画多，写这个字能综合起来练笔画。有一天，我们爷俩正练着呢，农会主任来我家借东西，看见了，说："你们咋不写写毛主席万岁呢？"我爷爷没吭声。第二天就开始教我练毛了。呵呵。

再后来，就不练字了。练别的——对，炼钢铁。看你这么年轻，还知道大炼钢铁，不简单。现今知道这事的年轻人，不多了。那是五七五八年，全国上下都超英赶美，大炼钢铁。咋大炼？把各家的锅砸了炼。咋吃饭？那时候有了人民公社，开始是初级社，没多长时间就都成了高级社。各家都不做饭，村里建起了大食堂，都去吃大食堂。有个电影叫《李双双》不知道你看过没有？没看过也听说过吧？常香玉还唱过这出戏呢。唱得老好了。李双双就是大食堂的炊事员……说来也怪，那时候的人说把锅砸了就把锅砸了，说去大食堂吃饭就都去大食堂吃饭了，都没咋想。不过现今想想，说怪也不怪。有啥想头？想啥呢想？上头都替你想好了，还用你想？

一世界的热闹里，我就练成不字了。就是爷爷能定住神，我也静不了那个心啊。我成天跟着大人小孩疯跑，野看，要得那叫一个得劲，学都没有好好上，早把练字丢到茄子地里去了。一直等到开始上初中，我才又开始写大仿。那会儿我爷爷已经教不了我了。他不在了。死了。三年自然灾害的时候饿死的。那时候还是吃大食堂，每天我爷爷领我去，两大马勺汤，照人脸的汤。"端起碗，照相馆。拿起碗，洗照片"，说的就是这个。他说他不饿，先尽着我吃。可就那我也吃不饱。那时候，没几个人能吃饱的。我爷爷就那么死了。死的时候倒是胖的，全身浮肿，明亮亮的，一摸都能出水儿……不说这个了，说了伤心。

我去乡里上初中那年，是1965年，我13岁。日子缓过来了，就又开始正经上学了。给我们上大仿的是语文老师，班主任，姓李。那时候他也就三十来岁，长得细眉细眼，挺顺看的，个子也高高的，穿得干干净净，体体面面，脾气也好。我们都挺喜欢他。我们俩村子挨得近，他住李庄，我住张庄。从张庄往乡里去，要路过李庄。上学的路上我们俩经常能碰着。他话不多，我话也不多。除了问候一声，我基本没话。到底他是老师，我心里怯。他要是先不跟我说话，我就是有话也不会找他先说。这是我心里的规矩。有时候他会跟我多说几句，他说什么，我应什么。面上虽然不露，不过心里还是很高兴的，偷偷地就觉得老师跟自己很亲了。再加上后来的大仿课，我就尤其喜欢他了。当初经过爷爷的调教，我大仿就算是有了底子，虽然荒了几年，到底是容易上手，一理就熟。李老师就老是表扬我，说我写得好。他也喜欢在好字旁边打对钩。我的大仿本上，对钩就最多。后来到了路上再碰着的时候，我们俩的话就多起来。原来他是打心眼儿里好写字。我们俩路上说的，也多是写字。这就算是他给我开了小灶，什么颜柳欧赵，什么二王，都是从他那里才知道了根梢。他的学问，那真是好啊。

受了这小灶的滋润，我只要一有空就琢磨写字。越琢磨越觉得有意思，越琢磨问题也越多，问题越多就越想去和李老师说说话，听他解解。要说两个村离得很近，没几步路，李老师也说过随时都能去，可我不好意思去。不好意思去也还是想去，心里痒得难受，非得李老师给挠一下不可，于是也去过几回。那时候，我们张庄还有一个同学，叫疙瘩。我就叫他一块去。他写字不咋好，对写字也没啥兴趣，不大愿意。我就用好处笼络他，给他捉个大蚂蚱，给他一把炒黄豆啥的。他也就跟我去了。从张庄到李庄还有条小路，我们俩就穿过小路去李老师家。到了李老师家，我和李老师说字写字，他在一边听，时不时说句外行话。那个人，咋说呢？有些理，就是跟他讲不清，再清的理，他也能搅浑。有一回李老师说写字就是写心，心正字正，心邪字也邪。疙瘩就在一边说："那心黑字才黑？"我和李老师都笑了。李老师说："这个理可不通。字黑是墨的事。"听这话你就知道了，疙瘩就是这种人。还有那一回，李老师跟我讲起张旭和怀素的狂草，说毛主席的字也是狂草的路子,我问他:"你觉得毛主席的字怎么样?"李老师说:"我说不好。"——寻思一下,"我说不好"这四个字,可以做两种读法,一种是"我说,不好"。一种是"我,说不好"。疙瘩当即就说:"你觉得不好?"李老师愣了愣,就笑了,说:"我不是说不好,我是说我说不好,不好说。"疙瘩问:"为啥?"李老师说:"有些事情不能当下说,就像风吹沙,当即会眯眼。就像诗里说的:不识庐山真面目,只缘身在此山中。得过些时间说。就像颜柳欧赵的字,就像唐诗宋词,多少年过来,才能说出个清清楚楚地好。"疙瘩也愣了愣,说:"毛主席还不是啥都好?"我嘟噜了一句,说:"总不是毛主席拉的屎都不臭,都是香的吧?"我们都笑了。

有时候我会想,要是疙瘩也爱写字就好了。可是再一想,要是他也爱写字,那李老师不也偏他了么?那还不如只偏我一个呢。唉,这就是孩子的小心眼儿。

我现今还记得那条小路,那时候没有水泥路,也没有煤渣路,就是土路。我们下午去,黄昏时候回。有时候天都黑了才回。那路面在黑夜是灰白色的。

我这大仿课只上了一年,第二年就没有了。为啥没有了?因为李老师不上课了。他上不成课了。全国的学生都上不成课了。都干"文化大革命"去啦。

3

可那时候真没留意,那股子革命的风是啥时候起就呼呼啦啦地刮了起来,从村外刮到了村里,从校外刮到了校里,从远远的地方就刮到了自己身边……起先是从初三开始刮的。他们年纪比我们大,按那时的话是觉悟得早,革命得早。最常见的形式也就是给老师开开批斗会。开批斗会的时候,叫老师们坐坐飞机。知道坐飞机吧?俩人站到老师后头,一人揪老师一只胳膊,把两只胳膊往后撇成翅膀,再有一个人在前头按住老师的头,使劲儿往下按,这不就像一只飞机了么?对,不是坐飞机,是扮飞机。可是,坐飞机不是说着更顺么?有一个词叫黑色幽默,坐飞机就是黑色幽默。

老师们扮着飞机,学生们一边开着飞机,一边批斗着老师。说是批斗,起先也就是打嘴官司。学生们批斗得不对,老师们还敢还嘴。那回我就亲眼看见初三的学生批斗一个数学老师,那老师本来就油嘴滑舌的,挨斗的时候嘴巴也贫。学生们说个这,他对个那,用对联书上的话来说就是:河对汉,绿对红,烟楼对雪洞,月殿对天宫。总之是句句在理,把学生们驳得哑口无言,学生们恨得不行,后来在这老师的嘴上糊了一张纸才算批了个利落……这就是最开始的大革命,挺热闹的,挺新鲜的,像玩游戏。不过也就是图个热闹看个新鲜,当真的人不多。再怎么说,师道尊严了几千年,老师终归是老师,老师是教育学生的,颠倒过来让学生去教育老师,谁都别扭。再革命也是别扭,是不是?不过,话说回来,既然开始革命了,上头不叫停,这下头也不会停。何况还有这份热闹新鲜,总是叫人上瘾的。玩的人上瘾,看的人也上瘾。那被玩被看的人,就只有倒霉了。

李老师?他早就不上课了。学生们都革命着呢,他给谁上课?起先我们去参加批斗会的时候,他还带着我们,后来就不带我们了。很知趣。我们一个个上天入地,泼猴子一样,谁任他带呀。连校长都不敢随便开口,哪有他说话的份儿?就是他说,也没人听他的。要听他的调教，哪还有革命的阵势？他肯定清楚这个，所以后来就不带我们了。可批斗会他也去。想是他不敢不去。你想想，按那歌里唱的，他要是不去不就成了反革命派或者口头革命派了么？为了这个也得去。我挺留心地看着他，他总是待在一个旮旯里，悄没声息的，安安静静的。别人喊口号，他也张嘴。别人举拳头，他也举。可我知道，他的嗓子没出声，他举的胳膊也是做样。咋看出来的？那时革命的人，只要朝疯处使劲儿，都占四条：眼球凸，头发乱，青筋鼓，喉咙现。这四条，李老师不沾一点儿边儿。

我跟李老师还会在路上遇见。两人见面也不说字了。不说字就没啥说的，那就啥也不说了。我们俩就那么愁眉苦脸地走着。后来我就有些怕见他了，就有意躲着他。这个容易。路上要是碰不见他就算了，要是看见他走在前头，我就慢慢跟在后头，或者躲到树下头歇一会儿再走。要是看见他在后头走，我就快快地走，叫他撵不上我。说实话，我很有点儿替他急：他咋还来学校呢？他咋就不会请个病假在家里待着呢。我怕他也给批斗了。这可是保不准的事儿呢。现在想想，形势是那样的形势，他又是老师，是老师就得对学生有责任，不能不去。去了又啥也不能干，只能白看着。唉，他那时候也是为难啊。

后来就开始兴大字报了，这一下，毛笔字就派上了大用场。大字报写得好不好，光看内容可不成，也得比比字的丑俊，学生们就要求李老师教他们写大字，李老师才算是有了事做。不，不能用报纸练。那时候的报纸可不敢乱写字。为啥？报纸上印有毛主席啊。你一个不小心在毛主席脸上抹了黑，那可是不想活啦。咋办？李老师就让每个人拿了毛笔，蘸了水，在桌子上练，他来回看。我们都把这个叫做上水字课。桌子上写的字干得快，他就得不停地走。一节课下来，那可是满头大汗。可那时候他的精神倒是好了很多。一个老师，好歹算是教上了学生上成了课,不管咋说,他心里肯定是舒坦了不少。他一个人忙不过来,有时候就叫我也起来帮着看看说说,我也算是个小老师了,心里头就美得很。可是,没有美几回。因为没多长时间,李老师就被批斗了。

4

其实之前我就觉得有些不妙了。革命的火已经越烧越旺,烧的地方也越来越宽,眼看着就从初三到初二,肯定立马就会轮到了我们初一,到时候我们肯定就不能光去参加别人的批斗会了,肯定就得自己组织批斗会了。咋说呢,这就像请客一样,你整天去看人家的批斗会,就像去赴人家的宴。吃了那么多回了,不能总吃人家的呀。总得回请一下呀。这种菜单上,谁是那道菜?肯定少不了了李老师……不过,虽然觉得不妙,可我也就是想想。到底是小孩子,想想也就算了。不到眼前的事,老想着干啥呢?

那一天的到来说突然也自然。为啥?因为那时候的学生都像老手了,随便找个理由都能批斗老师。批斗这种事,就像做作业——不,比做作业好玩多了。做作业还得叫老师改,这可是学生们去改老师,想咋改就咋改,那个痛快,那个尽兴,那个上瘾。……对,就是叫人上瘾。真是会上瘾。啥瘾?仔细想想,这瘾,像酒瘾。可不是么?最开始喝酒的时候,不习惯。想着酒有啥好喝的?那么冲,那么辣。可喝了一阵子,就觉出好了。刺激,来劲,晕晕乎乎的,喝醉了还能胡抡八砍……我们多多少少都上了批斗的瘾,几天不批斗人,心里就痒痒，喉咙里就痒痒。有好几个同学都说过，一到了批斗会上，都能闻到一股特别的酒气，醺醺然的。说实话，我也能闻到……不过，要是去批斗李老师，那是说自然也突然，为啥？因为归根结底这是我们班的老师，是我们自己的亲老师——都说现在流行这个亲字了，亲兄弟，亲姊妹，亲老师啥的，李老师就是我们的亲老师。这种关系，事情发生的时候，再自然也还是会觉得突然。

那时正是李老师给我们上水字课的时候。是最革命的学生提的头，他叫铁卫红。他原来叫啥我忘了，是运动开始后改的名。那时候改名的人可多，都成风气了。现在你去问，那个时候改名的，十个里能找出五个来。叫卫红、卫东、向东、学青、文革、向阳、向红的人，不知道有多少。嗯，就是这个铁卫红，他开了第一枪。那时同学们在练着字，李老师在下面转着看。忽然间，就听铁卫红喊道："你攻击毛主席左倾！"

班里人都停了笔。我也停了。大家都朝着铁卫红那里看。只听他又说："你反对毛主席！"

这句更厉害了。班里起了一阵小小的议论声。这时候，铁卫红第三句也喊了出来："打倒李老师！"对，他当时就那么喊的。我记得真真儿的。那时候我们都不知道李老师叫啥，总不能说打倒李啥啥吧，他就叫了打倒李老师。

铁卫红喊过以后，班里安静了一小会儿，很小很小的一小会儿，有好几个同学也跟着喊了起来："打倒李老师！"然后全班同学都喊了起来："打倒李老师！"

后来我才知道，就是因为铁卫红在写"毛"这个字，李老师纠正他，说他把那个竖弯钩的竖写得太正了，应该往左靠一点儿。那时候，这话要细抠起来还真就是毛病：往左是左倾，往右是右倾，只有中间正正的才算绝对好。听说有个地方想做一尊革命火炬的雕塑,去征求群众意见,结果是火焰朝哪都不对,向西吧,说是倒向西方,向东吧,说是西风压倒了东风,向北吧,说是火烧党中央,向南呢,又说是投靠台湾……末了就硬生生让火焰正朝天,把火炬做成了一个大辣椒。

就是这么着,为了那个竖弯钩的竖往左靠,李老师就被批斗了。我?我也喊了。我不想喊,可我还是喊了。因为到了后来,我觉得全班好像就剩下我一个人不喊了。我不喊,我站的那块地方好像就成了一块空地,很显眼,好像全班人都看见了这个空地。我怕这个。——没错,这是有点儿奇怪,好像不仅是喊能听见,不喊也能听见。于是我就喊了,第一声喊出来,我就闻到了那股熟悉的酒气,让人醺醺然的酒气,让我的脑子里充满了一种麻嗖嗖的怪怪的快感。我怕别人听见了我的不喊,就喊得很大声。跟别人一样大声。不知道别人是不是也是这么想的,因为我听见别人也很大声。我怕自己的声音显小了,就更大声。于是全班人都好像在比着大声……我们班的大声把其他班的同学都引过来了,人越来越多,越来越多,喊的声音也越来越大,越来越大。我们的大声里,李老师默默地站着,低着头,脸色煞白。他的腿轻轻地抖着。他手里的毛笔也慢慢地干了,硬硬地干了。

那天回家的路上,我远远看见李老师慢慢地走在前面。我也就放慢了速度。走一会儿,疙瘩跟上来了,他问我咋不快点儿走,我说我脚不舒服。疙瘩就蹭蹭蹭地往前走了。走到李老师跟前的时候,我看见他朝李老师吐了口唾沫。他离李老师还有一段距离,应该没有吐到李老师身上,李老师却还是下意识地擦了一把。然后李老师还是慢慢地走着。我也慢慢地走着。走着走着,忽然李老师坐到了一棵树下,不走了。

他不走了,我也就停了下来。等他。这时候我突然觉得背上湿湿的，黏黏的，很不舒服。我这才明白刚才喊得太用力，出的汗把衣裳都湿透了。

突然，我听见李老师哭了起来。他哭的声音很低，可我还是听见了。不知道为啥，我也哭了起来。我们俩就这么哭了一会儿，天慢慢黑了。李老师又站起来往前走了，我也才又往前走去。

接下来的很多天，我们班每天都批斗李老师。但不再叫他李老师了。我们知道了他的名字，他叫李培元。

5

革命的火越烧越旺，我们这些人都是添火的柴。对，就是柴禾的柴。这些年，我一想起那时候的事，就觉得可多人都是柴，人柴，不是人才，是人柴。比起木柴来，人柴更耐烧，更好烧。你想，木柴烧烧就成灰了，人柴呢，烧了一天，累了，睡一晚上，第二天再去风风火火地烧。一天又一天，一天又一天，似乎可以这么长长久久地烧下去……

人柴越烧越热，越烧越疯，革命行动也越来越激烈。不知道从啥时候起，打人的事多了起来，连杀人的事听说都有了。我们学校打人的事也越来越多，越来越严重。可还没有死人，算是好的。听说别的乡里有个校长一天被打了五回，当晚就吊脖子自杀了。县中的一个老师在批斗会上被当场打死了，还有两个老师被打成了残废。也不仅仅是教育上，各行各业都在革命，都在死人……

那天，李老师一走进教室，不由分说，就有人架住他，开始喊：

"打倒地主！"——在打过李老师之后，我才听铁卫红他们说，原来李老师家里是地主。那个时候的地主，村村都有。咋有的？比如说，一个村有一千亩地，一百口人，平均一人十亩地，这就是个平均数。要是超过了这个数，那你家就是地主。要是正好是这个数，那就是富农。要是不足这个数，那就是贫下中农。大概意思吧。各地情况不一样，划的地主也不一样。我上大学的时候才听说，有的地方只要把地租给别人种，或者自己雇了人种的，租雇仨人以上的，算地主。租雇仨人的，算富农。租雇俩人的，算中农，一个人的，算下中农。被雇的人，那就光荣了。是贫农。有的地方都没有租雇人，那就按家财多少来划，我有个同学，他家里就因为比别人家多了三棵香椿树，就成了地主……反正不管咋说，村村都得有地主。就跟现今GDP一样，是一个硬指标。李老师家本来算个中农，可听说他有个本家叔是个绝户头，临死前把地给了他家，他家一下子就超了标，成了地主。他们家还不想认，不想认也不中。不仅是地主，而且罪加一等，是瞒报的地主。

那天，铁卫红是第一个伸出手去的，他上手就推了李老师一把。这之前的批斗中，已经有推这个动作了，但他这次格外地狠。他是从李老师左边推的，推了李老师的腰一下，李老师往右晃了一晃，右边也有人推了李老师一下，李老师又往左边晃了晃，然后，李老师又前晃，后晃……我们原本都站在自己的座位上，不知不觉，到李老师身边的人就多了起来。班里一共三十来个孩子，有几个成分不好的都不上学了，还剩下二十来个。霎时间就把李老师围成了两圈，第三圈也慢慢地形成了规模。

我算是最后往那个圈凑的。我往圈里凑的时候，教室的座位上已经没有什么人了。不凑那个圈，我就会很显眼。那个时候，我真是怕自己显眼啊。说老实话，常听人家说人民群众这个词，我平时也真没有觉得这个词多好,可是真是要叫我脱离出去,我还真不知道该咋办。我还真是怕。

就这么着,我走到了第三圈的边上,磨蹭到李老师后面。我不想叫李老师看见我。真的,我就是不想叫他看见我。我走到第三圈那里,犹豫着自己伸不伸手。其实就是伸手,我也够不着李老师,甚至因为被前面的同学挡着,我连李老师的衣裳都看不见,我只能从人缝里看见李老师已经一点点地被推到了讲台的边边儿上,可我还是想着到底伸不伸手……这么想着的时候,我已经伸出了手,推着了前面同学的背,前面那个同学是谁我不记得了,好像是个男同学。就在我的手挨着他的背的这一瞬间,只听扑通一声,一片桌子椅子响,一片叫声,李老师倒在了地上。原来李老师被我们从讲台上推了下来,他的个子高,倒下来的时候又砸到了前头的同学,还砸到了一张课桌。

人倒在地上,占的面积就会增大,我们的圆圈立刻就也大了,圆圈一大,里面的情形就能看得清楚了。李老师倒在地上的一瞬间,似乎还挣扎了一下,想要站起来。

"不能叫李培元站起来!"铁卫红喊,"他被打倒了还想迫害革命小将!"

"我们必须做到,把他们打翻在地,再踏上一只脚,让他们永世不得翻身!"铁卫红又喊。

随着这两声喊,很快,不知道谁的脚冲着李老师踩了上去,然后很多脚都踩了上去,扑扑踏踏响成一片。这种响有点儿闷,频率却很快。然后,我清楚地看见了血。血从李老师脸上流了下来。不多,但可红。看见血的第一眼,我脑子里又充满了那种麻嗖嗖的怪怪的快感。

李老师呻吟着,很快,血越流越多。他身上的脚慢慢少了,到后来,终于没有了。然后,学生们都静了下来,不知静了多大会儿,铁卫红挥了挥手,道:"胜利!"然后,学生们都走出了教室,我也跟着走了出来。我夹在学生中,没有成为最后一个。我害怕自己成为最后一个,我害怕李老师喊住我,我害怕自己成为那样一个人,要是到了那时候,我可不知道自己该咋办。——对,我总是害怕。怕这,怕那。那时候,我的害怕咋就那么多呢?

那天回家,我是和疙瘩一起走的,他脸上放着光,对我说:"真带劲儿!"

我说:"哦。"

他说:"真没想到,李培元就是个地主!"

我还是说:"哦。"

他说:"整天革命,可真比上课有意思!"

我说:"哦。"

他又说:"李培元不会死吧。他要是死了,咱们明天可就没人斗了。"

我没有再哦,我说:"那咱回去看看吧。"我终于逮住机会说了这么一句话。我不敢一个人回去看看,要是疙瘩跟我回去,我就敢。

"你咋回事?"疙瘩说,"他要是死了是他罪有应得!你回去看他干啥?是不是想要给他包扎养伤?你有没有阶级立场!"

疙瘩这么一说,我就不敢再说别的了。我们俩就这么回了家。

回到家里,吃晚饭的时候,我觉得手有些疼。是右手疼。疼得有些怪,是隐隐地疼,好像是里面的筋疼。我的手从来没有这么疼过。那天晚上,躺在被窝里翻了不知道多少个身,我就是睡不着。那只手疼得叫我难受。我左思右想,这只手咋会疼呢?想到快天明的时候,我才明白了过来:昨天我向李老师推出的那只手,就是这只右手。

对,我知道你会这么说。反正我的手又没有挨住李老师,李老师摔倒咋能怪我呢？可我当时没有那么想。我想，为啥李老师早不摔倒晚不摔倒，偏偏我伸出手的一瞬间他就摔倒了呢？我觉得自己就像外国人说的那句话，那句话你肯定听说过：压垮骆驼背的最后一根稻草。骆驼那么大，稻草那么轻，按说一根稻草哪能压垮骆驼？可啥都搁不住多啊，稻草一捆一捆放到骆驼背上，那就了不得了。放到后来，就成山了。放到再也放不了的时候，再多放一根，骆驼就倒了。那根叫骆驼倒下的稻草，就是最后一根稻草。

我觉得，我的右手就是推倒李老师的最后一根稻草。

6

一夜没睡，我疼着右手，又去了学校。到了学校，只听别的班里喊声阵阵，我们班里却没有发现一个人，也没有李老师。我到别的班上看了一会儿批斗人，就悄悄地溜了出来。不知道该去干点儿啥，浑身上下都闲得发慌。于是心顺着脚，脚顺着心，胡乱溜达了起来。走着走着，我才发现自己在去李庄的路上。我就让自己停了脚。我问自己：你去李庄干啥呢？看李老师死没死？他要是死了你咋办？难不成你会去烧个纸吊个孝再哭一场？他要是没死你咋办？难不成你会嘘个寒问个暖再买包点心？说实话，无论他死没死，我都不知道该咋办。

就这么着，我就在路口那里站了半天。李庄就在眼前头，就那么几步路，我硬是没有挪脚。我的脚下像钉了钉子一样。那时候已经是十月了，玉米都快熟了，都打了红顶子了，我就在地边儿上找了个没结穗的甜甜杆儿，没情没绪地啃着，消磨时间。不管咋说，站在这个地方，我比在学校好受，而且还有一点儿，我的右手不怎疼了。

两根甜甜杆儿快啃完了，我正寻摸着第三根呢，忽然听见一阵乱乱的脚步声，说时迟，那时快，一群人就到了我跟前。真是怕啥来啥，正是我们班里的那一群革命小将，铁卫红和疙瘩走在最前头，一看见我，疙瘩就两眼放光，说："正好，正找你呢！走！去李培元家！"我正想问问去那儿干啥，再一想又把话咽了下去。我知道，我要是那么问了，他们准会回答："去批斗阶级敌人！"

于是，我没问那句话。我问了另外一句："李培元没死？"

"流那么点儿血哪儿会死！"铁卫红说："阶级敌人顽固得很！"

"他要是死了更好！"疙瘩说，"阶级敌人畏罪自杀也是革命的胜利消息！"

我心里一阵喜悦——不，不对，不是喜悦，也不敢喜悦。不是有一个词叫喜形于色么？人一喜脸上就容易带出来，所以我不能也不敢去喜。准确地说，我那叫如释重负，是轻松。不管咋说，人没死这是第一好。这么想着，我就糊里糊涂地跟着同学们来到了李老师家。那时候到底是傻，都没想想疙瘩见我说的那句话，为啥见到我就说正好，正找我？找我去李老师家有啥用？没想，压根儿没想。疙瘩也没给我解释。后来我才醒过来，他是算准了我不会不跟着他们的革命队伍和革命形势走，所以就拉着我直接上阵，省了那几句口舌。

到了李老师家，他家里有不少人，看样子像是他的家里人和亲戚。他正躺在床上，床边坐着一个人，地上放着一个药箱，我知道那人肯定是个赤脚医生——知道啥叫赤脚医生吧？也就是普通的农民，经过上头的简单培训，能看一点儿小病，整天走乡串户地走，就叫赤脚医生。也穿鞋的，不是真赤脚。

李老师头上包着白纱布,脸色煞白地躺在那里,看见我们,他似乎想坐起来,可是医生按住他,不叫他动。这时候,铁卫红说话了,他是对赤脚医生说的,他说:"你没有阶级立场,给阶级敌人看病!"那个医生嘴巴也快,立马就说:"毛主席说了,要救死扶伤,实行革命的人道主义精神!"铁卫红就没话了。这时候,疙瘩就接上了,疙瘩说:"什么时候也不能忘了阶级斗争!"然后他指向李老师,说:"你,恶毒攻击我们伟大的红太阳毛主席写的字不好,罪该万死!"

这句话一出来,李老师就挣开了医生,忽地坐了起来,说:"我没有!"

疙瘩转脸就指向我,说:"扇子,你作证!那次,他用心险恶地教我们练字,说心正字正,心邪字邪,说毛主席的字不好,像他拉的屎一样臭,有没有?"

没有。我想说没有。可是我不敢。那么多革命的人都盯着我呢,我害怕。况且,这事还是有的,那些话虽然不是疙瘩说的那样,但有总是有的。一片安静中,我的脑子里一片混乱。我该咋办呢?把那天的情形原原本本复述一遍?说李老师不是那个意思是这个意思?说拉屎那个话是我的,跟李老师没关系?……直觉告诉我,不能说这么多。这不是讲理的时候,要是在这个时候讲理,不但讲不出个理来,还会越说越糟糕。八成也得把我赔搭进去。

全屋的人都盯着我。

"快说!"铁卫红说,"李培元有没有说这些话?"

"怕啥?革命小将还怕阶级敌人?!"疙瘩说。

李老师屋里站的大人都没有说话,都只是默默地看着我。李老师也看着我。那时候的屋子窗户都小,屋里光线都不太好,可是李老师的眼睛可亮,他就那么看着我。看着,看着。

我终于说话了。我说:"没有这话。"

"啥没有?!"疙瘩的唾沫都飞到了我的脸上,"你敢说没有?!"

"毛主席说了,要实事求是。"我说,"没有就是没有。"

"你再好好想想!"

"根本就没有的事,你叫我想啥?"

"我再问你一句,到底有没有?!"铁卫红突然提高了声音,几乎是喊着问我。我一激灵,想撒尿。可我还是收了收小肚子,对自己说冷静,冷静。这时候,我脑子里倒是明白得很。不能再改口了,绝对不能。

"我向毛主席保证,绝对没有。"我说。

"疙瘩,你咋搞的嘛。"铁卫红放低了声音,说。铁卫红的话一出口,我心里就落了底。我知道,在这场斗争中,革命小将们的气是泄了。是叫我泄的。

果然,在疙瘩恨恨的眼神中,铁卫红领着同学们喊了几句口号,就离开了。我也跟着离开了。那天,我没有再回学校,直接回到了家。后来好几天,我都没有去学校。我怕李老师病好了再去学校,我怕再去批斗李老师,我怕这个。

我请了病假。不,我也不是装病,我是真有病。右手还疼着呢,不算病?只是疼得轻多了。要是不到夜深人静的时候,就感觉不到疼。可每天总有夜深人静的时候,这时候,那个疼啊,丝丝缕缕的,隐隐约约的,可真叫人难受。

后来,毛主席就说了,要文斗,不要武斗。再批斗人的时候,就不叫动手了。后来我也又去了学校,可我没有在学校里见到李老师。我不知道他去哪里了,也没有去打听。我害怕打听。我害怕听到李老师的任何消息。后来"文革"结束了,我考上了大学,有几个同学听说后给我摆酒送行，闲聊的时候我才听说李老师去了新疆。我不太信，跑到李庄辗转找到了一个他的族亲去打听，他的族亲告诉我，他真到新疆去了。去新疆哪里了？不知道。干啥去了？也不知道。只留下一个儿子在郑州他姑姑家上学，其他的家人都走了，房子也卖了，不会再回来了。

我这一辈子可能再也见不到他了，按说我应该松口气，把这事放下。可是没有。只要想到李老师，我的心就还难受着，我的手就还疼着。——现在？现在基本好了，基本不疼了。别急，你听我慢慢说。

7

不，你说得不对。我知道可多人都会这么想：虽然我推过李老师一把，可在说字香字臭的事上我又护了他一把，两厢扯平了，所以我不欠他啥。我跟你说，这种想法不对。咋不对？推李老师那一把，我应该不应该？不应该。至于字香字臭那场事，我不是偏他，也不是向他，之所以用一个瞎话顶了另一个瞎话，归根结底我不过是为了护自己，顺便护了李老师一把，为谁的多？为自己的多。所以啊，我跟李老师的账，算到底还是我欠了他的。不管怎么着，说到天边儿，我还是推了他那一把。这个，赖不掉。能扯平不能？不能。

心思重？没错，凡是知道我这么想的人都这么说过我，说我心思重。就算我心思重吧。心思这事，还真是怪。心思轻的人难得重，心思重的人也难得轻。生就的骨头长就的肉，没办法。那时候，只要一闲下来，我就会想，想我和李老师之间的枝枝节节。脑子里跟按了影碟机的回放键一样，一点一点地放，一幕一幕地想：想李老师教我写大仿，在我的大仿本上画对钩，画了一个又一个，脸上带着笑。到底是功底深厚，他画的对钩都不一般，那个墨用的，格外匀，格外润，格外好看；想我跟李老师在路上碰见，他跟我讲柳体，讲《玄秘塔碑》，说柳体有骨头，可又绝不仅仅是只有骨头；想我和疙瘩去李老师家练字，李老师给我们吃他媳妇刚蒸出来的白馍，我手上有墨，按到白馍上，一按一个黑印。想把黑印揭下来，又可惜那片馍，李老师就说："吃了吧，墨黑，可是不脏。墨吃到肚里，你的字就写得更好了。"想李老师第一次挨批斗那一天，我也举起了胳膊，张开了喉咙，跟着铁卫红他们叫："打倒李老师！"在回忆中，似乎没有别人的声音了，别人的声音我都没有记住，我只听见了自己的声音，我的声音很大，很高，快把自己的耳朵都震聋了；想那天路上李老师的哭声，他哭得声音很低，可是在回忆里一点儿也不低，还很清晰，要是按写字的道理来说的话，他的哭声都能分成笔画，一点一横，一撇一捺，都分得很清楚。还想我最不想回忆却死活也忘不了的那一天，李老师挨打那一天，我伸出了自己的右手，推向了李老师。你说，我咋就伸出了自己的右手呢？我咋就伸了出去呢？我一伸出去，李老师就被打倒在地，还踏上了那么多脚……还有他流的血，那么红。

　　是，我是记得真，咋也忘不掉。我也想忘。我也想了法子叫自己忘。有人说，对自己忘不掉的事，多说说就忘了，就像放酒一样，不要把盖子盖严，叫它多跑跑气儿，时间长了就没有酒味儿了。我试过这个法子，对家人说，对朋友说，对关系不错的同事说，也对有缘的生人说——就像对你说一样，对可多可多人都说，可也怪，我说得越多，就记得越清，有些原本想不起来的细节也都想起来了，结果越说越多，越说越多……后来家人就不叫我说了，说我快把自己说傻了，是傻说。再说就该进精神病院了。

可我就是想说。说说我心里就好受些。另外，我也想着，万一碰到一个高人，就叫他给我指点指点，我到底算是个啥人？李老师没有被打倒的时候，我跟着李老师，跟得兴兴头头，后来开始闹革命，我又跟着铁卫红他们，也是兴兴头头。再后来李老师被打倒了，我心里有李老师，可我还伸出手推了他一把……那天去证字香字臭的时候，要是李老师家没有那么多人，要是那个赤脚医生不帮着李老师说话，要是这事不牵扯到我，我还敢跟铁卫红和疙瘩对着干？八成不敢。要是那样李老师会遭什么罪？……我是个势利小人么？说良心话，我觉得我不是。可我算是个胆小的人，也是个糊涂的人，可要说糊涂吧，我也还算是清楚……你说说，我到底算个啥人？

是，我有时候觉得家人说得真对，我这真是快想傻了，真是傻想。可我由不得自己。因为我的右手还在疼，我的手一疼，就会想。有时候，我真想把自己的右手给剁了啊。

8

2000年的时候，我们的初中同学搞了个聚会，叫做迎接新世纪聚会。我们初中同学自毕业后都没有聚过，那是第一次。同学聚会免不了要说起过去的事，也免不了要说起李老师。大家你一句我一句，就说到了李老师教咱们写大仿，这个说谁往谁脸上涂个大花猫，那个说谁往谁脸上画了个大胡子，还有人说上水字课的时候，谁把水都滴到了裤子上，像尿了裤……就是没人说李老师挨斗挨打那些事。我也知道，说出来就是扫兴，可是就是作怪，我就是想听人说说。我想知道，我们这茬人都经历了这些事，他们是咋想的？有没有人跟我想的一样？

可是，就是没人说。死活就是没人说。莫非他们是把那些事都忘了？不能啊。要忘都忘，咋会有些记得有些不记得？除非是不想提。我想了想，决定自己说。于是，我就说了。我就在饭桌上说了："你们还记得批斗李老师的事不？"

大家都正喝酒呢，听到我问这个，都看了我一眼，似乎我是个怪物。然后他们该絮话的继续絮话，该喝酒的继续喝酒，好像我刚才放了个屁，不，要是放个屁还有人会开个玩笑，惹几句笑话，我这问的，还不如放了个屁呢。

这可不行。我还得再说。眼看着铁卫红敬完了一圈酒，回到了自己的座位上——这时候的铁卫红已经是厅级干部了，走路说话都很厅级——我就端了杯酒走了过去。和他碰杯的时候，我就问："铁厅长，你还记得打倒李老师的事不？"

他看着酒杯笑了笑，说："有这事？"

我说："那是上水字课的时候，你说李老师教你写毛字时，叫你把那个竖弯钩的竖往左靠，是在攻击毛主席左倾……"

铁卫红看了天花板一眼，像在想着啥似的，很快又笑了笑，说："真有这事？"

我说："你是第一个喊打倒李老师的。"

周围的人都静了下来，我原来以为没人听我俩说话，现在才知道谁的耳朵都没闲着。铁卫红的脸立马就红了起来。刚才敬了一圈酒，也没见他脸红。他说："扇子，这可不能胡说啊。"

我说："我没胡说。"

铁卫红举起酒杯朝向了大家，说："你说了可不算，有没有别人出来证一下？"

这时，全屋子二三十号同学都不说话了，都看着我和铁卫红，却都没有人说话。铁卫红的脸更红了，说："要是有一个人出来证一下，我不但把这个酒给喝了，还要再连喝三杯，给李老师赔罪！"

还是没人说话，场面就僵到了那里。我和铁卫红的酒杯都举着，喝不进去，也放不下来。正不知道该咋办，这时候，疙瘩突然站出来说："我作个证，铁卫红，你就别赖了。就是你第一个喊打倒李老师的，你喊了，我们才都跟着你喊的。当时我坐在你前头，我记得你的唾沫星子都喷到我的后脖子上了。你就喝了吧。"

铁卫红愣了愣。他为啥愣呢？一层我当时就知道了，是他肯定没想到疙瘩会站出来作证，还有一层是过后我才琢磨出来的，就是他没想到疙瘩会喊他铁卫红。自从同学聚会开始，大家都很自觉地叫他铁厅长，他也很顺口地那么答应着。疙瘩是第一个喊他名字的人。疙瘩的身份？我就不说了。反正在咱们省里是赫赫有名。他开着一家大公司，万贯家财。我们那次同学聚会，从吃到玩，都是他一手安排的，这点儿花销对他来说是九牛一毛。

说实话，我也没想到疙瘩会这样。这时候，疙瘩已经走到了铁卫红的旁边，笑着说："也没有多大的事，把你吓成这？都不敢承认了？你这个人，啥时候不是我们的领导？那个时候就开始领导我们啦，一直领导到现在！你就喝三杯吧。"

气氛就这么缓和了下来，铁卫红到底没喝三杯。他说他有胃病，只喝了两杯。后来又说有事，就早走了。他跟可多人都握了手，没跟我握，只是远远地打了个招呼。不握不握吧，说实话我也不想跟他握。

那天，可多人都喝醉了，有不少人都说起了打李老师那场事。有人说自己是跟着铁卫红上的,有人说自己是被人推上去的,有人说自己是被拽上去的。本来以为听到这些我会好受些,可是听着听着,我更难受了。我想有的同学是被推的,有的同学是被拽的,我呢?没人推我也没人拽我,我怎么就也上去了呢?我怎么就伸出了手了呢?

疙瘩也喝醉了。他拉着我的手,说:"扇子,你真怪啊。人这一辈子得经多少事?该忘的就得忘了。就像马驮行李,该丢的包袱就得丢了。你说你啊,我知道你跟李老师好,可你也不能搂着一团刺不丢,跟搂个宝贝似的,那不扎得慌?"

我说我也想忘,可是忘不了。

"那你是不是还记得李老师挨打那场事?"

我说我当然记得。我说我还记得第一次批斗完李老师后在路上他吐了李老师一口唾沫的事,我更记得跟他在李老师家对证字香字臭的事。

说到这里,疙瘩哭了,说:"那时候,真是失心疯了。光想革命,光想找个事证明自己革命,太革命,老革命,想革命都想迷了……可是,扇子啊,不管咋说,咱那时候才十来岁,太小,咱都是受害者。想想这个,我就原谅自己了。就放下了。你咋就放不下呢?你也放下吧。"

没哭。我没哭。因为我心里不认疙瘩说的理。知道,我知道很多人都认疙瘩说的这个理。十来岁,是小。可是受害者这个词,我怎么想就是想不通。受害者?可多人都这么说。那些被打的,那些打人的,他们都这么说,按这个说法,几亿人都是受害者,单单四人帮那几个人就把这几亿人都害了?是,毛主席也算有错,那再加上毛主席,总共也就几个人,他们就那么大能耐?我没见过四人帮,也没见过毛主席,我想,要是他们也说他们是受害者,那该咋说?也不是没有可能啊。要是他们也这么说,那咱们所有的人就都成了受害者。那害人的,到底该是谁呢?

那次聚会是我们初中同学的第一次聚会,估计也是最后一次了。反正我没有再接到过通知。也可能是人家聚会不再通知我了。也对,要我这种人去干啥?扫兴嘛。不过,说实话,他们就是通知我,我也不会再参加了。——不是,我真不是故意要恶心我的那些同学。那时候,我真的是还想不通那些个事,真的只是想知道他们都是咋想的。

——年轻人,我对你说,又十来年过去,对那些个事,我也慢慢想出些道道来了。人活一辈子,嘴要吃饭,心也要吃饭。这两样饭都不是吃饱就算,嘴里的饭得有油有盐才有滋味,心里的饭也得有油有盐才有滋味。嘴里的饭不说了,单说心里的饭。这点儿油盐从哪里来?有爱好的人唱个歌儿,画个画儿,弄个艺术——对,书法也算,有的喜欢旅个游,打个球,这就都是油盐了。可这种油盐,咋说呢,都是小油盐。大油盐?那就是毛主席说的那句话:"与天奋斗,其乐无穷。与地奋斗,其乐无穷。与人奋斗,其乐无穷。"毛主席这句话的重点在哪里你听出来了没有?对,就是最后一句,与人奋斗,其乐无穷。这就是大油盐。我跟你说,甭管啥时候,这话都准。你想想是不是?小时候跟小伙计们扳个手腕儿,大些以后喝个酒猜个拳,后来谈恋爱,参加工作以后跟同事们耍个心眼儿,可不是都是跟人在斗?——知道,我知道现今的人可耍的东西多,电视啊网络啊,可我跟你说,追根揭底,这些玩意儿说到底也都是在跟人斗。哪个电脑背后不是人?哪个网络背后不是人?

小斗有小乐,大斗就有大乐。扳个手腕儿喝个酒猜个拳谈个恋爱,这种乐都是小乐。那个时候的运动,这里头就有大乐。你想,几十个人,几百个人,几千个人,几万个人,几十万个人,几百万个人……那么多人都一起来,这翻江倒海的,可不就有大乐?对,是有大悲的人,可你数一数,这里头真正受罪的人是不是少数?肯定是少数。尝到大乐的人应该更多吧。更多的人在这大折腾里头是有大乐子的。说句狠话,从根子里看,人的本心里都有那么一股子毒性,都幸灾乐祸,都巴望别人不如自己,都喜欢看别人笑话,都想压人一头,都愿意欺负欺负别人,都想当领导……只是平常都藏着。藏着藏着就以为自己根本没有。可等到风一刮,那叶就开始摇。风越大,叶就摇得越厉害。等到风停了,那叶也就又静了。静得好像原本就没有摇过一样。就是想起摇那回事,也都觉得是因为风。

对,可长时间里,我也是那些个叶。所以说我恶心我那些同学干啥呢?莫非我比人家好个啥?我要是恶心我那些同学的话,首先恶心我自己。

9

又过了六年,也就是2006年——一晃都四十年过去了,我又见到了李老师。没想到吧?我也没想到还能见着他。真没想到。做梦也想不到。

那是一个星期天,我刚刚从外地出差回来,下了火车先回到单位,想去好好练会儿字。出差几天不能练字,我有点儿躁,得先去练会儿字,去去躁。练字的人心是最静的,我喜欢这静。还有一点,我练字的时候,右手从来不疼。

练了一会儿,我似乎听见有人在楼梯里走。走得可慢。星期天没有人,不知道是谁会来。我只管练字,没出门去看。过了一会儿,就听见有人在一间间地敲门,一边敲一边叫着什么,声音不大。我也没留意。直到那脚步声越来越近,越来越近,离我办公室没几个屋的时候,我听见那人好像在叫着什么子。是在叫我么?我有点儿怀疑了。就停了笔,仔细听。那声音越来越近,越来越近,终于,好像到了跟我隔俩门的房门口,我听清楚了,是在叫:"扇子——"

我再听,那个声音已经到了隔壁,又响了起来:"扇子——"

我连忙上前打开门,这时候,那个人已经到了跟前,准备敲我的门,他已经叫出了我的名字:"扇子——"

是李老师。

那一瞬间,我和李老师都呆在了那里,什么话也说不出来。我想了多少年的李老师啊,我想了多少遍的李老师啊,我无数次地想,有朝一日见了面,一定要对他说可多可多话,告诉他我心里的难受,我的右手,可当他真站到了我眼前,我却什么话都说不出来了。

他老了。那时候他三十多岁,四十年过去,他七十多岁了,头发都白了,可是精神很好。稍微有点儿驼背,可个子还是显得很高。他的脸也还是那样,最显眼的是他额头上有一个坑。这坑就是那天他倒地的时候在桌角上磕的。

我把李老师让进屋,他就说他一会儿就得走,最多待十分钟。说出租车在底下等他,他一会儿就得去机场。他这次回来是为孙子结婚。他来了五天了,一直想见我,就托人去张庄打听到了我的工作单位,连着几天来找我,我都不在。

"你要是今天也不在,咱这一辈子或许都见不着了。"他说。

我的眼泪一下子就出来了。连茶都没顾上给他沏,顺着眼泪,我就开始说那件事，就是推了他一把的事。我对那么多人说了那么多次，这是最该说的一次。我终于等到了这一天。十分钟时间太短了，我说得开门见山，慌里慌张，语无伦次，颠三倒四。好在李老师都听懂了。最后我对李老师说因为推了那一把，我的右手现在还时不时会疼。我边说边哭，像个没出息的孩子，抽抽搭搭地哭个没完。光看我哭得那个劲儿，好像是我受了多大委屈似的，好像不是我推了李老师一把而是他推了我一把似的，唉。

李老师，他也哭了。可他很快就不哭了，他把我抱在怀里，好像我还是十四岁一样。最后，他对我说："扇子，好了，好了，好了……"

时间眨眼间就到了，他说得走了。我就送他往楼下走。我在二楼。边走边说些闲话，我问他几点的飞机，是直接到喀什吗？他说先飞到乌鲁木齐，再转飞到喀什。就是这样的闲话。最后，李老师上出租车以后，摇下车玻璃，又对我说了那句话，他说："扇子，好了。"

我跟李老师见了那一面以后，就再也没有联系过。没有。李老师没有留电话，我没跟他要电话，他也没跟我要。其实，电话不电话的，不重要。有时候，人跟人之间，有那么几句话就够了。我和李老师，就是这样。你还年轻，我这些话，你到我这个年龄，或许就明白了。……对，你猜得对，我的右手，自从李老师摸过以后，确实不咋疼了，不过还没有彻底好。夜深人静的时候，偶尔还是会有些疼。我知道，好不了了。要想真叫它不疼，除非到了我死的那天。

几点了？哦，该回家了。你看我，啰里啰嗦讲了这么多，也不知道你烦不烦。瞧，这么大功夫，这地上的字都干透了，好像从来没写过啥一样。写水字就是这。除了写字的人，谁还记得这上头写过字？写在纸上好一些，不过也长不了，最长久的方法就是刻碑。不过，值得刻碑的事才有多少呢？要不是发生了惊天动地的大事，谁会去刻碑呢？国家的事且不说，就说咱们小家小户，要不是死了入坟，哪件事能去刻碑呢？对不对？

　　回见，孩子。对了，我看你气色不咋好，是不是生着病呢？你这么年轻，有病不怕，谁一辈子不生个病呢？好好看就得了，是不是？

第二十章

1

过了周岁之后,安安开始说话。她最先会说的四个词是:爸爸,妈妈,伯伯,妹妹。爸爸妈妈天然第一,无可厚非。让我惊讶的是后两个:伯伯,还有妹妹。不过再一想,似乎也很在情理。一来妈妈和妹妹发音很近,爸爸和伯伯的发音也很近。二来梁知很亲她,每次来都要抱她很久,给她买各种各样的玩具、衣服和吃食,亲得都让妞妞吃醋了,经常和她争宠。不过争宠归争宠,妞妞也很喜欢和她玩,经常叫她:妹妹呀,妹妹呀,就这么妹妹来妹妹去的,安安也就学会了叫妹妹。到后来她也开始称呼自己为妹妹,经常说的话就是:妹妹饭,妹妹睡……

妹妹,妹妹……听着她这么称呼自己,冥冥之中,我总是会有些不寒而栗。命运的安排居然如此诡异:这个粉雕玉琢的孩子,这个牙牙学语的孩子,她怎么会知道,妹妹这个悦耳的词,和她有着多么深奥的渊源和多么纠结的联系?

但是，我知道。梁知也知道。妹妹，以这个词为代号的那张错综复杂的大网，我是横线，梁知是经线，我们两个把它看得清清楚楚。看得清清楚楚的，只有我们两个。因为我们两个，既是对手，也是同谋。既是敌人，也是共犯。

2

很奇怪的，自从那个戳穿了梁知最深隐秘的夜晚之后，在对他极度厌恶和鄙视之后，慢慢的，我的心又开始对他一点一点地回软起来。而回软的根基，居然就是他那天的最后一句话："其实，我们是一样的。"

"我跟你，永远都不可能一样。"当时，我如此断然地否定他。

但是，渐渐的，我不得不承认：确实，我跟他是一样的——丝毫没有比他好，可能跟他一样坏，甚至比他还要坏。

难道不是吗？

我，一个自诩的复仇者，一个自诩的法官，在来到梁家之后，以梅梅的历史为最初的线索和最后的铁证，一直追究、研析和审判着所有人的罪，但却几乎忘记了，自己也是一个有罪的人。对于婆婆和庄雅姑且不论，对于梁新，我的罪自不待言：欺瞒，哄骗，不忠，利诱，简直是罪大恶极。对于梅梅，我当然也是有罪的。如果说爱是一个银行，如果说梁知、梁新和婆婆他们都贷着梅梅银行的款，那么，在梅梅死去十年之后，我却托她的福，开始享用这笔贷款的红利……我是梅梅的强盗和窃贼。不，不仅是对梁新和梅梅，还有我为了进县人民医院而利用过的青春痘，到郑州后为了打发无聊时光和解决手头拮据而上过床的那些男人，在诊所打工时蒙蔽过的那些求医问药的陌生人，还有那个我拒不相认的差点儿被我推进井里的哑巴……即使是对于欠我最多的梁知，我也没有自己认为得那么委屈。从最初的认哥哥，到后来想方设法要他喜欢我，用尽心思想要怀上他的孩子，在怀上他的孩子后又跑到源城要他承担责任……"你要去看我。偶尔去看就成，一年一两次就成……"这是我求他时说的话，可这可能吗？难道我不想时时看到他的面容？不想时时嗅到他的气息？不想让他的汁液每天都浇灌我的身体？对于这个男人，我一直都是贪婪的。十分贪婪。可当这种十分贪婪的贪婪被他识破后我就恼羞成怒，还伪装成一个受害者的模样闯进他的生活，试图给他以绵延无期的纠缠和折磨……

我比他，好在哪里？

——呵，我这是在干什么呢？脚下的路千里迢迢，心里的路万里迢迢，我走了这么远，走到如今，到底是为了什么？这些早已经在岁月里陈旧的秘密，像一坨屎，因为一直被冷冻在记忆的冰箱里，所以没有人能闻到它的臭味。就是偶尔拿出来一下或者被碰一下，它的臭味也因为被冻得太久而缩成了最小的一团。而且，很快就又被送回到了冰箱里。人们都想把它忘了。彻底地忘。而我，我却把它从冰箱里取了出来，不屈不挠不依不饶地取了出来，用火将它一点一点地加热，让冰冻的它一点一点融化，让它的臭味弥漫得越来越浓烈，让它令人恶心的粪汁四处流溢……

没错，我发现了他们的罪。他们一个一个都有罪。但是，现在，我居然也发现了自己的罪，这么多罪。我一直觉得自己是在与他们为敌。但是，现在，我知道了：其实我不是在与他们为敌，我是在与自己为敌，在与自己的内心为敌。在与自己的内心为敌了这么久之后，我最终发现：自己等于他们。

这都叫什么事儿啊。难不成我这么做到底，就是为了发现自己的罪？就是为了发现自己也是一坨屎？我他妈的到底在干什么呢？一直以为自己是个手执利器的战士，一直以为自己在英勇杀敌，难不成我其实一直是在自尽？

3

哑巴终于死了。

那天是大哥打来的电话。电话里他的口气是罕见得体贴温柔，似乎作为这个噩耗的告知者，他负有天然的抚慰责任。他的口气让我听着忍不住都有点儿想笑了。用得着这样么？好像我真的是哑巴亲得不能再亲的亲闺女。

"你，还是回来吧？"最后，他说。

"不回。"

"回来吧。他临死时还念叨着你……"

"不回。"

"活着的时候你都没有认他，现在他都死了……"

"所以更没有必要回。"

口气平淡，面色平静，我看起来应当毫无异样。但是，一种莫名的情绪却一点一点衍生出来，如涓涓山泉，集成溪流，又汇成江河，不，这个比喻不准确，准确地说，是汇成了山洪，尔后又造成了泥石流。无数深埋的记忆顺着轰轰作响的泥石流崩塌而下：蝈蝈笼，马葡萄，甜井水，骑大马，床底下的苹果，我对他的咒骂，冲他翻的白眼，踩在他手上的脚……这个不会说话的哑巴,这个一直那么纵容我宠溺我谄媚我的哑巴,他一直都那么那么爱我,只因为我是他的女儿。

但我不爱他。我一点儿都不爱他。我只是以他为耻。所以我绝不回去。

——可是,我真的一点儿都不爱他么?一点儿都不爱?那我为什么这么难受?而且,如果根本不爱的话,耻又从何而来?

晚上,我把哑巴去世的消息告诉了梁新。我没说那么多,只说哑巴是个很不错的亲戚。虽然很不错,可我也不想回去。梁新看着我的脸色,道:"乖,不回去就不回去,咱不回去,啊?"少顷,又忖度着问道:"要不,我替你回去一趟?"

"不准。"

"为什么?"

"你回去和我回去有什么两样?"我说,"你就是我,我就是你。"

"这话说得真好。"梁新抱住我。

"什么?"

"你就是我,我就是你。"他重复,"夫妻就是这样,对不对?"

但是,哑巴下葬那天,我还是回去了。一个人,开着别克。我不知道哑巴的坟地在哪里,也没有去打听。可以肯定的是,左不过在村子附近,一定在村子周围。于是我开着车,在村外的乡间小路上慢慢地绕,慢慢地寻,慢慢地找。

——看见了。那一群人。他们在路祭,他们在抬棺,他们在撒钱,他们在放棺,他们在圆坟,他们在烧纸,他们在放炮……他们都不是哑巴的亲人,但他们在为哑巴做着亲人的事。

我远远地看着这一切,没有上前。始终没有。

但是我哭了,哭得一塌糊涂。

4

一岁零两个月时，安安得了一场感冒，此后她的小身体就没有再舒泰过。她很容易咳嗽，打喷嚏，发烧，发起烧来很容易，退烧却很难，医生说婴幼儿的抵抗力弱，很正常。她吃东西经常会恶心，医生说她的肠胃功能还不完全，很正常。她胳膊上和背上常有瘀斑，医生说孩子在大人不注意的时候指不定会磕碰到哪里，也很正常……总之，安安的这些小麻烦在医生嘴里是无数孩子都会碰到的，一切都很正常。于是我也就没怎么在意。甚至因为这些小麻烦，我还觉得隐隐的卑鄙的安慰：早产的孩子总要体弱一些，这可以成为安安并非足月生的一个重要旁证。不是么？

那时候的安安还总是哭。从哭的低潮爬到哭的高潮，再从哭的高潮落到哭的低潮，循环往复，似乎无休无止……但所有人，梁新梁知甚至梁远都对她很有耐心。这个小小的婴孩，这个小讨债鬼，她身上背了多少桩债？婆婆欠梅好的，婆婆欠梅梅的，梁知欠梅梅的，梁新欠梅梅的，我和梁知欠梁新的……如果知道自己背了这么多债，她一定会不堪其重吧——事实很快证明，她实在是不堪重负。

那天，安安又爬上了哭的高潮，梁新坚决要带她去郑州检查。我提心吊胆地抱着安安，和梁新来到郑州，心里充满了难言的恐惧。这恐惧是隐隐的，也是深深的。首先当然是恐惧安安的病，怕是什么让人绝望的病。其次就是恐惧和梁新一起来给安安看病。一家三口去医院，这对于别的家庭来说最正常不过的事情，对我来说却是一种难以面对的场景。怎么能不恐惧呢？即使梁新和梁知一样是 A 型血，但是医院里那么多化验项目，谁知道会化验到哪一项呢？谁知道哪一项里会露出什么破绽呢？万一哪个环节出了问题，梁新就会知道梁安不是他的孩子……我无法想象，我不能想象。

——我怕伤害梁新。是的，我对梁新没有爱情。但是，也有爱。我像爱弟弟一样爱他。所以，我绝不想伤害他。虽然这话听起来是多么虚伪：我怀着他哥哥的孩子嫁给了他，还有什么能比这种伤害更严重？可是，尽管如此，我也不想在进行这种暗地里伤害的同时，再去那么鲜明地伤害他。

但是，有很多时刻，有很多事情，恐惧是没有用的。一点儿用也没有。那天，梁新从医生的办公室出来之后，一步一步地朝我和安安走过来，走到我们身边，他伸出长长的胳膊搂住我们，眼泪喷涌而出。

他说了三个字：

白血病。

那一刻，我想到的第一个人，就是梅梅。第一次，我感到了后悔。自从我拗着脑袋一头扎进梁家，梅梅就和我形影相随，一直深入着我的命运。现在，安安得了白血病，这又和梅梅有着什么关系呢？

当然，当然有关系。

我，是一个孩子的母亲。在白血病不动声色地冷酷抢夺中，我很可能被迫失去自己的孩子。梅梅，她也是一个孩子的母亲。在别人里应外合地冷酷抢夺中，她就那么失去了自己的孩子。——失去孩子，这是我和她共同的，最深的噩运。稍有区别的也许只是：她还可以去市政府门口闹一闹，我却不能去闹，无处去闹。

我和梅梅，梅梅和我，我和她的事件不是一五一十地相同，但是，我的心却不可避免地和她趋近着，再趋近着，直至趋近着她的最深处。

5

昨天，我在网上复习已经烂熟于心的有关白血病的论文：

据流行病学统计数据表明，我国每年新增白血病患儿约1.6—2万人，小于10岁的小儿白血病的发病率为2.28/10万，且任何年龄段均可发病。越来越多的迹象表明，近年来，儿童成了白血病的高发人群，北京某血液病肿瘤研究所去年就收治了3000多例儿童血液病患者，其中白血病患者高达80%……

好吧，我承认，我的梁安赶了个大集，进了这80%。

近来，医学界的目光越来越多地集中在家庭装修带来的室内环境污染上。苯、甲醛、亚硝胺类物质，保泰松及其衍生物、氯霉素等都会诱发白血病。劣质油漆、胶粘剂等装修材料中含有大量的苯、甲醛、亚硝胺类物质，这是国内近年来白血病的主要病因。北京儿童医院小儿外科主任医师张××经过半年调查发现，在她问诊过的白血病孩子当中，近90%的孩子家中近期都曾装修过，而且不少孩子家里还是"豪华装修"。一份统计也表明，在一家儿童医院血液病研究所10年收治的1800多名白血病患儿中，有46.7%的孩子家里在发病前进行过装修……

那年，我怀着梁安匆匆嫁进了梁家，梁新手忙脚乱地装修新房，日夜连工了十来天。装修材料即使不是劣质的，油漆和胶粘剂应该也都不会少——事实很快证明：确实不少。当初给我们装修房子的装潢公司是梁知的关系，报的价很高，据说用的都是最好的东西。安安病发之后，梁新立即取样在郑州做了检测，结果没有一种材料达标。他发疯般地去质问那个老总，老总嗫嚅道："用的确实都是最好的……"

"那为什么会这样？"

"这个，我们也没有办法。进的货就是这样的……其实，都是这样的，都是这样的……从源头来看，给的就是这样的货……"

好吧，都是这样的，都是这样的。我们早该知道，都是这样的。但当事情不到自己头上的时候，有谁会去追究为什么这样呢？而且，无数人还会这么想：即使追究了又能怎么样呢？又能改变什么呢？

碎 片

> 现在，我已然明白：无论多大或者多小的事情，只要发生了，就该去追究一下。无论如何，去追究一下，这就是改变的第一步。都不去追究，就只能坏下去，再坏下去，更坏下去。

那篇论文里还有这么一段：

> 氡，则是更为可怕的"环境杀手"。氡是一种放射性气体，它潜伏在某些不合格的水泥、墙砖和大理石材等装修材料中。人呼吸时，氡气会随气流进入肺脏，它在衰变时放出的α射线，会像"炸弹"一样轰击肺细胞，使肺细胞受损，久而久之会引发肺癌……

每次看到这里,我都想微笑。这真是一篇完美的论文。你看,仅仅和白血病隔了这么几行字,肺癌就切换到了我这里。——在得知梁安得病的时候,我曾经无数次暗暗祈祷:请让我的孩子康复,我愿意替她得病,甚至得比她还要重的病。这应该是无数母亲在这个时候都会做的祈祷吧。可是除了这一句,我还有一句:如果我的孩子不能康复,那也请让我得同样的病,甚至得比她还要重的病。

——是的,我就是这样想的。我不知道除此之外,我还能怎么惩罚自己。

现在,老天果然应允了我的祈祷,让肺癌光临。也许是抽烟抽的肺癌,不过我宁愿把病源也算在装修上,和亲爱的孩子因为同种原因患病,这使我感到幸福。

6

不知道别人会如何,其实,在最初面对安安的病时,我是没有那么疼痛的。不,与其说没有那么疼痛,不如说顾不上疼痛,也不敢疼痛。孩子就在那里呢。不管怎样,得先给孩子看病,得先尽最大的努力给孩子看病。

碎 片

那时候,我还有些诧异地想着:疼痛,它在哪里呢?

那时候,我不知道,疼痛正冷冷地看着我,无声地说:不要急,我会来,我肯定会来。因为我是最疼痛的疼痛,所以来得速度会慢一些。不过我来了就不会走了。你会有充分的机会来认识我,熟悉我。无论你还将活多久,我都将是你最忠实的朋友,我将和你的生命不离不弃,一直到你死。

——那时候,我不知道,这疼痛是后知后觉,是后起之秀,是后来居上,是在以后的漫长岁月里,对我随时随地的轰炸和袭击。视线里的任何一个三口之家,耳朵里的任何一个童声呼唤妈妈,这疼痛都会随之而来,对我冲上去拳打脚踢,掌掴牙咬。只要我活着,这疼痛,就是永远都有肉可割的凌迟。

那时候的我,还不知道,这疼痛是如此持久的力量。

两种方案,一是骨髓移植。但医生说寻找骨髓的难度很大,即使找到配型也很可能不合适,而且孩子这么小,抵抗力弱,病情随时会突变,耽误不起。二是脐带血移植。配型成功率要比骨髓高得多,也非常适合孩子。——其实根本不用问医生,在这样的医院,这样的病房,只要住上一段时间,病人家属就都成了半个医生,这两种方案简直就是常识。医生的告知在某种意义上只是一种证实而已。

"你们可以名正言顺地再生一个。"医生笑着对梁新说,"多加加夜班,还这么年轻呢,有的是力气。"

梁新也对医生笑。他的笑是打心眼儿里的如释重负的轻松——他以为自己努力让我再怀孕就够了。我知道,在这种情形下,是应该笑。于是,我也笑。有什么理由不笑呢?既然必须面对安安,既然安安已经那么不幸,既然我如此手足无措——我必须得用这笑来阻挡自己的崩溃:再生一个,就意味着我必须要再生一个和安安同父同母的孩子,就意味着我必须再去和梁知做爱。

这不值得笑么？

第二天，梁知和庄雅来到了医院，见到安安，梁知一把把安安抱在怀里，眼泪同时就下来了。

有那么一小会儿，病房里只有我和梁知两个人，对，还有安安，她正乖乖地躺在梁知的怀抱里睡着。我们三个人——这情形有些像三口之家——就那么待在一起，默默的。

"新新，他知道了么？"突然，梁知说话了。他的声音很轻。仿佛有一种最敏感的事物正在浅睡，稍微重一些就会被惊醒。

"不知道。"

"你确定？"

"嗯。"

他看着我，目光冰凉坚定："我也打听过了，脐带血移植是最好的办法。一定要救安安。所以，必须要对新新说。"

我沉默。

"无论结果怎么样，都得说。"他顿一顿，"很可能，他会原谅你。"

我笑了笑。这个我也心里有数。对于弱于我们的人，我们从来都心中有数。

"最坏也不过是离婚，也不要紧。"他又说。

是的，和梁新离婚当然不妨碍我和梁知做爱，甚至可以让我和他更好地做爱。

"话该怎么说，你知道。"他说。说这句话的时候，他的眼神里忽然多了几分哀切和恳求，简直是爬到了地上。

我又笑了笑。我当然知道他在担心什么。我当然知道话该怎么说。我当然不会对梁新说安安的父亲是他。我知道这严重性。虽然，这个真相是打击梁知的最利武器，几乎可以置他于死地。但我不可能去说。

梁新和安安都靠着这利器的休眠而活，我怎么可能去说这个？

此时，我对梁知的仇恨，已经微若草芥。

7

当天晚上，等到安安在一番剧烈的哭闹之后沉沉睡去，短暂的万籁俱寂中，在阳台上，望着窗外不远处居民楼里的灯火，我对梁新说了。不能再拖了。必须说。好在结婚前他就知道我不是处女，所以只要不说出梁知，这事也不是那么难开口。

梁新长久沉默。我也在沉默中等待。

"我一直不敢朝这个方向想，没想到到底还是真的。"他终于说。

"为了安安，请你接受这个事实。"我说。话一说出口我才觉出自己的无耻：为了安安？对他而言，安安正是耻辱。而我之所以请他接受这个耻辱，是因为预备在他接受后去为他创造另一个新的耻辱……这真是无耻啊。无耻到家的无耻。然而，也是此时，我突然也有了一种好奇：他在想什么？可曾想到了当年他在东莞对赵小军说的话？可曾想到了他亲口说的那三个字：我可以？

"我也实在是没有办法。请站在我的角度想想，好么？"在梁新的沉默中，我又说。当年，他也是这么对赵小军讲的吧？如果真的爱一个人，那就要站在她的角度上去想事情。站着说话不腰疼，现在，他腰疼了吗？

他依然沉默着。

"你不接受也没关系，等到天亮，我带着安安走就是了。"我说着，回到房间作势收拾衣物。梁新沉默了这么久，这有些出乎我的意料。我开始怀疑自己失算了。不过，也没什么，我和安安找个地方先落脚，再联系上梁知就是。而且，也好，对于梁新，我从此不再相欠。不，欠还是欠的，但是不再更多的欠。

心底清凉。又不觉冷笑：梁新再爱我又怎么样？在他眼中，我不过也只是梅梅的替身，是梅梅的活牌位。日子寡淡时，朝着牌位上上香是可以的，但当这牌位需要他以血祭祀时，自然很难去动真格。当然，必须承认：他已经很好很好了。

"过两天，我们就把安安转院回源城。等待脐带血期间的治疗，源城医院也可以做。"梁新终于再次开口，"到时候，你再走。"

我停下手中的动作，看着他。

"到时候，你去找那个人吧。去吧。"他说，几乎是一字一顿，"去再怀个孩子，来救安安。"

我木在那里。

他走到我的身边，紧紧地抱住我："还有什么秘密没有对我说，都告诉我吧。我都可以接受，都可以。"

我沉默。都可以？真的都可以吗？

"那个人……"蓦然，脑子进水般的，鬼使神差般的，恶作剧般的，我想试试。我想说出梁知的名字。

"不，不要说那个人。"梁新断然道，"我说的秘密，不包括他。那个人是谁，在什么地方，你和他怎么认识的，都不需要告诉我。你只要去找他，只要怀上孩子，只要这样，就好了。对他，我没有知道的必要。也不想知道。"

我沉默。原来，不是真的可以。不过，还能怎样呢？梁新，他真的已经很好很好了。

"没有了。"是的,没有了。我还能说什么呢?

"真的?"

"嗯。"

"别告诉哥哥。"突然,他又说。

"什么?"这问话的目标不够精确,我必须再缩小一下。是说安安不是梁新的孩子?还是说我去找"那个男人"的事?虽然,这两者原本就是一回事。

"所有,这些秘密。"梁新字字艰难,句句困苦。但不知为何,他的艰难困苦,居然让我有隐隐的快感。——我真的是魔鬼么?

"好。"只能这么说。

"我不想让他跟着难受。"

"好。"

还真是兄弟情深。

那天晚上,我的睡梦里一直回荡着梁新的声音:"你去找那个人吧。去吧。"

好吧。我去找他。去找那个人。——仿佛远在天涯实际上却近在咫尺的那个人,仿佛前生前世实际上却是今生今世的那个人。

第二十一章

1

所有和梁知的做爱，都是在老房子里。婆婆去世后的老房子，这个空荡荡的老房子，这个寂寞的老房子，没有比这个老房子更适合做爱的地方了。

第一次，我先到。烧好了水，铺好了床。他到之后，先在客厅的沙发上坐了下来，打开了电视。我给他端上一杯白开水，来到了卧室，走到窗前，看着晴朗的天空，空中有鸽子盘旋飞过。

真好，这个城市，还可以看到鸽子。

卧室门轻响，他进来了。我回头看着他，迎着他的目光。他慢慢地走到我的面前，伸出手，把我抱住。离我们上次的做爱已经差不多两年了。这是怎样的两年？尽管每次看到他我都会想到曾有的欢爱，但是，想和做之间有着怎样的距离，我们都心如明镜。

一时间，我不知所措。在我不知所措的时候，他已经把我抱到了床上，已经开始脱我的衣服。我想推开他，不，这么说是虚伪的，我根本不想推开他。我的身体告诉我：我早就想被他这么抱了，我早就想和他做爱了。这个场景，这个情形，我早就想了一千遍一万遍无数无数遍了。尤其是那个夜晚之后，那个被我戳穿了他最深真相的夜晚之后。

——亲爱的人，我最亲爱的人，我理解你，理解你的一切。你的恐惧，你的懦弱，你的自私，你的微贱……我都理解。甚至连你自己都不肯承认或者不曾意识到的你的黑暗和肮脏，污浊和卑下，我都理解。我理解这一切。

——亲爱的人，原来，我们都是在污泥里的人，都是在黑暗中的人。你经历的一切，其实我也在经历。只是因为黑暗太黑，或者是因为我们的视力太差，我们居然不知道，彼此站得这么近。

——如此黑暗，如此肮脏，如此污浊，如此冰冷。但是，我知道，我们共在这黑暗、肮脏、污浊和冰冷中。也许，这就是最重要的温暖和光明。

那么，亲爱的人，来吧。来到我这里吧，来到我身体里吧。让我把你装下。此刻，我要把你全部装下。让我拥抱你，亲吻你，容纳你，如同拥抱、亲吻、容纳我自己。让我疼爱你，怜惜你，悲悯你，如同疼爱、怜惜、悲悯我自己。

2

他的动作很剧烈。我承受着他的剧烈。在他进入的一瞬间，一切都仿佛回到了第一次。我紧咬双唇，不让自己发出一丝声音。但是，我整个身体都在无声地欢呼。如同正在工作的高压锅，锅外平静无比，锅内却灼热欲燃。烫得发疼的愉悦，被封闭得严严实实的愉悦，就这样在我体内蒸腾，回荡，让我的身体迅速饱满沉重起来。不由得，脑子里闪现出和梁新同床共枕的那些夜晚，那些夜晚，为了向梁新证明我爱他，或者为了向自己证明我在努力爱他，我会在最合适的时刻发出呻吟，甚至制造痉挛，让一些高潮的表征以最自然的方式在身上呈现出来，蒙骗他，也蒙骗自己。如同看起来饱满的麦子，里面却是空的。

但是此刻，在梁知身下，一切却恰恰相反。我的身体看起来无声无息，僵硬的动作与其说是迎合，不如说是挣扎，但不折不扣的欢愉却充斥了每个瞬间——看似干瘪的麦粒中，点点滴滴都是结结实实的粮食。我的身体，此刻就是一个丰收的粮仓。

忽然想起，有一次，单位会计发短信要身份证号，他发错了一个字，把身份证的份打成了体，身份证成了身体证。他是群发的，因此在单位成了好一段时间的笑谈。但是，此刻，我却觉得这个笔误对于我和梁知是那么的贴切。什么大伯哥，什么弟妹，什么情人，什么艳遇，此刻，这些概念统统都是那么苍白和可笑。——没有身份，只有身体。此时此刻，只有我，和他。只有一个女人，一个男人，如此而已。让可恶的身份滚蛋吧，滚出这个房子，滚出这个大院，滚出这个城市，滚出这个省，滚出这个国家，滚出这个地球，不，不要滚向纯洁的星空，也不要滚向浩瀚的宇宙，不要滚向我闲暇时常常凝望和畅想的那些地方——那么，就让它在滚的过程中变得越来越小吧，最后自然而然地消失，分解，无影无踪……

结束的时候，我落泪了。梁知也落泪了。他久久地伏在我的身体上，把头枕在我的颈下。我抱着他，抱了很久，很久。

3

那一段时间,无论在家里还是在医院,无论当着人还是独处,梁新对我都很好。一如既往的那种好。不,应该说甚至比以往更好:他对安安照顾得无微不至,常常会唱着歌儿拖地洗衣,买我爱吃的各种东西……做这一切的时候,他看起来还很愉悦。

起初,我有些怀疑他这种愉悦是假的,是伪装的。直到联想起我当初对梁知的心情,才有些相信:这未必就假。不常常是这样么?一个亏欠我们的人,我们往往会对他有着强烈的心理优越感,往往会因此而很愿意见到他,见到他时还常常会心情大好。而对于所亏欠的人,往往就恰好相反。——谁都不愿意见债主,谁都愿意见债客。我和安安都是梁新的债客,他是我和安安的债主。他的宽容大度救了我和安安,还有一个新生命可以因他的宽容大度而来到这个世界上,这些都是他散布出来的巨大恩泽。这巨大的恩泽所衍生出来的光辉有效地抵消着我和安安带给他的羞辱与痛苦,他的人格境界甚至会因此而升华好几个层次。他难道没有理由为此愉悦么?

当然,还有一个原因,是我随后悟出来的。没错,还是因为梅梅。作为梅梅的影子,在梁新的意识里,我无疑忠实地复制了她所有重要的生活要点:婚前失身,未婚先孕,怀着孩子被另一个男人接纳,现在又因意外地打击而将失去这个孩子……"我可以。"他曾对赵小军如是说。看起来他是在扎扎实实地践行着这三个字。在对我的深情原谅中,在对安安的爱怜救治中,一定反射着他当年向赵小军发出的这慷慨应答，以及对梅梅无法言喻的体恤、愧疚和疼惜。

但毫无疑问，这种状态还是有问题。当然有问题。问题就是：梁新的表现不止是好，而是太好。我一遍遍地问着自己：真的有这么好么？真的就这么好？

当然没有这么好。当然也有不好。但那不好被梁新藏了起来，或者说，他自认为已经藏了起来。不过，怎么能躲得过我的眼睛呢？他唱歌时偶尔的涩涩一顿，他拖地时无意识地在某一片地面反复流连，他递给我东西时恍惚缥缈的眼神……这些都是不好，全都是不好。

——最大的不好，是一个又一个分居的夜晚。自从安安病后，我们就开始了分居，更准确地说，是在他同意我去找"那个人"之后，我们就开始了分居，从此再也没有共度一夜。那些夜晚，我的心和他的心之间的宽阔，如同海洋。我的身和他的身之间的空茫，如同深渊。

——最大的不好，是我一段又一段消失的时间。对于我和梁新来说，这些空缺的时间，去向不明的时间，都不能言说，也不用言说。这些柔软的坚硬的时间，这些无形的有量的时间，这些美丽的丑陋的时间，这些宽广的狭窄的时间，这些仁慈的残酷的时间，这些凶险的吉祥的时间。

——最大的不好，还有这些诸如此类的梦：梁知、梁新和我都待在一个屋子里。梁新在厨房做饭，我和梁知在客厅。我觉得不妥，就去厨房帮忙。梁新正在案板上切菜，头也不抬地淡淡地说：没事儿，你去吧。去？去哪儿？去陪梁知么？梁新的口气让我非常不快。我忽然觉出一种暧昧的气息，但这气息其实又是坦白的。那就是：梁新早就知道了梁知和我的秘史，毫无疑问是梁知告诉他的。他们已经达成了共识，只是不让我知道，就让我以我的无知夹在他们的已知之间。于是，即使在梦中，凶猛的羞辱也对我扑面而来。我对梁新说：这不行。梁新却仍旧是淡淡地说：怎么不行？他没说什么不行，直接就说怎么不行。这证明他完全知道我在想什么。更大的羞辱打压着我，我说：就是不行！随着我的话音，一股冷气从背后侵来，我回头，是梁知。他非常温和地看着我，说：就这样吧，这样行。我再看梁新，他仍然在切着菜。有什么东西滴滴答答地落到了地上，我低头，是血。再看案板，原来梁新一直都在切他的手指……我醒了。

这样行。梁知在梦中的神情是那么温和。然而温和之下，却是很深的冷漠。

这样行。这样行。我喃喃自语，在黑暗中紧紧地抓住被角。是的，我需要这三个字。梁知和梁新也需要这三个字，安安也需要这三个字……我们所有人，似乎都需要这三个字。

4

那些日子里，有几次做爱的时候，梁知的情形很特别。

有一次，是在厨房。我饿了，在路上买了包挂面，开了油烟机准备做面，在油烟机的轰轰中，他推开了厨房的门，走了进来。我停下手，看着他。水管里的水哗哗地流着，流水中，我的手格外地洁白和温润。他走到我的身后，掀开了我的裙子，从后面抱住我的乳房，亲吻着我的脖颈。我弯下腰。油烟机还在轰轰地响着，那就让它轰轰地响吧。

他是从后面进入的。热烫钢硬。整个过程中，他的手始终抓着我的乳房，仿佛我的乳房是他在这个世界上最大的依靠，他不能把她丢失,一旦丢失,他就会流离失所,就会没有家园和故乡。

有一次,是在卫生间。我因为解了大手,懒得洗屁股,就脱掉衣服去洗澡,正洗着,忽然听到他在敲卫生间的门。我关掉花洒,水汽蒙蒙中,看见门芯的磨砂玻璃里透出他修长的手印。我打开门,他进来。关上门之后,他也脱光了衣服。然后他打开了花洒。我们就在花洒的温水中做着爱。他把我放在了浴缸里,水哗哗地流着,一些水溅到了我的嘴里,有一种怪怪的苦味。我依然闷着喉咙,不发出一丝声音。

还有一次,他进来后,依然是先到客厅,打开电视。客厅里的阳光很足,他走到窗边,合上了海蓝色的窗帘。然后他径直走到我的面前,把我拉到沙发上。他的神情淡定安泰,仿佛大道天然。就在这里?我下意识地看了一眼婆婆的房门,只看了一眼,我的视线便被他粗壮的身躯挡住了。电视大开,音乐流淌,人声喧哗,窗外还有谁家厨房里正做着的鱼香肉丝的气息隐隐传来……世俗的声音,世俗的气息,这就是我们做爱的背景。我想要挣扎——这次不是虚伪,是真的想要挣扎。我畏惧这些声音和气息,我畏惧婆婆那扇无声无息的门。但是,他不容置疑地抓住了我想要推他的手,将我的手指放到了唇边,一一吻吸。然后,我就软了下来。我承认,我永远都是能被他征服的。他就是征服我的天然基因。

他掀起我的裙子,进入了我的身体,进入得非常果断,非常决绝,简直就是义无反顾,似乎这一天已经是世界末日,这一时已经是世界末时,而他在这末日末时,想要做的事情就只是做爱,只要做爱,就是做爱。

我的身体已经湿润成河。他掀开我的上衣,紧紧地抓住我的乳房,而我则紧紧地扣住他的肩膀。除了最隐秘的部位,我们都没有脱衣服。

我们在穿着衣服做爱。如果有人在偷窥,一定会觉得这两个人在做着一种奇怪的游戏。

我们在穿着衣服做爱。——我忽然明白:两年前的我们无论看起来是多么一丝不挂,其实一直都是在穿着衣服做爱。那些道貌岸然的衣服,那些既片缕不见又严严实实的衣服,就挡在我和他之间。我们从来就没有把那些衣服脱下。因为,是心在穿着衣服做爱。但是,此刻,我们穿着衣服的此刻,因为深知了彼此的恶毒、无耻、污浊、软弱、冰冷和黑暗以及对应的善良、纯真、洁净、坚硬、温暖和明亮,我们的心反而是裸体相见。

这才是真正地做爱。

就是这样。两年之后,重新做爱的时候,我和梁知才开始了真正地做爱。虽然我们做爱的情态看起来和两年前很相像,但是我们都知道,这绝不一样。此时的我们满怀沧桑,满怀尘灰。不过两年而已,却仿佛过了二十年,两百年。

——此时,我才开始爱上他。我才真正地爱上他。

碎 片

这世上还有多少男女,是在穿着衣服做爱呢?

5

那一天是阴历八月十六,天气非常好。中秋时节左右的源城,很容易有这样的好天气。夏日的燥热正在消退，秋意的高爽正在靠近。一退一进之间，天地澄明，空气温清。这也是做爱的好天气。

我们仍是在客厅做的爱。那一次，我特别温柔。记忆中，我对他从来没有那么温柔过，不，对任何男人都没有那么温柔过。简直可以说是极尽温柔之能事。

"你今天怎么……？"他也有些诧异。

"我听说，特别甜蜜地做爱，就会生出特别聪明健康的孩子。"我说。然后我们谈起了正在努力怀上的这个未来的孩子，梁知说，这个孩子，无论男女，都叫他梁生。

"或者叫他梁药。"我说。

是的，这个孩子，他或她就是一味药。

"等有了他……"梁知没有再说下去，我也没有接话。我们都知道彼此在沉默中共同趋向的那个选择：一旦怀上了这个孩子，我和他的欢爱将就此停止。然后，我将不惜一切代价，为梁新生一个真正属于他的孩子。——我和梁知都是他的债客，以对他完美隐瞒为前提，我们都将也必将以各自的方式向他还债。

"虽然也是为了安安，可是一想到安安那么难受的样子，就觉得咱们这样做爱也是有罪的呢。"梁知说。

"不这样也是有罪呢。"

"是啊，总之，都有罪。"

"既然都有罪，那就都别管什么罪不罪了吧。"

"那怎么行？是罪就得认。"我执拗。

"反正都是在同流合污。"

"那就更得认。"我笑。知道他是在逗我呢。

碎 片

但有很多人是真心这么想的。我也知道。不,我不要这样。正因为你有罪,我也有罪,所以我才更想要去认罪,认这些罪。——我们是如此相似,所以我不能饶恕。我不饶恕你,也不饶恕我自己。

至于同流合污,这更不是饶恕的理由。因为同流合污就是同流合污。即使同再大的流,合再大的污,也是同流合污。只要我们向往着干净之地,清洁之地,那么,我就不能饶恕。

绝不饶恕。

"要认罪,先知罪。所以古代衙门里的老爷审案,拍完惊堂木的第一句话就是:你可知罪?"梁知抱着我,亲着我的额头,"你可知罪?"

我也笑着亲吻他。是的,我知罪。

碎 片

直到现在,每个夜晚,躺在床上辗转难眠的时候,我都是在知罪。

"吾一日三省吾身:为人谋而不忠乎?与朋友交而不信乎?传不习乎?"每天啊每天啊,我都要问自己好几遍:为人家谋虑是否不够尽心?和朋友交往是否不够诚信?传授的学业是否不曾温习?

《论语》里,只有这几句话我是最烂熟的。当然,我不曾为人谋,也没有什么朋友,更不曾去温习什么学业。这古老的询问只是一个壳，我在这壳里装进了自己想装的瓤。那瓤是朝向我自己的，只朝向我自己。精髓只是那一个字：省。

省。多么有意思的一个字啊。一个少，一个自。这显然就是在说：人们对于自己的问题总是想得太少，所以要省。

那天，由知罪开始，我们聊了很久，聊了很多。聊了他身为肛肠医生的生父，聊了梅梅，聊了梅好，聊了婆婆，聊了梁新，聊了我和他的初见……聊着聊着，不知怎么的就聊到了阴阳。说天地分阴阳，地为阴，天为阳。时辰分阴阳，夜为阴，昼为阳。人分阴阳，女为阴，男为阳……

"对了，为什么叫阴阳而不叫阳阴呢？阴为什么要排在阳的前面？"我好奇。

"可能是这么说顺口了吧。"他笑。

"人的心，也是分阴阳的吧？"

"当然。"他说，"不是有一个词叫雄心么？雄心勃勃雄心壮志什么的，雄心就是阳心，也就是像小弟弟一样的心。"

"那雌心就是像小妹妹一样的心了？"

"真聪明。"

我在沉默中陷入了冥想。雌心这个词让我的心怦然而动。这个世界上，雄心已经太多了，更快，更高，更强，励志，奋勇，争取……这些都属于雄心的团队。可是，雌心，小妹妹一样的雌心，阴道一样的雌心，子宫一样的雌心。最柔软，最湿润，最原始，最干净，最宽阔，最幽微，最温暖的，雌心，她在哪里呢？

我微笑。如果她还在的话，她当然应该在夜晚。如果说白天属于小弟弟一样的雄心，那么夜晚当然应该属于小妹妹一样的雌心。每到日落，雄心稍歇，雌心工作。人们因为雄心而开拓，因为雌心而收敛。因为雄心而喧嚣，因为雌心而沉静。因为雄心而抢夺，因为雌心而给予。因为雄心而狡诈，因为雌心而诚实。因为雄心而辛劳，因为雌心而晚安。

——因为雄心而犯罪，因为雌心而知罪。

这样的轮值该是多么优美，多么平衡啊。

但是，现在，还有夜晚吗？夜未央，不夜城，灯红酒绿，醉生梦死……无数人都习惯了把夜晚也当成白天过，雌心还能安下家么？有多少人还有这样一颗雌心呢？有多少人还会在辗转难眠的夜晚找到自己这颗默默的雌心，这颗看起来最不能产生什么经济效益的雌心，这颗小妹妹一样的雌心，并道一声：妹妹，晚安？

"你在说什么？"梁知突然问。

"我在说，妹妹，晚安。"

"怎么突然想起说这个了？"

"因为，我突然懂了。"

"懂什么了？"

"阴阳这两个字，阴一定要在阳面前，我懂这是为什么了。"

"哦？"他饶有兴致，"说说看。"

"因为阴比阳重要，就像一个国家的文化比 GDP 重要……"我把自己对雄心和雌心的领悟对他滔滔道来，他一边听一边点头，一边更紧地把我抱在怀里。

"你知道么？无论是对你还是对梅梅，妹妹晚安这几个字，我每天晚上都在说。默默地说。"他说，"虽然我从来没有晚安过，但是，我一直都在说。"

我也紧紧地抱着他。这可爱的人。当然，如此可爱的不单是他，还有梁新,还有婆婆,还有我,还有我不知道的那些人,比如给"我们"专栏投稿的那些作者。那些人不多,但是肯定有。一定有。我相信。

——我们有罪。都有罪。但我们一直没有忘记这罪。这无人知道的罪,我们一直种在心里。我们一直让这罪和自己一起活着,而且还试图去赎罪。我们真傻。傻死了。但又是多么可爱。可爱死了。

6

那天,我和梁知说的最后一句话是:"该走了。"

他说:"好。"

然后,他把屋门打开。

梁新站在门外。

是的,我们以为我们已经很周全了。我们从不同一时间过来,总是一前一后。梁知是男的,不便化妆,我每次来都要戴帽子和墨镜,把自己包裹得严严实实。梁知也换了老房的锁,没有把新钥匙配给梁新,他若是想来一定得告诉梁知,梁知一定会知道,所以我们一定不会和他碰着……

可是,现实的巨手轻轻一捻,我们的缜密就变成了粉末——梁新的一个同事也住在这里。那天他过来给同事送东西,被传达室的师傅叫住闲话了几句,师傅说方才看见梁知进去了,梁新说那我正好和我哥坐一会儿……

下面的事情,我只能以最简单的笔法去写。我无法详尽:

三人呆立片刻后，梁新狂奔而去。

十分钟后，他车祸而死。

就是这样。

碎　片

生活永远有着最出人预料的奇思妙想。与之相比，人的思虑再周全都会显得可笑。所谓的百密一疏完全可以解释为：无论人造出了怎样精致的密，只要命运恰到好处地那么随意一疏，就能把这些可怜的密给全部毁掉。

7

"昨天下午三点四十八分，我市东二环路与运河路交叉口北两百米处发生一起惨烈车祸，一辆别克和一辆集卡车相撞。据监控显示，别克司机高速驾驶，且违规超车，集卡车躲闪不及，与别克迎头相撞，集卡车司机轻微受伤，没有生命危险，别克车被撞成一团烂铁，司机当场身亡……"这则短讯发表于2004年9月29日的《源城日报》，在我脑中已经牢如石刻。

一场车祸。对于梁新的死，这是我和梁知能向外人交代的最好原由。从此在很长一段时间里，我对这个世界的所有车祸都起了怀疑：所谓的车祸到底始于何时何地？当梁新的别克决绝地撞向集卡车的时候，这场车祸难道不是从他出生那天就开始启动了么？不，比那天还要早，应该说从他母亲出生那天，不，应该是从他母亲的母亲出生那天……如此可以用无聊的假设来畅想一切：如果我和梁知那天没有约会呢？如果我不执意生下安安呢？如果我一开始就对梁新说明真相呢？如果我当初就不来源城呢？这还可以陷入另一场无解的循环：如果我没有碰到梁知呢？如果梁知没有碰到梅梅呢？如果梁文道没有和张小英结婚呢？如果梅好没有疯掉呢？如果没有"文革"呢？……

还是打住吧。还是不要再用这种大而无当的说辞和轻巧省力的逻辑来妄图推卸那些沉甸甸的当下性的责任吧。——我，和梁知，我们就是杀死梁新的凶手。那辆别克就是我和梁知所开。我和他都是驾驶员，都是发动机，都是滚滚向前的轮胎，我和他一起绑架着梁新，让他奔向那辆凶悍的集卡，在即将撞上的一刹那，我们隐形，让他以最迅疾最决断的方式，成为我们生命中的别客。

就是我们。

——车祸地点据说很干净，丝毫看不出要人命的鲜艳痕迹。很多天之后，我走过那里，下意识地看着地面，看了很久才看到一些暗暗的红色。我蹲下身，仔细地摩挲了一会儿，才发现是漆。是刷隔离栏滴漏的漆。

这就对了。血是留不了这么长时间的。血是这世界最脆弱的事物，之一。

碎 片

现在，我要用显微镜般的诚实来回视一下那天的自己——

那天，看着梁新狂奔而去的身影，我没有追。梁知也没有追。

不知道梁知是怎么想的，反正那个瞬间，我脑子突然闪过一个念头：梁新要是死了，会怎么样？

答案很现成:最起码我和梁知可以自由得多。

那天,我没有去追梁新。但是,我的目光一直跟随着他。就像几十年前的那天晚上,梁文道目睹着梅好走进了群英河一样,就像张小英目睹着梁文道目睹着梅好走进了群英河一样,就像那个一直寄白信封的人目睹着张小英目睹着梁文道目睹着梅好走进了群英河一样。

8

梁新的葬礼很隆重。火葬场的告别厅里,他被浓妆艳抹的脸都已经十分不像他了。我抱着安安。安安没有怎么哭,她做得最多的事就是替我擦泪。我一直觉得自己都没有泪了,可是安安的小手却一直是湿漉漉的。

"别哭,妈妈。"

"妈妈,别哭。"

她还不知道什么是死亡,也根本不认得那个静静躺着的人是她的爸爸,名义上的爸爸。梁远倒是哭得十分伤心。这个十一岁的小女孩已经能够充分地表达自己的感情了。庄雅一边呈现着适时适度的悲痛,一边絮絮地和她的娘家人说着闲话,说来的人太少了,不像个样子,不够体面。——在源城,官员之间的人情交际说淡也淡,说浓也浓,说紧也紧,说松也松。要看各自的位置和修为。淡的松的可以鸡犬相闻老死不相往来,浓的紧的可以连彼此的母亲老婆孩子过生日都要互相走动。庄雅说谁谁谁家办什么事，梁知都去了，梁新死了，这么大的事，他们却没有来。说那些人显然都是势利之徒，都在忘恩负义。

我默默地听着。梁新的死居然还可以成为世态炎凉的试纸，能够有效地检验出梁知被停职前的社交质量和投资成效，这实在出乎我的意料。不过，再想想，对庄雅而言，这也是再正常不过的事。

丧事办理的整个过程中，梁知都冷静细腻，井井有条：放大遗像，买骨灰盒，确定火化时辰，选择随葬物品，对亲友迎来送往，对餐饭调停安排，偶尔有昔日同僚过来时也会不失仪地寒暄……总之是无不周到，无不妥帖。一直到把梁新的灵柩送到梁家坟，掩埋好，坟地上新起了一个圆圆的土丘，最后一串鞭炮噼噼啪啪地响起，众人准备离去，一直到这时候，他才表现出了他的异样。

他在梁新坟前跪下了。

按照源城的礼俗，他是不必跪的。虽然死者为大，但毕竟长兄如父，他没有给梁新跪的道理。进到坟地之后，他也一直没有跪。但是，此时，他跪下了。当着这么多人，他让上半身贴在梁新坟前的泥土上，两只手也紧紧地攥着泥土。他肩背耸动，哭着，哭着。

众目睽睽。然后，大家去拉他，谁也拉不动。他顽固地保持着那个下跪的姿势，说："你们走，都走。"

我没有拉他。我知道他早就想给梁新跪下了。这种看起来非比寻常的跪，在他心中已经演练了无数次。他亏欠梁新，一直在亏欠：梅梅之死的那夜，他自己和梅梅先谈，安排让梁新后谈，是因为他知道锋锐十足的少年梁新会使出最大的力气说出最暴烈的话语把梅梅推向崩溃的悬崖——他是刀柄，梁新是刀尖。当我来到源城寄生在梁新身上进入梁家，又是他配合着我让梁新接纳了本属于他的风流余孽。当安安患了白血病，他和我鸳梦重温，对于梁新的亏欠更是百上加斤……

我也很想走过去，抱着安安在他身旁跪下。但我没有。跪的时间还多得很，什么时候等安安好了，再来尽情地跪吧。我对自己说。

据庄雅说，那天，梁知一直跪到暮色四合才离开，当天晚上，他开始发高烧。第二天，我去看他。他从床上坐起来，一把把安安抱在怀里，叫道："安安。"安安摸着他的脸，叫道："伯伯。"他笑了笑，用干裂的嘴唇亲了亲安安的小脸。

9

现在，这个世界已经没有了梁新，以安安的名义，我和梁知可以自由自在地约会了。我们随时可以去老房子那里，或者他随时可以来合欢小区。但是，一周之后，我们再次相聚时，却没有做爱。

我们已经无法做爱。

"我不行了。"梁知说。

他的阴茎像死了一样，萎缩，孱弱，黯淡。

暂时不行没关系，他本来是行的，他曾经那么行，所以一定还会行。不行是因为心理作用，因为梁新的死，因为急于求成，因为欲速则不达，因为太想行了反而不行……我竭尽所能地安慰着自己，还有梁知。

为了避开梁新的印记，我们不再去老房子，也不去合欢小区。我们去了宾馆。我们买了很多吃食，预备几天都不出门，好好地做爱。我们用各种方法尝试着：我在屋里赤身裸体，以便随时开门见山，直奔主题。或者只穿一点点衣服，"饮食男女网"上说最好的性感是欲拒还迎，欲露还遮。或者穿得严丝合缝，以便增强神秘感和战斗欲……露珠润透薄雾的清晨，在早练回来的人们拿着的大饼油条的香气里，我们在试。半上午，宾馆停车场里开车门电子锁的哔哔剥剥声此起彼伏，我们在试。中午，央视午间新闻的片头曲正点响起，和着楼下餐厅的划拳声，我们在试。过了中午，是太阳最温热的时刻，我们相偎睡去，醒来时再试。我们甚至还看了日本的AV女优片，被强暴的，群交的，一男两女的，一女两男的……金地，富豪，山水，文雅，仁和，我们一家酒店一家酒店地换。我们互相劝慰着，说不要着急，这不是急的事，我们还有时间呢。放松，慢慢来。

但是，不行。始终不行。到后来，我们不再去酒店。去酒店有用么？只要这酒店还在源城。再进一步说，离开源城又怎么样呢？只要还在这地球上。

我们一点一点地接近着绝望。

但是，让我意外的是，渐渐的，梁知不再回避和我一起外出。我们一起抱着安安去医院，一起去超市购物，一起去菜市场买菜……我和他，越来越成双入对，如同最正常的夫妻。这是多么不可思议啊。原本我还有些担心，担心梁新的死会让我和他的关系后退，再后退。怕我们对梁新的亏欠像一座高山，横亘在我和他中间。我没有想到，在梁新死后，梁知居然能够抛掉最后的顾忌和羞耻，光明正大地和我走在了一起。在郑州时，我曾无数次想象和梁知会有这样的时刻，现在，真的有了，却又如此不真实。这夫妇相伴怀抱稚子的温馨场景，美梦般的不真实，也噩梦般的不真实：梁新初逝，安安绝症，我们仿佛在踩着一个大尸体，怀抱着一个小尸体，与死神同行。

很快，整个源城的人似乎都知道了我和梁知的事。走在大街上，我能够清晰地感觉到那些目光。那些目光没有声音，却有分量。它们的分量含在空气中,进入到我们的毛孔里和呼吸里,粘在我们的衣服上和头发上,生长在我们走过的道路两旁,或者就贴着路面本身。它们无处不在。

但我很从容,梁知也很从容。他的眼神经常呈现出一种老人的辽远、宽阔和安详。这眼神让我喜欢,让我沉迷,却也让我有隐隐的担忧。

"如果是为我考虑的话,其实你不必这样。"那次,我说,"你只是停职。还有机会的。"

"你曾说过我停职之后才有了点儿人样,还记得么?"他笑。他说的是我戳破他最深隐秘的那个夜晚,"我想过得越来越有人样。"

"可是,你这样,就没有一点儿退路了。"

"置之死地而后生么。"他又笑,"我正在生呢。"

我沉默。抱住他。置之死地,而后不一定生。但如果想要生,似乎一定得先把自己置之于死地。换句话说,如果不把自己置之于死地,就一定不会生。

让他生吧。让他生。请让他生。我暗暗地祈祷。也不知道在向谁祈祷。

听到我和梁知的事,庄雅起初一直在沉寂。后来她找梁知求证,梁知据实相告。很自然地,庄雅提出了离婚。梁知答应之后,同样,很自然的,她又陷入了沉寂。离婚的前提是梁知净身出户,所以财产肯定不是问题。她不想离婚无非是觉得如果这么顺顺利利地离掉,那就是太便宜我们了。于是,她和梁知之间陷入了冷战。有意思的是,从始至终,她一直没有联系过我,没有以任何直接或者间接的方式约见过我,以便向我辱骂或者声讨。我曾经想象过,如果她来兴师问罪我该怎么办?她无非是那句经典的:"你怎么那么不要脸。"那我就会回敬她:"你说的那种脸,我根本不稀罕要。你喜欢就好好留着吧。"

后来,我辗转听说,庄雅对很多人都义正词严地表明过自己的态度:"自作孽,不可活。就叫那对狗男女去作孽吧。我不信恶人没恶报!"

碎 片

呵呵,如今,这样的我真算是恶人恶报了吧。庄雅知道的话,一定会很得意。"恶人恶报",这种中国式的谚语偶尔应验一次,说过它的人都会骄傲得如同是自己发明了一个伟大的真理。——但我知道,她只是不敢。她不敢来找我,她不敢面对和梁知在一起的我,因为她很可能知道,当她面对着我时,她那一点儿可怜巴巴的受伤害才会有的优越感和道德高度会被我如何不屑地踩在脚下,踩得支离破碎。

她一定知道这个,所以她不找我。她是对的。自与她相识以来,这是我所见过的她的最为明智之事。

和庄雅有异曲同工之妙的,是源城的那些人。所谓的熟人——熟的只是姓名和面容,其他的,还有什么熟的呢?那些熟人,每当看到我们,就像躲瘟疫一样躲着,实在躲不过去的,就硬着头皮上来打个哈哈。

"来了?"

"来了。"

"走啊?"

"走。"

"吃了么?"

"吃过了。"

说了等于没说,一切话语都没有意义。或者说,有着最没意义的意义:证明我们还在活着,还在他们中间活着。

这世界是汪洋大海,我和梁知、安安是大海中的孤岛。孤岛上也有欢乐,小小的纯粹的欢乐。而这欢乐很多都是安安在病痛折磨稍稍平缓的时候给我们带来的。她说着最简单的话语,唱着最简单的儿歌,指认着"看图识物"上那些最简单的卡通标识:花,鸟,车,衣,水,山,树,云……每一样事物都有千万种形态,但是,在安安这里,却只归于那一个字:花就是花,鸟就是鸟,车就是车,衣就是衣,水就是水,山就是山,树就是树,云就是云。

这就是人生若许如初见。多么好的如初见。可是,这种好又是多么海市蜃楼,多么短命啊。

10

然而,无论如何,梁知还是不行。他始终无法再勃起。安安的状况已经一天不如一天,不能再等了。我们终于做了最终端的选择:到郑州一家专业医院做人工授精。第一步便是做生殖功能检查,那是我有生以来做得最细腻的一次妇科检查:子宫内膜活检腺体,双侧输卵管,卵巢,宫颈黏液,孕酮,睾酮,雌二醇,泌乳素,促黄体生成素、促卵泡成熟素……我的结果先出来,一切正常。医生助理甚至已经为我预算了排卵日期,以确定最佳的受精时间。梁知的检查结果随后也

出来了,医生把他叫进去单独谈话,我在门外悄悄地听着。很短,只有几句:

"有希望治好么?"

"要看情况。"

"得多长时间?"

"很难说。"

从医生办公室出来,我和梁知目光相遇。梁知笑了笑,笑得很努力。我也努力地想对他笑,却没有笑出来。无声无息中,我泪流满面。

他诊断书上的病名是三个字:死精症。

那天,我们从郑州回到源城,已经是深夜。我们躺在床上,梁知把头埋在我的怀里,轻轻地说:"金金,我救不了安安了。"

他的声音听起来没有一丝一毫的重量,仿佛灵魂已经飞走了一样。

我紧紧地抱着他。能说什么呢?说什么好呢?

"金金,我现在才明白,"他说,"人如果有罪的话,是不能自己原谅自己的。自己原谅自己,这是不行的。"

我茫然。这话从何说起?

"这么多年来,我一直都在尽力赎罪,对梅梅的罪。虽然有时候,我的尽力是被迫的尽力,"他苦笑了一下,"可是,真的,我一直都在尽力。"

"我知道。我知道。"我摸着他的脸。

"这么尽力的时候,我常常会悄悄地问自己:你这也算做得不错了吧?已经可以原谅自己了吧?然后,我再悄悄地回答:你是不错。是可以原谅自己了……这么多年来,我就是这么悄悄地原谅着自己。一直。"

"你做的，真得很好。如果梅梅地下有知的话，她一定也原谅了你。"实在不知道该说什么才能安慰他，我只能搬出梅梅。

"梅梅，她那么善良。如果她活着，一定会原谅我。"他微笑，"可是，梅梅已经死了，她在地下不会有知的。所以我没有被原谅，没有。不然的话，我不会连安安都救不了。"

我沉默。万箭穿心。

"所以，金金，"他缓缓地重复着已经说过的那句话，"人如果有罪的话，是不能自己原谅自己的。自己原谅自己，这是不行的。"

"你还有远远。"我只能这么说。

他沉默。

"你还有未未。"

他依然沉默。

"你还有我。"

"你是 80 年出生的。今年是你的本命年吧。"他终于开口。

"嗯。"

"24 岁。这么小，这么年轻。真年轻啊。"他摸了一下我的头，"我已经活到了四十岁，够老了。"

"不要离开我……"我拼命地抱着他，痛哭起来。仿佛他马上就会化成一缕烟飘走。可是我抱得越紧我就越知道：他正在走。他正在离我远去。

"别哭。"他把我抱在怀里，像耳语一样："无论我怎么样，你要好好活着。即使安安死了，你也要好好活着。你不仅是在为自己活，也是在为安安活，为梅梅活，为梅姨活，为梁新活，为许多人活。你要好好地照顾远远，还有未未。你还有很多事情要做。"

我再也说不出一句话。我要失去他了。这个男人，我就要失去他了。他是这么不好,他是这么坏,可是我爱他。但我就要失去他了。我知道我就要失去他了。我要失去他了却阻挡不住这种失去。

"妹妹,晚安。"这是那天晚上,他对我说的最后一句话。

第二天,他切脉自杀。

一个月后,安安死去。

第二十二章

　　他们都死后，我活了下来。是的，我就这么活了下来。我当然可以选择离开。但是我没有想过离开。走是最容易的事，难的是留下。正如死是最容易的事，难的是活着。我要留下，独自面对这伤痕累累，废墟重重。我要留下，面对这一切。

　　于是，我就这么一个人，活着。到现在为止，已经又活了八年。这些年，我一直待在源城，再也没有成家。梁知通过不正当渠道给我找来的这份工作，我很珍惜，做得尽心尽力，努力将功抵过。工资我只留三分之一自己花，其他三分之二分别给了梁远和未未。手头留的钱不多，我便很少买衣服，吃得也简单。除了买些书，香烟大概就是我最昂贵的消费品了。总的来说，我的日子过得很节俭。不过每年数次的出差机会也使得我的生活看起来很奢侈。因为工作的关系，我可以经常免费旅游。这些年，我走遍了整个中国，在新疆听《达坂城的姑娘》，在重庆听《六口茶》，在贵州听《喜欢不喜欢都要喝》，在云南听《小河淌水》……在这些地方,我以客人的身份和一帮帮的陌生人坐在一起,听他们谈天说地,或者静静沉默。看他们开怀大笑,或者慷慨陈词。我知道,这是他们的生活。但是,我更知道,这只是我眼中的他们的生活。他们的生活究竟到底怎样,只有他们自己的心知道。

——顺便说一句,我见过的所有旅游者里,国内的团队旅游是我见过的最可怜的旅游形式。他们在旅行社一交过钱就不再有主动权,不知不觉间,司机和导游就成了领导。他们乖巧地看二人的脸色行事,自作聪明地向他们讨教旅行里的各种常识,并且在导游的指挥下开始了各种不由自主:游览可进可不进的人造景点,进大同小异的地方特产店,在所谓的经典拍照点排队或者争抢着拍照,打仗一样吃质低量少的团餐,在指定的卫生间和时间段上厕所……他们听信导游的种种恐吓,怕不遵守时间会被抛弃,怕不到指定的地方购物会上当,怕错过那些所谓的好景点而遗憾……在他们统一戴着的旅行社的帽子下,他们那个脑子,简直是怕死了。而团队旅游里,又以散客集成的团队最为可怜。因为互不相识,他们根本不可能集成稍微强劲一点儿的力量,即使勉强达成了什么像样点儿的有些价值的共识,也常常以老奸巨猾的导游对他们的成功离间而飞快地走向流产。

据说旅游热是国民富裕的标志。但是,我所看到的这些旅游,富裕得却是那么贫穷。穷到了骨子里。——但是,我爱他们。这所有人,我爱他们。我和他们走在三天两头被开膛破肚的同样的道路上,和他们呼吸着被污染过同样的空气,吃着同样的地沟油炒出来的同样口味的菜,使用着同样贬值的人民币,看着同一个电视台播放着同一场春节联欢晚会,读着同样的汉字组成的同样的报纸……所以,我爱他们。

尽管他们不知道,知道了也根本不会在意。而我的爱也根本无所谓他们知道不知道或者在不在意。我只是爱我所爱。这爱空落落的,没有一点儿实惠,也没有一点儿利润……只是爱而已。

我不能不爱他们,无法不爱他们。

因为和梁知的事,我可以推断自己在源城有多么声名狼藉,所以我在人际交往上也很节俭,以免自己辛苦,也以免别人难堪。不过让我有些意外的是,尽管我刻意独来独往,几年下来却也拥有了一些所谓的朋友。不知不觉的,这些朋友就向我聚拢了过来,向我倾吐各种各样的烦恼和心事:单相思,同性恋,婚外情,私生子,借钱不还,赌博上瘾,房事不和,升迁不顺……不过是小小的源城,不过是有限的这些人,苦乐悲欢却是那么样本丰富,款式齐全,常常让我感慨万端。当然,我很清楚知道他们为什么会这么信任我:因为我的沉默,因为我的安全,因为我几乎从不表达自己的意见和建议,只是尽力地去倾听,倾听,再倾听,理解,理解,再理解……因此,从根子里说,我不是他们的朋友,不是。我只是"被朋友"。——可是,谁知道呢?说不定从本质意义上讲,我还真是他们最好的朋友呢。

他们也问过我的事,我始终守口如瓶。对他们有什么可说的呢?我更愿意在德庄以这样的方式对自己说,对未未说,对全世界人说。

这八年里,我最常去看的人有三个:梁远,老姑,还有未未。梁知离世一年之后,庄雅就带着梁远再嫁,继任丈夫也在源城,也是个公务员,丧妻不久。我在街上见到过他们几次,看庄雅像躲避瘟疫一样躲避我的样子,我就没有上前。他们看着很和美。鉴于庄雅的存在,每次我去看梁远的时候，都是去她的学校。

每次去看老姑，她都会送我一些自家种的菜或者亲手做的吃食。每次吃着她给的东西，我都觉得格外香。但是，这香里也总有一种淡淡的悲伤。我常常会忍不住地想，不久的将来，她会死的。她死了之后，我还能吃到这么好的东西么？当然，吃不到也不会饿死，至多是被掺杂在各种各样的食品里的各种各样的毒给慢慢毒死。——不吃就是快死，吃了就是慢死。左右都是个死，且都是不得好死。

每次离开老姑的时候，我都恋恋不舍。这个乡下老人，让我越来越觉得珍贵。——当那么多东西都不再可靠的时候，这个老人以她最朴素最本真的气质，依然可以让我无条件地信任。

最后一次去看老姑是在半年前，我确诊了自己的肺癌之后。她执意要送给我一袋面粉。说市面上最近不是查出了毒面粉么？这个面吃着放心。是她自家地里种的麦子，她又亲自送到镇上的磨坊磨出来的。

"如今的人咋恁胆大呢？吃的东西都敢动手脚,不怕天打雷劈……"她念叨。

我说现在的人早就不怕天打雷劈了，只怕没钱。

"如今的面，即便是自家种的麦子磨的，也没有以前香了。"她又说，"地里的化肥太多，土不如以前了，水也不如以前了。水土都不如以前了。都坏了。"

我笑。

告别的时候，我跟她说我很快就要调动工作，要到很远的地方，以后很难再来看她了。她点了点头，没说什么，但是前所未有地一直把我送到了村口。我微笑着和她拥抱再见，她老泪纵横。这个历尽沧桑的老人,她懂得什么是永别。

那袋面粉,我没有要。尽管我非常非常想要。

最后一次去看未未是在一个月前。他已经是黄河学院二年级的学生了。吃饭的时候闲聊,我建议他有时间多去听听申明的课,他嗯嗯地点着头,说去听过好多次。又说今天学校请了一个老革命来给他们做爱国主义讲座。我问讲得怎么样,他乐不可支:"他那一套话,唉,可滑稽了。"他咳咳嗓子,做出颤颤巍巍的声调效果:"孩子们——,我们的党——,我们的人民——,打败了——日本侵略者——,打败了——国民党反动派——,建立了——这样一个——美好的——国家——,你们——一定要——爱祖国——爱人民——"

"你们笑了?"

"没有,我们咦了。就是这样,"他咧开嘴唇,让牙齿露出一条缝,拖长了声音:"咦——"收音后他顽皮地做个鬼脸,"我们听到谁说什么可笑的话,就会咦他。今天,我们就咦了他好多次。"

"在什么地方咦的?"我饶有兴味。

"国民党是反动派么?早就不是了。可他还这么说!还有爱祖国,爱人民什么的,这话说着有意思么?多空啊。这话是做的,不是说的!坐在台上那么说,还不如去街上拣个垃圾,去山上种棵树呢。"

我看着他英俊的小脸,全神贯注地看着。这个可爱的孩子,我爱他,我爱他。我以梅梅的全部意志和所有情感,爱他。

在确定自己得了肺癌之后,我在第一时间里就决定了放弃治疗。自从婆婆、梁新、梁知、安安相继死去之后,冥冥之中,我似乎一直就在等待着它的到来。现在,它如约而至。在以最快的速度适应了它的陪伴之后,我马上做了下列决定:把婆婆和梁新名下的两处房产分别转到了梁远和未未的名下；把赵小军还回来的那五万块钱通过邮局汇款退给了钟潮；把梅梅的骨灰从源城火葬场取出来，随身携带。——跳楼之前，梅梅说她要去找妈妈。如果人死后真的有灵魂的话，我相信她的灵魂一定已经找到了妈妈。那么我能努力做的，就是让她的骨灰也依附在妈妈身边。我会在给编辑的信里拜托她，请她帮我这个忙，把梅梅的骨灰放在我的骨灰盒里。——只是放在一起，绝对不能混合。虽然我们俩只有一个盒子的空间，但是，她是她，我是我。这样最好。正如，我和她虽然在几乎同一个容貌下活过，但是，终究，她是她，我是我。这样最好。

做完这一切之后，我向单位请了一个长期病假，离开了源城。在离开之前，我还向单位打了一张借条，借了一些公款，数额是我的死亡抚恤金。我要提前把这些钱拿到手。所有这些钱，我要留着做自己最想做的事：出版这本书。

——我当然知道自己罪孽深重。而罪孽深重的我，面对我犯过罪的那些人，居然从来没有道过歉，一次都没有。写这本书，就算是一次郑重的道歉吧。是我能够做的，最认真的道歉了。

这也是我赎罪的方式。许多人喜欢用抄佛经的方式为自己赎罪，相比之下，我觉得还是自己的选择更有意思。佛经，多少人念的都是一样。我自己的事，在这世上只属于我一个人。佛经，是佛的著作权。这故事，是我这俗人的著作权。当然，更相形见绌的是，佛经，字字莲花。我的故事，字字污泥。——没错，我清楚地知道，我写出来会被人骂。如果有幸的话，可能还会被骂得很长久，中大奖的话，还会遗臭万年。

但是，我还是要写下来。现在，我已经基本写完了，这些都是最后的闲话。——对了，还有一件事需要交代一下：在安安去世的第二年,哑巴周年的那天,我回了杨庄。那天,我早早地到了哑巴家,透过宽宽的大门缝,看了一会儿那座又低又矮的堂屋。它几乎是全村最破的房子了。在它的屋顶上,一棵棵胖胖的瓦松在瓦棱上天真地摇曳着。

那天,在哑巴坟前,在众目睽睽之下,我献上了鲜花和祭品,然后烧纸,放炮,跪拜……我做的最重要的一件事,是给哑巴立了一块碑。那块碑是双层底座,碑体是黑色大理石材质,140厘米高,118厘米宽,8厘米厚。碑面上从左到右刻着两行字:

显考讳金田根大人之墓
女儿金金

——那个哑巴,我的父亲,他叫金田根。

如果有一天有人去了杨庄,在杨庄村外闲逛的时候,或许会看到它。

今天,2012年5月12日,我读到了一首不错的诗——有些不太好意思,我的做派似乎越来越像一个文艺青年了。那个诗人叫卡瓦菲斯,翻译者叫黄灿然,诗的名字叫《第一级》:

青年诗人尤梅尼斯
有一天向忒奥克里托斯诉苦:
"我现在已经写了两年了,
但我只作了一首田园诗。
这是我唯一完成的作品。

我看到，真可悲，诗歌的梯子
很高，太高了：
从我站着的第一级
我再也不能爬得更高了。"
忒奥克里托斯回答："这种话
不像样，亵渎神明。
能够来到第一级
你就应该高兴和骄傲了。
能够走到这么远已经是不小的成就了：
你已经做了一件光彩的事。"
……

　　说实话，这种诗我不太懂，但是我觉得它懂我。——已经写了这么多，虽然所有的讲述对我来说已经是倾囊而出，但也可能只是像这诗里所说的那样：我只是站在了第一级。第一级很低，而且我也不可能爬得更高，可我毕竟来到了这第一级。能够来到这第一级，我已经深感欣慰。所以，在这里，我要悄悄地对自己说：能够走到这么远已经是不小的成就了。相比于你恶迹累累的一生而言，这还算是一件光彩的事。

　　这是个阳光很好的下午。这一刻，我在床上，靠着东墙，任太阳的余晖柔和地镀在脸上。呵，这间小小的房子真好。虽然西晒，虽然顶层，但西晒可以让我看到夕阳，顶层可以让我安静。这对于现在的我来说，真是再好不过了。尤其是夕阳。这是我生命中的最后一个太阳。她即将落下，这是我最后一次看到她。今夜，我将会用足够的安眠药把自己送走。那足够的安眠药，将成为我最温情的剧毒，将会在今夜让我享受一次真正的晚安。——选择自己的死亡之日，这叫择日而亡。择日而亡，这其实挺容易的。相比之下，想要知道自己是怎么回事，自己的心到底如何，简直是太难太难了。

再看一眼陪伴了我这么长时间的电脑，很快，它就会被送到编辑手中。忽然想起了那个编辑的素淡面容。虽然交往不多，我却早已确定：这个年轻的编辑，这个比我还要小几岁的女孩子，她很尽责，很认真，是个可以托付的人。尤其是我这样的情境，她再为难也一定不会辜负——没错，我是在利用她的敬业精神和同情心等等种种美德，而且相信她一定会顺从我的利用。谢谢她的善良，呵呵。

男女老少，车水马龙，来来往往，熙熙攘攘。现在，夜晚还没有来临，德庄的街市上正人流滚滚，我使出全身的力气，把头探向窗外。是的，我要再好好地看一看这个世界——

蔬菜铺里嫩生生的小芹菜，电话亭外动感地带买六送六的广告贴，拖鞋摊上五颜六色的新款凉拖，棉被店里整整齐齐码着的刚上市的空调被，还有正在绵延开来的夜市摊上的烧烤香味：烤面筋，烤香蕉，烤鸡架，烤馒头……青烟袅袅中，一个女孩子走进了我的视野，又即将走出去。她穿着一件雪白的帽衫，配着黑色打底裤和黑色短裙，白色的透花长筒靴上镶着零零星星的水钻，既轻盈又华丽。已经是五月了。北方的春天已经结束，夏天正在到来。这个女孩，她就是这夏天的一部分。虽然隔着六层楼的距离，我看不清她的眉眼，但是我仍然仔仔细细地看着她。看着她走近又走远的样子，看着她袅袅婷婷的步态，看着她的靴子一起一落，看着把她的满头乌云一分为二的那条青白的发际中缝。

她不知道我在看着她。可我知道。我知道我在看着她。我是那么细致地看着她,就像看着自己。当然,谁都可以确定,她不是我。但是,我知道,我毋庸置疑地知道:

——她就是我。

2012 年 5 月一稿

2012 年 9 月二稿

2013 年 2 月三稿

2013 年 6 月四稿

《认罪书》,《人民文学》2013 年第 5 期首发

《长篇小说选刊》2014 年第 2 期转载

获 2013 年度人民文学奖

入选中国小说学会年度排行榜